U0925764

欢喜冤家

中国古典文学名著丛书

〔明〕西湖渔隐主人 著

華夏出版社
HUAXIA PUBLISHING HOUSE

前　言

《欢喜冤家》又名《艳镜》、《贪欢报》、《欢喜奇观》，全书二十四回，每回一个独立故事，大约成书于明天启、崇祯年间。对照《欢喜冤家》前后二十四回的行文风格和表露倾向，似非出自一人之笔。书题名西湖渔隐主人撰，西湖渔隐主人姓氏不详，无从考据。西湖渔隐主人编辑《欢喜冤家》，有着明显的劝世警俗目的。他在《欢喜冤家序》中阐明了全书的主旨，即“非欢喜不成冤家，非冤家不成欢喜”。

《欢喜冤家》是明代中晚期艳情小说的代表作品。它在二十四个传奇色彩极浓的故事中，描写了各种曲折奇异的婚姻悲喜剧，生动展示了明代社会形形色色的人情世态：既有对青年男女追求爱情自由所表示的赞许，也有对禁欲主义虚伪性的大胆揭露，还有对女性独立人格及聪明才智的充分肯定。

《欢喜冤家》在清代被列为“淫词小说”，曾多次遭到查禁。其实，以“淫词小说”的罪名屡禁《欢喜冤家》，是假借道德的面具进行愚昧的文化屠杀，把该书列为“淫词小说”，混淆了“性”与“淫”的区别。那么，《欢喜冤家》为何如此狂放地描写性场面呢？这与当时的社会思潮、文化倾向及人们的心理状态密切相关。明代中晚期，在倡导“心学”性情的口号下，人们以性的放纵来批判、抗拒程朱理学“存天理、去人欲”的观念。遭受上千年层层重压，人对性的压抑已到了极致，殊不知，越是禁锢的东西，越易勾起人的欲念。同时，在封建社会里除了各种伦理道德规范之外，佛家、道教思想也把“四大皆空”的禁欲观念根植于人们心中。在多方面的压迫下，性压抑终于走向了离经叛道的极端，即性开放。所以，《欢喜冤家》虽涉及性行为的描写，但还有别于宣淫之作。

在选材上，《欢喜冤家》与以往小说相比，主动性更强，目的性更明确。小说选取私情恩怨这一独特的视角来组织故事，以求娱乐心神、劝恶扬善、醒世惊俗，体现了中国白话短篇小说由无主题简单搜集加工，向围绕一个主题有意识创作具有内在联系的整体系列的转变；体现了白话小说由散兵游勇式地散泛反映社会，向专题式系列化反映社会的某一侧面和现象的转变。

在艺术上，《欢喜冤家》情节结构完整严密，内在逻辑合理；人物形象刻画鲜明生动，真切可感；语言纯熟自然，有时三言两语，一句几字，神态、动作、心理具备，呼之欲出。《欢喜冤家》还喜好使用诗词，有意卖弄才学，于是文中出现大段洋洋洒洒的韵文、诗词。虽然不免失之于繁赘，但作品向文学性的转向，却给后世造成了很大的影响。在文学史上占有重要的地位。

此次再版，我们对原书中的笔误、缺漏和难解字词进行了更正、校勘和释义，对原书原来缺字的地方用□表示出来，以方便读者阅读。时间仓促，水平有限，其中难免有所疏失，望专家和读者予以指正。

编　者

2015年3月

目　录

原　序

喜谈天者，放志乎乾坤之表；作小说者，游心于风月之乡。庚辰春正遇闰，瑞雪连朝，慷当以慨，感有余情，遂起舞而言曰：“世俗俚词[①]，偏入名贤之目；有怀倩[②]笔，能舒幽怨之心。记载极博，讵[③]是浮声。竹素游思，岂同捕影。演说二十四回，以纪一年节序，名曰《欢喜冤家》。”

有客问曰：“既以欢喜，又称冤家，何欤？”予笑而应之曰：“人情以一字适合，片语投机，谊成刎颈[④]，盟结金兰[⑤]。一日三秋，恨相见之晚；倏[⑥]时九转，试爱恋之新。甚至契协情孚[⑦]，形于寤寐[⑧]。欢喜无量，复何说哉！一旦情溢意满，猜忌旋生。和蔼顿消，怨气突起；弃掷前情，酿成积愤。逞凶烈性，遇煽而狂焰如飚；蓄毒虺[⑨]心，恣意而冤成若雾。使受者不堪，而报者更甚。况积憾一发，决若川流，汹涌而不能遏也。张陈[⑩]凶终，萧朱[⑪]隙末，岂非冤乎！非欢喜不成冤家，非冤家不成欢喜。居今溯昔，大抵皆然。其间嬉笑怒骂，离合悲欢，庄列[⑫]所不备，屈宋[⑬]所未传。

---

① 俚词：指粗俗的口语，常带有方言性。

② 倩：借助。

③ 讵（jù）：岂，怎。表示反问。

④ 刎颈：同生死共患难的朋友。

⑤ 金兰：指情投意合的朋友。古云：二人同心，其利断金；同心之言，其臭如兰。

⑥ 倏（shū）：极快地、突然间地。

⑦ 孚：使人信服。

⑧ 寤（wù）寐：寤，睡醒；寐，睡熟。常用以指日夜。

⑨ 虺（huǐ）：是一种早期的龙，是人们根据蛇想象出来的，泛指蛇类。

⑩ 张陈：南朝陈后主妃张丽华以色见宠，后主荒淫，隋兵入陈，被杀。

⑪ 萧朱：汉朝时萧育与朱博，初为知交，终则因隙成仇。

⑫ 庄列：指庄子、列子的经典著作。

⑬ 屈宋：指屈原、宋玉的文学作品。

使慧者读之,可资谈柄;愚者读之,可涤腐肠。稚者读之,可知世情;壮者读之,可知变态。致趣无穷,足笃唐人杂说;诙谐有窍,不让晋士清谈。使蕙风发响,入松壑而弥清;流水成音,泻磐石而转韵。圣人不除郑卫①之风,太史亦采谣谚之奏。公之世人,唤醒大梦。”

重九日西湖渔隐题于山水邻

① 郑卫:古时代指写男女欢情的乐歌或文学作品。

第一回　花二娘巧智认情郎

世事从来不自由，千般恩爱一时仇。

情人谁肯因情死，先结冤家后聚头。

这四句诗，只为世人脱不得酒色财气这四件事，所以做出不好事来。且说个只好酒不好色的人，他生长在松江府华亭县八团内川沙地方。他父亲名叫花遇春，年将半百，单生得此子，夫妻二人十分欢喜。长成六岁，上学攻书，取名花林。生得甚不聪明，苦了先生，费尽许多力气。读了三年书史，一句不曾记得。不想到了十岁外，同了几个学生朝夕顽要。父亲虽严，那里曾怕；先生虽教，那里肯听。他父亲见他不像成器的了，想到这般顽子，不能成器，到不如歇了学，待他长成时，与他些本钱做些生意也罢。因此送了先生些束脩①，竟不读书了。后来，一发拘束不定了。

他母亲与丈夫商议道："孩儿不肖②，年已长成。终日闲游，不能转头。不若娶一房媳妇与他，或者拘留得住。那时劝他务些生业，也未可知。"遇春道："我心正欲如此，事不宜迟。"即时就去寻了媒婆。那媒婆肚里都有单帐的，却说几家女子曰："某家某家可好么？"遇春听了道："这几家到也都使得，但不知谁是姻缘，须当对神卜问，吉者便成。"别了媒婆，径投卜肆。占得徐家女子到是姻缘，余非吉兆。也罢，用了徐家。又见媒人，央他去说。

原来此女幼年父母俱亡，并无亲族，到在姑娘③家里养成，姑夫又死了。人嫌他无娘教训的女儿，故此十八岁尚未有人来定。恰好媒人去说，这徐氏姑娘又与他相隔不远，向来晓得花家事情：有田地房屋的人家，但不知儿子近日如何。自古媒人口，无量斗，未免赞助些好话起来。那徐氏信了，即时出了八字。因此花家选日成亲，少不得备成六礼，迎娶过门。

---

① 束脩：古时送给教师的酬金。脩，原意为干肉，又叫脯。

② 不肖：不能继承祖先事业，没有出息，或不正派，品行不好。

③ 姑娘：指姑姑。

请集诸亲，拜堂合卺①。揭起方巾花扇，诸人俱看新娘生得如何。但见：

秋水盈盈两眼，春山淡淡双蛾。金莲小巧袜凌波，嫩脸风弹得破。唇似樱桃红绽，乌丝巧挽云螺。皆疑月殿坠嫦娥，只少天香玉兔。

诸人一见，果然生得十分美貌，无不称好。一夜花烛酒筵，天明方散。未免三朝满月，整治酒席，这也不提。

好笑这花林，娶了这般一个花枝般的浑家，尚兀自②疏云懒雨，竟不合偏向乡里着脚。过了几时，仍向街坊上结交了一个不肖的单身光棍，姓李名二白，年纪有三十岁了，专一好赌钱滥饮，诱人家儿子哄他钱钞使用。这花林又着③他哄骗了，回家将妻子的衣饰暗地偷去花费。

不想他妻子一日寻起衣饰，没了许多，明知丈夫偷去花费了，禀明了公婆；还存得几件衣物，送与婆婆藏了。公婆二人闻知，好生气恼，恨成一病，两口恹恹，俱上床了。好个媳妇，早晚殷勤服侍，并无怨心；央邻请医，服药调治，那里医得好。这花林犹如陌路一般，又去要妻子的衣饰。见没得与他，几次发起酒疯，把妻子惊得半死。

且说李二白见花林的物件没了，甚是冷淡。他便又去寻一个书生，姓任名龙，年纪未上二十。他父亲在日，是个三考④出身，后来做了一任典史，趁得千金。不期父亡过，止存老母、童仆在家。妻子虽定，尚未成亲，故此自己往城外攻书。曾与李二白在亲戚家中会酒，有一面之交。

一日，途中不期相遇，叙了寒温；恰好又遇着花林，各叙名姓。李二白一把扯了两个径至酒楼上，做一个薄薄东道请着任龙。席上猜三道五，甜言蜜语，十分着意。这任龙是个小官心性，一时间又上了他的钩子。次日就拉了花、李二人酒肆答席。三人契同道合，竟不去念着之乎者也了，终日思饮索食。

这花林又是个好酒之徒，故终日亲近了这酒肉弟兄，竟不想着柴米夫妻。他父母一日重一日，那里医治得好，遇春一命呜呼，花林又不在家，央

---

① 合卺(jǐn)：新婚夫妇在新房内共饮合欢酒。

② 兀自：仍旧，还是。

③ 着：被，让。

④ 三考：指科举制中的“乡试”、“会试”、“殿试”。

了邻家四处寻觅,方得回来,未免哭了几声。三朝头七,还到亏了任李二人相帮,入棺出殡,治丧料理。不料母亲病重,相继而亡,自然又忙了一番,方才清净。余剩得些衣衫首饰,妻子又难收管,尽将去买酒吃食使费起来。这番没了父母,竟在家中和哄了。那李二白生出主意道:“我们虽异姓骨肉,必要患难相扶;须结拜为弟兄,庶可①齐心协力。我年纪痴长,叨②做长兄,花弟居二,任弟居三。你二位意下如何?”二人同声道:“正该如此。”三个吃了些香灰酒,从此穿房入户。

李二唤徐氏叫二娘,任三叫二娘做二嫂,与同胞兄弟一般儿亲热。这李二见花二娘生得美貌,十分爱慕。每席间将眼角传情,花二娘并不理帐他。丈夫虽然不在行,也看不得这村人上眼。任三官青年俊雅,举止风流,二娘十分有意,常将笑脸迎他。任三官虽然晓得,极慕二娘标致;只因花二气性太刚,倘有些风声反为不妙,所以欲而不敢。

一日,花二在家买了一些酒肴,着妻子厨下安排,自己同李、任在外厢吃酒。谈话中间,酒觉寒了,任三道:“酒冷了,我去暖了拿来。”即便收了冷酒,径至厨下取酒来暖。不想花二娘私房吃了几杯酒,那脸儿如雪映红梅,坐在灶下炊火煮鱼。三官要取火暖酒,见二娘坐在灶下,便叫:“二嫂,你可放开些,待我来取一火儿。”花二娘心儿里有些带邪的了,听着这话佯疑起来,带着笑骂道:“小油花什么说话,来讨我便宜么?”任三官暗想道:“这话无心说的,到想邪了。”便把二娘看一看,见他微微笑眼,脸带微红,一时间欲火起了,大着胆,带着笑,将身捱到凳上同坐。

二娘把身子一让,被三官并坐了,任三便将双手去捧过脸来。二娘微微而笑,便回身搂抱,吐过舌尖亲了一下。任三道:“自从一见,想你到今。不料你这般有趣的,怎生与你得一会,便死甘心。”二娘道:“何难,你既有心,可出去将二哥灌得大醉,你同李二同去;我打发二哥睡了,你傍晚再来,遂你之心。可好么?”三官道:“多感美情。只要开门等我,万万不可失信!”二娘微笑点首。连忙把冷酒换了一壶热的,并煮鱼拿到外厢,一齐又吃。三官有心,将大碗酒把花二灌得东倒西歪。天色将晚,李二道:“三官去罢。”三官故意相帮,收拾碗盏进内,与二娘又叮嘱一番,方出

---

① 庶可:才可。

② 叨(tāo):客套话,表示沾光。

来与李二同去。

二娘扶了花二上楼，与他脱衣睡倒。二娘重下楼，收拾已毕，出去掩上大门，恰好任三又到。二娘遂拴上门道："可轻走些。"扯了任三的手，走到内轩道："你坐在此，待我上楼看他一看便来。"任三道："何必又去。"一手搂住二娘推在凳上，两下云雨起来。任三官比花二大不相同，一来标致，二来知趣。二娘十分得趣。怎见得：

色胆如天，不顾隔墙有耳。欲心似火，那管隙户人窥。初似渴龙喷井，后如饿虎擒羊。啧啧有声，铁汉听时心也乱。吁吁微气，泥神看处也魂消。紧紧相偎难罢手，轻轻耳畔俏声高。

花二娘从做亲以来，不知道这般有趣。任三见他知趣，放出气力，两个时辰方才罢手。未免收拾整衣，二娘道："我不想此事这般有趣，今朝方尝得这般滋味，但愿常常聚首方好。只是可奈李二这厮每每把眼调情，我不理他；不可将今番事泄漏些风声与他。那时花二得知了，你我俱活不成的。"三官道："蒙亲嫂不弃，感恩无地，我怎肯卖俏行奸？天地亦难容我。"二娘道："但不知几时又得聚会？"任三道："自古郎如有心，那怕山高水深。"二娘道："今夜与你同眠方可，料亦不能。夜已将深，不如且别，再图后会罢。"任三道："既如此，再与你好一会去。"正待再整鸾佩，不想花二睡醒，叫二娘拿茶。二人吃了一惊，忙回道："我拿来了。"悄悄送着三官出去。拴好大门，送茶与花二吃了。花二道："你怎么还不来睡？"二娘回道："收拾方完，如今睡也。"

闲话休题。次早花二又去寻着李二，同觅任三官。恰好任三官在家，便随口儿说："昨晚有一表亲京中初回，今日老母着我去望他。想转得来时，天色必晚了。闻知今日海边，有一班妓女上台扮戏，可惜不得工夫去看。"花二道："李二哥，三官望亲，我与你去看戏如何？"李二道："倘然没戏，空走这多路途，何苦！"花二道："我有一个旧亲，住在海边。若无戏看，酒是有得吃的，去去何妨。"李二听见说个酒字，道："既如此，早早别了罢。"三人一哄而散。

不说花、李二人被任三哄去，且说三官又到家中，取了些银子，着一小厮唤名文助随了，买办些酒食，拿到花家门首。着小厮认了花家门径，着他先去，不可说与奶奶知道。自己叩门而入。见了二娘笑道："他二人方才被我哄到海边去了。一来一往有三十余里路程，到得家中，天已暗了。

我今备得些酒果在此,且与你盘桓[①]一日。”二娘道:“如此极好!”把门掩上。

三官炊火,二娘当厨,不时间都已完备。二娘道:“我二人无远虑必有近忧,倘你哥哥一时回家来,也未可知。若被遇见,如何是好? 向日公婆后边建有卧室一间,终日关闭,且是僻静清洁。我想起来,到那里饮酒欢会,料他即回,也不知道。你道好么?”任三听说,欢喜之极。即时往后边。开门一看,里边床帐桌椅,件件端正,打扫得且是洁净。壁上有诗一首道:

轩[②]居容膝足盘桓,斗室其如地位宽。
壶里有天通碧汉,世间无地隔尘寰。
谁人得似陶元亮[③],我辈终惭管幼安[④]。
心境坦然无窒碍[⑤],座中只好着蒲团。

看罢,即将酒肴果品摆下,两人并肩而坐。你一杯,我一盏,欢容笑口,媚眼调情。自古道:“花为茶博士,酒是色媒人。”调得火滚,搂坐一堆,就在床上取乐起来。这一番与昨晚不同,怎见得不同? 只见:

雨拨云撩,重整蓝桥[⑥]之会。星期月约,幸逢巫楚[⑦]之缘。一个年少书生,久遭无妇之鳏[⑧],初遇佳人,好似投胶在漆。一个青春荡妇,向守有夫之寡,喜逢情种,浑如拌蜜于糖。也不尝欺香翠幌,也不管挣断罗裳。

正是:

雨将云兵起战场,花营锦阵布旗枪。
手忙脚乱高低敌,舌剑唇刀吞吐忙。

---

① 盘桓:逗留,留住。

② 轩:这里指小屋。

③ 陶元亮:晋陶渊明,字元亮,号五柳先生,辞官归隐。

④ 管幼安:三国魏人管宁,字幼安。少时与华歆同席读书,因厌恶华歆的为人而传有割席而坐的佳话。

⑤ 窒碍:有阻碍。

⑥ 蓝桥:唐朝秀才裴航偶遇仙女云英的地方,在陕西蓝田蓝溪之上。

⑦ 巫楚:神女与楚王在巫山相会。

⑧ 鳏(guān):死了妻子又没再结婚的人。

两人欢乐之极，满心足意而罢。整着残肴，欢饮一番。二娘道："乐不可极。如今天已未牌[1]了，你且回去，后会不难了。"三官道："有理。只要你我同心，管取天长地久。"言罢作别，径自出门去了。不移时，花二已回。二娘暗暗道："幸是有些主意，若迟一步，定然撞见了。"

自此，任三官便不与花、李二人日日相共了，张着[2]空儿便与二娘偷乐。若花二不时归家，他便躲入后房避了，故此两不撞见。只是李二又少了一个大老官，甚是没兴，常常撞到花家里来寻花二。

一日，花二不在家，门不掩上的，他便撞入内轩，问道："二哥可在家么？"二娘在内道："不在。"李二听了这娇滴滴之声音，淫心萌动。常有此心，奈花二碍眼；今听得不在家中，便走进里面，道："二娘见礼了。"二娘答礼道："伯伯外边请坐。"李二笑道："二娘，向时兄弟在家，我到常在里边坐着。幸得今日兄弟不在，怎生到打发外边去坐？二娘，你这般一个标致人儿，怎生说出这般不知趣的话来！"二娘正色道："伯伯差了。我男人不在，理当外坐，怎生到胡说起来！"李二动了心火，大胆跑过去要搂，早被二娘一闪，到往外边跑了出来，一张脸红涨了大怒。

恰好花二撞回，看见二娘面有怒色，忙问道："你为何着恼？"二娘尚未回答，李二听见说话，闯将出来。花二一见，满肚皮疑心起来。二娘走了进去。花二问道："李二哥，为着甚事二娘着恼？"李二道："我因乏兴寻你走走。来问二娘，二娘说你不在。我疑二娘哄我，故意假说，因此到里面望一望；不想二娘嗔我，故此着恼。"花二是个耳软的直人，竟不疑着甚的，也不去问妻子，便对李二道："二哥，妇人家心性，不要责他。和你街上走一走去罢。"两人又去了。直到二更时分方回。二娘见他酒醉的了，欲待要说起，恐他性子发作连累自身，不是耍的，只得耐着不言。到次早，见花二不问起来，不敢开口。

李二从此不十分敢来寻花二了，花二也常常不在家，到便宜了任三官。日间不须说起，至于花二更深不回，常伴二娘；便是花二回来，亦都醉的。二娘伏侍去睡，也再不想寻起二娘作些勾当，故此二娘到得与三官十分畅快。三官或在花家房里过夜，或接连三日五日不出门，与花二、李二

---

① 未牌：下午一点到三点。

② 张着：瞅着。

径自断绝了往来。李二心中好闷，想道："花家妇人不像个贞静的，少不得终有奸谋破绽。待我慢慢看着，若还有些破绽，定不饶他。"因此常常在花家前后探听。

恰好一日，远远望见任三走进花家而来。他连忙在对门裁缝店内看着，只见任三径自推门进去了，有一个时辰，尚不见出来。李二连忙走到花家门首一望，不见些儿动静。把门扯了一扯，又是拴的。他便想道："多分①花二哥在家里，敢是留他吃酒，故此不出来了。"便把门敲上两下。只见二娘出来问道："是那一个敲门？"李二道："是我，来寻二哥讲话。"二娘答道："不在家。"李二想道："多分是妇人怪人，故意回的，不免说破他。"便道："既二官不在家，三官怎么在里面这半日还不出来？"二娘道："你见鬼了！任三官多时不到我家来了，谁见来的？"李二道："我亲眼见他来的，你还说不在！"二娘怒道："这等你进来寻！"便出来把门开了。李二想道："古怪，难道我真见了鬼不成！岂有此理！"便大着步往里进，四周一看，并无踪影。他再也不想有后房的，便飞跑上楼去看，那有三官影儿，到没趣了，飞走下楼阁往外就跑，被二娘千忘八，万奴才，骂得一个不住。

不期花二归家，见二娘骂人，问道："你在此骂谁？"二娘道："你相交的好友！甚么拈香！这狗才十分无礼，前番你不在家，他径入内室调戏着我。我走了出来，恰好你回来。你亲眼见的。他今日又来戏我，我骂将起来，方才走去。这般恶兽，还要相交他怎的！"花二登时大怒起来，骂道："这个人面兽心强盗！我前番却被他瞒了，你怎么不说！今日又这般可恶，杀这强盗，方消我恨。"径上楼取了床头利刀，下楼赶去。二娘一把扯住，忙道："不可太莽，若是你妻子失身与他，方才可杀。自古捉奸见双，你竟把他杀了，官司怎肯甘休！以后与他绝了交便罢了，何苦如此。"花二的耳朵极绵软的，被妻子一说，甚觉有理。想一想，撇下刀说："便宜了他。幸喜我浑家不是这般人。若是不贞洁的，岂不被他玷辱，被人耻笑。"二娘背地里笑了一声，向厨下取了些酒菜道："不用忙了，快来吃一杯儿去睡了罢。这样小人，容忍他些。"花二闷闷地吃了几杯径自上楼睡了。

---

①　多分：多半，大概。

二娘又取些酒菜，往后房来与任三吃。将李二之事，如此如此，这般这般，说了一遍。道："如何是好?"三官道："我若如今出去，倘被他看见到不好了。我不如在此过夜，到明日早早梳洗，坐在外边，只说寻二哥说话，与他同出门去，方可无碍。"二娘道："这话到甚是有理。只是此番去，你且慢些来。李二毕竟探听，倘有差池，怎生是好?"三官道："我家有个小厮，名唤文助，认得你家的。我使他常来打听消息便了。"二娘道："你明日拉了二哥到你家，请他吃几杯酒儿。着文助斟酒，待他识熟了面，然后着他送些小意思与我们。如此假意相厚，方好常常往来。"三官道："此计必须如此方可。"两人同吃些酒儿，未免做些风月事情，方上楼去。

次早，三官起来，早已梳洗。二娘先把大门开了，三官假意坐在外厢，叫："二哥在么?"二娘在内假应一声，上楼说与丈夫知道："任三叔寻你。想他许久不来，莫非李二央他来释非？切不可又去与那强盗来相交了。"花二连忙梳洗下楼，与任三施礼道："三官为何一向少会?"三官道："小弟因宗师发牌县考，一向学业荒疏，故此到馆中搬火，久失亲近。今日家中有一小事而回，特来望兄。不知一向纳福么?"花二说："托庇贤弟，你会见李二么?"任三道："如今正要同兄去望他。"花二道："不必说起这畜生。"将前件云云之事，一一说了一遍。三官假意怒道："自古说得好，朋友妻，不可嬉。怎生下得这样心肠！既如此，我也不去望他了。明日小弟倘娶了弟妇，他未免也来轻薄。岂不闻兔死狐悲，物伤其类？二哥，既然如此，也不必恼了，兄同小弟到家散闷如何?"

花二同了三官到家里，只见堂上有人说话。把眼一看，恰是一个说亲的媒人。与任三官配的亲，为女家催完亲事，等紧要过门。他母亲道："又未择日，尚未催妆，须由我家料理停当，方可完姻。怎么女家反这般催促?"花二、任三听了，一齐笑着见礼。少不得整酒款待媒人，花二相陪。三人直饮到红日西斜，别了任三出门。

花二与媒人一路同行。花二便问道："媒翁先生，为何女家十分上紧？是何主意?"媒人笑而不答。花二道："莫非是人家穷，催他做亲，好受些财礼使用么?"媒人道："他家姓张，乃是个三考出身，做了三任官，去年升了王府典膳回来的。家约有数万金，那得会穷！"花二想了想："奇了，这等毕竟为何?"媒人问道："兄与任家官人相厚的么?"花二道："意气相投，情同骨肉。"媒人道："这等，兄说的话，必定肯听的了。府上在何处?”花二道:“就在前面。”媒人道:“有事相议,必须到府上方可实言。”

两人到了花家,分了宾主。二娘点茶吃了。花二又问起原由,媒人道:“见兄老诚,自然是口谨的,才与兄议。万万不可与外人知之。”花二道:“老丈见教,断不敢言。”媒人道:“任官人定的女子,年纪二十岁,闺中不谨,腹中有了利钱。他父亲往京中去了,是他令堂悄地央人接亲,要我及早催他过门,以免露丑。许我十两银子相谢。我方才见说不来,心中烦闷,想此也必须得花兄暗地赞助。若得早娶,愿将所谢之银均分。”花二心下暗暗想了道:“领教,领教。”媒人道:“千万言语谨密些。”花二道:“不须分付。”媒人道;“尚有未尽之言,奈天色晚了,欲求同行几步,方可悉告。”花二同出门去了。

二娘在门后,初然听了此人说任官人三个字,他便半步不移,细细听了前后说话,暗暗叹息道:“淫人妻女,妻女淫人。天之不远,信不诬矣。”他又想道:“丈夫倘去相劝,毕婚之后,无甚说话方好。倘三郎识出差池,叫此女如何做人?必然寻死,岂不可惜?若不劝丈夫管他,倘此女父亲回来,看出光景,将女儿断送性命,也未可知。也罢,且待他回来,再作商议。”只因花二娘起了一点好心,他家香火六神后来救他一命。这是后话。

且说花二归家,二娘道:“方才之说,我已尽知。你的意下如何?”花二道:“娘子,这件事不难。我劝三官将计就计,省事些娶了过门。我又有酒吃,又有五两银子,有何难哉!”二娘晓得他耳朵绵软的,道:“丈夫差矣,你若去说得听也好,万一不听,你岂不坏了好朋友的面情!这五两银子,也有用了的日子,况未必有无。我想人生在世,当为人排难分忧。今任三妻子之忧,即任三忧愁一般。当拔刀相助,水火不避,才是丈夫所为。你若听,我到有一计较在此。”花二道:“贤妻有何妙计,何不为我说之?”二娘道:“方才媒人所言,肚儿高将起来,想不过是三四个月的光景。何不赎一服通经散,下了此胎,有何不可?”花二道:“此计虽好,怎生样一个计较赎与他吃?”二娘道:“不难,明日将我抬到他家,扬言我是任家内亲,央告我来说话。他家自然不疑,毕竟他母亲出来接我。我悄悄将此言与他母亲一说,自然妥当。”花二道:“好便好,只是先要破费药金。”二娘道:“痴子,若是妥当,那十两银子都是你的。”花二听了,拍掌大笑:“好计,好计!”

次日早起,打点了药金,径往生药铺中赎了一服下药。又去唤了一乘轿子与二娘坐了，径抬至张典膳家中。奶奶迎进，叙了寒温，吃罢了茶。奶奶问道："尊姓？"二娘道："奴是花林妻子，有事相告。敢借内房讲话。"奶奶引了进房坐定。二娘命众女使俱出外边，方附奶奶之耳，如此如此，说了一番。那奶奶面皮红了又红，千恩万谢，感激无地。一面整酒，一面连忙热了好酒，到女儿房里通知了此话，把药服了。

一时间，一阵肚疼，骨碌碌滚将下来，都是血块。后来落下一阵东西在马桶内了。奶奶道："谢天谢地，多感祖宗有幸，逢着花二娘这个救星。"欢欢喜喜安顿女儿睡了。连忙去房中见了二娘，谢了又谢。将酒就摆在房内，三杯五盏，二娘起身告辞。奶奶再三苦留不住，开箱取了一封银子，一对金钗，一双尺头，一枝金簪，送与二娘道："些须孝敬，休嫌菲薄。地久天长，报恩有日，幸勿见怪。"二娘千恩万谢，上轿而归。

天色已晚，花二见妻子归家，打发了轿夫，进内忙问事体如何。二娘把日间之事，细细说了一遍。将他送的物件，把与丈夫看了。喜得那花二满地滚跳道："我明日与任三官说知，还要他的酒吃。"二娘道："你这呆子，这是阴骘①事情，所以去救他。若与三官说知，可不又害了那女子！"花二道："正是，几乎错了，还是贤妻有些见识。紧紧记在心中，再不说了。"二娘以后与任三官这般情厚，把此事再不漏泄。

话分两头，且说李二自从那日见了任三，又寻不着，又被花二娘骂了一场，心中不忿。一日，走到花家对邻一个周裁缝家门口坐下。那周裁缝道："李官人，想是来寻花官人么？"李二道："正是。"周裁缝道："今早出去了。"李二道："师父，你曾见任三官这一向到花家里来么？"那周裁缝极口快的，便道："他是不出门的主顾，怎么到来问我！"李二道："我前日分明见他进去，多时不见出来。进去寻了一番，又不见影，反受了一肚皮臭气，心内不甘。你若晓得这头路，我断不负你。"那周裁缝是个口尖舌快的人，他道："我这几时不管人间事。若是十年前生性，早早教他做出来了。"李二道："周师父，你若肯帮我做事，我当奉酬白金五两。"

周裁缝听见说许了五两银子，就欢喜起来，忙道："若要如此，必须生个计较。此事一不做二不休，不是取笑的。先与他丈夫说知，一齐捉奸，方免无事。"李二道："可恨淫妇，必在丈夫面前骂言说我，花二故此久不

---

① 阴骘（zhì）：指阴德。

上门。今虽欲通言,奈无由得计。”裁缝笑道:“花二官是酒徒,扯到店上吃酒。中间三言两语,激起性子了,自然妥当。他若不听你,你却教他问我,我自搬他一场是非,自然信了。”李二道:“你这几日不出去做生活方好。”裁缝道:“只有一个张家,要去完他首尾,看早晚去完了,只坐在这里等着便了。”

李二计议已定。次日怀些酒资,恰好撞着花二,倒身一揖,花二假意还礼,眼看别处。李二道:“哥哥凡事三思。自古道,若听一面说,便见相离别。我有许多为你心腹话,不曾与你说罢了。”花二本待不理他,又听他说有心腹话,只得道:“有何话快说来。”李二见他答话,连忙扯了径上酒楼。将酒筛下一盏,送与花二。花二只得吃了,也回送李二一盏,道:“有话快说。”李二道:“且慢些,说将来,恐你酒也吃不下了。”花二一发疑心,只得又吃了几盏道:“大丈夫说话不明,犹如钝剑伤人。说明了,到吃得酒下。”李二故意欲言不言。花二道:“罢,你既不道,我也不吃了,去罢。”李二道:“说来恐你不信,反嗔怪我。”花二道:“我不怪你。”李二道:“也罢,说与你知,怪不怪凭你便是。那任三这几时你曾会他么?”花二道:“数日前,他馆中回来,我到他家中去吃酒了。”李二默然。又说道:“哥,前日二娘骂我这日,任三到你家来,二娘把他藏在家里,被我知道了,要进去搜捉,因此二娘急了,反骂将起来的。你是个大丈夫,不可被妇人骗了。”

花二想了又想,我妻子好端正的,怎歪说起这般说话。便道:“你既知道那日任三是在我家,就该直说了是。今据你此言,他两人一定有奸了。此事不是当要的,可直直说来我听。”李二道:“说也没干。我亲眼见他进去多时不见出来,所以要搜。若是假说,天诛地灭。你若再不信,去问你邻居周裁缝便是。”花二说道:“是了,想此事有些因。多时不见他,想是那日躲在我家过夜被你知觉,恐你埋伏捉住,不好出门,反说来寻我,同我出门,方可掩人耳目。是了,是了,再不必言,必定事真矣。除非杀了二人,方消我恨。”李二道:“且噤声。事倘不成,反为不美。还须定计,方可除之。”花二忙问何计较,李二道:“计较到有,只是不可又被二娘识破,反受其害。”花二道:“不妨不妨,我自然谨密就是了。”李二道:“事不宜迟,你可今晚扬言,假说明早要往府城去有何事理,一面去约任三到家里说话。不可等他来,你可先出门去。他若来见你不在家,自然又留过夜。

待我与你探听，如在时，报你知道，你却回家下手便了。”花二道：“是了。且别着，明日再会。”李二道：“万不可泄漏。”花二说：“不须分付了。”

径到门首，恰好裁缝在家，叫道：“周师父，有一句话出来问你。”那老周见了花林，便心照了，忙说：“有何见教？想是要我裁衣么？”花二道：“你不可瞒我，我这件事，也料难瞒你。那任三之事，你可曾见来么？”老周道：“大官人，我老人家不管这等闲事。此乃阴骘之事，罪过，罪过。露水夫妻乃前世定的，只要自己谨慎些儿就是了。何必问我？”花二听了这几句话，实在是了。道声请了，便回家。扯开了门，到假意儿全无恼色道：“我明日要往府城中去，可与我打点着，备些酒菜。”二娘道：“你去何干？”花二道：“去寻一个人讲话。”二娘暗暗欢喜不题。

且说那李二说这场是非，自己心中猜道：“花二回去，必然去问周裁缝，不免随步儿走到裁缝门首一问。”老周看见了李二，连忙走将出来，将花二问的情由叙了一遍道：“十分相信了。”又问李二道：“何计捉他？”李二道：“一面花二只说出路，一面反教任三到家说话。倘或走来，见花二不在，自然又上钩了。那时我与他探听，果然如此，去报老花。管取双双都做无头之鬼，方称我心也。”老周道：“前言不可失信。”李二道：“这些小事，不须分付。”径去了。

且说次日，花二起来，对妻子道：“我今就要府中去。我想前日扰了任三官，今日顺便安排些小菜儿，添着几味，请他来答席。我如今去约他，他若来迟，你就陪他吃了便是。”二娘满心欢喜道：“那有我陪之理。”花二假意买些物件，一面见了李二，约定今日看任三动静，先将那把利刀交与李二收看，一面自去见了任三，约他下午到家说话不题。

且说周裁缝被张典膳家家人再三催做衣服，坐定逼他起身，算来不能延推，只得去做。须臾，奶奶出来道：“师父为何事不来，耽搁到如今？”这老周叫声道：“奶奶，只因穷忙，误了奶奶的事。今日我对门邻舍花家，有天大一桩事，我要在家里看看的，被管家逼不过，只得走了来。”奶奶听他说出花家两字，问道：“莫非是那花林家里么？”老周道：“正是。奶奶为何又晓得？”奶奶道：“他家与我有亲。今日他家有何大事，可对我说。”老周道：“既是令亲，不便说得。”奶奶道：“不妨。有话快说。”

老周原是个口快的人，见逼得紧，料想毕竟难以隐瞒，便道：“莫怪了我，实对你说。他妻子二娘生得妖娆标致，与一个任三官相好搭上了。”

奶奶道:“那任三官在何方?是甚么人?”老周道:“他父亲做任典史官是的。”奶奶着紧道:“他两个敢做出此事来了么?”道:“走长久了。花林有一朋友,名叫李二,要去踏浑水,二娘不肯。后来被他撞破了,昨日与花林说知。今日李二定计,假说花林往府城中去,反约任三来家,料然二娘留他过夜。今晚双双定做无头之鬼矣。”张家奶奶道:“你缘何晓得?”道:“李二与我极厚。他说与我,叫我相帮他动手,故此晓得。”

那奶奶听了这番言语,三脚两步,径入女儿房中,一五一十,尽情说了一遍。女儿道:“如何可救得他方好?”奶奶道:“且不可响,我亲去与二娘说知,救他一命,报他前日之恩。一面着家人骑马速到任家,说与任三官,今日切不可往花家去,有人要害你性命,坐在家中不出门,可保无事。”女儿道:“娘既自去,还用速些方好。”即时唤了女轿,飞也似抬到花家。

轿夫叩门,二娘听见门响,只说是任三官到了,开门一看,恰是张奶奶,又惊又喜,忙忙施礼,称谢了一番。道:“花官人在那里?”二娘道:“为府城里有事,出门去不多时。”奶奶想道:“此事是真的了。”二娘道:“奶奶里面请坐。”二人轩子里坐下。那奶奶悄悄在二娘耳畔说了一遍,惊得二娘面如土色,牙关打战。呆了一会,倒身拜谢:“此事若非奶奶来说,必遭毒手。”奶奶道:“一来答报前恩,二来救小婿一命。”二娘感激不尽,就将请三官酒食摆将出来,请奶奶吃了几杯。辞别去了。

任三官在家正打扮得齐齐整整的,出门未及几步,只见张家的人慌慌忙忙扯住了,附耳低言,说了一回。三官大惊失色,沉吟一会道:“知道了。”打发张家之人进内吃饭。自家回身坐在书房里想:“我不去,谅二娘无害。不免写一封字,着文助拿了,只说有事不及领酒。花二见时,必不生疑心。”即时封好,文助拿了,径至花家投下。二娘阻当道:“叫三爷切不可来。”按下不题。

且说李二留花林在家饮酒,只等任三上钩。李二心下不定,不知任三去也不曾。走到任家,问一个老管家道:“老官,你三爷往花家吃酒,可曾去了么?”那管家便信口儿道:“去了。”李二见说,欢天喜地走回与花林道:“任三已到你家去了。”花林咬牙切齿道:“可恨,可恨!”李二劝着,大碗而吃道:“多吃些,好动手。”不觉天色将晚,花林提刀便走。李二道:“且慢去,待我去探听,或在你家楼上,或在后轩,走去一刀了事。倘然捉不住,被他走了,反被他笑。你可坐在此,再慢慢吃两碗,我去看了动静来回你。”

且说二娘心下思量：“没有汉子，怕他怎的！只是可恨李二，他帮我丈夫害我性命，想他必然先来探听。我有道理在此。”正是：人无害虎心，虎有伤人意。先将灯火点起，放在灶上，又去把大门半掩着，自己坐在中门，暗地里专等李二来。不想李二把门一推，却好半掩的，一直悄悄走至中门探听。二娘认定果是李二，便叫道：“三郎，这边来。”把李二一把搂定，便去扯他裤子。李二一时浑了，欲火难禁，想道：“日常要与他如此不能上手，不如竟认做任三，快活一番再说。”两个在轩子内弄将起来。弄得李二快活，想道：“我且弄完了回去复花林，说任三不来，且再理会。留下此妇，再图久远。”那二娘故意弄妖作势，李二十分得趣。

且说花林等得不耐烦了，想道：“为何不见来？想是撞着任贼厮闹起来。倘被此贼走了去，怎生气得他过。”提刀在手，一口气走到门首。见门开的，径往里走。二娘一心儿听着，听得脚步走响，知是花林来了，便大叫：“四邻人等，有人见我丈夫不在家，在此强奸我，快快走来捉他。”李二听见要走，被二娘紧紧拘定，那里动得。花林为人极莽，上前摸着奸夫，一把头发抽住，不由分说，一刀便砍，头已下地。

花二又来捉二娘，被二娘早取门栓在手，花二不提防，被二娘将刀扑地一打，那刀早已堕地。二娘忙忙把刀向小屋上一撩，那刀不知那里去了。花二道：“淫妇，休得撒野！我闻知任贼向来与你通好，今日特来杀汝。今奸夫已死，你何敢无礼！”上前来捉，被二娘将栓照手一下，叫声：“呵唷，疼死我也！了不得，决不干休！”二娘骂道：“痴蠢东西！世上只有和奸杀妻子。我在此叫喊，你为丈夫的，帮我拿他方是道理，怎么杀了强奸的人，又要杀我？世有此理么！”花林骂道：“休得油嘴。李二说，你二人和奸已久。想是今日知我来杀，你故此反叫强奸，思留生命。休想饶你！”二娘道：“怪不了你要寻事，我怎得知？任三叔是个读书人，那有此心？”花林道：“还要油嘴！一个任贼，现杀死在地，还这般可恶。”二娘道：“蠢东西！方才李二进门，他道：‘二娘，向来慕你姿容，相求几次。今日从我，救你一死。若不相从，你命休矣。’说罢，把我牵到在此。我坚执不从，被他就强奸了。叫得口干，那得人来救我。你杀的是李二，怎说是任三！”

花林走到尸旁，取灯相照。把头提起仔细一看，吃了一惊，径连忙撒在地下,道:“是了,几次奸你不遂,故生此计。方才狠留住我,他自先来行奸。他想我决不来,放心行事。想皇天有眼,自作自受。且问你,任三今日几时去的?”二娘道:“他不曾来。你出门不多时,着一小厮,拿一封字儿道寄与你看。”即将这封字递与花林。花林洗净了手,灯下拆开一看,上写着:

荷蒙宠召,本当拜领。闻兄往府公干,恐误尊驾。心领盛情,容后面谢。不尽。

弟任三顿首

花二看罢道:“原来不至我家。李二又与我说来了,一发情弊显然了,杀得好。险些儿误了你一条性命。”二娘冷笑道:“指奸不为奸,撒手不为奸。捉贼见赃,捉奸见双。好没来头,为何杀得我!只是这死尸,看你如何发放。”花林想了一会道:“拿一条口袋,将尸身装起,驼去丢在李二家中。况他并无甚人往来,那里知道是我家杀的。只要瞒得外边邻舍方好。”二娘道:“今日周裁缝闭着门,间壁王阿爹往女儿家去了。这边张家,下乡差使,阿妈也不在家。我方才这般大叫,都不在,所以被他奸了。如今想都不曾回,趁早装了送去。”先将地洒上清水,洗得洁洁净净,相帮花林背上了肩,一气走,径到李二门首。把门推开,将尸首倒出就走,把袋撒在官河内。到家,只见二娘倚门相候。花二道:“为何站在此间?”二娘道:“里面坐着有些怕人。”花二道:“不妨,怕他做甚。”取火来打了一个醋炭,整起酒来对吃。上床到取乐一番。

二娘从此收了心,与花二道:“我姑娘年已老了,独自无人,不若接来家下相伴着我,免得你心猜疑。”花二道:“有理,我今立志不去游手好闲了,将前日张家送的物件,变换作了本钱,做了生意过活。”二娘喜道:“这般才是。”任三官也收了心,竟择日娶了妻子。夫妻和顺,再不想去到花家闲走了。不必提起。

且说那口快的老周在张家做得衣服完成,回时已将黄昏。往李二门首经过,想道:“不知此事如何了,若是停当之时,取他的五两头。”不免推推门看,见门是开的:“原来已回家了。”一头叫,一头往内走。绊着尸首,跌在尸上,把手摸着是人,怎生睡在地上?又湿漉漉的?想是吃醉了吐的,不若今晚且回,明日来取便了。扒得起来,身上跌烂湿。把门带上了,一步步走回来。将匙开了进门,也无灯火,径自上床睡了。

且说次日，那李二邻居有好事的。叫道："李二哥，日高三丈，还未开门。"信手一推，见身首异处，大吃一惊。叫道："地方，不好了！不知李二被何人杀死在此。"不时间，哄动了许多人。地方里甲看道："莫忙，现有血迹在此，大家都走不开，一步步挨寻将去，看在何处地方，必有分晓。"众人一齐跟寻血路，直走到周裁缝门首便没了。看他门是闭的，众人乱敲乱打，惊得老周跳起床来，披了衣服，下床开门一看。众人见他满衣是血，都一声喊道："是了，是了！"登时推的推，扭的扭，径到华亭县禀了太爷。

那知县未免三推六问，那老人家又那里受得刑起，死去还魂，押入牢中，做着一桩疑狱。一面着地方里甲，即同收尸回报。

后来周裁缝死在牢中，拖出去丢在万人坑内，未免猪拖狗扯。只因舌尖口快，又贪着五两银子，竟要害人性命，合受此报。花二娘命该刀下身亡，只因救了任三的妻子，起了这点好心，故使奶奶答救了这条性命。正是：

心好只好，心恶只恶。仔细看来，上天不错。

第二回 吴千里两世谐佳丽

英雄赳赳冠时髦，三十年前学六韬①。
铜柱津头怀马援②，玉门关外老班超③。
金貂闪烁簪缨④贵，竹帛光荣汗马劳。
圣代只今多雨露，团花新赐锦宫袍。

这八句诗，单说万历三十年间，叛贼杨应龙作反。可怜遇贼人家无不受害，致使人离财散，家室一空。拿着精壮男子抵冲头阵，少年艳冶妇女掳在帐中，恣意取乐。也不管缙绅⑤宅眷，不分良贱人家，一概混淫，痛恨之极。正是：

宁为太平犬，莫作乱世人。

那时各路发兵征剿，杨应龙难敌，一时自刎而亡。余众杀的杀，走的走，尽皆散了。这各路军兵不免回归，那本处乡绅、现任官府治酒请着各路将军，感他保守有功。有诗为证：

北垣新阁拜龙骧⑥，独立营门剑有光。
雕拔夜云知御苑，马随青帝踏花香。
诸番悉静三边戍，六国平来两鬓霜。
归去朝端如有问，肯令王翦⑦在频阳。

这些兵士们，一个个欢天喜地。正是：

喜孜孜鞭敲金镫响，笑吟吟齐唱凯歌回。

那一个身边没有几十两银子带回，恨不能插翅儿飞到家里。其中也有阵亡的，也有捌伤带病的。其时，浙江省内有一兵士，姓吴名胜，字千里，乃

---

① 六韬：中国古代兵书，现存六卷，即文韬、武韬、龙韬、虎韬、豹韬、犬韬。
② 马援：东汉伏波将军。
③ 班超：东汉名将，出使西域，在西域三十一年。
④ 簪缨：古代官吏的冠饰，用来把冠固着在头上，喻显贵。
⑤ 缙绅：官宦的代称。
⑥ 龙骧：龙骧将军的省称，这里指将军。
⑦ 王翦：秦朝名将。

金华府义乌县人,年纪方交二十岁,气力颇有十分。当时别了父母,随了主帅出征,得胜还家,十分之喜。他便收收拾拾,行粮坐粮,犒赏衣甲等银也有数十两。他心中想道:"且喜积下许多银子,归家完婚,使费一应足了。"又想道:"战场上阵亡许多伙伴,身边俱有金银,不若待我探取归家,慢慢受用。正是:见物不取,失之千里。"遂将行李安了客店,自己径往沙场尽力搜寻,竟得了千余之数。连忙置办一副罗担,将金银满装,独自挑了而行。免不得一路盘诘①,征士腰牌照验,谁敢留难。每日晓行夜住。

不止一日,已到江西新城县地方。天色已晚,并无客店,心下着忙。虽然身上有些气力,路中恐有强人,寡不敌众,如何是好。他便心生一计,将这担银子拖到一个深草丛中藏了,插标为记,空身向前寻觅客店。行了半里路程,方见些儿灯火。上前一看,是个人家。吴胜见了,即便叩门。只见里边拿了灯火问道:"是谁叩门?"开门出来。吴胜一见主人是个五十多岁的人,也便道:"长者见礼了。"那主人慌忙放下了灯,回礼道:"不敢。"请进了门道:"黄昏到来,有何见谕?"吴胜道:"不该暮夜唐突,容求登堂奉禀。"主人拴上大门,取了灯,引至堂上,分宾主坐定。

吴胜说:"在下是浙江金华府义乌县人,姓吴名胜,贱号千里。只因杨应龙作乱,有力投军,随师征剿。幸喜平贼还家,一路上多赶了些路程,天色晚了,没处相寻客店。若是长者近处有歇宿人家,烦为相引。若是没有,大胆借宿一宵,自当奉谢。请问长者高姓尊名?"陈栋见他身虽武士,口却能文,答道:"不佞②姓陈名栋,本地人氏。此地宿店尽有,何苦又去黑夜相寻?不嫌草榻,权宿一宵。只是不知大驾至,有失款待。"即时分付家下,快备现成酒饭。吴胜感激不尽,看那主人十分忠厚的了,便道:"府上有尊价③借一位。在下有些物件藏在草中,恐路有小人,暂置一处。今观长者高谊,不若挑在高居,以免一宵记念。"陈栋道:"何不早说。"连忙叫小二快来。

小二应了一声,立在堂前。陈栋道:"快拿了火把,同这位长官往前面村落,一担物件,可代他挑了来。"小二即时点着火炬,随了吴胜,径至

---

① 盘诘(jié):仔细追问。

② 不佞(nìng):没有才能。自谦词。

③ 价(jiè):旧称被派遣传送东西或传达事情的人。

彼处认标，挑着回来。一路儿担重，歇了又歇，道："是何宝物，如此沉重？莫非是金银么？"吴胜道："也有些儿在内。待挑至府上，自然谢你。"小二想道："多分①是个强人无疑，不然为何有如此重的金银？"道："客官，你作何生意？趁这许多财物？"吴胜道："我身充行伍，积攒下的。"小二道："家有何亲戚？"吴胜说："父母在堂。妻小未婚。"不觉闲话之间，已到陈宅，叩门挑进放下。

陈栋置酒于西首小房，接了吴胜坐下。那小二把主人扯了一扯，到了外边说道："这人不是好人，分明是个强盗。"陈栋惊问道："怎见得？"小二道："方才一担都是金银，挑得我两肩肿痛。若是放了他去，前面做出事来，反要害了我家。不若今夜结果了他，取了他许多财宝，到是干净。"陈栋道："人来投主，怎么起得此心？"小二道："不可没了主意，后来懊悔迟了。况且他是杀人放火来的，我们处置他，不过是替天行道，有何罪过？"正是：

我本无心求富贵，那知富贵逼人来。

陈栋初时一个好人，被小二说了一番，也没主意："据你之言，怎生的害得他生命？"小二道："他目今现有一把利刀。只要灌得他醉了，我自断送，不要你老人家费心便了。"陈栋道："阿弥陀佛，随你罢。"重至小房陪着坐了。吴胜道："方才见尊价与长者言久，莫非内客为在下搅扰见怪么？"陈栋道："吴先生见差了，小使与老夫说，此客乃富家子弟，不可怠慢他，要去杀鸡宰鹅。我道夜已深了，有心不在忙。待至明日，竭诚来请便了。所以言语良久，有失奉陪，休得见疑。"吴胜感激不尽。

那小二烫了热酒，只顾劝饮，一碗未了，又上一碗。吴胜辛苦多时的人了，那里支撑得住，不觉的大醉，就靠在桌上，须臾鼻息如雷。小二便抱他困在床上，推了几推，全然不动。小二把酒筛上几碗，流水而吃，去担中取了那把尖刀，放在灯后，又吃个长流水。酒已醉，胆已大，去把吴胜一推，动也不动，连忙解开他身上衣服，把绳捆定。陈栋躲入屏后，小二持刀在手，照着心窝着实一刺，进内五寸。那吴胜在床上一跳，滚下床来乱跌，被小二尽力按着，看看气绝，手足冰冷。正是：

莫信直中直，须防仁不仁。

---

① 多分：大半，大约。推测之辞。

陈栋道："阿弥陀佛，便饶也罢。"小二笑道："分上讲迟了。"去拿一把锄头，道："待我埋了他，免得暴露尸骸，是罪过的。"陈栋拿了灯笼，小二驼了尸首，走到对面盘山脚下。掘了一个土坑，把一条草席裹了尸首放在坑里，把土填平了。

归家取出担来，俱是布袱的银子，约有二千余两。陈栋夫妻一时间富贵起来。自想今日之事，多亏小二，况且年过半百并无男女，就把小二认做亲儿，娶了一房美貌的媳妇。家下收租囤米，放债买田。不须三个年头，家私已积半万。乡民称他为员外，称妻子为安人，他一门大小，好不快活。真个牛马成群，僮仆作队。

一日，员外乘马往东庄取债，适逢农事正殷，静尔观之。有词证曰：

东郊农事已兴，北郭春人恒聚。荒村破屋，无不动其犁锄；沐雨栉风①，亦相从于耒耜②。陌上堪驱秧马，路旁逢驾粪车。摊饭庄丁，投足便眠野草；馈浆田妇，满头尽插山花。桔槔③月下相闻，祓禊④雨中共语。往来里巷，少有闲人；嬉笑沟涂，皆非生客。土鼓喧迎岁序，瓦盘数长儿孙。一人耕，九人食，乐且无饥；五母鸡，二母彘⑤，老不失肉。贵金不如贵粟，骑马争如骑牛。又如未盘社酒，同井相遗；野曲山歌，邻墟互答。家籍上农之户，子举力田之科。如京如坻，纳稼以供王税；不蝗不旱，洗腆以奉亲颜。验工力之怠勤，较收成之丰歉。作为春酒，介眉寿于万年；劳彼岁工，诵豳风⑥于七月。村藏风雅，俗是陶唐⑦。难更四序忙闲，岂识一生悲戚。笑他服贾，终年只狎风波；何似躬耕，每饭不离妻子。岂不为田家乐乎！

员外观之，好生快活，取了租户十两租息，吃了午饭，骑马而回。往一溪边行过，那马见了溪水，住了双蹄，吃个不住。员外骑在马上，恐防跌下溪去，把马带在岸边，下了马，将他拴在近水柳树上，凭他自吃。自己走到

---

① 沐雨栉(zhì)风：奔波劳碌，风雨不停。

② 耒耜(lěi sì)：古代一种像犁的农具，也用做农具的统称。

③ 桔槔(jié gāo)：也称"吊杆"，一种原始的提水工具。

④ 祓禊(fú xì)：古代民俗，三月上巳日在水边洗濯。

⑤ 彘(zhì)：猪。

⑥ 豳(bīn)风：《诗经》中的篇名。泛指农事之歌。

⑦ 陶唐：帝尧，指远古。

前边一个人家,恰好有条板凳放在门外。员外见了,把扇儿扇上一番,去了浮尘,倒身坐下。只见里边走出一个小娃子,有三岁上下光景。见了员外,笑嘻嘻走到身边,倒在怀里。看了员外叫道:“爹呀,爹呀。”只顾叫。员外大喜道:“怪哉!看这小小人家,到生得这个乖儿子。”连忙袖中去摸取几枚枣子,径把与他。娃子接了便吃,再不肯走开。员外摸着他头儿,叫道:“乖儿,大来是有福的。”

正在那里闲话。原来这娃子父亲,唤作何立,在乡间磨豆腐卖的。恰好溪中淘豆回来,看见陈栋坐在他门首,叫道:“员外何事?贵人踏贱地,难得,难得。”员外道:“这娃子是你何人?”何立说:“是小犬。”员外道:“好乖。几岁了,曾出过痘子么?”何立道:“三岁了。上年冬底出过花儿了。因他母亲半月前生得一个兄弟,还睡在床里,没人管他。自家要耍儿。”员外道:“这等断乳的了。我今日且回,另日来与你讲话。”说罢,立起身要走,那娃子一把扯着了,大哭起来,那里肯放。陈栋双手抱起道:“乖乖,前世一定与你有缘分的。”娃子一把搂定员外脖子,便不哭了。

陈栋道:“何兄,你看娃子这般苦楚,我若去后,倘他又哭,我心不忍。你肯过继与我为子么?”何立欢喜道:“只是没福受员外家当,我怎生不肯!”员外道:“你虽然肯了,恐他母娘难舍。”何立道:“他一身尚未知吉凶,得员外收留,万分之喜了,那有不肯之理!”员外道:“你进去问一声,看是如何?”

何立进内与妻子说了一番。那妻子初然实是难舍,听得丈夫说他有万金家事,并无亲生儿女,日后都是我们的,方才允诺。何立出来道:“员外,山妻深感盛情,待他身体好了上门拜谢。”员外欢喜,把手入袖中,取出一个纸包来。乃东庄取的十两银子,送与何立道:“偶有白金十两,送与令正①买果子吃。待令正安康了,我着人奉请你二位到舍,另有厚赠。”将娃子递与何立道:“抱他进去,别了母亲。”那娃子一把搂住脖子,那里肯放。何立道:“员外,不消得②,少不得到府上就有相见之日的。”一面去与员外解了马牵到门首。员外抱着娃子立在凳上,何立相扶上马,道声请了,那马飞跑去了。

---

① 令正:古时对别人妻子的尊称。

② 不消得:指没关系。

顷刻之间,到了家下,抱着娃子走入堂中。安人出来惊问道:“那里来这个清秀娃子?”员外从头说了一回。一家儿道:“大分前生有缘法,故此一见,便难舍了。”这娃子到了陈家再也不哭,只在地下嘻笑。

不觉又将一个月光景,员外知何娘子已好,着安童到何家接他夫妻二人,带了亲生小儿子到家。请了诸亲各眷,东舍西邻,整治酒席请着多人,把儿子抱出堂前,求年长亲友取一学名。各人见了,道:“清秀佳儿”,无不称赏。内中一长者道:“有这般一个儿子,难道中不得个状元!就取名陈三元罢。”大家齐声叫好,一齐上席饮酒,更深方散。留何立就居于西首小房内住下不题。

不觉光阴又是一年多了。正是那三伏天气,好炎热,只见:

> 炎天若甑①,赤地如烧。比邻有竹,寻常径住何妨。长日闭门,寂寞独眠亦爽。既而凉生殿角,银甲弹乎琵琶。雨过池塘,绣衣挂于萝薜②。平泉醒酒之石,长安结锦之棚,莫不留朱李于金盘,浮甘瓜于玉井。华筵高敞,贫家半载之粮。绿树深沉,酷暑六壬③之散。换卖半床清梦,探支八月凉风。不知策疲马于风尘,果因何事?戴峨冠而呵从,抑属何情?又如碎影漾莲,边阴在户。扫地能令心净,折莲易伴人情。一饱事休,一酣情足。机关不设,浑如结夏④头陀。盥栉⑤都忘,可称逃名懒汉。扇摇白羽,歇用碧筒。试看千古战争,总归闲话。不至奔劳疾病,便是尊生。是以喜见闲人,惮闻俗事。众皆罢去,松梢老却蟾蜍。我独多情,阶上听残蜻蜓。昼望青山而坐,夜乘蓝舆而归。但惜禾苗,无日不思阴雨。更愁亲友,此时尚在炎方。
>
> 正是:农夫心里如汤滚,公子王孙把扇摇。

果然好热。那陈员外早早洗了一个澡,吃了些凉酒,向南窗卧榻上睡一睡,独自一个,不觉大酣起来。那三元在地下耍子,独自个一步步的走到床前,听了酣声嘻嘻的笑,手中拿着一把小小裁纸利刀儿,见员外肚皮歇

---

① 甑(zèng):古代蒸饭用的炊具。

② 萝薜:萝、薜均为植物名。

③ 六壬:古代迷信者用以占卜吉凶的一种方法。

④ 结夏:佛教僧尼从农历四月十五日起静居寺院,不出门行动,谓之结夏。

⑤ 盥(guàn)栉:洗梳。

歇的动，三元把手在上边蒲蒲摸摸，把刀在脐眼上搠了又搠，搠得员外睡梦中觉得肚上痒。只说是蚊虫之类来咬他，把自己之手在肚皮重打一下，那刀已进肚腹，叫声“阿哟，不好了”，乱滚下床来。惊得三元哭将起来，一家人方才听见，一齐走来。只见员外跌在地下气已将绝，肚脐中流出血来。大家看时，见一把小刀柄在肚上。速速取出，肠已断了。安人哭将起来，何立夫妻、小二夫妻、家中使女一齐放声大哭：“但不知何人下此毒手，拿着他死也不饶他！”安人道：“不可猜疑，我昨夜梦见那年吴胜长官，拿一把小刀，望员外肚上一刺，把我惊将醒来。恰是一梦。”小二听了，心知冤枉，道：“冤冤相报，不必哭了。”即时置了棺木。一应丧仪，俱照乡绅家行事。把小二、三元做了孝子。七七诵经出殡埋葬。

三年服满，三元已长成七岁了，送上学堂攻书。几年之间，把《四书》、《五经》俱读完了。到了十五岁，诸子百家，《通鉴》性理，烂熟如流。文章下笔生花，把新生兄弟教训得文理大通。闲空时，在空地上抡枪舞棒，与人较力。他又生得长成，梳了发，戴了巾，与同学往来，质气与小二大不相同。小二说话出口便俗，三元人前常自笑他。小二怀恨在心，常吃酒醉下，便在房中把三元骂个不了。这三元在个书馆中，那里知道。

一日，小二又吃醉了，在房中骂：“小畜生，不记得爹娘磨水的时节，穷得一贫如洗。如今把你一家受用。你道这家私是那里来的？亏了我当初谋得这两千银子，挣起的家私。若再无礼，我把你小畜生照当时十五年前断送了吴胜的手段，照心一刀，把你埋于盘山脚下凑作一对。看你这家私，分得我的么！”小二妻子道：“什么说话！小叔是个好人，你为何事吃醉了，便把他来醒酒！岂不闻，酒中不语真君子，财上分明大丈夫。”

不想次子在房外听见，速忙说与父母。何立夫妻听他骂得古怪，便细细的记得，一字不忘。至次日，到三元馆中，教他至无人密地，一五一十说了一遍。三元沉吟许久，对父亲道：“此话只做不知。我自有道理。”

何立先回，三元心生一计，径至安人房中问安，就悄悄儿的说：“孩儿夜来得一梦，甚是古怪。梦见一人口称吴胜，说十五年前，被小二对心一刀，将尸首埋于盘山脚下，未曾托生，要孩儿与他诵经超度。他又说，若不依我，祸及全家。此事不知有无，何不为儿细说。”那安人听了这番说话，道：“儿，句句真的。”便从根至尾说了一遍，道：“原不是员外主意，都是小二行的事。员外死的这一夜，我也梦见冤魂，刺了一下死的。宁可信其有,不可信其无。鬼是有的,孩儿不可不信。”三元听说道:“母亲且请宽怀,孩儿自有主意。”

三元回到书房,闷闷昏昏,沉吟不语。想了一会:原来小二是凶人,我若不早防,后遭毒手,悔时迟矣。况非我亲枝骨肉,原系家童,我就与吴胜报仇,也是一桩快事。除是经官,方可除此凶恶。口中道:“吴将军,阴灵护我,与你报此一桩大仇,使我生得个法儿,方可行事。欲待告官,又无对证。谁做原告?”又沉吟一会,便笑将起来道:“且打个没头官司,惊他一惊,也可出气。”便提起笔来写道:

> 告状冤魂吴胜,系浙江义乌县人。在生身京兵士,于万历年间,随征杨应龙。得胜还家,路经本县盘山对门陈小二家投歇。窥金二千余两,顿起凶心,将酒灌醉,夜深持刀杀死。尸埋盘山脚下一十五年,枯骨难归故土,父母妻儿,倚门号泣。共愤因财而陷命,独悲异地之孤魂。恳乞天台,严差拘恶,陈小二跟同邻里人等,亲提一鞫。探尸有无,人人堪证。除剪凶暴,正法典型,生死感恩。上告。

一时间写完了,看了又看,道:“必然要准。倘掘出尸首,做定大罪了。”又想道:“罢,这样恶人留他在家,养虎害身了。只是无人去告,怎么好?”又道:“待我悄的走到县前,见景生情便了。”恰好撞见一个常到陈家来催钱粮的差人。此人也姓陈,一个字也不识得的。三元想道正好,叫道:“陈牌,有一纸催粮呈子劳你一递。容谢。”差人道:“小相公,谢到不必。若准了,就与在下效劳便是。”三元道:“这般一发妙了。”恰好投文牌出来,差人投在里面去了。三元径回书房读书。

且说知县次日升堂,把一纸呈子上面标着:

> 此状鬼使神差,该县火速行牌。
> 去拘凶身小二,同邻验取尸骸。
> 限定午时听音,差人不许延捱。
> 若是徇情卖放,办了棺木进来。

那刑房见了,即研香墨,忙展拘牌,便把八句一字不更,写了年月,当堂签了,交付差人。两公差听了这般言语,接了牌,飞也似跑到陈家门首。见一个人立在门外,差人道:“请问一声,贵村有个姓陈的么?”小二道:“我这里那个还敢姓陈,只有我家了。有何话说?”差人道:“有些钱粮要他完一完,特来寻他。”小二道:“这般小事,何用大惊小怪。”差人道:“钱粮不多,比较得紧,故此动问。”小二道:“该多少?”差人道:“他府上有个小二官,悉知细底。”小二道:“我便是陈二爹了。”差人见说,一把扭住。一个取出麻绳,夹脖子一套锁住了。小二骂:“可恶得紧,这钱粮我手上不知完过了多少,并不见这般利害差人。”那公人也不答他,登时叫起地方道:“陈小二杀人。今奉本县太爷钧①牌,着地方里甲同至盘山脚下,验取尸首有无,要同去回话。”那排邻地方听说这话,吃了一惊,道:“有这般奇事?”小二惊得面如土色,言语一句也说不出了。

三元在房中听见,走出来看,何立一把扯定道:“你不可出去。”三元道:“他自作自受,与我何干。况家无二犯,不必多心。”径出门前。见众人都往盘山脚下,说不知那一块地上埋着。问小二,只不做声。众人乱骂起来:“你到杀人,俺们在此陪工夫。还不快说!我们私下先打他一顿,再去见差人说话。他若不说,待我去夹他的孤拐②,自然说了。”小二见如此光景,料隐匿不得了,道:“不干我事,都是我老官在日做的事。不过在这一搭儿地上。”

众人见指了所在,锄头铁锹一齐动手。掘了二尺不上,土泥见了草屑。又去一层土泥,有一卷草席。内中一个胆大后生,去把草席打开,内有个僵尸死人。一个翻转,面色朝天,神色不动半毫。各人口称异事,只少一口气儿,面貌竟像三元一般无二。众人道:“既有尸首,且不可动。依先掩在土中,禀过太爷怎生发放。”内中着几个人看守,恐有疏虞取责不便,差人带了小二、地方径到县中。

早堂未散,一齐跪下禀明。县官道:“好奇异,果是冤魂告状!”便叫:“小二,你谋财害命,理当枭③斩。”小二道:“青天老爹,与小人一些也没干涉。俱是老父在日做了事情。”县官道:“鬼魂独告你,并无你父亲名字。还要抵赖,取夹棍与我夹起来。”正是:

由你人心似铁,怎当官法如炉。

那小二是个极蛮蠢不怕死的赖皮,一夹将拢来,便杀猪一般叫将起来,泣道:“老爷不须夹了,待小人替父亲认了个罪名罢。”县官道:“画招。”着陈

---

① 钧:敬辞,用于尊长或长级。

② 孤拐:脚脖子两旁凸起的骨头。

③ 枭(xiāo):旧时刑罚,把人头砍下并悬挂起来。

家出烧埋银十两八钱，跟同地方买了棺木。遂把小二重责三十板，上了枷押入牢中。余众皆出衙门。谁人不说好个太爷，真是个转世包龙图，断出这一桩没头的事来。

三元同众回家，取了十两八钱银子，公同买了棺木。多余银子，又做几件衣被鞋袜各项物件，央了几个不怕死的蛮人，重新抬出，与他穿上新衣，放入棺内，就埋在原处。三元整了三牲、酒肴、果品、纸绽，拜献了吴胜，收到家中。请着地方原差，一众邻舍，谢了差人，酒罢散去。

小二妻子哭哭啼啼，道无人送饭，哭个不止。三元道："二嫂，你不须啼哭。二哥成了狱，有官饭吃。我方才拿了三两银子，浼[①]差人寄去与他使用，不必记念。此是冤魂不散特来讨命，故有此事。或者后来问得明白，出了罪名，亦未可知，你且宽心。"二嫂见他这般说话，住了泪痕。三元又去安慰陈老安人："事皆前定，不必愁烦。我自常寄银子与他使用，毋烦记念。"这也不题。

且说盘山村有一人家，儿子患了邪症，医不能效，是着了鬼一般，在家中跳来跳去。父母把他锁在冷房，求神卜问，全无分晓。林中有一术士，能召神仙，悉知过去未来之事。一家斋戒致诚，接了术士，演起法来。请得吕祖降坛写出："此子患了风邪，入了心经，故有此症。"随写仙方，几品药饵吃下，即时痊可。

三元闻知，与家中说了道："一齐斋沐了，明日接了术士回家，请仙卜问全门祸福。"家中一齐欢喜。到次日，在家点起香烛，列于后园静室。请了术士，一同拜祷。烧了几道符，须臾盘中仙乩[②]乱动。一家跪在地下道："求大仙书名。"乩上写道：

我那会晓谈天，我也懒参神。我不戴进贤冠，我不爱西子[③]妍。我不受礼法苛，我不喜俗人怜。散发荷花长林下，有时箕踞[④]王公

---

① 浼（měi）：请托。

② 乩（jī）：扶乩为一种迷信活动，架子上吊一根棍儿在沙盘上写字。乩在这里指盘中的沙子。

③ 西子：古代美女西施。

④ 箕踞：席地而坐。

前。谁知白①也诗无敌，清平调里教人言。为受人间青紫累，不得长安市上眠。则如今意气依旧翩翩，须知世上有荣枯，洞前碧草自芊芊。回忆少年事，何故苦留连。羞杀了玉儿捧砚，羞杀了名妓持笺，跣足科头②寒松侧，浪迹飘蓬云水边。袖里《黄庭经》两卷，石上王乔③药一丸。诸真目我为后隽④，狂夫放旷谁敢先。沽一盏，几千年，金茎玉露春饶足，囊中不愁无酒钱。失了笔墨债，尚惹风月缘。最喜是诗酒，头痛杀谈玄。莫笑李白心太癖，人生若个地行仙。蓬莱散吏李太白书

大家方知是李太白大仙下坛。一齐下拜。三元忙分付开陈年花露酒奉献。乩上写道：

陈三元听判：汝前世乃浙江金华府义乌县人，名唤吴胜。身充行伍，随征杨应龙。只合取了本等之银，归家完婚，孝敬父母方是。一时间起了念头，往阵亡诸士身边搜取银两。起了贪心，阴魂暗怒，所以投到此间，借陈二之凶，消众魂之恨。陈栋因此致富，将你借何立妻腹，转世承召陈门，还你本利。陈栋不合从谋，已遭腹伤而死。陈二见财起意，将来报应分明。吴胜生身父母亡过多年。尔未婚妻张氏，为公姑身故，过门殡葬。知尔阵亡，守制在家，不肯他适。夫妻缘分，非比其他。五百年前蓝田⑤种玉，夙缘未了，世世牵连。速取完姻，后有好处。陈母老愈康宁，何氏夫妻、次子，正在极乐世界矣。呵呵，吾退。

那乩便不动了。三元又惊又喜，化纸谢了术士，送出大门。陈安人与三元商议曰："方闻神仙之言，令人毛骨竦然。既有姻缘，前生所定，不可迟了。即当遣人到彼打听明白，迎娶来家，早完大事，待我老身边好放心。"何立道："这也不难，此处离金华不上十日路程，待我去打听明白。带了盘缠，可行则行，可止则止，有何不可？"安人喜道："极好。"即时三元收拾

---

① 白：唐代诗人李白。

② 跣(xiǎn)足科头：赤脚，不戴冠。

③ 王乔：即王子乔，古代仙人。

④ 隽(jùn)：同"俊"。

⑤ 蓝田：古产玉之地。

起二百两银子,付与父亲何立,即便起行。

一程径到义乌县。问起吴家缘由,人俱晓得。悉道吴胜阵亡,其妻不嫁,真个是节女。何立道:"吴家住在何处?"回道:"桥西曲水湾头柳阴之下,小小门儿的便是。"何立别了,径至门首。扣了一下,只见里面问道:"是谁?"何立道:"开门有话。"那门开了,恰是一个女子,有三十余岁光景。生得:

花样妖娆柳样柔,眼波一顾满眶秋。
铁人见了魂应动,顽石如逢也点头。

何立作了一个揖道:"宅上还有何人?"女子一头往内走,回道:"有老父在此。"说罢进去。只见须臾之间,一个老儿出来,有五十多岁的人了。施了礼,坐下问道:"足下何来?有何见谕?"何立道:"在下是江右人,有桩奇事特来面奉相报。"即将太白仙乩之事,一一细说了。那长者道:"是了,半月之前小婿托梦,其中事故一些不差。小女也得一梦,与兄之言相合。数皆前定,不可相强。既承远顾,还有何教?"何立道:"特具礼金百两,奉请令爱到敝亲家完姻,恳老丈送去。一家过了,以尽半子之情。"张老官见说,十分欢喜。

又见里面走出一个小后生,拿了两杯茶放在桌上,上前施礼,两边谦让。张老官道:"是小儿,不须让谦。"作了揖,同坐吃茶。何立取出礼银,送与张老。张老道:"原媒已没多年了,如何是好?"何立道:"只须你老人家作主便是了,何必媒人!只须早早起程方好。船只盘费皆俱,不须费心;妆奁①衣服,件件家下俱有,只求动身早行便了。"张老收了银子,与女儿前后一说,即忙办酒请着何立。一面接了同胞兄弟,将小小家庭付托掌管。次早收拾停当了,同儿子女儿一齐下船,投江西而来。

不须几日,已到本县。何立上岸回家去说,张家三口住在船中等着。何立把前事备陈一遍,各各欢喜。恰好次日黄道吉辰,登时分付治筵相等。请亲房邻友,一齐都到。迎亲鼓乐喧天,进接新人,礼行合卺②。几日酒筵方散。

---

① 妆奁(lián):嫁妆。

② 合卺(jǐn):古时新人在婚礼上各持半个匏瓜瓢饮酒,以示合二为一。是婚礼程序之一。

不提他夫妇快乐，且说小二在监闻知三元做亲，自身受苦，心下十分气苦，染了牢瘟，一命亡了。狱卒到家来说，妻子听报，哭得不住。三元闻知，随即唤了妻弟张二舅，同到县中买棺木之类，托人好好送出监门下材，抬至坟上安葬。小二妻子亦到坟上哭送。其间多亏张二舅竭力相帮，小二妻子十分感激，三元心下自不过意，买些冥礼，家中看经祭奠，戴孝安灵，悉如孝子一般，小二妻心下到也欢喜。过了百日满后，诸事都妥贴了。

一日，新娘子与丈夫道："今二舅尚未配婚，我看二嫂寡居，青年貌美，必然要嫁。不若将他二人为了夫妇，有何不可？"三元一想，道："果然极妙。"一面与安人说知，连声呼好。忙取通书选日，择于二月二十日戌时合卺。安人道："如今还是正月，到十二还有二十余日。到了慢慢的打点起来正好。"二舅已知，看得二娘十分中意。二娘也看上二舅，比前夫小二大不相同。自此两个相见，眼角留情。

看看好事近了，不期安人一时病将起来，服药无效，十分沉重。一家儿大小不安，那里还提起他们亲事。指望到十二好将起来，不料越发沉重了。二舅心中十分不快，不觉天色已晚，吃了些酒道："且去睡罢。"上了床要睡，那里睡得着。想道："不然此时堂已拜了，将次到了手，可惜错过这个好日，不知直到几时？"长吁短叹个不住。

[二舅]走起床来小解，见月色清朗。他重穿小衣，向天井中看月。信步儿走到二娘房前一看，见房中灯火尚明，走到窗前缝中一望，不见二娘。把眼往床上一张，帐儿挂起的，又不见。心下想道，在安人处看病，未曾回房了。去把房门一推，是掩上的。二舅笑道："不可错了好日。"径进了房，把门掩上。走到床后一看，尽可藏身，他便坐在背后。只见二娘已来了，把门拴上，坐在灯下呆想。二舅于帐后看得明白，只见坐了一会，解开衣服，吹灯就寝。叹了一口气，径自睡了。

二舅想道："且慢，倘造次一时间惊了，叫将起来不成体面，待他睡了方可。"一步步捱到床沿，把身子进帐内，悄悄而听。那二娘微有鼻息，二舅轻轻倒身，就睡在头边。心中按纳不住，想道："总然是我的妻子了。料他决不至叫呐田地。"大了胆，轻轻扒在二娘身上。二娘惊醒道："不好了，是那个？"二舅附着耳道："是我。恐可惜错了好日，特来应应日子。"二娘道："你怎生得进房来？"道："你未来，我已在床后坐等了。"二娘道："莫非有人知道？"二舅道："放心，并无人知觉。"二娘道："少不得是你的，何必这般性急?”二舅道:“一日如同过一年,怎生熬得!”两个说明了,放心做事。弄得二娘浑身不定,叫道:“有趣难当,从来不知这般趣事。”二舅见说,高兴之极。道:“我与你天长地久,正好欢娱。”不觉一泻如注,二人酥酥睡了。至天未明,二舅归房又睡,并无一人知觉。自此夜夜来偷,直至月终安人痊可。三月内,两个择日完姻。

三元闻知学道发牌考试生童,兄弟二人即往县中纳卷。考过取了,又赴府考,又取了。宗师考了,取他复试。文字做完,亲自纳卷,恳求面试。提学看罢道:“我有两卷可为案首,不分高下,以招复试。今二卷各有所长,竟不能定夺。也罢,庭前有乌绒花一树,我出一对,对得好的居案首。”

宗师出道:“乌绒花放,如新羊毛笔染银绒。”

三元对道:“皂角子垂,似旧雁翎刀生铁锈。”

提学即将三元取了案首,登时补禀。兄弟何泰,亦取进学。其年亦娶了妻子。

三元后来做了岁贡举人。授了义乌县知县。到任后,与吴胜父母坟上,增添树木,旌表①坟茔。妻家坟土,也是一样的光辉起来。待六年任满,受了封赠。不愿居官,挂冠林下,做了一个逍遥散人。子女五人,俱享荣贵。

可笑陈栋空捧了万贯家财,临死时只得一双空手。小二谋财害命,逃不过天理昭然。后来之人,切不可见财起意,以酒骂人,自具其恶。戒之,戒之。正是:

冤家不可结,结了无休歇。
害人还自害,说人还自说。

---

① 旌(jīng)表:旧时君主用立牌坊或挂匾额等方式表扬遵守封建礼教的人。

第三回 李月仙割爱救亲夫

苦恋多娇美貌，阴谋巧娶欢娱。
上天不错半毫丝，害彼还应害己。
枉着藏头露尾，自然雪化还原。
冤冤相报岂因迟，且待时辰来至。

书生王仲贤，字文甫，年方二十五岁。他祖上只因俗累①，到住在浙江安吉州山中，取其安静。他祖宗三代，俱是川广中贩卖药材，挣了一个小小家园。王文甫在二十岁上，父母便双亡，妻房又死，家中没了人。止有他父亲在日，有一邻友姓章，与伊②父十分契合，一时身故了，家贫如水。文甫父亲一点好心，将出银子买办棺木，盛殓殡葬，到似亲人一般。留下一个儿子，止得一十二岁，唤名章必英，并无亲戚可投，就收留了他在家，与仲贤伴读。故此王文甫早晚把他作伴。

不期王文甫过了二十五岁，尚然青云③梦远，想到求名一字，委实烦难。因祖父生涯，平素极俭，不免弃了文章事业，习了祖上生涯。不得其名，也得其利，就与必英在家闲住。心下想到："年将三旬上下，尚无中馈④之人。不免向街坊闲步，倘寻得标致的填房，不枉掷半生快乐。"

出门信步，径至城东。只见小桥曲水，媚柳乔松，野花遍地，幽鸟啼枝，好个所在。正称赏间，竹扉内走出一个二十二三岁美妇来。淡妆素服，体态幽闲，丰神绰约，容光淑艳，娇媚时生。见了王文甫，看了一眼，掩扉而进。王生见罢，魂飞魄散。心下道："若得这般一个妇女为妻，我便把他做观音礼拜。"又伫立了一会，并不再见出来，怏怏而回。

事也凑巧，恰好撞一贯说媒的赵老娘。文甫迎着问道："此处有个妇人，不知有夫无夫？他是何等人家？"媒人道："是了，那女娘三年前丈夫

---

① 俗累：生活琐事。
② 伊：他。
③ 青云：青云直上，指仕途得意。
④ 中馈：古时指妇人在家中主持饮食之事。

死了,守制才完,唤名李月仙,年方二十三岁。公姑没人,父母双亡。并无一人主婚,只是凭媒而嫁。又无男女拖带,到有女使相陪,唤名红香,有十六岁了,到也俏丽。待老身打听便了。"文甫听说,十分羡慕。叫道:"老媒人,烦你就行,妥不妥,专等你来回话。"那老媒道声:"何难。"径去了。

文甫一路上千思万想,自叫道:"祖宗着力,作成儿孙娶了这个媳妇,生男育女,不绝宗支方好。"恰好才到家中,女媒随后已到。文甫道:"为何这等神速?敢是不成么?"媒人道:"实是烦难。说来可笑,他一要读书子弟,二要年纪相当,三要无前妻儿女,四要无俊俏偏房,五要无诸姑伯叔,六要无公婆在堂,七要夫不贪花赌博,八要夫性气温良,九要不奸盗诈伪,十要不吃酒颠狂。若果一一如此,凭你抱他上床,还道财礼不受的。"文甫道:"妈妈,别人你不晓得,我是这几件一毫也不犯的。怎不能与他说?"媒人道:"我自然便说一毫也不相犯,仙娘十分欢喜。他道:'媒人有几十家,日日缠得厌烦,你快去与他家说了,成不成明日回话。'故此急急跑来的。"文甫道:"相烦妈妈明日一行。虽不要我家财礼,世上也没有不受聘的妻房。"随上楼取了一对金钗,一对金镯,又取了三钱银子代饭,道:"妈妈与他甚近,恐明日又劳你往返,就送了去。明早成亲便了。"媒人取了道:"多谢官人。"径自去了。一夜无眠。

次日,着必英唤了厨子,请了邻友,家中一应齐备。看看近晚,新人轿已到家。夫妻拜下天地祖宗、诸亲各友,归房合卺。将近三鼓,酒阑①人散,文甫上前笑道:"新娘,夜深了,请睡罢。"一把扯他到床沿上双双坐下。文甫便与解衣,月仙忙松纽扣,即上前把口一吹,灯火熄了。文甫与他去了上下之衣。正是:

> 两两夫妻,共入销金之帐;双双男妇,同登白玉之床。正是青鸾两跨,丹凤双骑。得趣佳人,久旷花间乐事;多情浪子,重温被底春情。鳏鱼得水,活泼泼钻入莲根;孤雁停飞,把独木尽情吞占。娇滴滴几转秋波,真成再觑;美甘甘一团津唾,果是填房。芙蓉帐里,虽称一对新人;锦绣衾中,各出两般旧物。

夫妻二人十分欢喜,如鱼得水,似漆投胶。每日里调笑诙谐,每夜里鸾颠凤倒。且说媒人赵老娘走来,月仙见了,称谢不已。因丈夫得意,私房送

---

① 阑:将尽。

他五两银子。那老娘感谢不尽，作别而去。夫妻二人终朝快乐。正是：

万两黄金非是富，一家安乐自然春。

一日，夫妻两个闲话。只见章必英走进来道："大哥，外边米价平空每石贵了三钱。那些做小生意穷人，莫不攒眉蹙额①。我家今年那租田，自然颗粒无收的了。那栈中之米，将次又完，也可籴②些防荒方可。倘然再涨了价钱，到吃亏了。"月仙道："天才晴得一个月，缘何便这般腾涌？"文甫说："倘然天不下雨，荒将起来，那衣衫首饰拿去换米，也不要的。"月仙道："难道金银也不要？"文甫道："岂不闻贱珠玉而贵米粟。金银吃不下的，故此也没用处。"便道："今日偶然说起，若还荒将起来，我们四口儿就难了。"月仙道："寻些活计可保荒年。"文甫说："我祖父在日，专到川广贩卖药材，以致家道殷实。今经六载，坐食箱空，大为不便。我意欲暂别贤妻，以图生计，尊意如何？"月仙道："这是美事，我岂敢违？只是夫妻之情一时不舍。"文甫说："我此去，多则一年，少则半载，即便回来。"便将历日一看，道："后日便宜出行，我就要起身去了。"即上楼收拾二百两银子，雇了脚夫挑着行李，与妻别了。

月仙见丈夫去后，他只在楼上针线。早晚启闭，有时自与红香上楼安歇。将必英床铺在楼下照管。

这必英正是十八岁的标致小官，自然有那些好男风③的来寻他做那勾当。终日在妓家吃酒贪花，做那柳穿鱼的故事。他一日夜静方归，大门已闭。扣了两下，月仙叫红香说："二叔回了，可去开门。"红香持灯照着开了大门，进来拴了门。必英带了几分酒态，见红香标致，一把搂住。红香大惊，欲待叫起来，又不像，把双手来推。必英决然不放，定要亲个嘴儿。红香没奈何，只得与他亲了一下，上楼睡了。

次早，红香又先下楼煮饭，必英下床，走到身边，定要如此。红香强他不过，只好任他扯下裤儿如此。月仙下楼步响，连忙放手。自此二人通好。

那时序催人，却遇乞巧之期。必英与红香道："今宵牛女两下偷期，

---

① 攒(cuán)眉蹙(cù)额：皱着眉头。

② 籴(dí)：买进粮食。

③ 男风：男性同性恋的隐称，亦作"南风"。

我你凡人,岂虚良夜。今晚傍着黄昏,我把笼中之鸡扯住尾毛,自然高叫。大娘不叫你,便叫我,你可黑里下来,放了鸡毛,你即上去,把门掩上。我便来与你一睡如何?"红香笑道:"此计到也使得。若被大娘听见如何?"必英道:"决不累你。"不觉金乌西坠,巧月在天。怎见得七夕?有词为证:

新秋七月,良夜双星。兔月侵廊,揽余辉而尚浅;鹊桥驾汉,想佳期之方殷。于是绣阁芳情,香闺丽质,嫌朝妆之半故,怜晚拭之初新。并舍房中,齐来庭际。倩莲花为更漏,呼茉莉作秋娘。设果陈瓜,略作迎神之会;穿针引线,相传乞巧之名。每款款而宣言,时深深而下拜。聪明如愿,富贵可求。莫从服散良人,且作知书女子。家家尽望,愁听鼓吹之音;处处未眠,闲话灯明之下。既而星河惨淡,云汉朦胧。天孙分袂①,夜雨倾盆。更理去年之梭,仍抚昔时之輴②。凤仙暗捣,龙脑慵烧。云情散乱未收,花骨欹斜以睡。无情金枕,朝来不寄相思;有约银河,秋至依然再渡。见人间之巧已多,而世上之年易掷。骊山私语,此生未定相逢;萍水良缘,百岁无多厮守。松老犹能化石,金钱岂易成丹。安得不思荡子夫妻,而惆怅愁人风月。

月仙设着瓜果,摆下酒肴,于楼下轩内,着红香接了必英,道:"二叔,你哥哥不在家,可将就做个节儿罢。"月仙在左,必英在右坐下。红香斟酒,月仙说:"此时你哥哥不知在何处安身?"二叔说:"大分在主人家里。"月仙酒量正好一杯儿,因香甜可意吃了两杯,便道:"二叔慢请,我醉了。"必英想道:"若是醉了,我两人放心做事。"便将酒壶在手,斟了一杯道:"嫂嫂再请一杯。"月仙道:"委实难吃。"必英道:"教我怎生回得手来?"月仙无奈,拿来含了一口,欲待放下,恐残酒被必英吃了到不便,[便]拿上手,直了喉咙,哈个无滴,道:"红香,你待二叔吃完,收来吃了,早早上楼。"月仙脸上大红起来,一步步挨上了楼,脱衣而睡。那红香道:"大娘沉醉了,和你同上楼去。"必英道:"不可。他一时醉了,他醒来时看见,反为不美。你只依计而行便是。"

须臾,更阑人静。必英如法,那鸡杀猪的一般叫将起来。月仙惊醒,便叫二叔,叫了几声不应;又叫红香,他犹然沉醉。月仙道:"他二人多因

---

① 天孙分袂(mèi):天孙,星名,即织女星;分袂,分别。

② 輴(chūn):泥泞路上的交通工具。

酒醉,故此不闻。看这残灯未灭,不免自下去看看便了。”取了纱裙系了,上身穿件小小短衫,走到红香铺边又叫,犹然不醒。那鸡越响了,只得开了楼门,忙忙下楼。

必英见是月仙,大失所望,连忙将手伸入床上;欲待翻身,恐月仙听见,精赤身躯朝着天,即装睡熟,只是那一个东西,枪也一般竖着,实在无计遮掩,心中懊悔。

月仙走到床横,提起鸡笼仔细一看,恰是好的。依先放下,把灯放下,正待上楼,灯影下照见二叔那物,□□□□□,就如铁枪直挺。吃了一惊,心中想道:“这般小小年纪,为何有此长物。我两个丈夫,都不如他的这般长大。”心中一动了火,(下删八字)夹了一夹要走,便按捺不住起来。想一想:“叔嫂通情,世间尽有;便与他偷一偷儿,料也没人知道。”又一想:“不可。倘若他行奸卖俏,说与外人,叫我怎生做人。”将灯又走。只因月仙还是醉的,把灯一下儿弄阴了①。放下灯台,上了楼梯。又复下来道:“他睡熟之人,那里知道,我便自己悄悄上去,权试他一试。(下删八字),还是怎生光景,有何不可?”只因月仙是个青年之妇,那酒是没主意的,一时情动了,不顾羞耻。走至床边,悄悄上床,跨在必英身上,(下删二十九字),果然比丈夫大不相同。况阳物如火一般热的。停着想道:“这滋味大不相同,这般妙极。”□□□□□□□□,十分爽利。想起前言,没奈何将身子翻到床边。正要下来,必英见他下来,心下急了。这是天付姻缘,怎肯放他去。一骨碌翻身,把手搂住,(下删八字),假意儿叫道:“红香姐,今日为何这凑趣。”月仙听得叫红香,心下想道:“好了,这黑地里认我做红香,凭他舞弄。待事完上去,到也干净。”即把那柳腰轻摆,两足齐钩。但见:

> 酥胸紧贴,心中蔼蔼春浓。玉脸斜偎,檀口津津香送。果似穿花蛱蝶,分明点水蜻蜓。默默无言,浑似偷柴寂寞。抽起轻轻低叫,犹如唤醒睡稳鸳鸯。

月仙被他弄得半死,只是闭着口儿,不敢放声。必英笑道:“红香姐,可好么?”月英在枕点头,必英停住了,说道:“今日我看了大娘,十分标致,好不动火。若得和他一睡,我放出本事来,弄他一个快活。”月仙听得

---

① 弄阴了:弄灭了。

"快活"二字,即便装了红香,便把必英脸儿贴了道:"你把我权时当作大娘,待我尝尝滋味。果然快活,我与你为媒便了。"必英道:"是他的标致脸儿,在灯前看看,那兴从心苗上放出。怎生可以假借。"月仙道:"岂不闻婢学夫人。"二叔道:"只他那一双小脚儿,也比你差了万倍。"月仙道:"你既这般爱他,我自去睡。你走上来奸他便是。"二叔道:"倘然叫将起来,怎生是好?"月仙道:"他此时必定还是睡梦里,放了进去,叫也迟了。决不叫的。"必英想道,他无非掩饰,料然肯的,便扶起月仙,下床便走。忙忙的上楼。遂去了衣裙,把那物拭净了,睡在床上。必英围了单裙,走到床上,轻轻一摸,身子精赤仰面。必英笑道:"这般卖清。"把膝儿隔开两腿,(下删十四字)。月仙假意惊道:"什么人?"必英叫:"嫂嫂是我。"把他搂得紧紧的,没得把他装腔。把下面着实进出。月仙说:"你缘何这般大胆?我若叫将起来,连我也不可看。也罢,只许这一次。若再如此,决不干休。"必英道:"我见嫂嫂孤单,好意来与你救急。"月仙不答(下删八字)。有《虞美人》词,单道他二人:

> 一时恩爱知多少,尽在今宵了。此情之外更无加,顿觉明珠减价。霎时散却千金节,生死从今决。千万莫忘情,舌来守口要如瓶,莫与外人闻。

必英见他高兴,便叫得火热。月仙今番禁不住了,叫出许多肉麻的名目。必英直只两个皆丢,双双儿睡去,直到天明。

月仙先醒,想道:"红香是一路人,再无别人知道。落得快活,管什么名节。"必英见他如此姣媚,搂住亲嘴道:"亲嫂嫂。"捧着脸儿,细看一会,道:"这般姣媚,不做些人情,不是痴了。"月仙唤起红香下楼打点。必英知意,即忙(下删八字),将眼往此处,观其出入之景,果是高兴。那月仙丢了又丢,十分爱慕。从此就是夫妻一般。行则相陪,坐则交股。外边一个也不知道。

恰是又是一年光景,那文甫贩药归家。见了月仙,叙了寒暄。红香过来见了,文甫看见,吃了一惊:"为何眉散奶高,此女毕竟着人手了。"月仙道:"我与他朝日见的,到看不出;你今说破,觉得有些。若是外情,决然没有;或是二叔不老成,或者有之。不若把红香配了他。"文甫道:"二官乃邻家之子,怎把使女配他?外人闻知,道我轻薄。我自有道理。"夫妻笑语温存。到晚,二人未免云情雨意。二叔与红香偷了一会,各自去睡不提。

光阴似箭，日月如梭，在家又是半年了。文甫把贩来药材卖干净了，又收拾本钱，有五百余两。与妻子道："我如今又要去也。"月仙暗暗欢喜道："你既要去，我也难留；只是撇我独自在家，好生寂寞。"文甫道："我今番要带二官去。着他走熟了这条路，把此生意后来使他去做。"月仙闻言，心如冷水一淋，忙道："二叔家中其实少他不得。红香又是女流，两个男人通去了，倘然有什么事情，也得男人方好。"文甫道："我去到彼，领熟了他，我自便回。不过两个月，更番往来，有何不可？"月仙只得凭他主意。必英闻得，懊悔十分。文甫择日，与必英冠了巾儿，即收拾行装，仍旧差人挑了，径到广东。耽阁两个月日，将药材卖了一半银子。其余与二官道："你可在此取讨，我先回家中；卖完了，就来换你。"二官道："哥哥不若在此，我将货物归家；卖了便来换哥哥何如？"文甫道："我意已定，不必再言。"二官见不肯放他回去，心中怏怏。

次早，文甫起身，作别主人。二官肩了行李道："我送哥哥一程，下了船回来。"恰好顺风，船如箭急。天色晚了，二官道："这船顺风，难以住船。待明日回寓也罢。"

这晚合当有事。到二更时分，文甫一时间肚疼起来，到船头上出恭。二官听见，叫道："哥哥，此处船快水急，仔细些，待我扶你如何？"文甫道："老江湖了，何用你言。"二官走上船头，一时起了歹意："到不如结果了他，与月仙做个长久夫妻。此时凑巧，若不动手，后会难期。"双手把文甫一推，骨都一响落下水了。二官假意叫道："不好，驾长快快救人！我哥哥失水了！"驾长连忙到船头上道："这个所在，十个也没了，怎生救得？连尸首也难寻，此时不知荡在那里去了！"二官假意作急，驾长劝道："你不须烦恼，自古说得好，阎王注定三更死，定不留人到四更。这是他命犯所招，可可的到这个所在要大解起来。又是你在这里，昨晚你若去了，险些儿害了我也。你也不须打捞尸首，省了些钱，到是有主意的。"二官道："据你这般说，无处打捞了？你且载我回家。"按下不题。

且说王文甫一时下水，正在危急之间，未该命绝，恰好风倒一株大柳树流来，往他身边氽过，便摸着了。一手扯着，把身子往上一耸，坐在树上凭他氽去。流有二里多路，那树枝近岸边碰定，不能流了。文甫把眼睛睁开一看，见是岸边，他便在树上扒到岸边。找着路经，一头走一边吐。走到一座凉亭之下，大呕大吐，肚中之水觉已完了，坐下想道："这畜生他谋我钱财,下此毒手,谢得天地,救我残生。今要回家又无盘费,不如还到店主人家中商议。先投告在县,获着之日,定不饶他!”

捱到天明,径奔到店主人家下脚。主人一见,吃了一惊:“为何一身湿衣?”文甫道其始末。主人叹息道:“自古众生好度人难度,宁度众生莫度人生。”主人唤流水烧汤沐浴,取干衣换了,又取一壶烧酒,请他吃几杯。一面央人写了情由,县中去告。知县想道:“此人必回浙江,隔省关提甚为不便,不如签一纸广捕牌与原告,回家到本州下了,差人捉拿,押至本县便了。”文甫领了牌,回至主人家下,收拾些盘费,别了主人,一路回家不提。

且说二官停妥了文甫,不上几日,已到家中。把门扣了几下,红香闻了,开门一见,堆下笑来报道:“大娘,二叔来也。”月仙忙下楼来,道:“官人同来么?”二官道:“哥哥未来,着我发货先回,与那各店,带得些盘费,使用去了,余得不多在此。”月仙道:“辛苦了。”分付红香快治酒肴。二人上楼对饮,各道别后相思。自古新婚不如久别,也等不得天晚,二人青天白日,倒在床里云雨起来。怎见得:

口内甜津糖伴蜜,酥胸紧贴漆投胶。两腿上肩如荻藕,一只阴子似投桃。也不管金钗斜鋈,忙扯过凤枕横腰。笑微微俊眼含情,热急急百般乱叫。输却千金骨,赢将一段骚。

二人弄了一番,到晚又与红香略叙一番旧情,依先与月仙上床同睡。

过了数日,二官一日往各店取讨银子,共有五十两,放在身边正要归家。劈头看见文甫,一把扯住,差人连忙取出绳子锁了。原来文甫到了本州,先到州官处投下了捕牌,出了两个差人,正要到家寻他,不期撞见,径锁了到官。州官看了,把必英监候。次日起解。差人应了一声出衙,同王文甫到家中来。

文甫扣门,红香开看惊问:“大爷为何回了?”月仙听说,也吃一惊。忙忙出来与文甫相见了,道:“二叔说你未回,缘何就到了?”文甫道:“那禽兽狠如蛇蝎!”将推下水一节情由,细细说了一遍。月仙惊得目定口呆,做声不得。文甫说:“要同公差往广东见官,快整酒肴,款待来差。”月仙、红香忙忙整治齐备,三人共饮,就宿在王家。次早领牌,取出必英,齐出衙门,未免一番使费。到家别了月仙,一齐下船。

不只一日,又到广东。投了主人,次早到县见官。知县把原词一看,叫店主人问道:“这必英谋死王仲贤,可是实情么?”店主道:“老爷在上,小人不敢谎言。这王仲贤在小人家里安歇,小人是买生药的牙人①。只见王仲贤头一日同兄弟起身,次早,只见王仲贤身上小衣并头发透湿。问起情由,说是必英推下水去。但见湿衣,是小人把干衣换了。”知县叫必英上去,问道:“怎么说?”二官道:“哥哥失脚下水,小人无力可救。哥哥疑小人见死不救,恨着小人,此状情是虚的。”知县大怒道:“你既不谋他钱财,为何下水不救?还要抵赖。左右,与我夹起来?”二官想道:“罢了,不认空熬了疼,不如认了再说。”道:“老爷不消夹,待小人权认着。”即时尽招。问成绞罪,押入牢中。把店主问个公明赶出。一众人俱出了衙门,上了酒肆谢了主人,又到主人家歇了。文甫又往各家生理取了药材,重新雇船回家。

语不絮烦,径到家下。红香开门,月仙相见问道:“事体如何?”文甫将招成罪案,一一说知。月仙道:“有天理。这般抚养成人,怎生待你,如何下得这般毒手!”

不说夫妻重会,这必英关下监去,牢头见他生得标致,留他在座头上相帮照管,夜间做个伴儿。果然,标致的人到处都有便宜的事,故此吃用尽有。他身边连广东与本州落的银子,并监里又有趁钱,到有二百余两在手里了。悄悄藏着,没人晓得。其年各省差刑部恤刑。不期②广东恤刑,为人极慈善,到了衙门,府县送了囚册,逐起细细审过去。也有出罪的,也有减罪的。这必英知有这个消息,预先央了一个讼师,写了一张诉状放在身边。到提审之时,拿了诉词,口称冤枉。恤刑取词到台一看,上写:

诉词人章必英,年籍在案。诉为活埋蚁命事。必英上年同义兄王仲贤,到广取买药材,货足同回。船至水洋,仲贤口称腹痛,船头方便失足下水,即同船夫捞救,竟无处寻觅,只得归家。随将前银俱付嫂李月仙亲收,红香婢可证。诬英害命,人现在家;诬英谋财,财付嫂收。人财不失,无辜坐罪。人命关天,叩台怜准超生,万代沾恩,哀哀上诉。

---

① 牙人:牙商的旧称,指中国旧时城乡市场中为买卖双方说合交易并抽取佣金的中间人。

② 不期:不料。

恤刑看了诉词道:“既是人财两在,为何招了绞罪?”二官道:“小人年幼,受刑不起,只得屈认的。今幸青天在上,覆盆见日了。”恤刑想道:“那仲贤尚在,怎么问得他绞罪。”叫左右劈了板。“把你发配嘉兴皂林驿,当徒三年,满日释放。”二官磕头:“愿爷爷万代公侯,小人情愿赎罪。”恤刑批道:“照例纳赎库收缴。”二官谢了一声,同了保人到牢中。众人问道:“怎生样子?”保人一一而说。众人道:“好造化。”各各称贺。二官与牢头道:“我今赎罪缺用,望兄周全。”牢头道:“你没银子,快去当徒,叫我怎生周全!”二官笑了一声,取了藏的银子,别了众犯牢头,同押保人到库中兑了十两八钱银子,保人取了库收,相谢而别。

必英往招商店中住下,将银子买些衣被物件。住了几日,心中只想月仙,便趁船往本州而回。不觉又到安吉州里,便寻一间空房,在四井巷中,央人做中,租来住下。买办家伙什物,做一个小小人家。一心只想月仙,只恨文甫在家,不能得会。怎生得个计较,安排了他,方可重逢。想了一会,道:“有了,前时州衙里,一个李禁子,因那晚下牢,曾与他有一宵恩爱,待我问计于他,必有谋略。”即时就往牢中。

那李禁子见了道:“恭喜,我问差人,说你成了招,我十分记念。不知怎生完了事情?”二官将恤刑出罪情由,一一告诉。禁子道:“吉人天相,正是大难不死,必有厚禄。你人虽吃了苦,这脸越标致了许多。”禁牌治酒叙旧。吃酒中间,二官道:“我向蒙情,今有事相商。我被王仲贤害得几乎死了,须为我出得这口气,生死不忘。”李牌道:“你那里是要出气,分明是另有用意。这事不难,今晚陪我一睡,任你要怎样安排都在我身上。”二官道:“这事何难,今晚陪你一睡,只要尽心图谋。”禁子道:“你这小官,不知监牢中权柄。登时要人家破人亡,立刻就见。只教他——明枪容易躲,暗箭也难防。”二官道:“不信有如此妙计。”禁子道:“新捉得一班强盗,未曾成招。为首的名叫宋七。我叫他当官攀了王仲贤做了窝家,与本犯同罪。拿到州里,一顿夹棍板子,卷了他的窑了。那不是立刻间家破人亡,这口气可谓出了?”二官道:“我的亲哥哥,果然好计。决不忘你厚恩。”李牌道:“你可记得他家中衣衫是何颜色?动用家伙什物,可写几件来。待我叫宋七记熟了,复审之时,一一报出,自然中计矣。”二官即时写出月仙几件首饰、衣服之类与李禁子。到晚与老李同眠,未免后庭取乐。次早归家静听。这也是李禁一来图月仙与必英,二来好从中分财帛,做下此事。

这日，王仲贤与月仙在家闲话，只见外面扣门。红香开了，见青衣一伙有二十余人，拥进里面。两个人把文甫锁住，余皆上楼。将他家内金珠衣服，搜一个干净。他十分之物，止得一分到官，余者众人分散收藏。遂将文甫拿去，月仙惊得面如土色，一堆儿抖倒在地。

且说王文甫到官，不曾说到两句话，便夹将起来。只因李禁子说了，用刑之际好不利害。晕去醒来，亦不肯招。问官道："赃物现成，还要抵赖。"又敲了一百下。可怜把一个良善之人，屈屈的要他做个无头之鬼。捱不过疼痛，只得屈招，定罪下牢。将贼指的衣服首饰，径上库不题。

且说月仙与红香惊得死去还魂。月仙说："不知何故，把官人拿往那里。钱财抢尽，家中又无男子，怎生打听得个实信方好。"对红香说："不得了，你前去州衙访问，毕竟因何事故这般狠抢？官人是怎样了？等你回话，方可放心。"红香无奈，只得依了主母。一直问至州衙前，有几个好事公人，见了少年妇女，假效勤劳，领到牢中，见了文甫。

两下一见，大哭起来。众人道："牢狱不通风，不可放声。决不可响。"二人拭了眼泪。文甫道："红香，我被强盗宋七无故屈攀，一时重刑，疼痛难受，只得屈屈招成，这性命难逃。你可上复主母，不可为我伤情，万事由天，只索①罢了。只是把家私抢完，你们怎能得过日子。"红香道："不须记念。主人十分惦念，奴且回去说知，再送酒饭来与官人充饥。"说罢含泪而别。

一路上急急跑回。见了月仙，把前事一一的说了，月仙放声大哭。红香一面收拾些酒饭，月仙除下绾②发金钗，着红香一路解当些银钱，与文甫牢中使用。红香取了酒饭之类，又出了门，当了盘费，重到监门。那李禁子是个狱卒头儿，因二官求计，一时间害了他。见他哭哭啼啼，心下甚是不安。见红香又走来，他便开门放他。以后长到，使费一概不取，直进直出，竟不阻拦。

文甫在监，有半年光景，亏月仙、红香卖东卖西，苦苦支吾，连床帐不留，俱皆卖完。可怜铁桶样的家私，弄得寸草也无，夜间月仙睡于楼板之

---

① 只索：只好，只得。

② 绾(wǎn)：同"挽"。

上。住的房屋贴了出卖招头已久,买主打听得是个窝家,恐防贴累,谁人敢买。各药店贩客,有那好的人,见文甫日常为人忠厚,多少送些还他;有那不好的人,连望也不来一望。那些亲友一发不敢上门。可怜月仙、红香二人,省口儿供给文甫。两口儿耽饥忍饿,有早无晚,又不敢在文甫面前说破。教这两个女流如何支撑得过!只得呜呜咽咽,痛哭而已。

一日里,实然无米。自古巧妇难为无米之炊,又没东西变卖,怎得碗饭送与丈夫。心如火焚,泪如泉涌。二人想了一会,无计可施。自古人急计生,红香道:"奴有一言,未识大娘听否。不若将奴转卖人家,得些银子,将来度日。若是守株待兔,再饿几日,三人尽做沟渠鬼矣。实实难舍主母,事到如今,不得不如此了。"月仙听罢,大哭起来,道:"红香,承你好情,叫我如何割舍得你!"红香道:"大娘放出主意,与其死别,莫若生离;日后相逢,也未可知。只虑主人无人送饭。"月仙哭道:"免不得我出头露面了。"

正是天无绝人之路,恰好门首那赵媒婆走过,听见王家哭响,推进门来一看。月仙见是他的原媒,住了两泪,扯他在水缸上坐着,自己坐于烧火凳上。媒婆看了月仙道:"可怜,可怜。当时花枝儿般一个美貌佳人,弄得这般黄瘦了。"月仙道:"我家被人扳害,弄得一贫如洗。今日饭也没得吃了,你可知么?"媒婆道:"满街皆说过了。你家毕竟有何仇敌唆使,以至于此?"月仙将欲卖了红香原由一说,媒婆道:"事有凑巧,凌湖镇上,有一当铺汪朝奉,年将半百,尚无子息,孺人①又在徽州。偶然来到本州,遇见我,浼我寻一女子,娶为两头大。若是红香姐姿貌,准准有二十多两银子。老身正出来为他寻觅。今府上这般苦楚,当日怎么待我,难道今日又去作成别家?我去接了朝奉,即日人钱两交如何?"月仙愁容变笑道:"多累妈妈,救我三人性命。"媒婆一径出门。

不多时,同了汪朝奉,径到王家见了红香。也是前缘宿世,就取出聘礼三十两,送与月仙收了。道家中无物奉陪,望乞包容。朝奉道:"这是不须费心,但今日尚不便奉迎。明日唤下船只,方来迎娶。"说罢同媒人走了。红香道:"事不宜迟,快将银子出来买些柴米,炊起饭来,送去大爷。领你熟了路径,明日你可送饭。"

---

① 孺人:指妻子。

说时慢，正时快，即时二人径到牢中。夫妻一见，抱头痛哭，实是伤心。囚人狱卒，也都惨然。文甫住泪道："贤妻，你今日为何自来？"月仙将日间无米，红香发心卖与徽人之事，细细说出。三人哭作一堆。众人劝住了。文甫道："贤妻，你来送饭，我心不安。况出头露面，甚是不便。此间有例在此，寄饭者每日纹银四分，三餐饱饭，实是便事。"月仙随将银子都与丈夫。文甫道："只取一锭在此，余者你拿回去慢慢使用。如我要时，寄书来取，你下次切不可再来。"月仙交与一锭，余者藏在身边。只听得耳边一声："快走，快走，天色晚了。官人来查点，要上锁了。"二人只得痛哭而回。

一夜里啼啼哭哭，不觉天明。早早轿儿已到，媒婆同徽人来接。红香大哭，那里肯去。月仙牵衣不舍，媒婆再三催促，只得含泪拜别，登轿而去。正是：

世上万般哀苦事，无非死别与生离。

月仙大哭一场。孤孤单单，寂寞的可怜。

按下王家苦楚，再讲黑心章必英。自从害了文甫，指望重到王家快乐。几番心痒欲行，被李禁头再三劝住道："那文甫被你害命，怨恨入于骨髓。只说你还在广东，若知道你在此，即时扳出你来，同做无头之鬼，怎生是好！你且不可性急，再待几时，包你那仙娘把你长久快活便了。"二官道："我一夜如同过一年，教我如何打熬得过？"李牌道："他才卖使女，身边尚有银子。再过年余，等他完了，我不与饭吃，他饿不过，待我劝他卖了妻子，自然依允。那时我做媒人，或嫁张三李四，随我说了一个。你打点三十两银子，准备做亲便是。人前切不可露一点风声，若走漏消息，非但事之不成，为害不浅。"二官笑道："只是等不得，如之奈何。"

李禁子想一会，道："你要早成此事，也不甚难，只是我之罪孽越重了些。也罢，为人须要澈快。整一东道在妓家，下午我同一人来领情，包你明日就有下落便了。"二官道："真个？"禁子道："我何曾哄你来。"二官满脸堆笑，叫道："好哥哥，我在王老二家专等便了。"

早已置办端正。恰好老李引了一人而来，唤名张八，是个神手段的宿贼。窃人钱财如探囊取物，极有名的。同进了妓家，王老二出来相见，四人坐下径吃酒。至半酣，二官扯了李牌到静处问道："张八是何等样人？请他何干？"老李道："是个六十五。只因月仙这时还有银子，不能就计，今夜着他偷取，三股均分了。他没了银子，方才上钩。”二官笑道：“若得我二人成就，双双上门叩拜。”老李道：“差矣，倘事成之日，还须生一计较，朝出暮归，使月仙认你不出。直待情深意笃，那时方可说明。还须一面把文甫动了绝呈，那时才稳。岂可说双双上门言语！你年纪小，好不知利害哩。”二官道：“他向来喜我的，料没其事。”老李道：“不是，万一被文甫得知了怎处！何放心至此！”二官说道：“哥哥说得是。”二人依先坐下，大呼大叫，吃了一会。

夜已三更时候，李禁道：“此时是数了。我在此睡，你们去罢。”二官同张八起身，出得门来，两人心昭。领到月仙门口，门已闭了。将门一撬，捱身而入。将火绳一照，径至楼门。略施小法，挨身径入。又照一遍，并无箱笼床帐，只见妇人睡在楼板之上。听得酣呼，想他睡思正浓，将手轻轻的一摸，恰好命该如此，被贼拿了就走。出得门来，见了二官，将物与他拿了。天色将明，二人径到妓家会了老李，安排早东，将物三股均分。

且说月仙天明起身，见楼门撬下，吃了一惊。慌忙寻银子，已不见了。颤得口中不住地响。找了一会，哭将起来。骂道：“狠心天杀的，害我性命也。”哭了一场，想道：“哭也无益了。不若见我丈夫一面，说明此事，回家寻个自尽罢了。即时梳洗完成，含啼拭泪，关了大门，啼哭而行。不多时，到了衙门。李禁先在衙前，明知此事，故意问道：“娘子为何早早而来？”月仙见问，道：“一言难尽。望乞引见拙夫一面。”老李开了牢门，引他入内。

文甫远远看见妻子来得恁①早，是又苦又疑。月仙近前，哭一个不住。禁子道：“大娘子有话且说，哭之何益！”月仙将夜间失去银两之事，说了一遍。文甫哭道：“老天，不想我夫妻二人，这般苦命。指望卖了使女，尚可苟活年余，谁知绝我夫妻二人性命。好苦楚也！”月仙哭道：“奴家嫁夫数年，指望白头偕老，永接宗枝；谁知到此地位，上天无路，入地无门。奴今没法了，从此别你，归家寻个自尽，永不得见你面矣。”说罢，大哭起来。文甫双泪如雨，口不能言，抱住了不放。

李牌劝道：“娘子差矣，自古蝼蚁尚且偷生，为人岂不惜命？你若要寻死，丈夫性命岂能独活乎？古人道得好，好死不如恶活。我有一个良

---

① 恁(nèn)：那么。

法，你二人俱存。守得一年两载，遇着清官明察，或是恤刑，那时诉出屈情，出了罪名，夫妻或有相见之日。为何起此短见念头？”文甫住了泪道：“李牌有何妙策，使我二人两全，快快说出。”李禁道：“将娘子转了一人，得些聘金，岂不是二命俱存？”月仙道：“钱财事小，名节事大。”李牌道：“此话不是了。若是背夫寻汉，或夫死再嫁，谓之失节。今日之嫁，是谓救夫之命，非失节之比。你若依我之言，我有一亲戚，乃忠厚人家，我为说媒，待他出礼银三十两，径将此银交与我收。每月生利一两二钱，每日供养不缺，本钱不动分毫。靠天地若有个出头之日，那时再将本钱一一奉还，赎令正团圆，岂不是个美计？”文甫道：“倘不能出狱，死在此间如何？”李牌道：“稍有长短，我将银交还令正。待他断送了你经筵祭葬，岂非生有养而死有归。周全丈夫生死，可与节义齐名，岂比失节者乎？”

夫妻二人，听他说了这些话，俱俯首沉吟。月仙暗想：“李禁说那失节之言，三般俱是我犯了。”心下十分惶愧。文甫呼道：“贤妻，牌头金玉之言，实为再生之德。说不得了，若能如此，你我可保无虞。倘然短见，我命休矣。”众人道：“苦果有出罪之时，夫妻还有重圆。若是大娘子短见，其实不是。”李牌说：“夫妻乃前生定的，该生离死别，由不得人做主意。你今算计已定，我去与你说了便来。”他一径来到必英家里扣门。

二官因夜间不睡，尚在昼眠。忽闻扣门，慌忙下楼开门。李牌道：“恭喜，所事已妥。可兑三十两银子与我，今晚便可成亲。”二官说：“当真么？”李牌说：“谁哄你。”欢喜得那畜生跌脚扑手，连忙上楼，取了三封银子下来道：“承兄分付，早已定当在此。”李牌接着道：“一面换厨子整喜酒，打点轿夫之类。有个缘故，今晚新娘料还未来，看你明朝日里，怎生奈何。先须打点与他说，我在某处管当，要早去暗回的。三餐茶饭，你自调停，不可等候。亦不必停灯，恐睡处火烛不便。你声音不可太露，大略省言方好。待过两月，恩爱深了，断送了前夫，绝了祸根，那时凭你所为。”二官道：“承教。当一一如命。”

老李径至文甫处笑道：“也是前世缘分，一说即成。”将三封银子摆在桌上。文甫看见，夫妇哭将起来。众人道：“此乃姻缘天定，不是小可，前生就栽种的了，不必哭泣。只是银子三十两，我等在此，等牌头写一收票，与大娘子带去。后来生死，毕竟要动着这张纸的。”老李道：“说得有理。”即时写得停停当当。娘子收了，把银子与老李收起。文甫抱住妻儿，又哭又骂,骂着宋七:"你这般天杀的,和你有甚仇,害得我家破人亡,死生难保。"宋七道:"你且慢些骂。冤有头,债有主,少不得有个着落。今日见你夫妻拆开,我为强盗的,也惨然起来。想亦是你命该如此,你也莫要怪我,我到有句话教导你。今日你妻子到人家去,也是个喜日,怎好穿此粗布旧衣上门,成何体面?"把眼看着李禁子道:"亏你看得过去,快去男家拿些衣衫首饰,与他穿戴了,也像个媒人光景。"众人道:"果是真话。"

李牌儿见宋七说他这些话,心中不安,连忙与二官说了。即到卖衣店典中,买了衣裙首饰,花花朵朵一齐拿了进来。不觉天色晚将下来,又不可在监中起身,只得借李禁头家中穿戴,又央李家娘子一送。约得停当,夫妻二人那里肯放。哭得天昏地暗,十恶之人,无不泪零。众人一齐劝勉,方才分手。正是:

夫妻本是同林鸟,大难来时各自飞。

一径来到李家,梳洗穿戴,上轿就行。未免进门拜堂见礼,一应不免之事通完。

交三更时分,各人作别,止剩得夫妻两个在家。月仙在楼上掩袂悲啼,二官上楼见他流泪,走近身边,低低说道:"难怪你这般苦楚,但今夜是你我吉期,且省愁烦。"月仙见说,只得停住两泪。二官恐怕他仔细看出规模,把灯一口吹熄了,去扯月仙来睡。月仙坐着不理。二官一把抱了,放在床上,自已除巾脱服停当。又去劝月仙就枕。月仙又不肯,只得代他解带。月仙想道:"此事料然难免。只是痛苦在心,不忍如此。"又想道:"若不顺他,又非事礼。"只得解下小衣,朝外床而睡。二官欲火难禁,那里熬得住。将手去搂他转来。奈月仙把双手挽住床栏,不能转动。二官急了,只得将物(下删六字),虽不得直捣黄龙,亦可略图小就。不觉的啧啧有声,非唯新郎情荡,而月仙难免魂消。二官道:"新娘,合放手时须放手。"月仙呼的叹一口气,两手放开。二官搂将转来(下删八字)。月仙见新郎之物与必英的差不多儿,十分中意。此时把那"苦"字丢开一边,且尽今宵之乐。

那二官是熬久的了,这一番狠,把月仙弄了半死。直至五鼓,还不住手。月仙不耐烦了道:"你得饶人处且饶人。"二官笑了一声住了。新娘问道:"尚不知郎君上姓?"二官道:"我姓郎,行二。"月仙道:"多少年纪?"二官道:"二十五岁。代人管当生理,此乃重大生涯,早去暗归。正要与你讲明,大早梳洗,我即往当中去矣。天明时,你自料理三餐,不必等候。若夜晚未回,你可先睡,切莫点着灯火,我自有灯笼带回。其门暗有开栓子的,自可开闭,不劳动静。你须记着。”月仙道:“这等到也安逸。”言罢双双睡去。

一觉醒来,早已天明,二官抽身着衣,月仙随起。二官忙着道:“你不可动。说过不须劳动你。大门自可启闭的。”月仙又睡。二官道:“钥匙在此,你收贮下,好取东西日用。”说声暂别,将门开了,自上了门键,径往妓馆梳洗,各处逍遥,洋洋得意。又往香铺里买了一种春药,若放粒在阴户,痒热难熬。再逢阳物一动了,满身酥来。他买了几粒,藏在身边。又寻了李牌,在酒楼畅饮,且谢且喜。

直至天色黑了,作别回家。只见里面并无灯火,把门键拨开,进了大门。楼上问道:“是谁?”二官道:“我回了。”一边应,又早上了楼。月仙坐在床边道:“待我点起火来。”二官道:“你可曾吃晚饭否?”月仙道:“吃了。”“既吃了,不必再点。我因幼小时害眼,做成了一病。一见灯火,自觉眼中出泪,疼痛难熬。若不见火,实是绝妙。”月仙道:“以后不点火便是了。”二官道:“绝妙。你可曾用酒么?”月仙说:“已吃一杯儿了。”道:“如何不多用几杯?”月仙道:“多吃要醉。”二官道:“岂不闻酒是色媒人。”笑了一声:“请睡罢。”月仙又叹一口气,解衣就枕。

二人上了床,二官搂过便亲嘴儿。早带一粒药,□□□□□□,悄悄放入里面了。又双手摸他两乳,只见月仙不住的两脚儿一伸一缩。二官已明知药性发了,故意只做不知。月仙(下删十字),欲待去就,又非礼面;欲待不去,酸痒难当。二官想道:“此时待我弄他一个快活,便情意笃了。”叫道:“新娘,我连日当中辛苦,几夜不曾睡得,身子不耐烦,我意思要你上身一耍,你可肯么?”月仙道:“总是一般,有何不可。”他便跨在二官身上(下删二十七字)。丢了一次,还不肯住,□□□□。二官便叫:“好乖肉,此法你可行过么?”月仙笑而不答。二官道:“辛苦,下来罢。”月仙也不理。二官见他高兴了,做一个黄龙转身,(下删八字),弄得他魂飞天外,捧着脸咩着舌头。[月仙]把柳腰乱摆,又叫道:“死也从来未有今朝这般快活。”二官道:“此时你还想前夫么?”月仙道:“此时无暇,待明日慢慢细想。”二官道:“闻得你先还有个丈夫。两个老公,是那一个中意?”月仙道:“你好。”二官停住了,说:“你有什外情么?”月仙摇头不答。二官说:“我闻你还有个二叔,与你相好。”月仙惊道:“你为何晓得?”二官道:

"是我好友。"月仙道:"呆子,既是朋友,那有将私情告诉之理。这是你晓得我家有此人,心下起莫须有之疑,冒一冒看,可是么?"二官道:"有胆气发誓么?"月仙道:"又是呆子。纵有事来,不在你家做的,怎好要我立誓。我如今说是有的,你也无奈我何。"二官道:"也无干我事。只因你家有此天大桩祸事,也不出来一看。"月仙道:"他做了些没要紧的小事情,监在广东牢里。怎生来得。"二官道:"我闻知他不恋钱财,止为看你,要做长久夫妻,推你丈夫落水。"月仙道:"这未必然。或者有人怪了我们,便把污语脏人,谁人辩白。"二官想道:"此妇言语伶俐,惯要假撇清,且要奉承几夜。那时恩深意笃,说明白了,免得藏头露尾。"

话不烦絮,过了两个月日,每夜盘桓,真个爱得如鱼得水,如胶投漆。一夜间,弄得畅美之际,二官叫道:"心肝,有一句话问你。"月仙道:"你说来。"道:"当年七夕听鸡声,一段思情作成亲。"月仙听说,大吃一惊,想道:"便是神仙,也不知道,怎生他到晓得了?"料难隐瞒,便道:"有的,你为何晓得?"二官说:"这是章必英说与我知。说你亲自上身就他,又怕羞,故推托。后有许多妙处,也不必言。今他已蒙赦宥①在此,要会你一会,你意下如何?"月仙道:"今在你家了,岂有此理?"二官道:"他十分记念,万万求我,我已许他一面,怎生回他?"月仙道:"你既肯,便见何妨。"二官笑道:"二人叙起情来,怎么说?"月仙回道:"此事断断不能了。"二官见说,又重新弄将起来道:"你方才说断断不能了,怎么又与我干?"月仙笑道:"魂里梦里,你说的是章必英。"必英笑道:"嫂嫂你道我是郎二么?我就是章必英。"月仙惊道:"我不信。你若果是章必英,这是天从人愿了。"二官抽身起来,取了火点起灯来,两下一看,果是无差。

月仙道:"好瞒法!两个月日无一毫吐露,用得好心。早去暗来,那里知道。妙在那时见面,你既有心娶我为妻,十分美满之事,为何这般瞒我?"二官道:"恐文甫哥知道了,不像意思,故此相瞒。"月仙道:"果是丈夫知道,理上甚不相应。"二官道:"故如此,今日方与你言。"月仙道:"那李禁这媒,恰好又是你讨。这般凑巧。"笑道:"我这一生,尽好受用了,只是苦了丈夫。"二官道:"如今你既念他,我还把你仍旧送与他如何?"月仙一把搂住了道:"怎生舍得你。"又问道:"原来那年七夕之事,你早已知

① 赦宥(yòu):赦免,宽恕。

的，我还在鼓里。今晚不说，还道①你盗嫂哩。”二官笑了一声，又把一粒药，如法放了。月仙道：“不好了，□□□□□□□，快来凑趣。”

二官今番因说出了心事，他尽着力，弄得月仙无不周到，道：“快活死我也！”二官道：“不是我用了此计，那讨得这般快活。”月仙道：“你用之计，已成画饼了，怎生这般说？”二官道：“我又用一计，方才娶得你来。”月仙道：“又用什么计谋，方得这般遂心？今番与你是百年夫妻了，与我一言。”二官高兴，将恤刑放回，见李禁，着宋七攀出，重刑拷打成招，又将偷银子说了：“撺掇卖你，这般用心方得到手，岂不亏我。”月仙道：“原来如此，果然好计。”又道：“好神道，真灵也。”二官道：“什么神道？”月仙道：“我前日到州衙内去，往土地庙经过，进庙默祝：‘此生若得与二叔重逢，即时亲自到庙烧香礼拜。’今果重逢，理合就还。如今我起来烧汤沐浴，即刻还愿去来。”二官道：“与你同去。”月仙道：“好大胆，你我同去，那衙门登时说与丈夫知道，那时你我俱不好了。只须我悄悄自行，早去早来。”二官道：“你不可去望前夫。”月仙道：“痴子，他与我恩断义绝了，又见他何用？”即便下楼，烧汤梳洗，穿了向时粗布青衣，把皂包头兜了头道：“你且睡着，我去了便回来。”二官笑了一声，说：“拿些钱去，买香纸。早去早来。”月仙应了一声，径至州衙。

进到土地庙中，默默祝了一番。走出庙前，正遇知州坐堂投文之际。随了众人走到堂上，叫声冤屈，两边吆喝起来。月仙道：“爷爷，妇人有不共戴天之仇，望爷爷做主。”州官道：“你且讲来。”月仙将必英推夫落水，恤刑放归，李禁设计买盗，宋七扳害，卖婢偷银，复行做套，讨妇成亲，将来谋夫身死始末，清清的一诉。知州大怒，即时掣签，一面拿章必英，一面去拿李禁，并拿监犯宋七、仲贤。一时间众人跪在堂上。

王仲贤见了妻子，吃了一惊，又不知为着什事。知州先叫宋七：“你为何听信禁子，扳害王仲贤？今情已露，若不快快直说，先打四十板。”宋七道：“小人并不识王仲贤之面，只是禁子拿了一纸衣饰帐，要小人出气。小人生死皆在禁子手中，敢不遵命。”知州又叫章必英：“你这奴才，忘恩负义，蛇蝎心肠。快快直讲上来。”必英一句话也辩不出，道：“只求老爷超生。”州官大怒道：“那时早知如此，当时把你解到广东，一顿板子打死

① 道：以为，认为。

了,也不致害了王仲贤。快将李禁、章必英各打四十板。”劈了仲贤枷,把二人上了枷杻,连宋七押入牢中。追了卖妻银三十两,并前入库衣饰,一齐发还。当堂写了领字,即时发放夫妻回家。夫妻二人叩谢天恩。

出得门来,谢天谢地。文甫道:“贤妻怎生样得救我的性命?”月仙道:“且到四井巷中,慢慢的与你讲。”不多时到了。月仙道:“我夫坐下。”一面又去烧汤与丈夫洗澡,取几件衣服与丈夫换了,并整治酒肴。二人相贺,对吃几杯。饮酒之间,只把七夕之言不讲,从根到底讲一个明白。文甫把手向天指道:“皇天有眼,可怜我。若不是妻子雪冤,我死于九泉,这冤也不得明白。”月仙道:“箱中尚有七八十两银子,应是我们的。如今重整家园,再图安享。只是苦了红香,久无消息,不知安乐如何?”文甫道:“再过几时,同你往凌湖访他,省得两边挂念。”

事有凑巧,恰好这日红香同了汪朝奉到州衙来访问,街坊人指引他到四井巷。众人一见,且苦且喜。各人坐下,将必英始末备陈,徽人与红香十分称快。红香也备下许多盒礼,来望二位主人的,恰好整来大家一叙。后来红香生一子,月仙生一女,遂结了两下朱陈①。两边大发,富贵起来。必英未久沉于狱底,拖尸而出,鸦鹊争抢,岂非恶人之报乎!戒之,戒之。

---

① 朱陈:古村名,后用为婚姻的代称。

第四回　香菜根乔妆奸命妇

结下冤家必聚头，聚头谁不惹风流。

从来怨逐思中起，不染相思有甚仇。

话说江西南昌府丰城县，有一进士，姓张名英。其年春试，中了二甲头一名。刑部观政三月后，选福建泉州府推官。在任清廉勤政，部文行取到京，授了兵科给事。夫人刘氏随任到京，水土不服，三个月日之间，一命儿亡了。那给事心中好苦，未免收尸殡殓，先打发几个家人送棺木还乡，自己一身谁人瞅问，好生寂寞。遂寻书遣闷，有个《半鳏赋》，遂尔读曰：

眷徂物①之难遇，惜悬景之不停。散幽情于寥廓，研他志于渊冥。愤此世之无乐，怨予生之恼悖。似绝天之坠雨，若失水之浮萍。支离同于暮景，萧索过于秋龄。龙门之桐半死，熊山之柳先零。绝尘谁知弃唾，服药岂易补形。盼兰烧之未剪，睹松罗之依然。尘何曾兮翳②日，丝未始兮积筵。秋鸿泪于流管，朝雉飞于鸣弦。异羁③旅而廓落，殊送归以流连。宵则星河不夜，昼则风雨如年。每低迷以思寝，乍惆怅而自怜。未激愆④波，讵枯爱河。凄凉赵瑟，恻怆秦歌。月临金翠，风生绮罗。汉皇珠去，楚岫⑤云过。理弃樽于芳义，抱衾裯于此时。锦衾烂以既帐，角枕粲而横施。怜伉俪之徒设，悼恩爱之永亏。虽进前而欢隔，本无别而伤离。身如槁木，发若乱丝。赠君以此，不如无知。惜杨柳之共色，妒豆蔻之连枝。花草之晖不暮，菱潭之舫顷移。坐销芳草之气，空歇朝云之姿。盼思士之多感，眇⑥劳人之有悲。与情思而相续，情与念其愈促。听山吟之孤鹣⑦，聆半宵之

① 徂物：徂，死。指死去的夫人。

② 翳（yì）：遮蔽。

③ 羁（jī）：停留。

④ 愆（qiān）：过失。

⑤ 岫（xiù）：山。

⑥ 眇（miǎo）：目盲。

⑦ 鹣（jiān）：鹣鹣，比翼鸟。

别鹊。未经独非之苦,讵谁相思之毒。枫以何意而红,桔则无心而绿。寒蛩①鸣兮远水,饥鼯②走兮广庭。虬③烟起而幔紫,萤火入而帘青,日既暮而惨烈,岁以寒兮晦暝。弃昔时之燕婉,从此际之伶仃。奉股忧之如结,究终岁而不赢。抑携手于炎摩,空交裙于紫青。镜中之鸾起舞,匣里之剑未鸣。抚兰府之未影,愧萦砧之虚名。星胡然而在户,月为谁而入关。谅无物而不照,独举余乎含凄。伤彼浓之桃李,差夫据之蒺藜。芳绿绝于茗华,净叶猜于菩提。验往情而知乐,抚今事而知非。谷既嗟于异室,穴何暮于同归。燕邻羽而秋别,雁双翼而寒违。早知中路之相失,何以从来之孤飞。安得一心人,永作平生亲。薄弄姿不尧烁,甘寄意于沉沦。死生齐其契阔④,耕织拟乎比邻。展绸缪⑤之意绪,胜欢合于人神。夜参半而不寐,一朝万绪而增冢。策滞念其何违,策至理以自通。虽比耦于千龄,毕归尽于三空。吾将乘虚于橐⑥,安能辨物之雌雄。

看罢一笑。过了几时,差往陕西巡按,即时辞朝出京。自想代巡,止可一身赴任,偌大家业,付与何人料理?欲待本省续弦一位夫人,奈江西并无绝色之女。慕想扬州水色极美,不免先到扬州,娶了夫人,上任亦未为迟。一路上改了马牌,往扬州公干。驿处奉承,好不威武。

到了扬州,宿于驿署。即着驿丞寻了宿媒议亲,即时寻了一个媒人。张英分付:须寻国色,休得误事。媒人叩了头,出了驿门。一路上想:"只有东马头莫监生之女,姿容绝世,风雅不凡,可作夫人。"就先到莫家去说明。莫监生再三说:"若果续弦,只管使得;倘若为妾,誓不应承。"媒人说:"委实要娶夫人,休得见疑。"监生允了。即时媒人到驿,将前事禀上。张英欢喜道:"我上任日期要紧,明早送礼,明晚在船内就要成亲。后日即要长行,往本省安顿夫人,自往上任。故此也无暇打听了,你可小心在

① 蛩(qióng):古书上指蟋蟀。

② 鼯(wú):即鼯鼠,其外形像松鼠。

③ 虬(qiú):弯曲,袅袅上升状。

④ 契阔:劳苦,勤苦。

⑤ 绸缪(móu):缠绵。

⑥ 橐(tuó):一种口袋。

意。”媒人就在驿中宿了。

天明起来，打点缎匹钗环，聘金三百两，送到莫家。莫监生因妆奁打点不及，陪银五百两，亲送女儿到船中毕姻。未免礼生喝礼，交拜成亲，送席酒筵早早散了。张英与新人除冠脱服，仔细把新娘一看，年纪止得一十八岁。正是：比花花解语，比玉玉生香。有一首《东欧令》说道：

真娇艳，果娉婷，一段风流书不成。羞花闭月多丰韵，天就妖柔性。犹疑仙女下蓬瀛，喜杀绣衣人。

那张英喜不自胜，亲自解下小衣，曲尽一团恩爱。夫妻二人一路上如鱼得水，不觉已到丰城县。到了家下，请各亲友拜扫坟墓，追封三代。就把前妻埋葬，追封诰命夫人，又陈莫氏诰命。回到家中，整酒请了亲邻，一面打点往陕西到任。家中大小事务，尽托莫氏掌管，择日起身而去不提。

且说莫夫人，原在扬州各处游玩，十分快活的。一到张家，虽然做了一位夫人，到拘束得不自在了。过了两个月，与随身使女名唤爱莲说：“此处有什么游玩的所在么？待我散心。”爱莲说：“华严寺十分热闹，极可闹耍。”夫人见说，即时打扮起来，和了爱莲，唤下轿夫抬了，径至华严寺来。那寺果是华严：

钟楼直耸在青霄，殿角金铃风送摇。

炉内氤氲①成瑞霭，三尊宝相紫金销。

那夫人朝了佛像，拜了四拜，随往后殿回廊，各处胜迹看了一遍，上轿回了。

且说这寺中，歇了一个广东卖珠子客人，唤做丘继修。此人年方二十余岁，面如傅粉，竟如妇人一般。在广东时，那里的妇人向来淫风极盛，看了这般美貌后生，谁不俯就。因此本处起了他一个诨名，叫做“香菜根”，道是人人爱的意思。他后因父母着他到江西来卖珠子，住歇在华严寺中。

那日殿上闲步，忽然撞着莫夫人，惊得魂飞天外。一路随了他轿子，径至张衙前，见夫人进到衙内。他用心打听，张御史上任去了，他独自在家，是扬州人。他回到寺中，一夜痴想道：“我在广东相交了许多妇女，从来没一个这般雅致佳人。怎生样计较，进了衙内，再见一面，便死也罢。

次早起来闲走，往伽蓝殿前经过。入内将身拜倒，便诉道：“弟子丘

① 氤氲(yīn yūn)：形容烟气很盛。

继修,因卖珠至此。昨见张夫人,心神被他所摄。弟子痴心告神,命中若有姻缘,乞赐上上灵签;若没有缘,径赐下下之签。”将签筒在手,跪下求得第三签。正道:

前世结成缘,今朝在线牵。

口如瓶守定,莫吐在人前。

看罢大笑。起来向神再拜道:“弟子若得成全,合当上幡①祭献。”

他回到书房痴想道,好计,好计,必须装做卖婆模样,将了珠子,假以卖珠为名,径入内房。如此,如此,或可成就。老天只是脚大,怎生得一双大大女鞋穿了方好。也罢,把裙系低了些,便是了。取了一包好珠子,一串小珠儿,放在身边。忙去卖衣典中,买了一件青绢衫,白绢裙,衬里衣,包头鬏髻之类,走到一僻静祠堂内,妆将起来。端端正正,出了祠门。寻一井中一照,与妇人无二。他于是大了胆,径到张衙前来。管门的见是卖婆,并不阻挡。他一步步走到堂后,只见张夫人在天井内看金鱼戏水。香菜根见了,打着扬州话,叫声:“奶奶万福。男女②有美珠在此,送与夫人一看,作成男女买些。”夫人道:“既有好珠,到我房中来看。”

香菜根进了香房,上下一看,真个是洞天福地。夫人道:“坐下,爱莲取茶来。”香菜根将那一包好珠子先拿出来,一颗颗看了。夫人拣了十余粒道:“还有么?”道:“有。”又在袖中取出那一串的包儿。打开了那串,头上面有结的,下面故意不结。他将指头捻住了下头一半儿,送与夫人看。夫人接了在手,菜根将手一放,那些珠子骨碌碌都滚了下地,惊得夫人粉面通红。香菜根道:“夫人不须忙得,待我拾将起来便是。”说罢,倒身去寻。拾了三十余粒在手,道:“足足六十颗,今止一半,多因滚在地缝里去了。奈天色已晚,不若明日来寻罢。”夫人道:“说那里话,你转了身,明日倘寻少了几颗,只道我家使女们取了你的。今晚宁可就在此间宿了,明早再寻。寻得有无,你好放心。”香菜根听见说在此宿了,他喜从天降道:“怎好在此打搅夫人。”莫氏道:“只是你丈夫等着你。”香菜根道:“丈夫已没了两个年头,服已除了。”夫人道:“尊姓?”香菜根回说姓丘。夫人叫爱莲打点酒肴来请丘妈妈。

---

① 幡(fān):一种旗子。

② 男女:礼下于人的自我谦称。

须臾,点上红灯,摆下晚饭。夫人请他对坐了,爱莲在旁敬酒。夫人叫爱莲:“你这般走来走去,不要把那些珠子踏在泥里去,明日没处寻。可将酒壶放在此,你去吃了晚饭,临睡时进房来。你如今把鞋底可摸一摸,不可沾了珠子出去。”爱莲应了一声,答道:“鞋底下没有珠子。”径出去了。

夫人劝着道:“丘妈妈,请一杯。”丘妈道:“夫人也请一杯。”夫人道:“你这般青春标致,何不再嫁个丈夫,以了终身?”丘妈道:“夫人说起丈夫二字,头脑也疼,到是没他的快活。”夫人道:“这是怎么说?有了丈夫,知疼着热,生男育女以接宗枝,免得被人欺侮。”丘妈道:“夫人有所不知。嫁了个丈夫,撞着个知趣的,一一受用。像我前日嫁着这村夫俗子,性气粗豪,浑身臭味,动不动拳头巴掌,那时真真上天无路,入地无门。天可怜见,死得还早。”夫人道:“据你之言,立志不嫁了?只怕你听不得雨泣寒窗,禁不得风吹冷被,那时还想丈夫哩。”丘妈道:“夫人,别人说不得硬话,若在我,极守得住。夫人若不嫌絮烦,我告禀夫人一番。”夫人道:“你说来我听。”丘妈道:“我同居一个寡女,是朝内发出的一个宫人。他在宫时,那得个男人!因此内宫中都受用着一件东西来,名唤‘三十六宫都是春’,比男人之物,更加十倍之趣。各宫人每每更番上下,夜夜轮流,妙不可当。他与我同居共住,到晚间,夜夜同眠,各各取乐,所以要丈夫何用?我常到人家卖货,有那青年寡妇,我常把他救急,他可不快活哩!”夫人笑道:“难道你带着走的?”丘妈道:“夫人,此物宫女带得几件出来。我因常有相厚的寡居偶然留歇,那夜不曾拿在身边,扫了他的兴,所以日后紧紧带了走的。”夫人道:“无人在此,你借我一看,怎生模样一件东西,能会作怪?”丘妈道:“夫人,此物古怪。有两不可看:白日里,罪过不可看;灯火之前,又不可看。”夫人笑道:“如此说,终不能入人之眼了?”丘妈笑道:“惯会入人之眼。”夫人道:“我讲的是眼目之眼。”丘妈道:“我也晓得,故意逗着此要的。今晚打搅着夫人,心下实是不安。可惜在下是个贱质,不敢与夫人并体齐躯。若得夫人不弃,各各一试,也可报答夫人这点盛情。”夫人道:“此不过取一时之兴,有甚贵贱。你既有美意,便试一试果是如何,不然还道你说的是谎。”丘妈见他动心允了,忙斟酒,劝他多吃了几杯。夫人说得高兴,不觉的醉了。坐立不定道:“我先睡也,你就在我被中睡着罢。”丘妈应了一声,暗地里喜得无穷。

他见夫人睡稳,方去解衣,脱得赤条条。潜潜悄悄,扯起香香被儿,将那物夹得紧紧的,朝着夫人动也不动。那夫人被他说这一番,心下痒极的,身虽睡着,心火不安。只见丘妈不动,夫人想道:“莫非骗我。”说:“丘妈,睡着也未?”丘妈道:“我怎敢睡。我不曾遇大夫人,不敢大胆。若还如此,要当如男人一般行事,未免预先摸摸索索,方见有兴。”夫人道:“你照着常例儿做着便是,何必这般道学。”夫人将手把丘妈一摸,不见一些动静,道:“他藏在何处?”丘妈道:“此物藏在我的里边,小小一物,极有人性的。若是兴高,就在里边挺出,故与男子无二。”夫人笑道:“委实奇怪。”(下删四十九字)。

那夫人那知真假,搂住着,柳腰轻摆,凤眼乜斜①,道:“可惜你是妇人,若是男人,我便叫得你亲热。”丘妈道:“何妨把做男人方有高兴。”夫人道:“得你变做男人,我便留在房中,再不放你出去了。”丘妈道:“老爷回来知道,性命难逃。”夫人说:“待得他回,还有三载。若得三年夜夜如此,死也甘心。”丘妈见他如此心热,道:“夫人,你把此物摸一摸着,还像生的么?”夫人将手去根边一摸,并无痕迹,吃了一惊,道:“这等你果是男子了。你是何等样人?委实怎生乔妆至此?”丘妈道:“夫人恕罪,方敢直言。”夫人道:“事已至此,有何罪汝。但实对我说,待我放心。”老丘道:“我乃广东珠子客人,寓于华严寺里。昨日殿上闲行,遇着夫人,十分思慕。欲见无由,即往伽蓝殿求签问卜。若前有宿缘,愿赐一灵签,生计相会。求得第三签,那诗句灵应得紧,我便许下长幡祭献。”夫人道:“笺诗你可记得?”老丘道:

前世结成缘,今朝有缘牵。
口如瓶守定,莫吐在人前。

夫人道:“应得灵签,还教你守口如瓶,切莫在人前吐露。且住,再问你,是谁人教你如此妆束而来?”老丘道:“此事怎好与人知道,自在房中思想得这个念头,买衣于暗处妆成。故将珠子撇地,算来天色晚将下来,只说还寻不足,珠止得三十颗耳。”夫人道:“好巧计也。倘你辞去,我不相留你,如之何?”老丘道:“也曾料定夫人,或说路不及,走不及,十分再不留我,在你房门槛上故意一绊,便假做疼痛起来。只说闪了脚骨,困倒

① 乜(miē)斜:眼睛略眯而斜着看。

在地,你毕竟留于使女床中,也把我宿一宵去。留宿之时,我又见情生景,定将前话说上,必然你心高兴。计在万全,不怕你不上手。”

夫人道:“千金躯,一旦失守了。有心活身,如今可惜又是他乡。”丘客道:“这是千里姻缘使线牵,灵神签内,了然明白,这个何妨!”夫人道:“不是嫌你外方。若在本土,可图久远。”丘客道:“若是夫人错爱,我决不归矣。况父母虽则年高,尚有兄嫂可仗。且自身家居异地,幸未有妻子可思。愿得天长地久,吾愿足矣。”夫人道:“尔果真心,明早起妆束如初出去,以屏众人耳目。今夜黄昏,可至花园后门进来,昼则藏汝于库房,夜则同眠于我处。只虑做官的倘日后升了别任,要带家小赴任,如之奈何?”丘客道:“夫人,我又有别计。那时打听果升外任,我便装一抄书之人,将身投靠,相公必收录我。那时得在衙中,自有题目好做。”夫人笑道:“丘郎真有机智,我好造化也!且住,你这些珠子,毕竟值钱几多?你人不归家,须将本利归去,以免父母悬念。”丘客道:“夫人说得是。明日归寺,我将珠银本利寄回了,央亲戚带回。我书中托故慢慢归家,两放心矣。只是人无远虑,必有近忧。倘然日后相公在家,一时撞破,夫人到不妨。”夫人说:“为何我到不妨?”丘客说:“他居官的人,怕的是闺门不谨,若有风声,把个进士丢了。只是我奸命妇,决不相饶。”夫人道:“既是这般长虑,不来也罢了。”丘客道:“夫人,虽云露水夫妻,亦是前生所种。古人有言:

有缘千里能相会,无缘对面不相逢。

夫人道:“数皆天定,那里忧得许多。”只听爱莲推着房门进来,寻丘妈同睡。四周不见,只见夫人床前,一双男鞋在地,吃了一惊不敢做声。暗暗一头想,一头困了。

且说他二人见爱莲推门,双双搂定睡了。直至五更,又做巫山之梦。不觉天明,夫人催丘客早早妆束,爱莲也走来,朝着丘客细一看,知是男子,便笑一笑儿道:“你若出去,这双鞋儿不妥。待我去寻一双与你穿了方像。”夫人在床上听见了,叫道:“爱莲,事已至此,料难瞒你。切不可说与外人知道,我自另眼看你便了。”爱莲伏在床沿上回道:“夫人不分付,亦不敢坏夫人名节,何用夫人说来。”他即忙走到别房头,悄悄偷了一双大大女鞋与丘客穿了,道:“慢慢走出去。”夫人叫:“且慢着。”便一骨碌抽身起来,一面取几样点心与他充饥,一面取那些珠子道:“你拿去。”丘客道:“夫人要,都留在此。”夫人道:“我将昨日拣的留了,余者都拿去寄与家中。”又将一封银子道:“是珠价。”丘客笑道:“恁般小心着我。”夫人道:“你此一番未得还家,多将些银子寄回家去,安慰你父母心肠,免得疑你在外不老成。”丘客道:“足感夫人用心。”说罢辞出。夫人说:“出门依风火墙看了后门,黄昏好来。”应了一声,浑是个卖婆模样。

爱莲送出去,大门上有几个家人看了道:“昨晚在那里歇?”丘妈道:“晚了,与爱莲姐同困。今早方称得珠价到手里。”说罢,一径至后花园门首。上有牌额写着三个字“四时春”,左右一联曰:

园日涉以成趣,门虽设而常关。

他看在眼里,钻到祠堂中脱了女衣,一齐拿在手里,进了华严寺,且喜不撞见一个熟人。将匙开了房门,欢欢喜喜,重新梳洗,穿戴整齐。到伽蓝神前,拜了几拜。一面浼人买办幡布三牲酬愿。一面收拾金银珠贝,央了亲戚寄回。须臾上幡献神已毕,将三牲酒果,安排停当。请出当家师父道:“昨日遇一舍亲,有事烦我,有几时去。这一间房,锁一日,还师父一日房金。房中并无别物,只有床帐衣服在内,乞师父早晚看取。特设薄酌,敬请老师。”那和尚感谢无穷,大家痛饮一番。丘客道:“我告别了。”众僧送出而来,早已金乌①西坠,玉兔东升。

约莫黄昏,踱至花园门首。推一推,那门是开的,径进园中。只见露台下夫人与爱莲迎着前来。爱莲忙去锁门,夫人笑道:“夜深无故入人家,登时打死勿论。”丘客道:“还有四个字,夫人忘了。”夫人道:“非奸即盗这四个字么?你今认盗认奸?”丘客道:“认了盗罢。在此园中,也不过是个偷花贼耳。”二人就在月下坐着,爱莲取了酒肴摆列桌上,夫人着爱莲坐在桌横饮酒。月下花前,十分有趣。从此朝藏夕出,只得三个人知,余外家人,并不知道。

苒②指光阴,不觉二载。御史复命,以年例转升外道。一径归家,取家眷赴任。夫人知了这个消息,与丘客议曰:“今为官的,早晚回来取家小赴任,想前抄书之计,必然要行矣。”丘客道:“不知何日到家?”正说话之间,报到老爷已到门上,将次就到了。夫人道了忙,分付厨下摆饭,一面往厢中取了十余封银道:“丘郎,不期就到,心如失了珍宝一般,有计亦不

---

① 金乌:指太阳。传说太阳中有三足乌,故称。
② 苒:荏苒,时间逐渐过去。

能留你。可将此金银,依先寓在僧房,前日之计,不可忘了。”丘客哭将起来。夫人掩泪道:“如今即出园门,料无人见,就此拜别矣。”正是:

世间好物不坚牢,彩云易散琉璃脆。

丘客怏怏的出了园门,爱莲锁了。一时忙将起来,准备着家主回家。不移时已到,夫人迎至堂上相见,各各欢喜,两边男女叩头。进房除了冠带,夫人整酒,与丈夫接风,酒席间问些家事。自古新婚不如远别,夫妻二人早早地睡了。次日天未明,张英抽身起来,梳洗拜客,忙忙的一连拜得客完。未免上坟拜扫,家中又请着亲戚,做了几日戏文,择日上任。那些奉承他的,送行的送行,送礼的送礼,一连忙了十余日。

张英因辛苦,睡至巳牌,方欲抽身,把眼往床顶上一看,见一块干唾在床顶之上。吃了一惊道:“奇了。”夫人正梳洗方完,在床前穿衣服,听见张英说一个奇字,问道:“有什么奇处?”张英道:“此床你曾与何人睡来?”夫人笑道:“此床只你我二人,还有何人敢睡?”张英道:“既如此,那床顶上干唾谁人吐的?”夫人道:“不是你,便是我。这般小事,何必说他。”张英道;“事关非小,此唾我从来不曾吐。你妇人家,睡着吐不上去。”夫人道:“是了,我两日前伤风咳嗽,那时坐在床内穿衣服,吐上去的。”张英想道:“坐在床内,不吐于地下,怎生反吐上去?”一发起了疑心。

恰好门外有客拜访,张英即梳洗出外迎接。夫人唤了爱莲道:“丘郎初来时,曾求神道一签说:‘前世结成缘,今朝有线牵。口如瓶守定,莫吐在人前。’前二句不必言矣,后二句向只恐丘郎将此事泄漏于人。谁知今日老爷见床顶上有一块干唾,疑心起来,在此细究,怎生是好?恰应莫吐在人前之句。倘然问你,再三为我隐瞒方好。”爱莲说:“不须夫人分付。只是神灵签已显然道破,万一究出怎生是好?”正在计议,只见张英欢欢喜喜的,一些也不在心间,因此夫人与爱莲,都放下心肠。

只见过了几日,张英见爱莲在花园采花,叫了他到水阁上。悄悄问道:“你可实说夫人床上谁人来睡,若不直说,我即时把你杀死。”说罢帷袖内取出一把尖刀来。爱莲一见,魂飞天外。说道:“只有一丘卖婆来卖珠子。因天晚,留宿一夜,天早便去了。”张英道:“那丘婆必是男人。”爱莲道:“卖婆那里是男人之理。”张英道:“他住在那里?”爱莲说:“在华严寺里。”张英道:“那有妇人歇住僧房之理。”收了那刀道:“随我来。”爱莲不知情由,随了便走。恰好走到池边,张英用力一推,可怜一个温柔使女,一命呜呼。正是：

该在水中死，定不岸上亡。

张英只做不知觉，自出门往华严寺悄悄儿去了。那各僧不认得他，张英走至后房，见一沙弥，叫道："师兄，这里有个姓丘的珠子客人么？我要买些珠子，求指引他的寓所。"沙弥回头，正见丘继修恰在房门首，道："那一位便是丘客。"张英上前道："丘兄，可有珠子？要求换些。"丘客道："通完了。"张英道："多少可有些么？"丘客道："果然没有了。若要时，舍亲处还有。"张英道："也因舍亲张奶奶说，曾与足下买些珠子，故此乃特来。"那丘客回得不好，道："那张夫人他晓得我没有久矣。"张英道："张夫人为何细知足下之事？"丘客不觉面色一红，回答不来。

张英切恨在心，径自归家。唤了两个家人，是他的心腹，道："二人听着，华严寺里后房，歇一丘姓卖珠客人。你去与他做一萍水相逢之意，与他酒食往来，拘留他在此，不可与他走了。且慢与他说是我的家人。日后事成，重重有赏。"二人不知何故，便去与他做个哑相知起来。丘客全然未晓。

且说张英回衙，只见报说爱莲不知何故，投水死了。张英见夫人道："夫人，是了，爱莲或有外情，或是与情人一时在你床上偷眠，情人吐的干唾。见我前日问起，恐怕究出情由，惧罪寻了死，到也干净。分付买一副棺来，与他盛贮了，抬往郭外去罢。"夫人心下苦着，暗想道："他恐我事露，为我死了。"心下十分苦急，张英置之不理。

又过几日，张英与夫人睡着。到二更时分，双双醒来，张英故意把夫人调得情热，云雨起来。张英道："我今夜酒少了些，就干着此事甚是没兴。若此时得些酒吃，还有兴哩。"夫人道："叫一妇人去酒坊取来便是。"张英道："此时他们已睡，叫着他，只说我要酒吃又不好。"道："可惜爱莲又死，此事必须夫人一取方可。"夫人道："既如此，我去取来。"把手净了，在灯火上点一枝红蜡，取了锁匙，径往酒坊而去。

张英悄摄其后。夫人见酒槽①深大，取一条杌凳②子走将上去，弯身而取。张英上前，把他两脚拿起往槽内一推，须臾命尽，方走归房，依先睡

---

① 酒槽：装酒的大容器。

② 杌（wù）凳：比较矮的凳子。

了。口中叫道:“走几个妇人来,夫人思量酒吃,自往槽中去取,许久不来,可往代取。”妇人俱应了一声,径至酒槽中一看,见夫人已死,慌忙报与张英。张英假意掉泪,揽衣而起道:“这也是你命该如此。”一时间未免治起丧来。下棺时满头珠翠,遍身罗绮,一一完备。托以上任日期紧急,将棺木出于华严寺里权寄。心腹家人归家伏侍,张英叫他至静处分付着,你可如此如此,不可误事。那人应声去了。

只见次早寺僧报说:“夫人棺木不知何人撬开,把衣服首饰,尽情偷去矣。”张英随着人将铜首饰、粗衣服重新殓殡,抚棺痛哭。急往各房搜看。只见家人道:“丘客房中之物,正是夫人棺木中的。”张英大怒,分付即将丘客锁了,写词送至洪按院处。词中云:

告为劫棺冤惨事:痛室莫氏,性淑早亡。难舍至情,厚礼殡殓。珠冠美玉,金银镯钿,锦绣新服,满棺盛贮,柩寄华严寺中。盗贼丘继修,开棺劫掠,剥去一空。遭此荼毒,冤惨无伸。开棺见尸,律有明条。乞台追赃正法。上告。

洪按院道:“此一桩新事,必须亲审。”随将丘继修用刑。继修道:“老爷,事事皆真,不必用刑,待小人认了便是。”洪院见他说得干净,心下生疑,必有缘故。叫道:“丘继修,你开棺劫财,想你一人,焉能开得?必有余党,从实招来。”丘继修道:“开棺劫财,实实不是小人。但此事乃前生冤债,甘心一死。”洪按院道:“你细细讲来。”继修道:“爷爷,实系隐情,不敢明告,愿一死无疑。”随即画招承认。洪院想:“毕竟有何隐情不肯明说,情愿认死?”到夜间,睡至三更,梦一使女叩见洪院。口道:

夫人有染,清宵打落酒槽中。

使女无辜,白昼横推渔沼内。

洪院曰:“你是谁家女使?”爱莲答曰:“妾系张英使女,唤名爱莲,只问丘继修,便知明白。”洪院醒来,却是南柯①一梦。自忖曰:“此梦甚奇。使女与继修开棺一事无干,怎教我问丘继修?”次早,自吊丘继修复审曰:“我且问你,你可知张夫人家中有一使女,名唤爱莲,可有此人么?”继修道:“有,此女半月前无故投水而死矣。”洪院道:“你怎知之?”道:“相公家有

---

① 南柯:古代传说,淳于棼梦见自己做了大槐安国君主,醒来方知是一梦。大槐安国不过是大槐树下的蚁穴。

二家人，与小人熟识，故尔知之。”洪院又问：“既然你知，夫人怎样死的？”继修曰：“闻得夜间在酒槽中浸死的。”洪院惊异，与梦中言语相合矣，但夫人有染之句未明。洪院省曰：“是了，我且问你，我访得张夫人有了外情，被张英推在槽中浸死的，莫非与你有奸么？”继修曰：“此事并无人晓得，只使女爱莲知之。小人闻爱莲溺死，又闻夫人浸死，小人不说，终无人知矣，故为夫人隐讳。不知老爷因甚知之？”洪院道：“张英昨日又写书来与我，要将你速斩，以正王法。我三更得梦，故尔知之。可将奸起情由从直写来，或可出尔之罪。我当方便。”继修一一写出。

恰好张英分付家人领回书，洪院随将梦中对联写与张英。张英拆开读罢，一时失色。随往洪院谢罪，求洪老大人周全，不忘大人恩德。洪院冷笑曰：“你闺门不谨，一当去官。无故杀婢，二当去官。开棺赖人，三当去官。”张英跪曰：“此事并无人知，望大人遮庇。”洪院曰：“你干的事，我岂能知。但天知地知，你知鬼知，不是鬼来相告，我岂能知？夫人失节，理该死；丘继修奸命妇，亦该死；爱莲何罪，该死池中？你不淹死爱莲，则无冤魂来告；无冤魂来告，则我不知。你只合把夫人处死，何不将继修寻以他故而死之？家声不露，官亦可做，岂不全美乎！”说得张英无言，羞愧而退。洪爷提笔判曰：

审得丘继修，贩珠贾客①，萧寺②寓居。见莫夫人之容，风生巧计，妆丘卖婆之假，云酿奸情。色胆如天，敢犯王家之命妇；心狂若醉，妄希相府之好逑③。恶已贯盈，诛不容逭④。张英察出，因床顶之唾干；爱莲一言，知闺门有野合。番思灭丑，推落侍婢于池中；更欲诛奸，自送夫人于酒底。丫环沦没，足为胆寒；莫妇风流，真成骨醉。故移柩而入寺，自开棺以赖人。彼已实有奸淫，自足致死，何故诬之盗贼，加以极刑？莫氏私通，不正家焉能正国；爱莲屈死，罔⑤恤幼安能惜老。须候宪裁，暂停赴任。

---

① 贾(gǔ)客：商人。

② 萧寺：佛寺。

③ 逑(qiú)：配偶。

④ 逭(huàn)：逃避。

⑤ 罔(wǎng)：没有，无。

洪院将继修奸命妇拟斩，随即上本。首劾①张英治家不正，无故杀婢，致冤魂不散之事，一一奏闻。部议张英罢职，洪院劾疏不为少讳，真有直臣风烈。加升三级。

此一回小说，切记不可少年犯色，无故杀人之戒。

① 劾(hé)：揭发罪状。

第五回　日宜园九月牡丹开

平安两字值钱多，分外奇求做什么。

日看庭前生瑞草，总然好事不如无。

话说河南彰德府安阳县有一个秀才，姓刘名玉，发妻袁氏，乃元宵所生，唤名元娘。夫妻二人如鱼似水，享用着泼天[①]家事，果是奴仆成行，牛羊成队，说不尽金玉满堂。后边一个花园，也是天上有地下无的，名曰日宜园。那一日没有花开！真个言：

四时有不谢之花，八节有长春之草。

各样各花，都不说起，单说他家牡丹花比别家不同，况河南专有好种。一到季春[②]，牡丹盛开，他便请了亲朋邻友赏玩，吟诗作赋，好不有趣。

其时三月初旬，牡丹比往年又盛了几分。刘玉先与元娘置酒庆赏，但见馥郁[③]非常，盘旋翔舞，如喜若狂。刘玉道："莫非花神至?"元娘见说，把酒浇奠拜下："花神有灵，秋间再发。"刘玉笑道："那有一年两放的花。"元娘道："岂不闻武后借春三日？那也是秋天，百花争放，牡丹先开，封他为花王。岂不是一年两次开花!"刘玉道："他是一朝武后，故此灵验。"元娘道："自古诚则灵，我一念至诚，倘然灵起来，也未可知。"那花烁烁的动了几动。元娘道："你看，岂非花神有灵? 又没有风，这般摆动。"刘玉看见，也自惊起来，连忙将酒拜奠。正是：

倾国姿容别，多开富贵家。

临轩一赏后，轻薄万千花。

夫妻赏后次日，遂请众亲邻朋友看花酌酒，作赋吟诗，不可尽述。略诵一词，以纪其胜：

---

① 泼天：极大，极多的。

② 季春：农历三月。

③ 馥(fù)郁：香气浓厚。

东风劝酒，怜国色于洞房。季月殿①春，冠花曹于上苑②。溶溶玉露，薄匀障日之颜；冉冉天香，细染裁云之袖。立处众芳，寂寞开时比屋；豪奢奢翠，擎来细罗制就。花如解语，亢使城中。纵是无情，也能肠断。池上邀来宾客，庭前看则儿孙。杨氏③肉屏，谁敢骄其富贵；邓家④金穴，莫惜买乎阳春。亦有锦槛满移，银瓶高种。含情合德，浴当壶蔻盆中；半醉玉环，立在沉香亭下。芳心惯能醒酒，秀色真可疗饥。既喜檀红冶女，看残紫陌；复怜粉白高人，留伴黄昏。生何必洛阳之都，数树仅容系马；歌不减清平之调，千杯任许脱讹⑤。愿求羽士还丹，俾⑥花不老；更拥丽人修谱，与月俱新。浮罗山上，休招过去之魂，日宜园中，已约秋来重秀。

刘玉看罢大笑："昨日山妻正望秋来再发，今朝亲友也邀此际芳菲。花果有灵，何妨再艳。"众人道："若是秋来正开，我辈当做东来与主人答席。"大家痛饮而散。

足足盛了十日馀外，虽有残红，不能如极盛的时节那般香艳了。过了牡丹，又见新荷贴水，湛湛长起，香闻十里。有诗为证：

咏荷叶

鱼戏银塘润，龟巢翠盖园。
鸳鸯偏受赐，深处作双眠。

咏荷花

深红出水莲，一把藕丝牵。
结作青莲子，心中苦更坚。

那夏天已过，秋色来临才见桂蕊飘香，又有东篱结彩。这秋色虽不能如春天百花烂熳，然而亦不减于春也。夫妻二人闲步往从牡丹台走过，刘玉道："秋色已到，牡丹不开了！"元娘道："只好取笑而已，世间那有此

---

① 殿：在最后。
② 上苑（yuàn）：（帝王的）花园。
③ 杨氏：唐代杨贵妃。
④ 邓家：汉代邓通，因受文帝宠爱，私铸钱，后尽没入官。
⑤ 脱讹：疏漏错误。
⑥ 俾（bǐ）：使。

事。”偶尔上前一看，夫妻二人大惊道：“奇了，莫非眼花，为何花都将笑了？”元娘道：“难道我二人俱眼花不成。”唤些使女们来看，只见来了几个使女，都惊道：“果是花将开放。”喜得刘玉夫妻双双拜下道：“花神，你如此有灵有信，我刘玉夫妻好生侥幸也。”分付小使点起香烛，置酒果拜祷了一番。便道：“春间赏花的亲友许我说，如秋间开花，他们置酒作东。待花盛了，不免写着传帖，约他们来看。”元娘道：“这是奇事，若有小人来要看，不可阻挡，以见花神有灵。”刘玉道：“有理。”

到了次日，那花又绽了些。刘玉夫妻早早梳洗，将香烛酒果又来拜祝。如此五日，看那花盛将起来了，刘玉写下传帖，索那些亲友作东。只说要他的东道，谁知是真，大家一齐惊异，遂各各置酒请看。刘玉未免吟诗作赋起来，录其集唐一首，以纪其事。

落尽春红殿众芳，(高适)秋来又复见花王。(朱然)
黄花自此无颜色，(问朋)丹桂从今不敢香。(王士)
罗邺有诗夸魏紫，(那经)渊明无酒对姚黄。(章士)
歌中满地争欢颜，(罗邓)烂醉佳人锦瑟傍。(杜甫)

一赏之后，喧传出去。满城士民男妇，那一个不到日宜园中一看。便各乡绅亦闻奇异，都有歌咏相赠。一日之间，真有数万眼目。若远若近，车马络绎不绝，园中那里捱得过。元娘女伴并来的内客，都在花台左边厢楼上赏玩。刘玉亲友正好黄昏时候，悬灯百盏于花棚之下，照耀如同白日，夜夜五更方散。亦是一场异趣。

且说河南南阳府镇平县，有一个百万家财的监生，姓蒋名青，年纪二十五岁了。往省城寻亲而回，过经安阳县，闻说牡丹盛开，他满心欢喜，有这样异卉，怎么不去一看。乘了轿子，跟随了几个家人，径到刘家而来。一路上捱捱挤挤，到了园门下轿，捱进里边。蒋青见了牡丹十分啧啧，抬头周围一看，恰好看见了前世冤家。他眼也不转看着元娘，越看越有趣，正是情人眼里出西施。那元娘在楼上与几个女伴调笑自如，果然雅趣，不知有人偷看。这蒋青看之不了，只顾站着。家人们道：“相公，回寓所去罢。这花不过如是的了。”蒋青说：“我在此看着花娘哩。”家人不解道：“轿夫肚中饥了，要回去吃饭。”蒋青无奈，只得走出了园门，与一心腹家人，唤名三才道：“你可在此细细打听园主姓名，年纪多少，并妻房名氏，方才楼上穿白绉纱的妇人名姓，快来与我说，不可记差了。”三才道：“理会得。”蒋青上轿去了。

那三才往邻居问了，又向一家去问，又如此说，问得仔细。径到寓所回着主人道：“花园主人名唤刘玉，年方二十二岁，本县学里秀才。那白绉纱袄的妇人，正是他的妻子，姓袁，父亲兄弟都是秀才。妇人幼名元娘，家中巨万家私。礼贤好客，良善人家。”蒋青听了，说道：“好气闷人也。”三才道：“官人家中钱过北斗，莫非没有这般秋发名花，所以如此气闷？”蒋青道：“你这俗子，我爱他元娘，真如解语之花。无计可施，所以气闷。”三才道：“官人在家时，事事都成，为何这些计较便无了？”蒋青道：“谋妇人与别事不同。如妇之夫，或是俗子，或是贫穷，或是年老，或是俭涩，或是丑貌，五事得一，便可图之。今观名花满园，不俗可知；巨万家财，不穷可知；年方念二①，不老可知；礼贤好客，不涩可知；秀士青年，不丑可知。无计可施，自然气闷。”

三才道：“官人，小人到有计在此。”蒋青道：“若有计，事成自然重赏。”三才说：“官人，事成不敢求赏，事不成不可赐责。官人目下回家，离此有半月之程，况又是自家船只。将行李收拾完备，我们大小跟随之人，有二十余个在此，到更深之际，单单只抢了元娘，竟日暗暗一溜风走他娘，除非是千里眼看得见。官人意下如何？”蒋青道：“此计到也使得。恐一时难进去。”三才道：“一发不难，正好把看花为名，傍着天色晚来光景，一个个藏在假山之后。鬼神也看不见。”蒋青道：“不须用着枪刀？”三才道：“尽多在此。一个人一把刀，或是一柄斧就够了。面也不须搽得。只是一件到难。”蒋青道：“是何物件？”三才道：“半夜三更，须得些火把方好。倘然黑魆魆的②，元娘躲过了，差劫了一个老婆子来，可不扫兴。”蒋青道：“这也不难。一个人一条火把，笼在袖中，带了火草，临期点起便是。虽然如此，不可造次③。今夜你可先去试一试，何处可以藏人，何处入内，何处出门，有些熟路方可。如此万一被他拿住，如之奈何？”三才道：“说不得了。吃黑饭，护黑主，我去我去。”蒋青赏了他三钱银子买酒吃。待后又有犒赏。

三才领了银子，与同伴几个人同往酒肆中，吃得醉醉的。归家与主人

---

① 念二：二十二，二十亦写作廿，读念。

② 黑魆(xū)魆的：形容黑暗。

③ 造次：匆忙，鲁莽。

说了,径自往刘园而来。一路上只听得说刘家牡丹花开得奇异,有的说庭前生卉草,总好不如无。三才听见这两句说话,便道是真话,说得有理。闲话之间,已到门首。他捱进园门,径至牡丹后面去。看那园十分宽敞,往假山上面一看,其间山洞中,尽好藏身,且是曲折得很。又往园一看,此处可至内室,有门不闭,他便捱将进去,不见一人。原来刘家男妇,俱在这些花园,看着人往人来,况前门已是拴好的,故此无一个在内室里。三才不见有人,又往楼上一望,想道:“毕竟也无人在上面。”轻轻的上了楼梯,寂动动的径至楼上,知是主人的卧室。往窗外一看,只听得花园内沸腾腾的人声。他便走到床上一看,见枕头边有一双大红软底的女睡鞋,只好三寸儿长。他便袖了,流水的下了楼来,又往原路儿走了出来。只听得有人说:“这花只好明朝一日也都谢了。”三才思道:“此事只在明夜了。”便出了园门,径投下处。

见主人将前事一说,蒋青大喜:“事倘成时,你功第一。只是一件,这样一个标致妇人,倘然一双大脚,可不扫兴了蒋青也。”三才道:“官人,若是一双小脚,还是怎么?”蒋青道:“若是果然小脚,赏你一百两银子。”三才道:“只要五十两,快快兑来。”蒋青道:“敢是你先见了。”三才道:“官人,若要看时,一手交钱,一手交货便是。”蒋青道:“蠢才,终不然你割了那一双脚来不成。”三才往袖里一摸,摆在主人面前。蒋青一见,拿在手中,将双脚平跌道:“妙,妙,足值一千两银子。”三才道:“五十两还不肯赏哩。”蒋青说道:“决然重赏。”拿在手中,如掌上珠一般,何曾释手。三才道:“今晚各人早睡,明日就要行事。若再迟,花谢了闭了园门,做梦也不得进去了。”蒋青分付众人,与五钱银子买酒吃,明日齐心协力。事成之后,自有重赏。众人欢天喜地应了一声,都去吃酒去了。蒋青自己一个,自饮自斟,把盏儿放在鞋儿里,吃了又看,看了又吃,直至更尽,把鞋儿放在枕边而睡。

到次早先自起来,分付把行李一齐收拾下船。连人都在船里去了,把寓所出还了主人。三才去买了火把,收拾器械,大家煮饭吃饱了,俱随着三才而去,止留下一个小使伏侍主人。三才到了彼处,一个个的领进假山洞里安顿停当,自己又往昨日那门边了看了一会。

天色晚将下来,游人散了。花已凋谢,亲友也不来夜间赏了,故此刘玉着小使闭了园门,吃了夜饭,先自上楼睡了。各房男人,因连夜勤劳了,亦各自分头睡去矣。到是元娘还在那里等茶吃，只见一个女子在那里榻茶。三才看得停当，去把花园门大开了，将火把只点起两个，道："余者不必说过。三才领路，某人持火，某人断后。"计议停当了，悄悄走进那扇门内，一声喊，把元娘一把抱了就走。刘玉听见呐喊，连忙下楼。家中大小一齐都到，不知什么缘故许多人喊，下来一个也不见了。忙寻元娘，并不见影，只见那榻茶的女子惊倒在地。刘玉忙问，他说道："许多人拿了刀斧，把娘娘抱去了。"刘玉惊得面如土色。一众人道："大家分头去赶。"一齐往后边赶去。那伙人飞也的去了，那里去赶。

且说三才抱了元娘，恰好城门未闭。元娘不住口的喊救人，这些家人都藏过了凶器，路上有人问说因何事故的，回说是逃出来的妇人，路上之人便不管了。一径下船，登时摇起三橹，那船如飞的一般去了。三才把元娘放下，蒋青上前一看，正是元娘。深深作下一个揖道："莫要惊坏了。"元娘看见是个带巾的一个后生，道："尊处是何等样人，因甚事抢我到此，有何话说?"蒋青说："请娘娘台上坐，容小生告禀。"一边说，忙去扯一张椅，放在上边。那元娘不肯坐。道："小生是蒋青，乃南阳府镇平县人氏，忝为①太学生。昨为观花，瞥见娘娘花貌，一夜无眠。至天晚睡去，梦见神人指示道："袁氏与汝有几载夙缘，必须如此，方可成就。待缘满之期好好送回，夫妇重圆。故此冒突娘娘，实由神明托梦，望娘娘应梦大吉。"元娘道："做梦乃荒唐之言。岂可读书之人行此强盗所为之事？好好送我回去，我送金帛与你。若不依言，没此河中做鬼，也不相饶。"蒋青道："那金帛舍下也有百余万，到不稀罕。若要娘娘这般标致，实然少有。归家贮娘娘千金屋，礼拜如观音，望娘娘俯就。"说罢取出一盒肴馔，一壶三白酒。那元娘哭将起来，那里肯坐，又没个女人去劝，他心下思量投水而亡，只因身怀六甲，恐绝刘氏宗枝，昏昏沉沉，只是痛哭。蒋青没法起来，道："来了多少路程了?"回道："六十余里了。""既如此，你们都去睡罢，行船的人更番②便了。"大家应了一声，通去睡了。止得二人在船内。

元娘流泪不止，蒋青扯元娘来坐了吃酒。元娘见后边还有舱，径跑进去，把舱门闭上。蒋青笑道："舱门四扇都可开的，闭他何用。"他便取了

---

① 忝(tiǎn)：自谦，表示有愧于或辱没了他人。

② 更(gēn)番：轮番，轮流。更，替换。

灯火,拿了那壶酒,踢开门来,放在桌上。又取了那盒儿摆好了,去请元娘。只见袁氏坐在床上大哭,蒋青道:"娘娘,事已至此,你要说我送归,今夜已不及矣。总到家,已做了奇花失色,美玉成瑕了。不若依神明之言,了此夙缘。那时圆满,送你还家,你夫妇再圆,此为上策。"元娘道:"难道你家没妻子?别人也这般行凶抢去,完了夙缘,你心下如何!"蒋青道:"不瞒娘娘说,先室弃世三年,因无国色,尚未续弦。今得了娘娘就如得了珍宝一般,与你百年鱼水之欢。"元娘道:"你方才许我送还,缘何又说百年?"蒋青说:"若蒙俯就,但凭尊意。"连忙筛了一大银杯酒,送与元娘。元娘不理。道:"娘娘,你一来受惊,二来肚已饥了,况酒可散闷。自古将酒待人,终无恶意,吃了这杯。你便饿死在此,家中也无人知道。"他便拿了酒,双膝儿跪将下去。

元娘见他如此光景,又恼又怜道:"放在床沿上。"蒋青放下,去取一格火肉,拿在手中等元娘吃。元娘只不动。蒋青说:"娘娘不吃,我又跪了。"言罢,又跪下去。元娘拿上酒杯,哈了一口。蒋青送上火肉,元娘肚内果然饥了,取了一块来吃。蒋青道:"求干了,我才起来。"元娘无奈,只得吃完了。蒋青起来,又筛一杯,元娘道:"我吃不得了。不可如此。"说罢,往枕边一看,见一双女鞋。元娘道:"你说家中无妻,此物何来?"蒋青道:"家中便有妻子,带此鞋来何用。这是昨夜神明梦中付我的,道:'若他不信,你可把此鞋与他为证,自然从你,完此姻缘。'你拿到灯下认看。"元娘拿灯前一看,果是无差:"昨夜那里不寻到,怎么有这般奇事。"心下有几分信了。蒋青道:"你如今心下如何?"元娘道:"既是前缘,料难逃去。我身怀孕三月,在家时,与丈夫便隔绝了此事。待我分娩后从你罢。"蒋青道:"虽不做,同我睡亦不妨。"元娘不语。蒋青又劝着酒,元娘只得坐下又吃了一杯酒,那是入口松的。一来空心酒,二来酒力狠,一时头晕起来,坐立不住。连忙到床边,换了鞋儿,和衣睡倒。

蒋青见他说头晕,也知其故,自己斟酒,吃了几杯,想道:"亏我说这一场谎梦,径自信了。"心下十分快活。堪堪酒兴发了,走到床边,听见元娘声响,见他朝着床里睡的,推上一推,全然不动。他便携起上边衣服,去解他裙带,把手衬起了腰扯下来,露出大红裤儿,真个动兴,又如前法,露出两只白松松的腿儿,一发兴高。把裙裤放在薰笼里,自己除了巾,脱了衣,放下罗帐,扒在元娘身上。□手推开两腿,云雨起来。

元娘初时睡熟,(下删十字),便自醒了,口中叹口气,(下删九字),把那些假腔调一些也不做出来。蒋青大喜。脱了元娘衣服,弄得赤条条的。元娘道:“且息了灯火来。”蒋青道:“且慢。”(下删九字),着实奉承,附着耳问道:“可好?”元娘点头。(下删十字)。两个一时间弄得酣美。须臾,雨散云收。

蒋青茶炉内取了开水,倾在盆内净了手。元娘披了衫儿,下床洗刮。蒋青又扯他吃酒,元娘道:“吃不得了。”问道:“多少年纪?家中还有何人?缘何这般大富?来到安阳县何干?”蒋青道:“年方二十五岁。家中止有僮仆妇女,共五十余人。因祖上收买一乡宦家铜香炉一十余个,不期都是金的,将来变卖了数千两银子,代代传下,渐渐的积将起来。到父亲手内,有了百万之数。因往省下寻亲事,并无标致的,故此转来。偶然看花,见了你姿容,又赐梦兆,果遂良缘,但愿天长地久。”元娘道:“你如今要我回去,把我怎样看成?”蒋青道:“是我填房娘子,难道把你做妾不成?”元娘道:“上盖衣服并簪髻全无,怎生好到你家?”蒋青道:“先室衣饰有二十余箱,任凭你受用。到家时,我先取了几件衣服之类,打扮得齐整了,到家便是。”元娘因不穿下衣的,要去睡。蒋青强他吃了一杯酒,自己又吃尽了盘儿。二人上床,重整鸾俦,直至夜分而睡。

且说刘玉在家,着人满城叫了一夜。次早写了几十张招纸,各处遍贴。一连寻几日,并无踪影。那刘玉素重关帝,他诚心斋沐,敬叩灵宫。跪下把心事细诉一番道:“若得重逢,乞赐上上灵签。”求得第七十一签。诗曰:

喜鹊檐前报好音,知君千里欲归心。
绣阁重结鸳鸯带,叶落霜飞寒色侵。

想道:“诗意像个重逢的。乞再赐一签,以决弟子之疑。”跪下又求得第十五签。诗曰:

两个家门各相当,不是姻缘莫较量。
直待春风好消息,却调琴瑟向兰房。

看罢,一发疑了,道:“两家门户是混的,不免再求一签。”跪在神前,诉道:“弟子愚人,一时难解。如后得回来,诗中竟赐一回字。”又把签筒摇个不住,双双的两枝在地。捡起来看,一是第四十三签,一是七十四签。那四十三签诗意儿:

一纸文书火速催，扁舟速下泪如雷。

虽然目下多惊恐，保汝平安去复回。

见一回字，道：“好了。”又看第七十四签的诗意儿道：

崔巍崔巍复崔巍，履险如夷去复来。

身似菩提心似镜，长安一道放春回。

刘玉见两枝签俱有回字，“去复回”三字，明明道矣。拜下道：“若得夫妇重圆，双双到殿，重新庙宇，再换金身。”许罢，出了殿门。归到家中，只见亲朋们纷纷来望，也有置酒解闷的，也有空身来解劝的。这且不提。

且说蒋青船只已到岸口，他便别了元娘，先到家中。男女见了，道：“新娘到了，快治酒筵。”一面着人各处请亲友邻居。上楼取了首饰，着小使拿了，抬了一乘绢围四轿，同到船边。蒋青下船，将首饰付与元娘穿戴。不一时，打扮完成上了轿，径抬至堂上。两人同拜着和合神，家中男女过来叩首，都称大娘娘。

元娘上楼归房，看了房中，果然整齐。二十四只皮箱，整齐齐两边排着。房中伏侍使女四人。三才的妻子叫名文欢，他原是北京人。这三才原是个北路上响马强盗，后到了北京。见文欢生得标致，一双小脚其实可爱，在路上骗他同归寓所。后来事发，官司来拿，他知了风声，与文欢先自走了。直至镇平县，闻得蒋青是个大财主，夫妻二人靠了他。蒋青的前妻极喜文欢，道他又文又欢喜，故此取名文欢。他如前边主母一般，故此独到房中伏侍。元娘见他小心伏侍，到也喜他。

这日，诸亲百眷，只说他在省城中，明公正气婚娶的这个标致女子，并不知此道来的，故此人人敬重。元娘初然心中不平，后来到了蒋家，见比刘家千倍之富，况蒋青又知趣，到也妥贴了。

光阴似箭，不觉年终，又是春天。他园中也有百花烂熳，季春也有牡丹，未免睹景思人，未觉眼中偷泪。又是初夏时，但只见腹中疼痛起来，蒋青分付快请稳婆。须臾已到，恰好瓜熟蒂落，生下一个儿子。眉清目秀，竟似娘母一般，元娘暗喜。未免三朝满月，蒋青竟认为己子。亲友们送长送短，未免置酒答情不必言矣。

只因元娘产妇未健，蒋青寂寞之甚，常在后园闲步。只见文欢取了一杯茶，送到花园的书房里，放在桌上，叫：“大相公，茶在此。”说了便走。蒋青见是文欢，叫道：“转来，问你。”文欢走到书房。蒋青坐下吃茶，问道："你丈夫回也未曾?"文欢道："相公着他到府中买零碎，昨日才去的，回时也得五六日，怎生回得快。"蒋青道："你主母身子不安，我心中寂寞，你可为我解一解闷?"文欢脸上红将起来，就走。被蒋青扯住，搂了亲嘴。文欢低头不肯，蒋青叫道："乖乖，我一向要与你如此，不得个便宜。趁今日无人在此，不可推却。"文欢道："恐有人来，看见不便。晚上在房中等相公便了。"蒋青放了手道："不可忘了"。文欢笑嘻嘻的去了。

只见到晚，蒋青在元娘面前说："今晚有一朋友请我，有夜戏，恐不能回了。与你说一声。"元娘说："请便。"蒋青假意换了一件新衣，假装吃酒腔调，径自下楼，悄悄走到三才房门首。只见房里有灯的，把房门推一下，拴上的。把指弹了一下，文欢听见，轻轻开了。蒋青走进房中一看，房儿虽小，到也清洁有趣。文欢拴上房门，拿了灯火，进了第二进房里。见卧床罗帐，不减自己的香房。蒋青大喜，去了新服，除下头巾。只见文欢摆下几盒精品，拿着一壶花露酒儿，筛在一个金杯之内，请蒋青吃。蒋青道："看你不出，那里来这一对金杯?"文欢道："还有成对儿哩。"蒋青道："你有几对? 当时不来靠我了。"文欢将三才为盗前后事情，对他一说。蒋青说："怪道前番抢元娘一节事，这般有胆。"

二人坐在一处，蒋青把文欢抱到身上坐着吃。文欢道："你再停会快进去，恐大娘娘寻。"蒋青将前事一说，文欢笑道："怪道着了新衣出来。"蒋青看了文欢说笑，动了兴，把文欢拦腰抱到床上。但见：

> 罗裙半卸，绣履双挑。眼朦胧而纤手牢勾，腰闪烁而灵犀紧凑。觉芳兴之甚浓，识春怀之正炽。是以玉容无主，任教蹈碎花香；弱体难禁，持取番开桃浪。

文欢兴动了。这是北人，极有淫声的，一弄起，便叫出许多妙语来。须臾，两人住手。文欢去取水洗了一番，收捡桌上东西，与蒋青脱衣而睡，未免要撩云拨雨起来。

自此常常托故，把三才使了出去，便来如此。文欢见三才粗俗，也不喜他，故此两人十分相好。

不觉光阴似箭，那刘玉个小娃子，长成六岁。家中请了一位先生，教他读书。元娘主意，取名蒋本刘，这小使到也聪明，读过便不忘记。

恰好一日，蒋青不在。有一算命的人，叫做李星，惯在河南各府大人家算命的，是蒋青一个朋友荐他来算命的。元娘听见，说："先生，把本刘小八字一算。”道：“这个八字，在母腹中，便要离祖；后来享福，况富贵不可言。”完了，又将蒋青八字说了。李星道：“此贵造也是富贵双全，只是一件，子息上少，寿不长些。”元娘把刘玉八字说了，李星道：“这个贵造，到像在那里算过的了。待我想……”元娘道：“既如此，你且先把女命来排一排看。”说出自己的时辰八字。李星打一算，把手在案上一拍道：“是了，是了，这两个八字，在安阳县里刘相公府上算来。这女命有十年歪运，死也死得过的。若不生离，必然难逃。幸喜他为人慈善，留得这条性命。缘何府上与他推算？”元娘道：“你几时在他家算来？”李星道：“今年二月内又算过了。那男命也不好，行了败运，前年娶了一个姓褚的妻房，又是个犯八败的命。一进门，把一个使女打死了，被他父亲定要偿命，告在本府。府官明知他是个财主，起了他二千两银子，方才罢手。一应使用，费了三千两。不曾过几时，他房中失了火，把屋宇烧个精光，房中细软，尽被人抢得罄尽。”元娘道：“这般好苦。”哭将起来。

李星道：“还好。”元娘住了泪道：“有何好处？”李星道：“他速连把山地产业尽情变卖，重新造屋，复置物件。不期过得一年，这犯八败的命极准，又是一场天火，这回弄得精光，连这些家人小子也没处寻饭吃，都走散了。”元娘又哭起来。李星道：“还好。”元娘止住哭道：“什么好处？”李星道：“没甚么好。我见你哭起来，故如此说。”元娘道：“如今何以资身？”星道：“我今年二月，在一个什么袁家里算的命，说是他岳丈家里。”元娘道：“这个人后来还得好么？”李星说：“这个命目下就该好了，只是后妻的命不好，紧他苦到这般田地。还有一个，那妇女的命，目下犯了丧门绝禄，只怕大分要死。死了，这刘先生便依先富了。”元娘道：“先生几时又去？”李星道：“下半年。”元娘道：“我欲烦先生寄封信去与他，若先生就肯行，当奉白金五两。”李星听见一个五两，道：“我就去，我就去。”

元娘叫文欢取了纸笔，上写：“妾遭荼毒手，不能生翅而飞，奈何不可言者。儿郎六岁矣，君今多遭艰难……”正写着，报到官人回了。元娘把纸来折过了，便进内房，添上“书不尽言，可即问李星士寄书的所在。你可早来，有话讲，速速。袁氏寄。”即胡乱封好，取了五两银子，着文欢悄悄拿出去：“与他寄去，不可遗忘。”文欢寂寂的，不与蒋青知道，付与李星道：“瞒主人的，你可速去。”李星急急出了门，往安阳地方而去。

不止一日，到了县中。他一径的走到袁家，见了刘玉道：“镇平县里一个令亲,我在他家算命,特特托我寄一封书来与你。"刘玉茫然不知。拆开一看,见是元娘笔迹,吊下泪来道:"先生,他在镇平县什么人家?"李星道:"本县第一个财主,在三都内蒋村地方。主人蒋青,是个监生。"刘玉想道:"大分是强盗劫去,卖与他家的了。"道:"寄书的是怎生打扮?"先生道:"他在屏后讲话,并不见面,声口到似贵县乡音一般。蒙他送我五两银子,特特寄来的。"刘玉想道:"有五两银子与捎书的,他到好在那里,可惜没有盘费,去见得他一面方好。"李星道:"别了。"刘玉道:"因先室没了,茶也没人奉得。"

李星听说没了,道:"好了,好了。我那个女命,向来不可在你面前讲得,是犯八败的。死得好,死得好,你的造化到了。"刘玉道:"造化二字,没一毫想头。"李星道:"镇平令亲,有百万之富。你若肯去,有一场小富贵,决不有误的。"刘玉道:"奈无盘费。妻父家中,因亡妻过世又累了他,不敢再启齿得。如之奈何?"李星道:"不难,不难,蒙令亲见赐五两,一毫未动。我取二两借你,到下半年,我若来,还我便罢。"连忙往袖中取出,恰好二两,一定称过的,递与刘玉。刘玉道谢不已。

李星去了。刘玉与岳父母把前事一说,袁家夫妻道:"好了,幸喜女孩儿还在。贤婿,你去打听,仔细通知了浑家,见景生情,不可造次。"袁家取了一副铺陈,五两银子,一个小使,并女儿小时的一个香囊把与刘玉。登时别了。

一路而来,非止一日。到了蒋村,天已晚了,寻一客店安下。次早梳洗,问了店家,指示了蒋家大门。刘玉着小使拿了香囊,道:"你只管走进去,若有人问你,你说安阳县袁相公来望元娘娘。切不可说是我刘字起。"小使说:"这些不须分付。"一直走了进去。恰好这日蒋青往乡间去了,不在家,故此没人在家中答应。小使走到堂后,恰好见一标致妇人,便拜了一个揖道:"烦劳说一声,安阳袁相公,来望元娘娘。"文欢晓得原故,忙往楼上叫道:"大娘娘,你快下来。"

大娘见说,一径下楼。只见小使叫声亲娘,元娘一看,便哭起来,道:"大官人特来望着亲娘。"把香囊与元娘一看,元娘道:"快请进来。"文欢忙忙走出前厅,那小厮已早出外,把手一招,刘玉走进厅前。文欢道:"请相公里边来。"元娘迎将出来,两下远远望见,都便哽咽。见了礼,二人哭做一堆。女仆便都道是兄妹,只有文欢晓得是夫妻。因元娘待文欢如妹子一般,文欢感激不尽,又蒋青偷他一事,元娘也知,并不妒他,故此亦不与蒋青说寄书事起,这是两好合一好的故事。

元娘住泪,请了刘玉往楼上坐了,将前情说个透彻。道:“我正然早早寻死,因有孩儿,是你的骨血,恐绝了你的宗支。今已六岁了。”刘玉道:“如今在那里?”元娘道:“在书房里。”刘玉道:“取名唤叫什么?”元娘道:“名字是我取的,叫做蒋本刘。”正说间,文欢抱上楼道:“小叔来了。”本刘朝着刘玉作上一个揖。刘玉看见他生得眉清目秀,心下欢喜,道:“乖儿,读什么书了?”本刘道:“《论语》。”刘玉挑他一句,背如流水,刘玉大喜。

文欢摆上一桌,道:“兄妹们就在楼上坐罢,晚上就在此间安宿,不必书房里去。”元娘请丈夫坐了,附着耳道:“明日我将些金银与你,拿到店家藏了。陆续运到几千两,叫了船只,暗暗约了日子,带了孩儿逃回乡。不可吐露。”刘玉喜道:“若得贤妻如此,方见本心。”两人吃了酒,文欢收了,打发使女下楼去睡着,奶娘领小官去睡。

元娘拴上房门,去取锁匙,开了个金银箱道:“趁蒋青不在,将来结束了,好日逐取去。”一包一包的缚了半夜,约有几千两,珠翠金宝,不计其数,都停当了,身子通倦,夫妻二人就枕。刘玉搂了元娘,便求云雨。元娘仰卧,十分恩爱一番,双双睡去。

次日,早早起来打点,袖了出门,小使身边也带几百。一日几次而走,店家那里知道。不须三日,通运完了。刘玉与元娘道:“物已运完,我想人无远虑,必有近忧。承说一齐逃去,我想船重行迟,倘被他人家一齐赶上,那时你我性命难保,连孩儿也不能活了。若我与小厮先回,到了家中,将银子即造起房屋,重置物件,般般停当,那时我再来望你。早晚相机而行,空身好不便捷。只有一件,恐一时取起金银不见了,叫你如何存济?”元娘道:“这夹楼板内,都是金银,但钉好的不便取出来。那银子日逐只有得藏起,再无有动用内囊的。若要时,只管取去不妨。”刘玉道:“我方才这番说话,你意下如何?”元娘道:“你说的是万全之计,只是不知你几时方来?”刘玉道:“多只在明年。”元娘流着泪道:“我度日如年,你休忘了。”刘玉道:“事不宜迟,就此去罢。”元娘道:“整酒来,与相公送行。”元娘又去取了一双金镯、两双金簪,道:“你谅情寄与爹爹、母亲、哥嫂之处,不可太重,亦不可太轻。”吃罢了酒,别了元娘,两下流泪。小厮取了铺陈，一家大小送出门外。刘玉径至店家，送了房金，觅船回去，一路幸喜平安。

回到袁家，说了前话，送了袁家二十两银子，便去买起木料，又整新居。正是钱可通神，有了银子，又是那般富贵起来了，将田地产业尽行赎取，不在话下。

且说蒋青，故意着三才出去，又与文欢取乐。不期一日，正与文欢两个睡着，天色尚未明，便又高兴起来。谁知三才搭了夜船回家，捱城门而进，径至家中。叫开了大门，径往回廊下，取路走到自己房内。把手弹门，门竟荡开了。三才想："到为何门开在此？"只听得房内响，轻轻的走到床横一听。只听得："好么？"文欢道："好。"淫声叫得好不发兴。三才听了大怒，往皮靴内取出尖刀，摸着蒋青一把头发，竟把头割。喉咙已断，跌在一边。去摸文欢，竟不见影。他想道："莫要被他走了。"急去拴好房门，寻着灯火，点得亮亮的，内外一照，那里见影！

三才急急往外去看，门上人说不曾见人出来。又往后边，见内门都开了，问着女使道："你可见我娘子么？"使女回道："不见。"他往内边又寻，直至主人内楼，见房门闭好，恐惊动了主人，想道："也好了，自古捉奸见双，走了淫妇，杀了这人，到官必要偿命了。"后到房中道："不知奸夫是谁？"把灯去照，叫声："苦也！别人还不打紧，擅杀家主，要碎剐零卸的，怎么好？"想道："收捡了金银，趁早去罢。"打开箱子，取了金银子，正待要走，被尸首一纠，跌了一交，浑身是血。间壁伙伴听见跌响，还睡在床中，只道有贼，便叫了两声。三才听见，一发急了。要走时，浑身是血，一时情急，便道："我往时杀了多少人，这一死也该的。"拿着尖刀往喉咙一捌，扑地跌倒。

众家人齐听见响得古怪，大家走到房中一看，只见两个死尸倒在地，登时喊到内房。元娘听见了道："为什么大惊小怪？"原来这文欢见三才行凶，急下床扯了衣服，径至外边，敲开房门，与元娘说他行凶。元娘见事已至此，着文欢拴上房门，穿好衣服，伴在楼上。见下边乱嚷，开了房门。只见众家人报："大娘娘不好了，官人杀死在三才房内，三才也被杀死在地。"元娘吃惊道："文欢，你房内杀死了主人，快同我去看来。"元娘与文欢三脚两步，径至外边，见了尸首，哭将起来。文欢倚了三才尸首，也哭起来。一众人道："不知何故，双双杀死在此。"

元娘见一大包在地，提一提甚重，教人拿在桌上，解开一看，道："是了，是了，是我房中失去金银，恐官人埋怨，不敢明言。恰被官人知道三才盗去，今天早官人道，趁三才不在，文欢又在此睡着，他取灯火，径来搜出赃物。想道凶奴偶回，见事露了，把家主杀死。正待收捡这一包物件要走，恐怕被人拿住经官，一时情急，自刎而亡。"大家一看道："大娘说得一些也不差，果然是自刎的。"元娘道："文欢之罪难逃矣。这金银岂不是你盗去与他的？必要经官究罪。"众人道："求大娘娘饶恕了他。如今他丈夫已死，是个孤妇子，正好陪侍大娘。"说罢，一齐跪下。

元娘心下正要假脱，连道："若不看众人分上，决不饶你。"即时分付众人查点，各箱笼共五只，"与我扛了进去。"着人看着尸首，忙忙进内。分付把总的管家，要一付上好沙板，买一付五两棺木，打点一应丧仪，把三才盛贮了，先抬到城外埋了。把主人尸首洗净，唤人缝好，下了棺木，抬上中堂，诵经礼忏，讣音上写蒋本刘做了孝子。那些亲眷都来吊奠。过了七七，出了灵柩，元娘把内外男女都加恩惠，逢时遇节，俱赏金银，无一人不感激着他。文欢径在元娘房中住下，把那里死人房屋拆去一空地。

看看过了百日，又将过年，正在那里想，刘玉恰好到了。刘玉听见蒋青已死，先着人买了祭奠之礼，方进堂来灵前祭奠。本刘回礼，进内见了元娘，夫妻二人又悲又喜。元娘道："官人别后可好么？"刘玉把家门重整之事，细说一番。元娘欢喜道："此间百万家私，皆是我的了。如今未可便回，待孩儿长大，娶了妻室与他，那时和你归家方是。"刘玉道："贤妻见教不差。我想上天有眼，蒋青起心拆我夫妻，岂非天报乎！"元娘道："三才之自刎，亦是天报。"刘玉不知其故，元娘把平生为盗，后来抢掳元娘情由一说，刘玉道："皇天有眼。"文欢又整了酒，送上楼来。元娘道："此妇即三才之妻，为人文雅，你可收他做了二房。"文欢听见，径自下楼。刘玉道："不可。"元娘道："若是如此，只我和你有归家之日。不然一去，谁人料理家务？"刘玉点头，晚间就与文欢先自暗地好了。这刘玉也不归家，合家人都知刘玉是丈夫，因元娘加恩，都不敢言。

本刘十六岁中了乡科。明春联捷，娶了本处王尚书之女为妻。复了本姓，唤名刘本。刘玉夫妻同了刘本夫妻，往自己家中拜见亲友。夫妻二人双双拜了关帝，发出一百两银子修塑神庙。刘本夫妇重到蒋村，奉文欢如己母，后至京卿。二母皆有封赠。

后来刘本把房屋田地卖与大户，将什家伙送与妻家，取了藏的金宝细软之物，尽底先送到父母处。带了夫人并庶母，别了岳父母，径至本乡，奉待父母天年。

后来元娘笑道："好奇，九月开花是一奇，打劫女人是二奇，梦中取鞋是三奇，蒋青之报是四奇，三才自杀是五奇，反得厚资是六奇。"刘玉笑道："分明陈平[①]六出奇计。"夫妻大笑。正是：

善恶到头终有报，只争来早与来迟。

---

① 陈平：汉惠帝时左丞相，非常有谋略。

第六回　伴花楼一时痴笑耍

世事纷更乱若麻，人生休走路头差。
樽前有酒休辞醉，心上无忧慢赏花。

为何道"慢赏花"三个字？只因前一回因赏花惹起天样大的愁烦来。这一回也有些不妙，故此说此三个字。

且说宋时临安一个进士，姓王名羽，官至副使。为官断事分明，不肯擅入人罪，受人私意。可惜这般好官，不曾修得些寿，早早死了。丢了万贯家私，付与孩儿王卞。这王卞长成二十岁，因方才满得父丧，老夫人和氏正要与孩儿议一头妻室，不能就绪。王卞与一窗友柏青在家中伴读，二人情同道合，契若金兰，终日不离左右。

一日，正值隆冬天气，后园梅花正发，香气袭人。公子闻之，喜不自胜。便道："柏兄，梅花香秀，香气爱人，急宜赏玩，不可错了花期。"分付王化传上夫人，治办酒肴于梅花楼上，与柏相公赏梅。柏青道："等得酒来，还有许久，和你先咏一首如何？"二人随步走入花园。见红白相间，清香扑鼻，柏青道："对此名花岂无留赠？"不免作词数句，以助奇香。王卞取了纸笔写道：

佳卉放春，早花破冻。疑绵不暖，似玉而寒。瘦影楼窗，谁奇一枝绿萼；繁荣满树，忽看万里白云。昏来月解写真，晓起香为薰魄。灯怜韵胜，雪其神孤。皎洁铅华，不向阳春斗美；凄凉心事，纵教结子犹酸。真如淡服靓妆①，奚减倾城嫣笑。尔乃天气薄阴，寒风不劲，东郊北郭，靡不看来。古驿颓垣，皆经咏遍。更阑人散，香魂与鹤相关；朝出暮归，幽事为花不御。帐助高人之梦，额成公主之桃。枕上春怀，琴边诗典。仙去尚合暗惜，折来何以为情？是用银车玉柱，都寻歌舞名园。岁暮天涯，总立乡园公案。忍教笛怨，更诉东风；赖是酒醒，能消落月。安得并刀三尺，割去罗浮半边。

---

① 靓(jìng)妆：美丽的妆饰。

季冬望日①,王卞戏书

柏青接过手来看,称赞不已。

须臾,列下酒肴,四面开窗,清芬满座。二人正方坐下,王化报道:"苏李二相公来拜。"王卞道:"可请来同坐。"柏青将梅花词笼入袖中。四人相见,四下坐开面饮。吃至半酣,苏友道:"自古说道,遇饮酒时须饮酒,得高歌处且高歌。今日对此名花,岂堪默饮?久闻柏兄丝竹高于千古,若操琴恐手冷,求弄笛一番,不致梅花冷落。"柏青道:"取笛来。"须臾笛到。拿在手中,调得纯熟,吹将起来,清新可爱,真个玉笛一声,柔肠三断。

正吹得清亮,只听得呀的一声响,各人一看,恰是墙边伴花楼上,开了两扇窗棂。只见两个美人,欲笑含羞,侧耳指说,掩掩遮遮,动人情兴。那柏青放下笛,立起身来对看,王卞急止曰:"不可,此乃白年伯之女。你今轻薄他,老伯闻知,成何体面?"苏友道:"我闻白先生只有一位令爱,缘何有二位?"李友笑曰:"他也道,我闻王公子止有一人,缘何到有四人!"各人大笑起来。柏青道:"他女人家偷我梅香。"苏友曰:"还是你吹箫引凤②。"大家又笑。王卞道:"他特来听你妙音,反不凑巧,快坐了吹与他听,莫教他扫兴而返。"柏青又吹起来。二女人听了,欢喜自如。

原来白小姐听见吹箫,侍女花仙再三要小姐同来,故此开窗而听。小姐道:"吹箫的是何人?"花仙错认道:"正是王公子了。"小姐道:"进去罢。"花仙道:"说了王公子,便要回去。"小姐道:"休胡说。"径自去了。花仙独自又看一回,径不关窗,也自进去了。

天已将晚,各人痛饮一回,俱各醉了,一齐下楼,各人散别。柏青回房欲睡,又记着白家窗子未关,放心不下,拿了笛与王化道:"我因睡不着,再去看看梅花来睡。"王化道:"外边风冷。"柏青道:"不妨。"他径至墙边一望,楼窗还是开的。他便坐在墙边假山石上,取笛又吹将起来。

花仙正走上楼,打点伏侍小姐去睡,听得笛响,想道:"王公子浑了。我趁小姐未曾上来,待我装作小姐,唤他一唤,弄这书呆,看他怎样疯颠,

---

① 望日:农历每月十五日。

② 吹箫引凤:相传秦穆公时,有萧史,善吹箫,穆公女儿弄玉也好吹箫,穆公就将她嫁给萧史。数年后,弄玉乘凤,萧史乘龙,升天而去。

待我笑笑儿着。”便靠在窗槛上,轻轻咳嗽了一声。柏青见了喜出望外,他朝着窗一个大肥喏。花仙笑道:“待我哄这书呆。”偶然袖中带着黄柑一枚,掷到柏青身边,连忙拾起一看,好不欢喜。急向袖中去摸,恰有青果数枚,待要丢上去,恐轻小打不到,道:“有了。”摸着《梅花赋》①,将几个青果包做一包,丢入楼窗。恰也有些凑巧,径投在楼板上,响了一声。花仙捡了,正要打开来看,只听得叫唤,花仙应了一声,关了窗,径去了。柏青见闭了窗,如失了珍宝一般。

正在痴迷之间,只见王化走来,叫道:“相公,夜深风冷,且去睡罢。”柏青把楼上望了一望,径进书房。又把那黄柑在灯下看了又看,径自着迷一般。正是:

只因世上美人面,坏却人间君子心。

坐至三更,方自上床睡,兀自梦中几番惊叫。

且说花仙睡到次早起来,到密处打开包儿,看见几枚青果,取来袖了。打开字儿,从头一看,是一篇《梅花赋》。想道:“小姐到喜词赋看,只说风吹到楼窗口拾来的,与他看看也好。”将来笼了,自己去梳洗,伏侍小姐。一应完了,小姐道:“今日绣花手冷,做什么消遣方好?”花仙往袖中取出花笺,放在桌上道:“看看如何?”小姐从头看遍,见王卞戏书,问花仙:“何以到此?”花仙道:“旋风刚刚吹送到楼窗槛上,我见了取来的。”小姐道:“王公子到也是个清品,不枉了缙绅②家子弟。”花仙道:“小姐,昨晚笛声哀怨,也不减鹤唳③猿啼,何不也做一词消遣,有何不可?”小姐道:“这也使得。”即浓磨香墨,展过花笺,写道:

梅花吐秀,羌笛传香。此时倦客登楼,何处邻人邀笛?悲从气出,宁知失志之流;巧作龙鸣,纵是从羌而起。萧条杨柳,早已惊秋;历乱梅花,非同寄远。而寂寥清商④之节,纤妙绿水之音。河内故人,赋成怀远,平阳逆旅,奏是思归。猿臂引而猿吟,鹤胫次而鹤唳。岳阳楼上,春心飞满洞庭;扬子津头,别泪多如江水。况玉钗敲断,铁

① 《梅花赋》:指前面写有赋梅花词的纸笺。

② 缙绅(jìn shēn):官宦人家。

③ 鹤唳(lì):鹤叫。

④ 清商:哀怨。

马嘶残。思妇琐窗，恨计程之未到；征人沙碛，愿托梦以相求。便是一声，已堪肠断；那禁三弄，更入花来。故虽郭氏长生，魂随东女。石家宋伟，怨切赵王。为寂寂之歌，作呜呜之调。城精犹能有意，山鬼讵独无情。岂若名利不关，麦陇骑归日暮。岁时作乐，杏花叫彻天明。信口无腔，未涉采菱延露；横吹相和，不离野曲林歌。非惊多愁少睡之人，何有感慨悲歌之泪。

写罢看了一回。花仙拿了一杯茶来送与小姐，折了《梅花赋》，递与花仙："不可与宜春这丫头看见。"花仙接了，道："晓得。"

且说柏青，到次日天未明，就假做看梅花，就去看楼窗子，一日走上几十次。到晚又同了王卞，将晚酒摆在花楼上吃，将笛又吹上几回。这晚，花仙伏侍小姐在下边吃晚饭，故不曾开窗嗅他。柏青吹了一个黄昏，不见动静，进房睡了。次日又去，不住的走。其日王老夫人着孩儿往娘舅家探望，王卞到书房别了柏青道："小弟探亲，恐今日不回，有失奉陪。"柏青道："请便。"

王卞去了，柏青到快活起来。未到晚，老夫人打点晚饭出来。王化接了摆下，柏青道："可摆在梅花树下，待我对花而饮，不然没兴。"王化只得掇了桌儿，摆在树下。他便自饮自筛，自吹自乐。天色晚了，花仙又上楼伏侍。听见笛响，他走到后边，把窗开了一看，只见柏青一人坐着吹箫。花仙道："闻这王公子，年过二十，尚无妻室。想因孤枕难熬，前晚嗅坏了他，故夜夜在此着魔。待我再咳嗽一声，看他怎么。"便嗽了一声。

柏青抬头看见小姐在窗前嗽响，大了胆，朝着作一个深揖。花仙故意将手招他。柏青看着这样高楼，如何可上。心上急了，连忙去把花楼梯子，重重的拿了靠着墙，径走上来。花仙见了，笑道："明日罢。"忙把楼窗关了。柏青听见说明日罢，走了下来道："好了，今日进去，一定是明日了。"他把梯子径不掇开，自家欢天喜地的吃了几杯酒，拿了箫，到书房歇了。王化收拾残肴剩酒，也不知楼梯一事，径自睡了。

柏青一夜无眠。到次早，坐在书房细想道："白小姐为何一见留情，十分有意？他多分疑我是王公子了，况有《梅花赋》上边王卞名字，故此容易。倘若今晚侥幸，只可将计就计方可。倘若说出本姓，变卦起来，到不便了。"准备了一日，几十次走到园中。王化见他不住走，且说他着了花魔，再不知花仙一段情由勾引至此。未晚之际，公子不回，夫人照每日规矩,次第将晚酒送出。王化也不问,径依前排在梅花树下。柏青拿了这管笛,又如昨夜吹将起来。

这晚,恰好宜春上伴花楼,耳内听得园中吹响,他便开了楼窗一看,只见一个戴飘巾绒服的后生,拿管笛儿吹着。宜春这丫头,极口快的一个丑货,便朝着柏青,不管一些好歹乱叫道:"再吹个我听。"柏青着魔的了,只道叫他,丢下了笛,径上楼梯。宜春见了,动也不动,不住的看着。

柏青径至窗口,与宜春打个照面。宜春叫道:"王相公,上来何干?"柏青见叫王相公,知是侍儿口角,便起疑心。在这晚是十八了,月色已上,仔细一看,十分丑恶,便朝着宜春面上道:"啐,真着鬼了!"便下梯走。宜春见他啐了一口,便恼将起来道:"我好意叫他,只道他要这物件。问他为何啐我一口。"想道:"是了,大分是花仙在此与他有了情,故有梯子靠墙。只道我是花仙,上来勾当。见了我这般面貌,有些不如意,便奚落我了。不要慌,待我在老爷面前,搬他一场是非,方知我的手段。"说罢径进去了。

且说花仙上楼,见窗儿开了,心下想道:"何人开的窗?"一望,只见王公子在那里坐着,花仙想道:"这呆子只管在此,恐后来被外人知道怎生是好?不免生一个计较,绝了他念头方好。"正在那里想计,不想柏青早已看见正是小姐在窗口隐约,径上梯来。不想下面叫响,花仙应一声去了。柏青走到楼上,见是一个空楼,他悄悄又走到前边一望,方见小姐卧房在前楼。他不敢放肆,道:"千辛万苦上得楼来,难道又去了不成?小姐虽然下去,免不得就来,不免在此榻上睡下等他便了。"

且说王化见夜深了不见柏青,叫了几声,又不见应。想道:"大分进书房去了。"收拾完备,径往厨下料理。这宜春见白公独在前厅看月,他走到白爷前道:"老爷,宜春在小姐后楼拾了两张字儿,花花绿绿,不认得,送老爷看看。"白公接下,到外书房灯下一看,见《梅花赋》是王卞写的,《笛赋》乃女儿笔迹,大怒。叫宜春,宜春恰好又往后楼去看那窗子关也未曾,早在榻上看见王公子,吃了一惊,连忙又至白公书房。恰好叫着,道:"来了。"白公道:"你可知来什么?"宜春道:"老爷问,不得不说了。恐夫人小姐要见怪,故不敢说。"白公是个谨慎的人,道:"不妨。我不与小姐夫人知道便了。"宜春道:"老爷,这两张纸是小姐与花仙藏好的,道不可与宜春知道。我听见了,故此偷来的。上边想是写我的,不必说了。方才后园王衙笛响，我去开窗一听，只见王公子傍了墙，走到窗前。见了我，啐了一声，又下去了。方才去看楼窗，如今他到高卧在伴花楼上，打酣着哩。”白公吃一惊道：“小姐在那里？”宜春说：“小姐与夫人在房里，宜春不曾上楼。”

白公心下想道：“大分小妮子与王下做下一手了，不必言矣。若一缭乱起来，非唯有玷家门，亦且官箴[①]坏了。且住，我想王下大胆，径上楼来，也非一次了。律有明条，夜深无故入人家，非奸即盗，登时打死勿论。也罢，我有家人王七，心粗胆大，以杀伐为儿戏。趁此机会杀了他，把他尸首放在他自己园中。他家又不知是我家杀的，一来绝了后患，二来不露缙绅之丑。此为上计。”叫宜春：“快唤王七来讲。”

去不多时，王七来见。白公道：“你可曾吃酒么？”王七道：“十分醉了，正困哩。闻知老爷呼唤，只得起来。”白公附耳低言道：“可至伴花楼上，如此，如此。回来重重有赏。”王化道：“俱理会得。”白公付了一把宝剑，他径自悄悄往后楼去了。白公叫宜春：“你不可在夫人小姐前露一些儿话。若知道了，非唯夫人打骂，我亦不悦，断不饶你。今可去伴着夫人，且慢慢与小姐上楼去。”宜春应了一声，径去了。只见夫人小姐，正在窗下做些针黹[②]，全不知一点情由。

那王七去了半个时辰，领了这说话，禀道：“老爷，事皆停当了。把尸首放在梅花楼下，把梯子放好在梅楼。小人走上假山，扒过墙头，闭上楼窗，把楼上血迹揩净，一路并无一点血痕，做得实是干净。求老爷重赏。”把宝剑也还了。白公道：“明早赏你三两银子买酒吃。不可与外人知道。”王七道：“小人虽是粗鲁，这犯法的事也晓得的？怎肯吐露。不须老爷分付得。”径自出去了。花仙与小姐上得楼，已是四更时分，竟不往后楼看了。

且说柏青家下，他父亲在日，是个乡科[③]出身，做到通判任的，也有几千家事，止生下两个儿子。大的纳监[④]，尚未推选，回在家下，唤名柏翠。

---

① 官箴(zhēn)：为官之道；官誉。

② 针黹(zhǐ)：针线。

③ 乡科：科举制经过乡试。

④ 纳监：科举制度中生员或普通人捐纳钱财入国子监。

第二子便是柏青。他二人父母双亡过了，因是日家下有人与柏青议亲，特来接他回家商议。一个家人径至王衙来寻。王化见说，随引了家人，往书房里来叫，并不见影。王化道："大分又往花园里去了。"同了来，往花园叫，又不见应。家人道："敢是在你相公那里去了？"王化道："我相公往亲戚家去了几日矣，不在家下。"家人道："敢在假山后面大解么？"二人同去，往从梅花楼下过，只见血淋淋倒在地下。仔细一看，喉咙管是割断的了。家人叫将起来，惊得家中大小一齐都到园中。看见都吃惊打怪的，不知何故被人杀死。

柏家之人一径归家，报与大相公道："不好了，二相公杀死在王衙花园楼下了！"柏家大小都吃了一惊，道："有何缘故，以至如此？"柏翠道："王大相公怎么说？"家人说："那王化回道，不在家几日了。"柏翠道："人命关天，必须告官方见明白。"即时写了状子，呈在本府。府官见王卞名字，知是同年王羽之子了。便问柏翠："他是读书之人，为何杀你兄弟？有证见么？"柏翠道："杀死在王家，虽有证见，何由知之？"知府发与该房令牌去捉。

差人出得府门，恰好王卞探亲而归路经本府，不提防这桩公案。差人看见，认得王卞，一把扯住道："王相公，太爷奉请。"王卞道："是年伯了，有何事见教？待我归家换了公服来相见。"差人道："老爷也是私服，就在私衙一见，立等有话要讲。"王卞不知情由，一径进了衙门。太爷坐在堂上，两个差人扯定禀道："王生员拿到了，销牌。"王卞方知有何事情，把巾儿除了笼在袖中，跪在衙下。太爷道："有人告你，可知道么？"王卞道："不知。"太爷把柏翠呈状着门子与他去看。

王卞从头一看，吃了一惊道："柏青乃年侄好友，只因这几日往探亲识，不在家下，不知何故被人杀死？"只见柏翠也来跪下道："我想兄弟在你家搅扰，或有言语之间，乘怒把他杀死，情是真的。全不思人命关天，怎生下得这般毒手！"王卞道："差矣，我不在家，毕竟你兄弟有甚么原故，方才是何人杀取，终不然无因而杀得的。"柏翠道："你如今抵赖，你说是何人杀的？我只要一人抵命，定要寻你。"太爷道："且休得乱争，待我慢慢问便罢。"着原差追王家十两烧埋，且买了棺材盛贮，抬上柏家坟上安置，把王生员讨保。柏翠禀道："太爷，人命重情，怎生讨保！求太爷收监。"太爷道："不是。一来待他归去，查访个真实情由，或是何人下手，好分个皂白。二来年近了,一时难以问明。待次年灯后,待我与你成招便了。”柏翠想道:“明是年家分上,故意做情。待到开正,我往道里告他,求他亲审,不怕他不抵命。”只得大家出来了。

王卞到家,夫人、大众又惊又哭,王化把连日在花园内吃酒吹笛原由细说,王卞一时难理会。请了差人地方,买了一付沙板棺材,把柏青好好殡殓。王卞痛哭一场,拜奠一番。柏青大小看见,明知非是王卞所杀。叫了吹手,一如大丧,送出王家门外。因此柏家原要来打碎王家物件,一来王卞母子又好,二来王家人多,也动手不得,又怕太爷作恼,只得随了棺材,同到坟上安置去了。

且说柏翠又有邻居,唤名吴三,惯在人家播弄是非,一个小人也。他便对着柏翠道:“怎不到道里去告他?到把他在人前夸口,道你是个鳖监生,有何用,自然歇手了。若把我,弄得他家破人亡,到底要他偿命。你若惧讼,我替你去告。把我做了证见,只说某日拿了几百两银子去纳监,在王家露白,即起不良之心,登时杀取。那时我上前一口咬定,说事是实的,就是不致偿命,银子也得他几千,怎生就这般屁烧灰住了!”柏翠听他这番言语,便道:“兄肯出头,借重老哥,容当重谢。”吴三道:“大丈夫一言既出,驷马难追。也不用尊驾出头,小弟明早代兄去一告便了。”

王卞只说太爷做主,且到灯后,不过做些银子把过柏家,将就歇了,那里知道生出这段情由。其日,王卞正去谢太爷释放之恩,出得门来,报道差到了,便走捉到道里,不由分说,就要夹起来。被吴三伶牙俐齿,王卞那里对得他过。那道尊是个不明白的官府,定要夹起来。可怜那瘦怯的书生,怎当得严刑重拷,只得尽了招,定了罪,发下本司监了。

王化得知,飞也似跑回,禀与夫人得知。夫人大哭,晕去几次。家下大小,无不下泪。王化道:“事已至此,不必哭矣,快打点酒食送与相公。”拿了铺陈银两,同了几个家人,一齐进去,大家哭起来。王卞道:“拜上奶奶不可为我纪念,是我命该如此,你众人与我好好伏侍夫人。”王化道:“不须相公分付,待小人在此伏侍。众人且回去了,天色晓了,不可久留。”禁子打发出门,把门上了锁。

且说白公次日闻知,杀死的到是柏青。闻王卞几日不在,为何词赋又是王卞名字,心下狐疑。看女儿形容,端然处子。况说是王卞入罪,又意在淡然。想道:“莫非误了?”也且不提。

再说花仙得知此事，心里暗想道："原来吹笛后生唤做柏青，与王相公什么相干，只不知为何杀死园中？料王相公又不在家，怎生做出这一件奇事来？"也不在心上。

只见一日，花仙着宜春往伴花楼去取一件衣服，宜春道："呵呀，我不去！"花仙道："你为何不去？"宜春口是快的，又无主意的人，把那前情，犹如鬼使神差的一般直流了出来，花仙听了道："冤哉，冤哉！可惜王相公无辜受罪，真是我害了他也！"宜春道："为何老父说字纸上有王卞名字？"花仙道："亦是我害他也。"宜春说了一番，径自去了。

花仙到晚上楼，与小姐将自己唤了柏青，并宜春告诉家主，着王七杀死，置尸梅楼，陷王公子情由一说，小姐埋怨道："什么要紧，这样作呆。柏青死也是该的，害了王秀才，妾心何忍！险些儿把我名节玷污了。那王老夫人止得这位公子，又不曾婚娶，绝了王家后嗣，皆汝一身之罪矣。"花仙道："小姐不须埋怨，自古道，男女虽别，忠义一般。此事原因我一时作戏而起，岂惜一身，而陷无辜绝嗣乎？"小姐说："据你之言，为今之计如何？"花仙说："小姐，事虽未成，岂可轻说。我自相机而动便了。"

且说过了除夜①便是新正②，家家圆节，处处笙歌。恰值本府太爷到白衙贺节，家人报将进来。白公穿了公服，出外迎接。花仙闻得太爷乃王公子年家，甚是为着公子的，起了一点真心。他便走出厅来，全无忌惮，一膝儿跪在太爷面前道："侍女花仙，有事禀上。"他将闻笛掷果之意，宜春之怨，王七之谋，细细的说了一番。道："原是因妾之戏而引柏子之狂，罪在于奴，实与王公子无辜。妾之一死允当，若移祸于良善，妾实不忍也。乞老爷将奴抵罪，放了王公子，则牢无屈陷之囚，实有再生之德。"太爷见说，立将起来，口称："难得，难得，既如此，我即同你见道尊，你不可改移方是。"花仙道："出于本心，怎敢改移。"白公见了，只得无奈，凭他去了。

太爷随即换了素服，进了道中，将前事细陈一遍。道尊叫花仙一一问明，径唤柏翠当堂说了一番："这是你兄弟自取之祸，与王卞无干。"柏翠道："老爷，这是王卞卖出此妇来，故意遮饰。"道尊道："胡说，谁肯将力割自己之肉。"便道："花仙，你如今是个正犯了，可画了招，到牢里去坐。"花

① 除夜：除夕之夜。
② 新正：新年正月。

仙慨然道："自然之理，何必再言！"该房即将原卷登时画了供状，即时取出王卞，当堂释放回家。花仙发入女监坐下。

这王卞也不知什么来由，太爷与道尊将花仙之事一一说明，喜得王卞连忙叩首，去了枷杻，出了衙门。王化飞也似告知夫人。母子重逢，又哭又喜。一家门感激花仙身居女流，有些意气。我必然代他奏闻，出他之罪。

只见白公闻得王卞回了，只得上门来请罪。王卞道："这是晚生命该如此，与老伯何干。"白公见他忠厚，况见他才貌，便道："向闻未有尊眷，可曾有了么？"王卞说："尚未。"白公道："若不弃嫌，愿将小女赎罪。"王卞喜道："只是不敢高攀，告过老母，央媒奉恳便了。"说罢，作别起身。

王卞进内，与母亲道其来历，夫人欢喜："向知小姐贤慧，不可错了这般姻缘。"恰好苏李二友来，一来贺节，二来相望，夫人便央他二人为媒。二友欢喜道："这是因祸而致福了。"王卞即时回拜白公。次日二友往白处议亲，一说一成，择日下礼，聘定了尚未成亲。

这花仙在监里，小姐不时送酒食，送盘费，不必言。王公子感他有此侠气，不时着人去望他，这酒肴日日着王化送去。这花仙到也自在。

且说其年秋试，王卞入了三场，中了举。同春场又中了进士。观政时就上一本，为花仙戏谑陷大辟，圣上发部知道，刑部复一本，柏青以深夜无故入人家，应死无疑。然戏谑之情，事属暧昧，相应豁免无疑。圣上竟批：着本处抚按速出。

花仙得放归家，合门欢喜。王卞选了大理寺评事，归家完婚。与母亲议曰："花仙女子，为情至此，孩儿不忍忘他。乞母亲聘为次室，不枉他为孩儿这番情义。"夫人大喜，遂央了苏、李二人到白处说。白公有什么推辞，遂一同送礼，择日双双过门，成其大礼。诸亲六眷，无不称其好。柏翠也来称圆。酒筵之间，与王进士道："前事在晚生竟已歇了，有一光棍吴三自己出头，又惹这番得罪。"王卞道："既有这般恶棍，何不早言？留在世间，害人不浅矣。"说："知道。"

酒筵各散。归房来看二位新人，真似一对嫦娥降于凡世。王卞感激花仙道："那一人是二夫人。"花仙微笑而已。王卞道："怎么有这般侠气，使我好感激也！"花仙道："若无那日，怎有今朝？"三人又吃饮团圆酒席，同归罗帐。一箭双雕，可谓极乐矣。

次日,拜了按院,递了吴三访察。即时提去打了八十板,尚不肯死,毕竟拖了牢洞。

看这一回小说,也不可戏谑,也不可偷情,也不可挑唆涉讼,行好的毕竟好,作恶的毕竟不好。还是诸恶莫作,众善奉行,这八个字,无穷的受用。

第七回　陈之美巧计骗多娇

娃馆①西施绝艳，昭阳②飞燕娇奇。
三分容貌一山妻，也是这般滋味。
妃子③马嵬埋玉，昭君④青冢含啼。
这般容貌也成灰，何苦拆人匹妇。

话说直隶徐州，有一巨万富家，姓陈名彩，字之美，年纪三十一岁，妻房竟不生子。陈彩为人机智深密，有莽操⑤之奸。对河邻舍潘玉，年六十岁，妻张氏小他一年，生子潘璘，年二十五岁。娶媳犹氏，一貌如花，生下二子，长孙潘槐，二孙潘杨。一家门六口，家贫实难度日。犹氏日夜绩麻，相帮丈夫过活。这潘璘虽是贫穷，人却伶俐，往去邻家借得五两银子，他在门首卖些杂货。

一日，潘璘因腹中偶然作痛，唤犹氏看店，往内出恭便来。恰好对河陈彩走过，一眼瞟见犹氏生得如花似玉，魂魄飞扬。把身子复将转来，只做买物，又把犹氏上下一看，见了他那双小脚儿，十分爱慕，便道："小娘子，我要买几件货物，可取于我。"犹氏答道："请坐，店主便来。"陈彩答道："有坐。"听了他声音娇丽，陈彩便想："这妇人是个十足的了。我空有千箱万笼，黄的金，白的银，只少玉的人。若得他到手为妻，虽死无恨。"又想："我闻潘家极贫，若要谋他，必须利结他心，方能成事。"心下打算，必须如此，方可图谋。

须臾，潘璘出来，见陈彩施礼道："贵人难得到贱地，有何见谕？"彩言："适从宝铺经过，偶然要买几件东西，惊动莫怪。"潘璘云："足下要买何物？"陈彩到店中一看，当买也买些，不要的故意也买些，取了许多放在

---

① 娃馆：即馆娃宫，春秋时美女西施居住的场所。

② 昭阳：汉美女赵飞燕住的昭阳宫。

③ 妃子：指唐代杨贵妃，安史之乱后，在马嵬坡被赐死。

④ 昭君：汉代王昭君出塞自嫁匈奴，死后其墓名青冢。

⑤ 莽操：指王莽和曹操。

柜上。叫潘璘:“兄请算一算。”止得二两本钱之物。说:“照本该三两二钱。”陈彩道:“那有照本之理。”道:“将货不可乱了,我去着小厮来拿。”潘璘送出。陈彩急至家中,忙取白金一锭,恰重四两二钱。叫一小使拿了拜匣,随过河来。

潘璘隔河望见,忙叫犹氏点茶。只见陈彩取出那锭银子,交与潘璘道:“外奉一两作利。”潘璘再三不肯受,陈彩说:“如兄不收,弟亦不敢领货矣。”潘璘收了道:“得罪了。”小厮将货物先自拿回,只见店面复送出两盏茶来,陈彩接了在手道:“潘兄,你这般为人忠厚,怎不江湖上做些生意?守此几件货物,怎讨得发迹?”潘璘说:“奈小弟时乖运蹇①,也没有本钱,怎去做得?”陈彩说:“兄若肯,小弟出本,兄出身子,除本分利如何?”潘璘道:“若得如此青目,弟当犬马报也。”陈彩说:“言重。今日且别,明日再议。”径自谢茶去了。

犹氏听见,对丈夫说:“若得这个人出本钱,可图些趁钱。”潘璘说:“此人忒②也忠厚。方才之本,止得二两,他如今与我四两二钱。”将银子递于犹氏。犹氏说:“他为甚买这许多,何用?”潘璘道:“他万万的财主,这一锭银子,只当一个铜钱。”犹氏说:“原来他家这般豪富。”不提。

次日,陈彩即下一请帖,请潘璘吃酒。潘璘径赴席。谈及合伙之事,陈彩说:“明日先付兄一百两,兄可往瓜州买棉花。待回来看好,与兄同去做几帐。如今和你合伙,便是嫡亲兄弟一般往来便好。”潘璘说:“全仗哥哥扶持。”尽饮而散。

次日,犹氏云:“陈家今日将银付你,需设一桌酒答他,方见道理,不然被他说我家不知事体。”潘璘道:“贤妻见教极是。”即时写下请帖,自己袖了,忙到陈家。相见时,先谢搅扰,后下请帖。陈彩欢喜,送出了门。

潘家忙到午上,酒肴已备。只见陈彩打扮得齐齐整整,随了一个小使,拿着银子到了潘家。潘家父子迎进见礼,叙了闲话,将一百银子送与潘玉道:“待令郎做熟了,再加本钱便了。”潘玉言:“全仗扶持。”说罢坐席,曲尽绸缪,酒阑人散。

次日,潘璘雇船束装,别了父母妻子,即往陈家去说。陈彩送到船边,

---

① 时乖运蹇(jiǎn):时运不顺。

② 忒(tuī):太。

两下分别。一路上径到瓜州,投了主人,买了棉花往徐州而回。

这陈彩常到潘家假意问候,不时间送些东西,下此机智。隔了三个月,潘璘回家,见了父母妻子,即到陈家。见了陈彩,拿出银子一兑,除起本银一百两,余下四十。陈彩取了二十两,那二十两送与潘璘,又扯住请他吃酒,欢欢喜喜送出大门。潘璘到家,取出前银与父母看了,一家门欢欢喜喜道:“买些三牲福礼,献着神道,就请陈家一坐。”犹氏道:“你前借的五两银子,可送去还他,也请他坐坐。想来都是好人。”潘璘说:“正是。”忙取了五两,本利还了,取还原票,接了他们同饮。陈彩酒至半酣:“我今番凑了二百两,你自再走一回,待再一番,与你同去。”潘璘欢喜。过了几日,陈彩将二百两银子付与潘玉父子收了,遂买舟再往彼处。别了家下,径去了。不两月,潘璘回了。将本利一算,两人又分四十两。一个穷人家,不上半年,便有六十两银子了。

隔了几日,陈彩便兑出五百两道:“今番我与你去。”两下别了家中,一径去了两个月。回至西关渡口,是个深水所在,幽僻去处,往来者稀。璘上渡以篙撑船,彩思曰:“此处可以下手。”哄船家曰:“把酒与我一暖,与潘舍同吃。”船家到火舱里取火,陈彩走上船头道:“你可到船中吃酒,待我撑罢。”潘璘那篙子被陈彩来取,潘璘放手,陈彩一推,跌在深渊里面。潘璘撺上水面,陈彩一篙打了下去,方叫船户救人。艄公来时,人已浸死矣。请渔翁打捞尸首,就将钱买托渔翁,以火烧尸。焚过,携骨骸下船归家,着了白道袍,见了潘玉便大哭起来。以后方说潘璘跌下水凶情,潘家父母妻子一家痛哭,陈彩又假哭而陪。潘璘父母细问情由,陈彩言:“因过西关渡,他上渡撑船,把篙不住,连人下水。水深且急,力不能起,只得急唤渔船捞救。寻得起来,气已绝矣。船上不肯带棺。只得焚骨而回。”言毕,潘家又哭。彩将卖货帐目并财本一一算明,又趁银一百两交还。潘玉满家感激一番:“若非尊驾自去,则骨亦不能还乡矣。实是大恩,多感多感。”送出了门。

潘玉把二孙做了孝子,出了讣状,立了招魂幡,诵经追荐,一应又去了些银子。一家五口吃了年余,又大泼小用,那银子用去七八了。儿子又死,自身又老,孙子又小,不能抚养,欲以媳妇招一丈夫赘家,料理家务。陈彩闻知其事,即破曰:“不可招赘。他到家初然依允,久后变了,家必被他破败,孙子被他打骂,你两个老人家被他指说,赶也不好赶,后悔何及!

依我愚见,守节莫嫁为上。缺少盘费,我带得十两在此。下次如要,我再送来。"一家儿见了,感激不尽,称他无数好处。

又过半年,潘家又无银了,要将媳妇出嫁得些银子,也好盘费。陈彩唤了媒婆道:"如此,如此,得成时,后来重谢。"

媒婆进了潘家,坐下道:"大娘子出嫁,要何等人家?"潘玉说:"不过温饱良善人家便了。"媒婆起身道:"是了,明日有了人家,便来回复。今日对河陈财主,央我寻个美貌二娘,要生儿子的,我去与他寻寻看。"潘玉道:"可是陈之美?"媒婆道:"正是,正是。"潘玉道:"何不把我媳妇与他一言?"媒婆道:"恐大娘子不肯为妾,故不敢言。"潘玉道:"你不知我受他家好处,故此不论。"媒婆说:"如府上肯,不必言矣。"别了径到陈家。

犹氏与公婆道:"宁为贫妇,不为富妾。公公怎生许他?"潘玉道:"他的为人,你自晓得的了。况前日收了他十两银子用去了,若将你嫁与别人,必须还他;将你嫁他,他必不敢说起,还有二十两银子。不必言矣。况我两个老人家早晚有些长短,得你在他家,你看我两个孙子分上,必然肯照管、收拾我老两口儿的,故此许他,实非别念。"只见媒婆与一小使,捧一盒子进来。媒婆道:"大娘子好造化,一说一成。送聘金三十两与潘阿大,明晚好日,便要过门。"潘玉夫妻欢喜,写个喜帖,出了年庚①,各自别去。

次日,陈家将轿来迎,犹氏拜别公婆,与两个孩儿说了,含泪儿上轿。到了陈家,拜了祖宗,见了大妻,夫妻归房,吃了和合酒儿,又下来一家儿吃酒。大妻见犹氏标致,心中忿忿不乐。

夜已深了,陈彩与犹氏上楼。陈彩扯犹氏睡,犹氏解衣就枕,陈彩捧过脸儿,唆过一下道:"好标致人儿,咱陈彩好福气也。"说罢,径上阳台。犹氏金莲半举,玉体全现,星眼含情,柳腰轻荡。而陈彩年虽大于潘璘,而与趣比潘璘大不相同,故犹氏爱极,是以枕席之情尽露。陈彩十分美满,便叫犹氏道:"你前夫好么?"犹氏摇首。又问道:"我好否。"点点头。道:"既好,舍不得叫我一声?"犹氏低低叫道:"心肝,果好。"那陈彩便着实的做一番。犹氏爽利,两下丢了。

自此二人朝欢暮乐,似水如鱼,径不去理着大妻,故此大娘气成怯病,

---

① 年庚:出生的年月日时。

在床服药无效,陈彩并不理他。犹氏嫁过陈家一年,生一子。大娘见犹氏生子,一发忿极,遂致身死。陈彩把犹氏作了正室,一家婢仆,俱唤大娘。又过一年,又生一子,陈彩大喜。到满月之日,请集诸亲,在室饮酒。

且说犹氏,因产已满月,身上垢腻,唤使女烧汤,到房中沐浴。正下兰汤,浑似太真遗景。有新浴词为记:

兰汤既具,浴罢敨凉。纱葛新裁,着来适体。夜月冰壶之魄,春风沂水之情。唤娌栉其颠毛,命童按其骨节。披襟池上,正逢竹下风来。雪饮庭中,忽见松梢月出。三飧为家常俸禄,一扇乃自在修行。多扑流萤,检点光能辨字。满簪茉莉,榔榆髻小于化。清士隐见之时,静女停针之会。身安即福,点算是浑。萧然已出尘埃,不复更加寒暑。又如心无俗虑,永胜为官。客是好儿,颇能脱鬼。平时业已称快,夏月尤见相宜。濯足清流,有望八荒之想。振衣磐石,欲追四皓而游。可谓得意妄言,虽有贵人不换。合德体香,酿成祸水。太真脂滑,污及清华。汉帝暗掷金钱,明皇数回玉辇。未能操体,徒以诲淫而已。

堂客酒散之时,正房中浴完之际。陈彩到房,见犹氏拭浴,浑身白玉,并无半点瑕疵。一貌羞花,却有万千娇艳。脚下一双红鞋儿,小得可爱,十分兴动。情思不堪,忙自脱衣,把犹氏放倒牙床,便自尽情取乐。又将小脚儿捻了几把,(下删十一字),恨不得把他吞了下肚。尽兴弄了一会,□□□□□□□□。陈彩(下删十三字),把手在上边满摸道:"心肝生得这般丰满,实为可爱。我要做(下删十四字)。你可肯么?"犹氏说:"两年夫妻,不知被你弄尽了多少景况,那里有什么不肯。"遂扒于陈彩身上,(下删二十六字)。弄得高兴,犹氏丢了。陈彩心下十分得意。正是:

不施万丈深潭计,怎得骊龙项下珠。

犹氏嫁过陈家,已是几年,自己年纪已是三十岁了,其年潘玉年已七旬。犹氏与夫言曰:"潘家公公,明日已是七十岁了,我想当时嫁你,亏他一力儿做主,致我今日富贵,怎忍见他无儿老父,值此荒凉?不免劳费一二两银子,待我过去与他一贺。你心下如何?"陈彩骗他媳妇到手,那里还肯使这般闲钱,只因爱妻说的,只得取二两银子道:"你要自去走遭,晚上便回。"犹氏即时梳洗整齐,上了轿子,径往潘家而来。

大小孩儿,见了娘来,一齐欢喜,同了母亲进内。潘玉夫妻见了媳妇,双双下泪道:“你过去多年,我两人那一日不思,那一日不想。两个孙子,又无挣处,一家四口有一顿没一顿,苦不可言。”犹氏说:“陈家丈夫虽有钱财,不知他的钱在家中便十分紧急的,全不似待我家这般宽厚。十两进门就上算,百两进门就上帐,一些也不得放松。故媳妇时时有心,实无半毫为敬。数日前,且喜他死的妻子房中有一只灰缸,藏灰久矣,偶然该是媳妇造化,里边都是金银首饰。媳妇取了,今日悄悄将来,奉与公姑。”说罢,开了箱子,取出许多物件,约值五百余金。潘玉见了道:“好个孝顺媳妇。如今的世人,嫁去了便恩断义绝了,那里还念前夫的公姑?今日方见你的孝心。好了,你的大孩儿今年十四岁,小的十二岁了,我将此银一边与他二人做生意,一面定两房孙媳妇,我的老年便好收成了。”犹氏道:“我知公公生日还未,只因记念日久无由而见,假说明日生辰,他奉银二两,乞公公叱留①。”潘玉道:“我不好收他的。”犹氏说:“不妨,这是媳妇主意送的。”

犹氏见了孩儿,如见亲夫一般,各自下泪。潘玉分付孙儿,“买些什物,请你母亲。”犹氏说:“儿,你母亲日日有得吃的,买些请祖父母两个。”孙儿买了物件进门,犹氏见了,脱下长衣,即往厨下料理。潘玉见了叹曰:“处了这般富贵,尚肯入厨调理,我家无福该这般贤妇。”犹氏安排端正,请公婆坐了,斟酒奉着,自己同两个孩儿在下边同吃。公婆十分大喜。不觉天晚,陈彩唤人来接。犹氏回道:“明日方回。”小使去了,少停又唤几个来接。潘玉道:“他家缘大的,一时缺不得家主母的。儿,你去罢。”犹氏依公公分付,穿衣拜别。两个儿子,送娘到了陈家方转。

闲话休题,且说又是十年光景。那潘玉夫妻双双眉寿②,犹氏年已四十岁了。潘槐娶妻,生了两个子。潘杨娶妻,也生一男一女。陈彩长子十八岁了,娶媳妇也生一孙。次子十七岁,方才娶亲。这犹氏虽止得四十岁,到是满眼儿孙的了,陈彩见生子生孙,道:“我不求金玉重重富,但愿儿孙个个贤。”

一日天暑,夫妻二人就在水阁上铺床避暑。看了那荷花内鸳鸯交颈相戏,陈彩指与犹氏看道:“好似我和你一般。”犹氏笑曰:“我和你好好儿

---

① 叱留:收纳。
② 眉寿:长寿。

坐在此间,怎得他比?"陈彩见说,知犹氏情动,扯了他往榻上云雨起来。那犹氏被陈彩这色鬼日日迷恋,便不管日夜,一空便来,故此再不推辞。夫妻二人,实是恩爱。弄了一会,方才住手。且一阵风来,雨随后至,一阵阵落个不住。正是:

最怜燕乳,梁间语是无粮。
不省蛙鸣,草下诉何私事。

须臾云收雨散,夫妻二人又看看荷花池内那鸳鸯戏水。陈彩笑曰:"我们如今不像他了。"犹氏一笑,取了一枝轻竹把鸳鸯一打,各自飞开。陈彩曰:"你不闻——

休将金棒打鸳鸯,打得鸳鸯水底藏。
好似人间夫与妇,一时惊散也心伤。"

犹氏把竹往水面打了一下道:"难道我打水,你也有诗讲。"陈彩道:"也有——

谁把琅玕①杖碧流,一声击破楚天秋。
千层细浪开还合,万粒明珠散复收。
红蓼滩头惊宿鸟,白萍渡口骇眠鸥。
料应此处无鱼钓,卷却丝纶别下钩。"

犹氏说:"你原来会做诗,待我再试你一首。"犹氏往池中一看,一个青蛙浮在水面。犹氏将竹照蛙头上一下,那蛙下水,顷刻又浮水下来。犹氏又一下,打得重了些,登时四脚朝天死了,一个白肚皮朝着天。犹氏笑曰:"这死青蛙难道也有诗?"陈彩道:"闵诗有云:'蛙翻白出阔,蚓死紫之长。'岂不是诗!"犹氏笑曰:"这诗我却解不出。"陈彩道:"那闵呆见一青蛙死了,水上白肚朝天,四足向天,分明像个白的出字,道只是阔些,故云'蛙翻白出阔',又见一蚯蚓死于阶下,色紫而曲,他说犹如一个紫的之字一般,只是略长些,故曰'蚓死紫之长'。"犹氏笑道:"这是别人的诗,作不得你的,故我偏要你自做一首。试你学问。"

陈彩想着青蛙被犹氏打死,浑似十八年前打死潘璘模样无二,向了犹氏说:"你要我做诗不打紧,恐你怨我,故怎敢做?"犹氏笑道:"本是没有想头罢了,我与你十八年夫妻,情投意合,几曾有半句怨言?如今恨不得

---

① 琅玕(gān):美石。

一口水吞你在肚里，两人并做一人方好。还说个怨字，便是天大的事，也看儿孙之面，便丢开了，还这般说。”陈彩见他如此一番说话，想料然不怪我的，即时提起笔来写道：

当年一见貌如花，便欲谋伊到我家。
即与潘生糖伴蜜，金银出入锦添花。
双双共往瓜州去，刻刻单怀谋害他。
西关渡口推下水，几棒当头竟似蛙。

犹氏道：“西关渡口，乃前夫死的地方。你敢是用此计谋他？”陈彩笑道：“却不道怎的？”犹氏道：“你原来用计谋死他，方能娶我。这也是你爱我，方使其然。”将诗儿折好了，放入袖里，往外边便走。陈彩说：“地上湿渌渌的，那里去？”犹氏说：“我为你也有一段用心处，我去拿来你看，方见我心。”陈彩说：“且慢着，何苦这般湿地上走。”

犹氏大步走出了大门，喊叫：“陈彩谋我丈夫性命，娶我为妾，方才写出亲笔情由，潘家儿子快来！”潘槐、潘杨听见是母亲叫响，没命的跑将过来，哄了众百姓聚看。犹氏一五一十说了一遍。陈彩两个儿子，两房媳妇，来扯犹氏进门。陈彩亦出来扯，潘槐、潘杨把陈彩便打。犹氏道：“不可打，此乃杀父之仇，不共戴天。随我往州内告来。”众邻女那劝得住。

恰好州官坐轿进衙门来。犹氏母子叫屈，州官魏爷分付带进来。犹氏将陈彩八句蛙诗，把十八年前情由诉上。州官大怒，登时把陈彩拿到，无半语推辞，一一招认。魏爷把陈彩重责三十板，立拟典刑①，即时申文上司。犹氏并二子槐、杨，讨保候解两院。

是日，州衙前看者，何止数千人。皆言：此妇原在潘家贫苦，绩麻度日。今在陈家有万金巨富，驱奴使婢，先作妾而后作正，已是十八年了，生子生孙恩情已笃。今竟呈之公庭，必令偿前夫之命，真可谓女流中节侠，行出乎流俗者也。

过了月余，两院到案已毕，将陈彩明正典刑已定。彩托禁子叫犹氏并二子到狱中嘱付。犹氏不肯去见，只使二子往见之。彩嘱二子传命曰：“我偿潘璘之命已定矣。你母怨已酬，结发之恩已报，何惜见我一面？我有后事，欲以付托。”二子回家见母，将前事悉言。犹氏道：“与他恩义绝

---

① 典刑：常刑。

矣,有何颜见我!”决然不去。二子入狱,将母之言说与父知。彩大怒曰:“我在狱中受尽苦楚,不日处决矣。他到我家,受享富贵,问他还是潘家物乎,陈家物乎?”

二子到家,以父言传母。犹氏曰:“我在你父家一十八年,恩非不深,只不知他机谋太狠。今已泄出前情,则尔父是我仇人,义当绝矣!你二人是我骨血,天性之恩,安忍割舍。你父不说富贵是他家的,我之意已欲潘家去矣。今既如此说,我意已决。只当你母亲死了,勿复念也。”二子跪曰:“母亲为前夫报仇,正合大义。我父情真罪当,不必言矣。望母勿起去心,须念我兄弟年幼,全赖母亲教育。”说罢一齐哭将起来,两个媳妇苦苦相留。犹氏不听,登时即请陈彩亲族将家业并首饰衣服,一一交付明白,空身回到潘家。仍旧绩麻,甘处淡薄,人皆服其高义。

后潘璘二子尽心生理,时运一来,亦发万金。潘玉夫妻寿年九十,犹氏亦至古稀,子孙奕叶①。羡潘璘之有妻,仇终得报;叹陈彩之奸谋,祸反及身。正是:

祸本无门,唯人自招。作善福来,作恶祸到。

---

① 奕叶:世代相传。

第八回　铁念三激怒诛淫妇

自古奸难下手，易因淫妇来偷。
见人得意便来兜，到把巧言相诱。
含笑秋波频转，几番欲去回留。
对人便整玉搔头，都是偷郎情窦。

且说东阳县中一人，姓崔，名唤福来，年已五十，家中独自过活。其年浙江发去老弱民兵，招募选补。崔福来闻知这个消息，一肩儿挑了家私，径到杭城投下宿店。到营中打听，报了花名，试了气力，免不得衙门使费了些长例，收录在营。操三歇五做了个长官，到也一身快活。有一个同伍伙伴，唤名沈成，排行念三，只因面貌铁黑，人呼他为铁念三。与崔福来赁下一间平房，二人同住。崔福来为人本分，铁念三为人性直，两个人到也志同道合，到合得来。自古知性可以同居，恰好衙门上宿，轮流每人五夜，正好晚上家中更番看管。

一日，铁念三往街坊行走，见两个媒婆在那里说："这般标致的女人，只要五两银子，偏生一时没处寻人。"念三听见，说："二位，为何标致女子价钱这般贱省？"媒婆道："只因家主公偷上了，主母吃醋，要瞒主人卖他。只要一个主儿受领，便再少些，也是肯的。若明日主人一回，就卖不成了。"念三道："女人多少年纪了？"媒婆道："实二十五岁了。长官若用得着，到有些衣服陪嫁。白送一个女人与你。"念三道："我到还未。我有一个哥哥，也是行伍中人。他年纪四十多岁，也迟不去了，待我同你去与他一讲。待他成了，也是一桩美事。"即时同了媒婆径到家中见福来，将前后事说了一遍。福来欢喜，慌忙取出五两银子，递与念三说："你去与我成就便了。"念三即同媒婆去。

不多时，只见一乘轿子已到门前。念三道："人已到了，快穿衣服起来，待他好下轿。"念三登时买了香烛纸马，二人将就烧陌纸儿，又摆着酒，三个人坐在一处而吃。新娘子实然标致，只是双足大些，这也不足论了。新娘唤名香娘，看丈夫又老了些，也只得无不随缘罢了。到晚来，沈成便去上宿，代崔老在家成亲。拴上大门，夫妻上床，也不做腔调，直径困了。香姐老于世事，竟不在心上，任他舞弄了一番，双双睡去。

到次早起来，只见念三已回在门外，恐叩门惊他困头，故此不响。福来见了甚不过意，心下想道："有了这个东西，便要分个南北了。"与兄弟讲道："教你如此我心何安？不如待我另寻一间房屋居住，你也好寻个妻室安身，意下如何？"念三便想，必是新妇主意，不可强他。回道："甚好。"到了午后，福来寻了一间平屋，到有两进，门前好做坐起①，后边安歇，又有一间小披做厨房。只要一两二钱一年。回来与兄弟说了，二人称了房钱，径至新房一看。念三说："缘何在空地中？两边邻舍俱无，恐有小人。"福来笑道："穿的在身上，吃的在肚里，怕他偷我何物！"念三道："嫂嫂有几件好衣服。"福来说："他是不时穿着，自会收藏。没邻舍，先省了酒水。"念三说："也罢，你的主意定了，说他怎的。"寻了房主，交了房钱。到晚，念三相帮他挑桌儿板凳。一齐完了，接香姐过了新屋。烧陌纸钱，请着房主。吃完散讫，念三也作别了。

福来夫妻两个收拾残肴，在后边屋下坐了吃一杯儿。原来这老崔，人虽半百，性格风骚。见香姐有七八分人物，三分乔扮，还有十分骚处，故此实是爱他。况又是新婚燕尔，正在热头地里。两下一边吃着酒，一边便摸摸索索，香姐发几分骚兴起来。福来把他一看，星眸含俏，云鬓笼情，搂住香腮，他便了香姐送。福来禁不住春情，起身扯裤。香姐自己忙解衣服，上床分股。福来极尽绸缪，香姐十分情动，把腰股乱摆，双足齐勾。老崔留不住，数点菩提，尽倾入红莲两瓣。夫妻二人，穿衣服下床，净了手脚，收拾碗盏完了，方才脱衣而睡。

过了几日，不期又该上宿。与香姐云："我去上宿，到五更尽则到家矣。你可早睡。叩门方开。"香姐收拾睡了。只是五更，老崔叩着后门，香姐披衣开了，老崔说："失陪你了。"两人脱衣而睡。老崔说："你独自一个，可睡得着？"香姐道："独自一个，没甚思量，到好睡哩。"老崔道："根据你这般说，如今两人同困，便有思量了。"香姐笑道："问你个说得不好。"便扒在老崔身上，套将起来。老崔道："我到不知有这般妙趣。"香姐道："春意上面的，叫做倒插蜡烛。"把崔老乱墩，乱套。香姐到先丢了，便扒下来，两个睡了。只因香姐太淫，后来老崔力竭，实来不得。轮上宿，直到开了大

① 坐起：指日常起居、休憩、会客的场所。

门才回。香姐问他:“只因官府不许早回,故此来迟。”香姐好生纳闷。

一日,老崔在场上挑柴去卖,适值铁念三来寻哥哥讲话。香姐道:“他没甚么做,往江头挑担柴去卖,赚得几分银子,也是好的。”念三道:“自古道:‘家有千贯,不如日进分文。’这是做人家法儿。”香姐说:“叔叔可曾有亲事么?”念三道:“想我行伍中,一年之内,这上宿是半年,不必说起。常是点着出汛①,或是调去守地方,或是随征贼寇。几年不在家内,叫妻儿怎么过活?或是那好的,寄些银子回来与他盘费。守着丈夫便好,有那等不三不四的,寻起汉子来,非唯贴着人,连人也逃了去。我在外边,那里知他心下的事。”香姐说:“这般防疑,终身没个人儿伴你。”念三说:“极不难,我那营中,常有出汛的、出征的,竟有把妻子典与人用。或半年,或一载,或几月,凭你几时。还有出外去,对敌不过那话儿了,白白得他的妻子尽多。”香姐说道:“这到好。只是原夫取赎去了,两下毕竟还有藕丝不断之意,奈何?”念三说:“毕竟有心,预先约了,何待把人知之。”道:“嫂嫂,我去了,明日再来。”香姐说:“请吃茶去。”念三说:“明日来罢。”径自去了。

香姐想道:“看这黑黑蛮子不出,到要想白白得人妻子。若前日不移开,毕竟他也难分黑白了。”又想道:“我丈夫已是告消乏的了,便和这黑蛮来消消白昼,到也好。”想道:“有计了,有的是金华酒在此,待他明日来,我学一出潘金莲调叔的戏文,看看何妨。”又想道:“这黑汉子要像武二那般做作起来,怎生像样。”又想一下道:“差了,那是亲嫂嫂,做出来两下都要问死罪的。为怕死,假道学的。我与他有何挂碍,有何妨?”又笑道:“潘金莲有一句曲儿,甚是合题:‘任他铁汉也魂销,终落圈套。’”

到了次日,老崔又去挑柴卖。这香姐煮了一块大肉,摆下些豆豉②腐干之类,都是金华土产,等着念三。不期起一阵大风,有诗为证:

善聚亭前草,能开水上萍。
动帘深有意,灭烛太无情。
入寺传钟响,高楼送鼓声。
绣裙轻揭起,僧帽落尿坑。

---

① 出汛:防守。

② 豆豉(chǐ):食品,把黄豆或黑豆蒸熟或煮熟,发酵而成。

风过处，那云一阵堆将起来，香姐看了一看，笑一声道："天都要云雨起来，而况我乎！"有风雨欲来，极说得好：

环阁皆山，入村有径。阑风①伏雨，徒吟杜甫之诗；石执峰文，酷肖②米颠③之笔。顿而花枝变幻，紫绿之色尽藏；族羽翱翔，悲鸣之音不再。十叶飘如落雁，万松响似龙吟。白昼寒空，隐隐村人归去；青芜际海，蒙蒙潮水推来。帘幕吹开，沾书温案；圆扇撼动，摆柳摇花。湖头且罢垂纶，楼上应无吹笛。渔人钓艇，系于芦苇丛中；牧子牛衣，避在豆棚阴里。蝉琴凄断，蛛网摧残。堂坳之莽为舟，行瓦之檐飞瀑。如逢春月，可以沤丝；及我公田，何殊两菜。二崤④可避，五松⑤就封。襄王⑥正坐披襟，神女犹能行暮。斜阳蔽树，桑榆忽尔无光；白云在天，丘陵因而不见。岂唯足净尘埃，且复顿消残暑。

正在油然作云，沛然下雨之际，铁念三忙忙而来。香姐见了，满面堆下笑来道："略迟一步，便着雨了。"念三说："正是，正是。"那雨来得快，一声响处，如泻银河，落一个倾盆不住。香姐道："叔叔，外边雨打进来，里面来坐。"念三进到后边，只见壁上挂一柄刀。念三除下一看道："好刀。"香姐说："挂在此防贼的。"念三道："正是。"回头见桌上摆着物件。念三说："嫂嫂打点做夜宵了么？"香姐说："昨日因叔叔不曾吃得茶去。你约今日又来，故此是我备在此间，等你来当茶的。"念三道："何须嫂嫂这般费心。"便坐下了道："哥哥不知在那里着雨了。"香姐道："今日他正该上宿，晴也不回，而况这般大雨。"念三道："我到忘了。早知他上宿，我再迟一日就见他了，何必赶来。遇了这般大雨，怎生回去。"香姐道："雨落天留客，正好吃酒吃醉了，就在此睡了，何必忧他。"念三道："怎好打搅嫂嫂。"香姐说："原是一家人，如今到说起客话来。"筛了酒劝念三吃，一连吃了六七杯，两下里都有些酒意了。

---

① 阑风："阑风伏雨秋纷纷"为杜甫诗句，阑风伏雨谓风雨不停。
② 肖：像。
③ 米颠：宋代书法家米芾。
④ 二崤（xiáo）：即崤山，相传周文王曾在此避雨。
⑤ 五松：即五大夫松，秦始皇登泰山时封此松树为五大夫松。
⑥ 襄王：即楚襄王，梦中曾与巫山神女幽会。

香姐说："叔叔昨日说的典妇人一事，我到在心，与你寻下一个了，他意不要你破费半厘。"念三说："多承嫂嫂留意。那里有个不要银子的妇人，敢是个丑儿？"香姐说："比着我好得多哩！"念三笑道："像得嫂嫂已有二十四分，还好如嫂嫂高些，便是西施了。望嫂嫂指引我看看。"香姐道："这样性急，怎好去得？你且吃酒，后生家，说了便这般高兴。"念三说："我被嫂嫂说得心热起来。"香姐想："看这蛮子，好上钩的。说得几句便动起火来。"道："叔叔多吃几杯，有这酒兴，与你完就么。"念三只说真个，一连又吃了几杯。

那雨一发大了，天又黑将下来。说："嫂嫂，天晚了，怎好？"香姐说："夜深些，方好与你去。终不然偷妇人可是青天白日做的。"念三道："这雨不住点，奈何？"香姐说："不妨，少不得有住的时节。"只顾笑嘻嘻哄那念三，弄得念三立坐不安。欲待要回，香姐说没有雨伞；欲要一困，又无所在，就靠在桌上。香姐抚了背脊道："这床上不睡，靠在这里，岂不冷了成病！"念三道："嫂嫂的床，我怎生睡！"香姐道："没人在此，便把你睡一次儿也不妨。"念三见说"没人在此"四个字，起了他一点念头："方才那有个妇人！明是个假的了。待我再挑一句，看他怎生答我，便知他心事了。"道："嫂嫂，你许了我那人，又教我睡在这里，莫非哄我！"香姐说："不教你落空便了。十分去不得，赔也赔你一个。"念三笑道："若是赔我一个，只是嫂嫂。难道嫂嫂肯赔？"香姐说："我也赔得你。"铁念三大喜，近前拘住，去乱扯他裤子。香姐说："待我自解。"去了裙裤，在床里。念三扯下自己裤子，挺着身子就弄。何见得：

> 武士单矛，直入貔貅之帐。骚人阁笔，裁成云雨文章。这黑蛮似铁罗汉投斋，何曾歇口。那骚货如粉骷髅弄阵，惯会长枪。津津舌送过来，留而不返；洋洋水入出去，难似遮藏。杨柳腰不住的无风舞摆。秋波眼频频转含俏窥郎。你看雪白一个妇人，乘着一个乌黑汉子，比似：
>
> 玉簪斜插鬓云旁，一点乌云映日光。
> 乌中鹤发年高士，黑笔淋漓画粉墙。
> 薛仁贵坐乌骓马，砚台跌下石灰缸。
> 白扇素罗画黑竹，月里嫦娥嫁灶王。

一番大战，须臾罢手。念三欢喜，叫道："好嫂嫂，快活死我也！"香姐道:“好叔叔,真好手段也!”两个走来,俱净了手脚,闭好门儿,重行坐在一条凳上搂了吃酒。笑笑说说,调得火热,把念三做了个亲老公一般看待。收拾物件,二人脱衣而睡,不免复阵。

次日,念三见雨住,道:“我且去,晚上我拿酒来请你。”开了后门去了。香姐想着道:“念三面貌虽黑,原来此物这般雄伟,火一般热的,又且耐久,早知嫁了他,到是一生快活。如今弄得湿手惹干面,怎得洁净。且住,少不得做个法儿,定要与念三做了夫妻,方称我心。”

正在存想间,老崔回了,道:“昨晚雨大,我记念你独自个困,必然害怕。”香姐说:“我到凉快得紧。一夜直睡到天亮,竟不怕。”老崔说:“这般还好。”忙忙取火烧了脸汤,与娘子洗面。香姐自去梳头,老崔煮饭。香姐打扮得十分俏丽,叫老崔去外边买几枝茉莉花来。老崔说:“你这般标致了,再戴茉莉,是锦上添花了。十分打扮得娇美,有人要看你想你。”香姐说:“我寻个二老帮助你,省得你这般强支撑。”老崔说:“若得如此方好,不然我要改名字了。”香姐道:“改甚么名字?”崔福来道:“改作崔命去了。”香姐笑了一声道:“崔得你的命去,我方好去嫁人。”老崔说:“仔细打听,不要嫁的与我一般。”香姐说:“此事那里打听,必须面试方知。那些胆怯的,必然不敢上阵。”老崔说:“毕竟还说出自家本相来了。”

正说间,卖花声近。香姐买了两枝道:“你要花戴么?”老崔笑道:“好花不上老人头。若戴了,便不成诗意了。”香姐说:“那逢花插一枝,这也不拘老少。”老崔说:“你的好心,只取一朵儿香香便了。”又笑道:“你不要又说出临老入花丛来,不然不敢领命。”闲话之间,饭也熟了。夫妻两个用过,老崔说:“我去做生意,明早方回。你无事困困消遣罢。”说声去了。

香姐一心只望着念三,走来走去,在那里间想。只听得一声“卖水哩”,香姐听见道:“又奇了,这般大雨,缘何卖水哩?”不免叫住他,问他缘故:“卖水的老人家,你卖的是什么水?”那卖水的把眼一看,歇下水担道:“小娘子,你不知道这水:

> 不从地长,却自天来。难消白日如年,能了黄昏几个。及时始降,农欢举趾之晨。连月累日累夜,随接随来。消受积多,既取之而无禁;封题已固,亦用之而不穷。亦如积谷防饥,不减儿孙暴富。明月入怀,破尚书之睡梦;清风生翼,佐学士之谈锋。一盏可消病骨,七碗顿自生风。

香姐乃大人家出身,惯用梅水的。与三十文钱:"买了你这一担,待用完了再问你买。"那老人家见他在行,挑进门来。香姐把净坛藏了,道:"老人家,你高姓?"卖水的道:"我姓何,名礼,人皆称我老何。"道:"娘子,几时再挑来与你?"香姐道:"过几时,你来问一声便了。"何礼取了钱,径去了。香姐取了梅水,煎起茶来,果然可口,正是:

吹云泼雪,视之尚可除烦。
滴露流香,嗅之已能脱骨。

一连吃了三碗,放下道:"亏杀这儿碗茶儿,才把我心中之火矬①下些去。"

睡了一会起来一看,天色傍晚光景。念三忽到,手里拿了些酒果肴饼。香姐说:"为何不早来?令我望这一日。"念三说:"我的邻家央我干事,原说过晚上来的。"慌忙摆出物件,都是现成熟的。那二人并坐,笑嘻嘻三杯两盏,你爱我怜。念三只闻得花香,更觉助情。香姐说:"当初你到我家,我只说是你娶我,到晚来换了老崔。如今试起本事,他竟没帐了。怎生得与你做了夫妻,方中我意。"念三说:"如今来了五夜,哥哥去了五夜。哥去得我又来,你到夜夜不空。我与你若做夫妻,到只得半月在家了。"香姐说:"那老头儿不在床中到好。厌答答,来又来不得,到弄得动人干火,到不喜他。"念三说:"譬如我昨日不与你相好也罢了。"香姐说:"人是不知足的,得陇望蜀,那肯心厌。"念三说:"明日教他买些春方药,弄弄便是。"香姐说:"你不知道,那春方药,是本质好的越好,本质不如意,药便不如意。与世上为人一般,只扶起,不扶倒的。"念三笑道:"你缘何知道?"香姐说:"我那主人不济,见了我,正待行事,那物软了。后边又买了药儿一弄,□□□□□□□,便完事。"念三说:"你只为痒得紧,故此想弄,何不烧些热汤,泡洗他一泡洗?"香姐笑道:"有支吴歌儿单指热汤泡此物:

姐儿介星痒来没药医,跑过东来跑过西。要介弗要烧杓热汤来豁豁,热汤只豁得外头皮。

念三笑了道:"我与你猜一杯,不可吃这闷酒。"被香姐赢了一拳道:"猜拳也有一个吴歌:

郎和姐来把拳猜,郎问娇娘有几个来。只得郎一个,若还两个你

---

① 矬(cuó):矮,这里当压下去讲。

先开。”

念三大喜，把香姐亲个嘴道：“骚肉儿，我与你两人如此，也有一支歌儿么？”香姐说：“有：

古人说话不中听，那有一个娇娘生许嫁一个人。若得武则天，世人那敢捉奸情。”

念三听罢道：“真骚得有趣。”也等不得到晚，忙忙把他推倒。香姐急忙解开裙带。念三那物如铁，□□□□。那香姐做出万千情态，念三被他哄得意乱魂迷，（下删二十三字）。香姐叫道：“心肝，来了。”念三道：“我还未完。”香姐道：“待我脱了衣服再弄。”念三走起。香姐净了手脚，收拾闭门，脱衣上床。念三未曾完事，重整戈矛，再三急杀。香姐之兴又高，任念三捣弄，果然畅心。直至三更，方才住手。次早遁去。自此五日一来，五日一去，再也不遇一人。直至仲冬之际，天色大冷。

一日，正遇老崔上宿。念三与香姐睡至三更天气，香姐醒来，念三犹然梦里。他兴高骚发。捻念三之物一把，火热而坚，道：“果是妙人。”遂扒上念三之身，做一个□□□□□□□□，念三醒了，道：“痒否？”香姐道：“正在痒处。”念三把他翻下身，□□□□。弄得香姐正在魂迷之际，听得叩大门响。二人吃了一惊，香姐问道：“是谁？”福来道：“是我。”二人吃一大惊，香姐道：“你可拿一床被裹了，坐在灶下去不可做声。”香姐披衣而出，开了大门道：“为何半夜三更来扰我睡！”言罢径脱衣上床，把被四周塞紧睡了。老崔说：“城上风冷得紧，身上如火烧一般，特特回来望你，与我被中略温一温儿。”香姐道：“我被里也冷，休要指望，快快上城去。”老崔道：“今夜都司看城，将次来了恐点不到，明日又要打。没奈何，夫妻之情亏你下得。”香姐说：“什么夫妻，现世报的夫妻。我是花枝般一个人，嫁你柴根样一个老子，还亏你说夫妻之情。”老崔无言。又一会道：“你既不肯把我到被中来睡，火取一个，与烘一烘。”那香姐恐他着了火，去点起灯来，照见念三如何是好，便一骨碌暗中扒下床来，往那盛梅水坛中兜出一碗水，往炉中一浇。那一缸旺火，通浇隐了。老崔见了，叹一口气，出门去了。

香姐随出把门拴上。叫出念三道：“心肝，你不要冻坏了。”念三为人直气的，听见香姐如此薄情，好生忿恨，故不应他。上床睡了道：“你既不与他睡，那一缸火是现成的，为何浇隐了？”香姐说：“那是我怕他有了火，点起灯来暖酒吃,一时间被他看见,故此浇隐的。”念三道:“这也罢了,只是这情分太薄,你日后怎么与他好得到老?”香姐说:“到老?我如今主意已定的了。前日老鼠药我已买了,不在明朝,定在后日结果了他,我便要嫁你了,怎么还说个到老!”念三道:“此事只好取笑。那毒药谋死亲夫,要问剐罪的。”香姐说:“我只和你说,再有何人知道!把他一把火烧了就完事,谁来剐我。”念三道:“只怕上天不肯饶你。”香姐说:“我只为你要谋死他,怎生你到话不投机起来。”

念三心下细想道:“看此淫妇,果然要谋死哥哥了。那伙伴中知道,查访出来,知我和他有奸,双双问成死罪了,不必言矣。就是不知道,淫妇断要随我。那时稍不如意,如哥哥样子一般待我,我铁念三可是受得气的?必然不是好开交了。我想不过这五两银子讨的,值得什么,不如杀了淫妇,大家除了一害,又救了哥哥一命,有何不好!”正在踌躇之际,香姐只想那样文章,去把他那物摸弄,激得念三往床下一跳,取了壁上挂的刀,一把头发扯到床沿,照着脖下一刀,头已断了,丢在地下。穿好衣服,开了大门径自去了。

念三走在路上,想道:“一时在气头上,把他杀了,叫哥哥把什么收殓他?也罢,我曾积下几两银子在家,拿一半去,只说我告假往外府公干,放在家恐被人取去,寄在嫂嫂处。他回家,见妻子杀了,没有银子使用,自然救急。这是暗中帮他一臂之力。”却早到他自己门首。有一个人见他回来,道:“你有差了,着你往温州押解火药,即刻便要起程。”念三接了票子道:“知道了。”开了锁推门进去。取一包银子,恰好六两,称为两处,流水①取出一包。锁上大门,径到城中。寻见福来道:“哥,今日兄弟差往温州一行。”径往袖中取出票子,与福来一看。福来道:“即日就要起身?同你到家叫嫂嫂安排些小菜,与你送行。”念三道:“这不消哥哥费心。兄弟日长积攒得三两银子在此,放在家中恐被人窃取了去,寄在嫂嫂处,若哥要用,径自用罢。我今归家梳洗了就去,不得向哥嫂处别了,恕罪罢。”径自去了。老崔道:“不想兄弟如此好心,把这银子说要用径自用了。好人。”

且说是日,那卖水的何礼挑了一担水,叫:“卖雪水哩。”不见香姐唤

① 流水:迅速。

他，想道："不曾用完？"向门首走过，见大门开的，把水歇下道："往后边去叫一声。"走到二进，恰好床边，正开口叫大娘子，脚下踏着香姐的头，一滑一交，跌做血人。连连走起一看，见床上一个没头妇人，惊得一跳，往外挑水便走。一起人走来，见何礼一身鲜血，喝道："慢走！你为何上身鲜血？"两个人径往崔家这去看，见杀死一个妇人在床，一齐叫起："地方，杀人！"一时间，走拢几百人来，都说是何礼所杀，何礼有口难分。

老崔一径回来，见门首许多人，忙跑到门首。众人说："你妻子被卖水的何礼杀了。"福来呆了，走近床前，果见尸首异处。便哭起来道："是了，我昨夜回来取火，把大门不曾关去。今朝卖水的看见门是开的，走至床前，见我妻子睡着，要去奸他。我妻子不肯，算来认得你是卖水的老何，恐我妻叫起来，见我壁上挂的利刀杀了是实。"众人道："是了，是了，你不须与他说，扯他到府哩，与太爷问便了。"一伙人同着何礼去了。福来去央着房主人家内几个人看守死尸，自己拖到府衙。

恰好太爷在坐，众人将前情一禀。太爷叫何礼上去，说："这奸是真的了？"何礼说："太爷，实是先杀死在地下，小人走进里边见的。"太爷说："胡说，你卖水是高声叫的，怎生要走到里边？你走到里边就怀奸了，与我夹起来。"何礼叫道："太爷可怜，若是小人一身，这般苦命，死也罢了。家中尚有七十五岁母亲，小人一日不赚钱，则二人无食。今小人屈屈招了不打紧，可怜母亲在家定然饿死。只求太爷天恩。况小人是个至贱愚人，那奸字自也羞了，怎生人肯！求太爷详情。"太爷道："且放了夹棍。"叫崔福来："你妻子日常有外情么？"福来道："太爷在上，若论小人的妻子，满杭州城里算来，是算一个贞洁的。"太爷道："怎见得？"福来道："不要说别的，只小人昨夜归去，要与他如此，他执意不肯。小人说谎，天地不容。"太爷道："亲夫不肯，必有了奸夫了。看来此人说话，是个匹夫。"道："把何礼收监。众人且出去，待后再审。那妇人尸首，崔福来自收殓，不得干涉地方。"众人谢太爷出来。老崔归家，把念三银子买了棺材，把头放在颈上，把几件好衣服穿了，大家相帮他下了棺材，央人抬至万松岭上寄了。家中免不得打扫一番，设立个灵位儿供着。福来早晚哭哭啼啼，好生愁闷。

且说念三温州已回，伙伴中与他说知崔家之事。假意叹息一番，不免往崔家插支烛儿。折了一钱银子，往崔家而来。见过了哥哥，往灵前作几个揖:“何礼这厮可恶,这番审时,待我执证他。”说罢,只见灵前一声响,惊得念三仆倒。骂道:“好负心贼子!就是我不与丈夫来睡,也是为你这贼子;不与火,也为你这贼子,你到把我杀死,怎生害那卖水的穷人母子二命!”只见街坊上闹哄了几百人,那一班地方道:“是他杀的无疑矣,把他拿去见官。”扯起念三身子。念三犹在梦中,并不知这番说话,尚自抵赖。众人不由分说,扯到府中。

等太爷升堂,众人将前情禀上。太爷道:“这个人自然是个凶人形状。”道:“取出何礼来放了。”念三犹自抵赖,何礼跪在地下,见念三赖,何礼上前,把念三一认道:“太爷,小人认得了,他常在崔家往来。”念三说:“你眼花了,敢不是我。”何礼道:“别人的面貌或认差池,你这黑脸怎认差了。前番雪水铜钱还是你领我到自己家中付我的,怎生差了!”念三闭口无言。福来道:“你这般巧掩饰,你杀了我妻子,还要赖是何礼,忒心狠些。”太爷分付打了四十,上了枷杻,将家中物件俱付崔福来抵作烧埋,秋后取决便了。

何礼得了命,归家见了母亲,悉道其详:“若不是崔娘子显灵,险些儿害了性命。”母子二人都道:“愿崔娘子女转男身,早升莲界。”何礼道:“同母亲往灵前拜他。”

且说崔福来,取了念三的零碎回到家中,向妻子灵前道:“人说为人变了生性就要死的,七月里叫我戴花的生性,到那晚待我的生性,大不同了,果然就死了。你今放灵感些,转世为人,这生性再不要改才是。我在太爷面前,说你第一个贞洁妇女。那牌匾打点送来,又跳出这个送死的来,又失了节,把名头又坏了。”只见老崔正在那里祷鬼,一个邻舍取笑他道:“鬼来了。”福来大惊,跑出门外。

只见何礼母子,要到灵前拜祷。福来道:“活鬼出现了,不可进去。”何礼道:“不妨。”福来害怕,何礼道:“你这般害怕,不若我母子移来伴你可好么?”福来大喜道:“你快来。我们三口儿浑着过日,报你前番这般受苦。”何礼道:“当时受得苦中苦,今日方为人上人。”果然何礼把小小家私移在崔家同住。住过了几年,铁念三斩于南曹。

细观此回,淫妇狠心,已遭荼毒。念三移祸于何礼,毕竟皇天有眼,使阴魂说出,致念三不成漏网。世人当慎行谨身,方成君子。

第九回　乖二官骗落美人局

几句俚言当作诗，实为知足不为痴。

只将酒药开眉锁，莫把心机藏鬓丝。

兰友①知心三四个，梅花得意两三枝。

焚香煮茗②观新史，犹胜乘霜拜凤墀③。

话说天启辛酉年间，杭州府余杭县里有一桩故事。这人姓王，名之臣，号曰小山，年纪足足五十了。因结发娘子没了，凭媒说合续娶了本县一个室女，正得二十二岁，唤名方二姑。这二姑生得风流出众，月貌花容，尚未嫁人，忽闻京里点选秀女，一时人家有未嫁之女，只要有人承召就送与他了，那里说起年纪大小，贫富不等。人家听了这话，处处把女儿烂贱送了。那鸡鹅鱼肉，果品酒米，动用之物，无一物不加倍看将起来。自此一年上起，直至如今，那里肯贱。有诗为证：

一纸黄封出紫宸④，三杯淡酒便成亲。

夜来明月楼头望，只有嫦娥不嫁人。

那王小山娶这位娘子，财礼止得二十两。置办酒筵开费，到去了三十余金。原开着香烛纸马、油鲞⑤杂货一个小店儿，去了这块银子，乏本添生，以致店中有张没李，看看不像起来了。那妻子看不过，把些衣衫首饰与丈夫添补。不想日用之物高贵，又没甚大来头生意，不过一日卖了二三百文低钱，止好度日。至于人情交际，冬夏衣服，房钱食用，委实难支。况余杭鸡鹅场上的房屋极其贵的。过得几时，又这般不像起来。

一日，与妻说道："当时，有一人家为生意萧条，请仙卜问几时通泰。那乩上写出字道：

---

① 兰友：知心朋友。

② 茗：茶。

③ 墀(chí)：台阶或台阶上面的空地。

④ 紫宸：宫殿。

⑤ 鲞(xiǎng)：剖开晾干的鱼。

桂花正发雨方来，华堂请客点灯台。

一幅鸾笺都写尽，上阵将军把轿抬。

那请仙之人一时不能解悟，求大仙明言。那帖上写道：‘首句无香，次句无烛。三句无纸，四句无马。’那人拜道：‘果然店中香烛纸马没了，不成店矣。不知大仙尊姓？这般灵感，乞留姓名。帖上又写出诗谜，极容易猜的：

面如重枣美髯飞，黑面周仓性气豪。

擅骑赤兔胭脂马，惯使青龙偃月刀。

众人都道：‘是关公。’那人道：‘香烛纸马都无了，不怕不关。’我们如今只好关店了。”

二娘道：“自古懒店强如健汉，货虽少，还开着是个店面。寂然关了，便被人笑话了。”小山道：“我有个计议，要用着你，不知你可肯否？”二娘道：“要我那里用？”小山走到厨后，悄悄说道：“左边邻居，有一张二官，为人极风流有钞。今年也是廿二岁了，只因他年纪虽小，做事极乖，故此人人称他为乖二官。他父母亡过，自家定了一个妻室，正待完婚，又望门寡①了。这几日在妓家走动，我如今故意扯他闲话，你可厨后边眼角传情，丢他几眼。他是个风流人物，自然动心。得他日遂来调着你，待我与他说上，或借十两半斤，待挣起了家事，还他便了。”二娘道：“他既是乖人，未必便肯。”小山说：“人是乖的，见了标致妇人，便要浑了。”

正说间，恰好二官拿着一本书走过。小山叫道：“二叔，是什么书？借我一看。”二官笑嘻嘻的拿着走进店来，放在柜上。恰是一本刘二姐偷情的山歌。小山说：“这山歌不是带巾儿人看的。”乖二道：“若论偷情，还是带巾儿人在行。”只见里面一个二十三岁的女使，捧出两碗香香的茶来。小山道：“请茶。”乖二道：“多谢。向时尊嫂在日，我终日在此闲耍，并无茶吃。想如今这位新嫂，来得这般贤慧得紧，一坐下，茶饭来了。”拿起茶杯正待要吃，只见二娘在厨后露出那付标致脸儿，把二官一看。乖二一见，便如见了珍宝一般，不住的往里瞧。小山故意只做不知，把那一本刘二姐在柜台上翻看。二官便放心和二娘调得火热，只恨走不拢身。

---

① 望门寡：旧时本指已订婚的女子未嫁即死了夫婿，这里指订婚男子未娶即死了妻室。

二乖留心把店中上下一看，道："宝铺里这一会竟没人来买东西。"小山道："也没货买得。有一银会明年六月方有，是坐定的银子，到有一百两。只是远水难救近火，可惜这间兴处店面没有货卖。"二官说："正是。这开店面，须得几百两银子放在里边，不论南北杂货，一应人家用得着的，都放些在里面，便兴起来了。"小山说："我诸色在行，正要寻个伙计。二叔你与我做一个中，想你交游极广的，寻一个与我，断不有负。"乖二说："我事已老大无成，把书本已丢开了，正要寻生意做，以定终身。但不知可习得君这贵行否？"小山一口搭上道："若二叔肯青目，包你两年之间，随你本利多少，足足一本一利还你，不须求签买卦的。"二官说："虽然如此，有心合伙，少也不像样。我有三百两银子，在家和你断定了，择日成了文书便是。"把二娘丢了一眼道："今日且别，明日巳牌①奉复便了。"请了一声去了。

小山走进厨后道："哄得他好么？"二娘笑道："你教我哄他，自然用心的。只是一件，他方才说明日巳牌奉复，因你说了不须求签买卦得的，提醒了他的头，明日清晨决去问卜。你可想，大桥边有几家术士？预先去说一声，明日倘有一姓张的带巾后生，来求卜合伴之事，卦若不好，亦须赞助说是上好的。倘事成，许他一百文钱送他便了。"小山道："共有三处，到要三百文。"二娘道："他问了一家便是了，难道有一百家也都去问！那卜士有人家问，方来问你取钱。那不去的，难道也问你要！"小山穿了长衣，先在卜卦之家如此说了。正是：

由你奸似鬼，也要吃老娘洗脚水。

乖二虽乖，却被这妇人猜定了。果然次早到大桥边陈家问课。那先生问了姓名，便心照了。便道："通诚。"把卦象起了一个天风姤。原是好的，心里想道："落得嫌他一百文钱。"道："姤，遇也。为什么事？"二乖道："欲出这本钱与人合伙，不知好否？"道："十足！捡也捡不出这般好卦来，财喜两旺。"二官道："不折本么？"先生说："本钱那里会折，还有非常之喜。"乖二道："有口舌么？"道："六合课主和美、如意，有什么口舌。"送了卦金，便拿走了这一张卦纸笼在袖里，径到王家。却好巳牌光景。

小山一见道："真是信人，所事如何？"乖二道："我去陈家卜得一卦，

① 巳牌：上午九点到十一点钟。

十分大利，钱财旺相。特来与兄一议。”小山堆下笑来道：“有幸有幸。”那香茶儿又出来。刘二娘一闪，比昨日不同了，打扮得俏丽得紧。昨日乃一时间无心的，不曾留意，今日算他必来的，故此十分装束起来。只说那三寸金莲上那一双大红鞋，一看了便也要浑了。二官把上下一看，恨不得一碗水吞他在肚里，想道：“卦上分明说非常之喜，若与他搂一会也值了千金。这三百银子满拚没了，也自甘心。”道：“今日皇历上宜会亲友，可寻一位中人，立了文书。”小山道：“就是今日，你有相知，接一二位作证便了。”

只见那二娘，故意放出那娇滴滴声音道：“既然如此，快些买下物件，好早整酒。”二官听见，一发动火道：“我去把银子兑好了拿来便是。”一径回家。这小山说：“等他拿银子来时，方可去买。”二娘道：“若如此做事，被他看出马脚来了。我有两件衣服在此，速上解当，买办起来宁可丰富些，这是小事。”小山即将衣服当了，登时买了食物。二娘脱下长衣，去厨下整理。须臾，两桌酒肴齐整整的端正了。

恰好二官同了一个母舅，名叫韩一杨，乃是本县学中一个秀才，又扯了一个朋友，姓朱，也是同学生员，叫家中一个老仆捧了一个拜匣，走进店来。小山道：“请进后边坐罢。”进到店后，又有一重门里边，有一个坐起，十分精洁。见了礼，坐下吃了茶。

那韩一杨道：“舍甥年幼无知，全仗足下携带。倘得后来兴时，终身不忘。”朱朋友道：“自古伙计如夫妻，要和气为主，不可因小事便变脸了。”小山道：“自然自然。”韩一杨道：“如今把银子买什么货物来卖？”小山道：“在下愚意，此间通着临安、于潜、昌化、新城、富阳，缺少一个南货店。如今这几县人家要用，直到杭州官巷口郭果家里去买。此间开店，着实有生意的。”朱朋友道：“好。说起来，必然有主意了。”韩舅道：“这货物，店中藏不得这许多。”小山指着右边一间楼房道：“这间楼屋，尽好放货。”朱友道：“十足。”大家一齐到屋中一看，到也干净，有地板的，正好堆货。道：“只是后门外是一条溪，恐有小人么？”二官道：“待我晚间在此睡，管着便了。”小山道：“楼上有一张空床在上面，只少铺陈①。”二官道：“我的拿来便是。还得一个人走动方好。我家这老仆，着他来上门下门，

① 铺陈：指被褥和枕头等床上用品，即下文的铺盖。

晚上店中睡可好么?”小山道:“一发好,恐府上没人。”二官道:“家中还有一对老夫妻,看管足矣。”

计议停当,一齐到原所在坐了。韩一杨袖中摸出一张纸稿,教王小山看过了。上道:“有利均分,不得欺心。”无非都是常套的说法。小山取了笔,一一写完。大家看一遍,各各着了花押,把银子一封一封的看过,都是纹银,交与小山收起。小山把拜匣拿了,径与二娘藏了。斟了酒,逊位坐下。

正吃酒之间,那大桥陈卜士走到王家,来要那一百文铜钱。恰好二官劈头走将出来,见了卜士道:“你来何干?”那卜士见了,早已心照,拨转话来道:“我有一个人家,今晚要我烧香,买几位纸马香烛。想里边有事,我去了再来罢。”人人都说这张二乖,又被乖的来弄得眼着着的这般呆了。须臾,天晚了,各人散讫。

张二也要回家,小山说:“如今是伙计了,少不得要穿房入户。今晚在此见了房下,就把残肴再坐坐儿,不可如此客气了。”张二巴不得他留住,便道:“哥哥说得有理。”径复进了内边。

只见二娘点了一枝红烛,正将整的嗄饭①留下,把残的拿两碗与那女使去吃,看见二人进来,假意退避。小山道:“从今不可避了,出来见了礼,好日日相见。”二娘走上前叫道:“叔叔。”张二作下一揖,叫道:“嫂嫂,打搅了。”二娘道:“正当。”小山去把三只酒杯三处儿摆下,道:“二娘你可来同坐了。”二娘道:“我便罢。”小山说:“趁今日大家坐下,日久正要一堆儿打火哩。”二娘见说,坐在桌横头。

小山拿壶筛酒,张二又道:“我筛。”吃得两杯酒,二官道:“我要回了。”二娘道:“闻知在侧楼上安歇,为何到要回去?”二官道:“待有了货物方来照管,如今不消来得。”二娘晓得丈夫是个算小的,便道:“今日趁这一个好日就来了罢,免得后来又要费事。”小山见说,道:“正是。你打发管家拿了铺盖来,等他来好吃酒。”二官回头道:“把我铺陈罗帐、一应衣服且拿来,余者明日去取。”又道:“你也要在此帮着我们了,也是今日来罢。拿完了,分付拴好门户,小心火烛。”那人应着一声去了。二娘与丈夫道:“去上了门再来。”小山起身便走。

---

① 嗄(xià)饭:下饭的菜肴。

那妇人虽然是丈夫教嗅①着他，实实的动着真火了。把二官看上一眼，二官十分有意，到不敢动手动脚。二娘道："叔叔，吃干了这一杯，换上热的吃。"二官道："多谢二嫂美意。"说罢，径吃干了。二娘拿起酒壶来筛，二官道："岂有此理，待我斟方是。"见二娘白松的手儿可爱之极，便把他手臂捻了一下。二娘笑了一声，把酒筛了道："吃这热的。"二官十分之喜，道："嫂嫂，我心里火热，到是冷些的好。"只见小山上完门，走将进来。二娘早已瞧见，忙忙的走到里边去了。小山道："你独自在此，失陪。"道："二娘，怎不出来！"答应道："来了。"只见拿了几碗肴馔，放在盘内道："张管家来时，点一枝蜡烛与他吃酒。"小山道："就在侧楼同吃罢。"恰好管家收了铺陈到家，上楼铺整好了，自去吃酒。小山便与二官猜拳，一连输了七个大杯，径自醉了，呼呼的睡去。

二娘出来看见，朝着二官笑了一声，叫道："去睡罢。"便扶了小山上楼去。一会，下来道："叔叔，你酒又不醉，为何不吃？"二官微微笑道："待嫂嫂来同吃方有兴趣。"二娘道："我没工夫，你自己家快些吃罢。"径走进去。二官那色胆便大了，跑上前，一把搂住道："嫂嫂，十分爱你得紧了，没奈何救我一救。"二娘恐怕女使张见，叫道："三女，快煎起茶来，我来取了。"二官见他一叫，慌张起来，流水放了。

那老仆名叫张仁，也收了盆碗，下来去到厨下。见了二娘道："多谢二娘，打搅你。"二娘道："你老人家辛苦，多吃一杯便好。"张仁说："多谢，够了。"乖二道："楼上床帐完备，好去睡了。"二娘道："叔叔，再吃一杯吃饭罢。"二官道："多谢嫂嫂，都不用了。"径自上楼，十分之情洋洋得意而睡了。张仁也到店中打铺儿睡着。二娘收拾完了，方上楼去安寝。心下想着张二道："此人年纪与我相同，做人有趣，慢慢的，少不得要尝他的滋味哩。"吃了些酒，只好放倒头儿睡了。

到了五更，小山醒了，二娘也翻一个身道："你如今有了银子了，着实留心置货，来挣得大大的一个人家，也待你为妻的快活几年。"小山道："就是不去挣，也有三百两了，有甚么不快活？"二娘道："这是别人的。除了本，趁得一百两，你止得五十两，难道就是已物了。"小山道："我已计议定了，还要用着你。"二娘道："怎么还要用我？"小山道："我只因把你嗅他

① 教嗅：教唆。

来的，他既来了，怎肯放你？我如今要你依先与他调着，只不许到手。待等半年之后，那时先约了我知道，你可与他欲合未合之间，我撞见了，声怒起来。要杀要告，他自然无颜在此，疏疏儿退了。这三百两，岂非己物。”二娘道：“你看他两个中人都是秀才，怎么将他下这局面？他怎肯歇了？必然告起状来，难道好说出此样话来？劝你还是务本做生意，趁的银子长久。若这般骗局，恐人不容，还有天理。今年五十岁了，积得个儿子接续宗枝，也是好的。”小山道：“只是我心上放不下，算来他要来看上你的，多少得他些，方气得他过。”

二娘道：“我到有个计策，听不听由你。原是你教嗅他来的，他自然想着天鹅肉吃。与他在此多则三年，少则两载，其间事儿也要与他个甜头儿。那时节寻些事故，不必嚷闹，待我做好做歹劝他丢开，到是善开交。又没有官司，又不出这丑名，此为上计。”小山道：“据你说起来，要与他到手了。”二娘道：“痴货，肯不肯由我，你那里有这般长眼睛？十分不依我说，趁银子未动，打发他去罢。我日后决不把名头出丑的。”小山道：“且慢些，依你也罢。我如今起去，要同他往杭州发货去也。”即时下楼梳洗，同了二官，取着银子，一径买看货物。

过得两日，那果品物件都挑来了，即时摆在店中，十分茂盛起来。小山只好在门首收着铜钱银子，二官只好到侧楼称着果品，那老儿只好包裹。一日到晚，那得半刻工夫空，到得晚间辛苦。这日逐卖的银子，都是小山把二娘收着。那货流水挑来，银子不时兑去，不上一月之间，增了许多物件。那二娘日日打扮得十分俏丽，每每看着二官，二官巴不得立住了脚，两下调上儿心。忙了，不由人做主矣。

一日，二娘见二官冷落他，立在果子楼下，拿一只红鞋在手中做。只见二官忙忙进来取果子，二娘道：“叔叔，你果忙耶？”二官看他手中做鞋儿，道：“嫂嫂，你针忙耶？”二娘道：“你真是果忙，我来帮你。”二官道：“嫂嫂果有真心，你来贴我。”二娘笑道：“我说的是帮字。”二官道：“帮与贴一个道理。”二娘道：“把这话且耐着些儿。”二官道：“为何？”二娘道：“岂不知《千字文》上有一句，道‘果珍李奈[①]’？”二官道：“原来嫂嫂记得《千字文》。我如今未得工夫，待今晚把《千字文》颠倒错乱了，做出个笑话儿来

① 奈：苹果的一种。

与嫂嫂看看。”只见店中叫道：“快些出来。”二官连忙取了果子，径到店中去了。

果然，晚上二官把《千字文》一想，写在一张纸上，有一百三十四句，道：

偶说起果珍李柰，因此上画彩仙灵。
只为着交友投分，一时间悦感武丁。
议几款何遵约法，并不许甲帐对楹。
第一要史鱼秉直，两伙计造次弗离。
到久后信使可覆，方信道笃初诚美。
自然的世禄侈富，方是个孔怀兄弟。
说得好桓公匡合，两依从始制文字。
即时的肆筵设席，未免得亦聚群英。
便托我右通广内，巧相逢路侠槐卿。
一见了毛施淑姿，便起心赵魏困横。
两下里工颦妍笑，顾不得殆辱近耻。
顿忘了坚持雅操，且丢开德建名立。
多感得仁慈隐恻，恰千金遐迩一体。
搂住了上和下睦，脱下了乃服衣裳。
出了些金生丽水，便把他辰宿列张。
急忙的云腾致雨，慢慢的露结为霜。
捧住了爱育黎首，真可爱寸阴是竞。
委实不罔谈彼短，且幸喜四大五常。
难说道尺璧非宝，且喜配钜野洞庭。
弄得他恭唯鞠养，轻轻的岂敢毁伤。
啧啧的空谷传声，两个人并皆佳妙。
上下亲同气连枝，赛过了夫唱妇随。
有人来属耳垣墙，说与夫顾答审详。
便骂着图写禽兽，十分的器欲难量。
拿一枝鸣凤在树，惊得今宇宙洪荒。

任凭他日月盈昃①，只落得悚惧恐慌。
没奈何稽颡②再拜，情愿做犹子比儿。
我如今知过必改，气得他矫手顿足。
无计策勉其祇植，那里肯沉默寂寥。
要送官吊民伐罪，两个人东西二京。
忙扯到存以甘棠，跪下地背邙面洛。
那官儿坐朝问道，并不许赖及万方。
你犯了盖此身发，累夫做率宾归王。
为妇的女慕贞洁，怎与人墨悲丝染。
背地里心动神疲，全不思守真志满。
终日里律吕调阳，自然的骸垢想浴。
果然的布射辽丸，落得个白驹食场。
合着伙济弱扶倾，全不想外受傅训。
你自合劳谦谨敕，人敬你似兰斯馨。
今日里祸因恶积，再不能感谢欢诏。
你若再寒来暑往，你便要园莽抽条。
他家有诸姑伯叔，说与那亲戚故旧。
都走来寓目囊箱，怎免得愚蒙等诮。
亲见在丙舍傍启，铺一张蓝笋象床。
不防闲礼别尊卑，大着胆昼眠夕寐。
他恨你用军最精，两人儿俯仰廊庙。
不住的璇玑悬斡，弄一个川流不息。
不又要入奉母仪，弄得他焉哉乎也。
那问官聆音察理，仔细的鉴貌辨色。
打你个钧巧任钓，方与你释纷利俗。
你若肯省躬讥诫，开汝罪临深履薄。
你快快两疏见几，你自想解组谁逼。
两分开节义廉退，自一身性静情逸。

---

① 昃(zè)：太阳西斜。
② 稽颡(qǐ sǎng)：叩头。

从今后索居闲处，放奸夫散虑逍遥。
夫不可饥厌糟糠，还用他嫡后嗣续。
若有了祭祀蒸尝，你方是孝当竭力。
为妇的侍巾帷房，早晚间妾御绩纺。
你意儿容止若思，断开时孤陋寡闻。
那丈夫执热愿凉，拜在地臣伏戎羌。
愿老爷忠则尽命，感爷恩得能莫忘。
免得我逐物意移，完聚了形端表正。
愿老爷推位让国，即便去勒碑刻铭。
把妻儿矩步引领，到家中接杯举觞。
莫嫌着海咸河淡，家常用菜重芥姜。
两句话化被草木，做妻的垂拱平章。
上床去言辞安定，再休想靡恃已长。
我与你年矢每催，问到老天地玄黄。

写完，从头看了一遍。

次早，见二娘叫道："嫂嫂，昨日千字文写完了，嫂嫂请看一看，笑笑儿耍子。"二娘接了到果子楼下，看罢笑道："这个油花，看了到也其实好笑。"只见二官又来称果子，道："嫂嫂，看完了还我罢。"二娘道："没得还你了，留与哥哥看，说你要盗嫂。"二官说："这是游戏三昧，作耍而已，何必当真。"二娘道："既然如此，且罢。若下次再如此，二罪俱发。"二官道："自古罪无重科。若嫂嫂肯见怜，今日便把我得罪一遭儿，如何？"正说得热闹，外边又叫，应道："来了。"又走了出去。

只因正是中元之际，故此店中实实忙的。二官着张仁归家，打点做羹饭，接祖宗。二娘也在家忙了一日。到晚来，小山拜了祖宗，打点一桌，请二官。二官往自己家中去忙着，未得便来，小山与二娘先吃了。小山酒又醉了，正要上楼去睡，只听得扣门响，急忙开门，见主仆二人来了。道："等你吃酒，缘何才来？我等不得，自偏用了，如今留这一桌请你。"二官道："我在家忙了一会，身上汗出，洗了一个浴方来。故此衣巾都除了。"小山道："我上楼正要洗浴，浴完就睡了，不及下来陪你。你可自吃一杯儿，得罪了。"二官道："请便。"只见二娘着三女拿汤上去，又叫张管家吃酒。张仁道："二娘，我吃来的。"说罢，就去自睡了。二娘把中门拴上，道:“叔叔,请吃酒。”二官道:“嫂嫂,可同来坐坐。”二娘说:“我未洗浴哩。”径上楼去。

须臾,下楼往灶前取火煽茶。二官道:“哥哥睡未?”回道:“睡熟了,我着三女坐在地下伴他。恐他要茶吃,特下来煎哩。”二官想道:“今朝正好下手了。”轻轻的走到厨房,只见二娘弯了腰煽火。他走到桌子边,把灯一口吹灭了。二娘想道:“又没有风,为何隐了?”二官上前一把搂住道:“恐怕嫂嫂动火,是我吹隐的。”二娘假意道:“我叫起来,你今番盗嫂了。”二官道:“满拚二罪俱发,也说不得了。”不期二娘浴过,不穿裤的;二官也是单裙,实是省力。把二娘推在一张椅儿上,将两脚搁上肩头便耸。二娘亦不推辞,便道:“你当初一见,便有许多光景,缘何在此一月反觉冷淡,是何意思?”二官道:“心肝,非我到不上紧。只因杭州买货转来,遇见韩母舅。他道:‘我闻王家娘子十分标致,你是后生家,不可不老成。一来本钱在彼,二来性命所系。我姊姊只生得一个人,尚未有后代,不可把千金之躯不保重。别的你不知道,只把那朱三与刘二姐故事你想一想,怎么结果的!’因他说了这几句,故此敢而不敢。”二娘道:“你今晚为何忘了?”二官道:“我想他的话,毕竟是头巾气①的。人之生死穷通都是前生注定的,那里怕得这许多。”二娘道:“我也说道,为着甚的到淡了。”二娘骚兴发了,把二官抱紧了,在下凑将上来。二官十分动火,着实奉承,二个人一齐丢了。二娘把裙幅揩净了,道:“你且出去吃些酒,我茶煎久了,拿了上去,再下来与你说说儿去睡。”

二娘洗了手,拿了茶上楼,只见三女睡着在楼板上,小山鼾声如雷。二娘忙叫:“三女,到铺里睡去。”自己又下楼来坐在二叔身边,道:“酒冷了。”又说:“天气热,便不暖也罢。”二官道:“哥哥醒未?”二娘道:“正在阳台梦里。”二官抱二娘坐在膝上,去摸他两乳,又亲着嘴儿道:“你这般青年标致,为何配着这老哥哥?”二娘道:“也为那点宫女一节。那时只要一个人承召,便得了命一般,那里还拣得老少。”(下删二十一字)。二娘顺脚儿凑着道:“怎生得和你常常相会,也不枉人生一世。我闻他说,人人说你极乖,这些事便不乖了。”二官道:“夜间待我想个法儿起来,与你长会便是。”把二娘就放在一条春凳上,□□□□□□□。

① 头巾气:女人见识。

正在热闹时，王小山道："拿茶水。"二娘应道："来了。"忙推起了二官，跑上去将茶递与丈夫吃。小山说："为何还不来睡？"二娘说："今晚这许多碗盏俱要洗刮，还未曾完，你又叫了。"小山不应，又睡了。二娘下楼来，悄悄说道："你上去睡罢。他已醒了。"他把桌上物件收拾完了，径自下了楼去。二官取了灯，十分欢喜道："这般一个骚妇人，真真令人死也甘心。"便想了一会道："有计了。"

到次日，店中生理，到晚各自睡了。到二更时分，只见二官悄悄起来，下了楼到中门口，轻轻的去了栓，又把外边大门开了掩上；再去取了几样果品，到果楼下倾出了，只放空盘在店中。走进来，依先把中门拴了，径上楼睡。在床中大叫道："大门响，张仁快起来！"二娘在床上听见，吃了一惊，推丈夫醒来说道："店门响，二叔叫着哩！"小山一轱碌穿了单裙，二娘穿了小衣，点起火来，二人同下楼梯。开了中门，二官方走出来道："像店门响。"三人把灯一看。张仁起来，先把大门一看，道："开的。"二官道："不好了。这几盆是细果，通没了。止剩空盘在此。"二娘道："又是好哩，若不亏二叔听得，通搬去了。"小山道："这老人家想是耳聋了。"二娘道："还得个正经人睡在店中方好。"二官把大门拴好了道："不要又来。"小山道："明日二官在此歇罢。"二娘道："内楼也有贼的。"小山说："我上去歇便是。"二官不言。小山说："到明日再取。"大家依先睡了。

到次日，天晚了，小山叫张仁："我与你抬两张春凳出去，铺在店后边，与你二叔睡。"张仁说："有蚊子怎么好？"小山说："且将就买一筒蚊烟烧着，明日再取。"两个人抬了一条，又抬了一条。二官悄悄与二娘说："待他到我楼歇，你到二更时分悄悄下了楼，开了中门出来，与你相会。"二娘道："这到不须你说得。早早的打点在心里了。"二官笑了一声，各人分头去睡了。那小山拴了中门，径上了果楼去睡了。

二娘把自己房门开着，脱下衣衫去睡，那里困得着。心里痒了又痒，穿件小衣，系了单裙，悄悄的摸了下来，径至果楼之下。只听得丈夫酣呼，欢欢喜喜走至中门，去了门栓，捱身走至凳边。只见月光透入，二叔身上此物直坚，人又困着的。二娘看罢，心热如火，去了单裙，(下删八字)。二官惊醒了道："你今番盗叔了也，该叫起来。"二娘笑了一笑。在月明之下，雪白两个身子，看了十分有兴。二官把手去摸他两奶，真个是：

软温新剥鸡头肉，腻滑浑如塞上酥。

□□□□□□□。二官道："嫂的肉，你可曾与哥哥如此快活否？"二娘把头摇了两摇，把二官一搂道："我下来了。"二官停住了，在那月光下看他模样。只见他四肢不举，两眼朦胧，把脸贴他一贴，只见口中冰冷一般，那鼻子掀了又掀，就如那死人一般。二官想道："果然弄得他半死了。"轻轻的伏在他身上。

须臾之间，二娘呼的一声道："我死也。"二官道："又是我见你丢了，故不动着。若是弄到如今，真正死矣。"二娘道："怪不得妇人要养汉，若只守一个丈夫，那里晓得这般美趣。"二官道："取裙幅来拭净。"二娘笑道："昨晚做了个失群孤雁，今晚带了本钱来的。"即忙两边拭净。二官道："今夜月望，和你穿了衣裙，在天井中一坐可好么？"二娘道："岂不闻。世事尽从愁里过，人生几见月当头。"

二娘拿一条小凳，在月下双双坐了。二官道："昨晚那门是我开的，故意把果子藏了。只说道如此方得脱你的身子。今晚如此道，此计乖也不乖？"二娘想一想道："哦，是了，乖乖。"二官道："今晚我与你再弄一计，明日换了我在里边。连这中间不须开得，你道好么？"二娘道："若得如此，这是天从人愿，有何不可。但不知怎样用计。"二官说："极不难。我与你到楼下，见景生情便了。"二娘欣欢，就立起身，走到铺边，将那陈妈妈取了，悄悄的调在黑暗处，与二官到楼下，又听上边鼾声不绝。二官忙去把溪边后门开了，拿了一个空篰径丢在溪中道："二嫂，你少停，闭了中间，拿这核桃，倾翻在地。你便上楼闭门而睡。待我叫响，你不要起来，凭我们嚷，等他上楼叫门，取火，只做才醒模样，方可开门。自然夜夜安眠矣。"二娘道："又乖。"二官道："再要一会如何？"二娘道："今日太狂了些，且住，你出去罢。"

二娘把中门拴上，又去把核桃往地上一倾，那一响好不利害，只听得丈夫便叫道："那里响？"二官又在外叫："那里响？"二娘上了楼，拴好房门，坐在闲里，忍不住的笑。小山走下楼来，月光在后门内直射进来，道："不好了，又被贼了。"慌了手脚，走到核桃内，踏着核桃，又滑上一交，连忙走起来叫："二娘。"又不见应，开了中间。二官说："后边好响。"小山说："不好了，又被贼开着后门了。"忙上楼叫二娘，把房门着实敲着。二娘假作睡声道："来了。"走下床来，开了门道："快取火，不得了，又着贼了。"二娘说："二官在外边歇，他是精明的，为何被盗？"小山道："是后门来的。"拿了灯一同去看，二官道："不知偷了多少去了。"往后门外一看，叫道："一个果子篰还在溪里。"小山叫道："屈也，怎么好！"二娘道："明日烧陌黑纸，遣他一下方好。如此偷将起来，不须几时，也把这行本钱都偷完了。看你两伙计怎么开交。"小山急了道："罢，店后边我们两个老人家睡着，若还被盗，我召二叔仍旧上楼睡。"二娘道："果然有理。"去把后门闭上，大家收拾起核桃。张仁道："是个蠢贼，这核桃是响的，偷了岂不响起来。"二官道："还亏他响，不然都挑去了。"

小山叫："二娘，你上去睡了。二叔拴了中门，我往外边去睡了。"二官笑道："下半夜偷去的，算我的帐。"一边说，一边就把中门拴上，走到二娘身边道："好计么？"二娘道："我就来了。"把灯光在楼上，把房门故意开得十分响了一声，稳丈夫的心。轻轻就大开了，悄悄的覆将下来。二官见了道："我和你楼上去睡。"两个脱下衣裙，径上了床，搂着笑道："想关门养贼，只当撮把戏一般，把他提来提去。"二娘笑道："肉肉，搂了睡，心愿足矣。"二官道："若只搂着睡，心愿还未足哩。"二娘把他身上摘了一把，骂道："贼精。"二官道："方才你偷核桃，不是贼妻？"二娘又摘了一把，二官道："我和你到楼上也要暖一暖房。"二娘道："忘了一件要紧的本钱。"二官道："席下有草继。"二娘道："那是你的本钱。"二官骂道："骚肉，亏你这般骚，那老头儿与你怎生发作！"二娘道："他也不喜如此，我也向来不是这样的。"二官说："这是

说话说与知音，有饭赠与饥人。
宝剑卖与烈士，红粉送与佳人。

二娘道："不是这般说。正是：

佳人有意郎君俏，红粉无情浪子村。"

两下里相爱相怜，那些景况是自然而然的了。去把二叔那物一摸，已是枪一般挺着。二娘道："让你来做个倒浇蜡烛。"二官道："你今日太狂了，明日罢。"二娘说："你又说暖一暖房。"笑了一声，便又干起来。

从此夜好起，直到次年五月，二娘产下一个孩儿，与二叔面貌相似。小山说："我去年与你此事稀，算来十个月之前，正是七月内了，我并不曾与你下种。此是你与他两个生的，我不管。"二娘说："呆东西，有了千金家事，只少个儿子，拿了一千金子也不肯攒在你肚里。别人吃辛吃苦，你现成做个父亲，好不便宜，还要分清理白！教你要养这样孩儿，今世里不

能够了。”小山道:“我便做了个召屁大老也罢。只是为这娃子身上使费,我决不召的。”二娘道:“不消你费心,只是他外公外婆早早死了,若在,自然有的。”只因小山算小,所以不能掌着千金家事。

又过了几时,那孩儿已长二岁了。小山因二官生了这个儿子,日逐与妻子相吵,要赶二官出去。从分娩时仍在妻子房中来歇,并不许二娘与他一会。

一日,恰好又是中元节了。这晚,王小山邻家招饮,二娘方得与二叔一会。道:“我有心事,一向不好和你说得,今晚和你说明了罢。王小山是我花烛夫妻,二叔是我儿女夫妻。向日未合之时,原是他着我嗅你来的。后来合了伙计,他竟不许我和你到手;自到手之后,便要与你分开,是我不舍得。直到如今,已是两个年头,也被你弄得够了。他如今日夜吵我,定要与你分开,你意下如何?”二官道:“实是舍你不得。”二娘道:“我有一计久蓄于心。在丈夫,竟要你出去,要赖你的本钱。他说:‘待他去了,我自在店中去歇。’要我管货楼,三女大了,管住内楼。思量日久了。我想,你与我相好一场,岂忍如此。我日常间私房藏得五六十两银子在此,不若你将这银子悄地拿回;待我在楼上困时,你陆续夜间来取些货物,那里查帐!便在自己门首开着店面,张仁帮你做生意。我这边家事,后不都是你儿子的!你意下如何?”二官道:“此恩难报。只是一件,后门头来取货物时,可肯与我一会?”二娘道:“到是这件烦难。”二官道:“为何?”二娘道:“他是痴东西,把此物写封皮来封了去睡的。”二官听见了说这番话,到快活起来。又道:“且慢,待我明日往陈家卜一课来看,还是去的好,不去的好。”二娘笑道:“那卜卦也是假的,你去了,晚上便与你一床睡得。若在此,再不能够了。”

正说间,只听得小山回来。张仁开了门,小山吃醉了,口里便乱骂一番,总是要打发二官主仆出门的念头。二娘不理他径自上楼。小山便骂个不住,直到半夜,骂得酒醒了,方才住口上楼来。

二娘听了,气了半夜,道:“你也不须骂了,二叔明日都要去。道:‘趁了千金银子在店内,除起三百两本钱,把利对分,还有三百五十两,共六百五十两。分开了就行,料不来踏蹈你的篾,不怕你少他的。’他是这般教我对你说。”小山听了,想了一会道:“一千金,谁人见的!”二娘道:“我也曾说过。他道:‘现银子有四百两在此,其货物两下应得对分。’”小山道:

“他主仆吃了我两年多,难道不是银子!”二娘说:“我也说过了,他道你与三女也是两口,对过了。只我,还是他养着的哩。”小山道:“既如此,明日等他筹了一千两把了我,其余的都付与他便了。”二娘道:“他还说你骗他。原说上年六月内有一百两会钱,要作本钱的,竟不见付出来;每年出去会银,又不上帐。说当初原是一间小店面,如今有了许多,便忘记了他。说若不还我,叫娘舅告状。下课的陈先生,不知又与他说了许多说话,他到不怀着好帐在那里着哩。”

王小山听见说了这番话,想道:“看不出这粉嫩嫩的小官,到说出这般硬话来。”道:“二娘,据你的主意,怎生发付他?”二娘说:“径还他二百两银子,二百两货物,便安稳了。省得把银子用在衙门里,仍要还他本利,人又说不是。好人,依我说的,听也由你,不听也由你。”小山说:“难道白白的把他困了两年。”二娘道:“他养个儿子在此与你了。”小山闭口无言,道:“凭你罢。”

次早,二娘抽身见了二官道:“你自坐在家中,少停来接你便下。”小山下楼道:“二叔在那里?”二娘道:“娘舅来寻他说话,不知那里去了。昨日说的,今朝做一个东道,原请了两个中人,来得明,去得明。你可说:‘不然该奉些利钱,因被贼盗了几文,食用又重,且货物皆是发来的,客钱尚未曾还。当日蒙他一点美情,明日倘还了客人,没了本钱又说我不忠厚。宁可折本,不可带累他。’倘是照依我说,自然罢了。家中还有此千金,岂不为妙。”小山一一依了妻子,即忙置酒请了中人,兑了一百两银子,将货物开了帐,共成三百之数。将妻子教他的说话,陈了一遍。各人欢喜。二官还了合同,便叫脚夫把果品物件一一的发去。张仁上楼收了铺陈,作谢了出门。二官又进内谢了二娘,又传个情儿,取了银子,各自散了。

这晚,小山自已上门,晚上在店中去睡。二娘着三女取了铺席,抱了娃子上了侧楼。三女拴上中门,也上楼去了。那二官后门,正与那二娘后门是一条溪边住的。二官心内又痒起来:“不如今晚就在外楼歇了。”不知怎的,走到后边,只听得娃子哭响。二官正要敲门,又想道:“倘与丈夫同困于此,怎么好?”须臾,只见楼穿口一柄扇儿摇动。二官抬头一看,正是二娘。即便下来开门,进内拴好了,上楼双双坐定道:“亏杀你做得光天得紧。我明日就开了店,免得别人笑我。”二娘道:“要货用,你来拿。思有了这点骨肉,在此两下都是亲的,我也并不偏曲为着那一个。银子已在此间,去时不可忘了。”二官道:“多感你美情,不知后来怎生报你。”说罢,便去求欢。二娘道:“果然有张封皮在上面,是一朵荷花。”二官笑道:“为何?”二娘笑道:“有藕在下面,好把你来掘。”二官笑道:“骚肉,今年从灯夜里与你偷了两次。以后防闲得紧,再也不能。无日不思,无夜不想。”二娘道:“如今到天长地久了,只愁你娶了妻子,忘了我也。”二官道:“你还不知道我的心事,我如今再不娶妻了。有一句古诗,我只改一个字,正切着题目,念与你听:

有子万事足,无妻一身轻。”

二娘笑道:“这妻子明日是要当官的。”

二官去了衣裙,与二娘同睡。二娘说:“睡出来些,不可打醒儿子。”二官把二娘搂了,亲嘴,动了兴,扒于身上,耸起来。那晚未挂得帐子开的楼窗,月光竟似前年七月的,正照他二人身上。二娘看了,骚兴又发,把枕头又椋起来。不多光景,二娘道:“我已来了。”一把搂住,就是那年形状。须臾,雨过云收,困到天明别了。二官将银子取了,道:“天明了,我去,你也好起来了。”

二官到家,流水的把店面开张起来,到又齐整。那主顾见了二官,一齐走来做起生意,其门如市。那小山坐在门首,鬼又没得上门。邻舍们道:“还是张二叔的福大,你的主顾都在他那里买了。”那小山见人笑他,便气苦起来,着了些寒热,登时患了一症。医药无效,不上七个日子,一命呜呼了。

二娘一时没了主意,又是二官过来与他料理,一毫也不费他力。过了七日,便与殡葬了。二官一心要娶二娘为妻,即时央出几个老成的邻居,与他两个说合亲事。那媒人劝二娘:“不如早嫁了,也得个人照管,守他没干。”二娘说:“恐被人议论。”邻居说:“明公正气也嫁的,没人敢说。若是私房做事,到不见妙。”二娘便将计就计,道:“一凭尊长们便了。”二官登时下了财礼,把一乘轿子接了过门。两人拜了天地,请了亲邻。次日,把两间店物件并了一处,到做了长久夫妻。只说王小山初然把妻儿下了一个美人局,指望骗他这三百两本钱,谁知连个妻子都送与他,端然为他空辛苦这一番。正是:

一心贪看中秋月,失却盘中照乘珠①。

① 照乘珠:光亮能照明车辆的宝珠。

第十回　许玄之赚出重囚牢

艳女风流第一，秀才慕色无双。
分明一本比西厢①，点缀许多情状。
欢喜冤家小说，堪为风月文章。
消愁解闷笑人肠，莫比汪宣欲伤。

且说扬州府仪真县一个秀才，姓许名玄，表字玄之，年方一十八岁。父母弃世多年，室内尚无佳丽。这许玄涉猎书史，挥吐云烟，姿容俊雅，技通百家，真风月张韩②，文章班马③。

一日，秀才往郊外闲行，偶遇一班少妇在楼头欢笑。许玄抬起头来一看，一个个有沉鱼落雁之容，闭月羞花之貌。见了许玄，都避进去了。许玄道："好丽人也。可惜我许玄十分知趣，尚无一个得意人。见他那楼上有这许多娇艳，何不分一个与我。"心中怏怏，若有所失。走回书馆，情思不堪，赋诗一首开解闷怀：

楼头瞥见几娇娘，不觉归来意欲狂。
为惜桃花飞面急，难禁蝶翅舞春忙。
满怀芳兴凭谁诉，一段幽思入梦长。
笑语多情声渐杳，可怜不管断人肠。

次早，又去久候。楼窗紧闭，并无一个影儿，心下好闷，一步步走将回来。踱到自己后园门首，猛然抬头一看，见对门楼上有一个绝色的女子，年纪像二十多岁光景。看他眉细而长，眼波而俏，不施脂粉，红白自然，飘逸若风动海棠，圆活似露旋荷盖。许玄见了，吃着一惊，想道："这是我近邻施家。久闻他家有一女子生得标致，果信其然。"走近楼前，把眼往上一看，那女子笑了一声，径自去了。许玄想道："这相思害杀我了。也罢，

① 西厢：指《西厢记》，描绘了张生与崔莺莺的爱情故事。

② 张韩：指唐代诗人张籍、韩愈，二人并称张韩，时有"袖有新成诗，欲见张韩老"之誉。

③ 班马：指汉代文史学家班固和司马迁。

他之楼与我花楼侧窗紧对,不免将书籍着人移上楼去,早晚之间再能相见。或者姻缘有分,亦未可知。”登时进了书房,将一应文房四宝、床帐衣服、随身动用之物,俱移上花楼。他便开了楼窗,焚香读书,一心等待施家女子。正是:

人间良夜静不静,天上美人来不来。

且说这施家女子,他父亲在日是个大盐商,祖籍徽州,因往扬州支盐,随居于此。父亲亡过多年,止有母亲在堂。年已二十一岁了,说来,亲事高又不成,低又不就,蹉跎到此。生他之时,母亲梦芙蓉满院,因此取名唤作蓉娘。自小请师习学,无书不读,极其聪明。女工针指,是他本等;吟诗作赋,出自非常。生得姿容娇艳,性格风流;恍疑天上神仙,非是人间凡品。常常开了楼窗,偷看许家园内花卉。看此春事阑珊①,绿肥红瘦,蓉娘叹曰:“正是有文遣俗,无计留春。”遂将唐律集成一首《暮春诗》儿:

每逢时节恨飘蓬,准拟今春乐事浓。
杨柳楼头歌舞月,杏花村里酒旗风。
独怜黄鸟啼原上,唯有青山似洛中。
春意自知无主恺②,树头树底觅残红。

集了这首诗后,竟不上楼来了。许玄见他之日,正是他送春之时。

谁想许玄高高兴兴移上楼来,指望见他一面,谁知绝无影响。大失所望,无计排遣,翻着一篇《暮春》词读曰:

春暮矣,人逐马忙,序随马去。桃贪结子,莫恨晓风;柳已成阴,更怜残月。绿暗红稀,正是困人时候。日长意懒,还同送遣心魂。选遍柳腰,分明妒嫉;听残鸟语,大半催耕。百丈游丝,能系柔肠几许;一壶社酒,不知春事茫然。除是三回寒食,才减一月佳期。昨日清明,妇乞书窗之水;明朝谷雨,僧申龙井之茶。扫墓北邙③,梨花白昼;送君南浦,江水绿波。人应无计能留,天若有情亦老。花来花去,自然怨落邻家;莺老莺娇,毕竟倩④谁作主。花无意绪,马有精神。

---

① 阑珊:将尽,衰落。
② 恺:快乐。
③ 北邙:山名,在河南洛阳北,东汉及北魏王侯公卿多葬于此。后泛指墓地。
④ 倩(qiàn):请。

芍药重开，还须来岁；辛夷初种，望到今年。池馆豪华，不管韶光已过；黎锄消息，依然东作方兴。纵然明岁再来，何似今年莫去。

看罢，称赏不已，不觉困倦起来。适逢童子进茶，津津可味，乃取壁上瑶琴，置于几上焚起香来。他道："借此瑶琴，申我泱泱之情，舒我转转之闷。成都桃而红歌冉，清徵流而玄鹤舞。焦桐[①]喻意，响玉传情。"少焉，梧桐[②]方出，月如悬镜，便弹一曲《汉宫秋》。

其曲未终，只见施家楼上窗儿呀的一声，露出了娇滴滴的两个美人，正是蓉娘听得琴声清亮，与侍女秋鸿同上楼来，开窗面看。见是许生操琴，他也不避。许生见了，心上一时里欢喜起来，将指上又换了《阳春怨》，如泣如诉，如怨如慕。那蓉娘听得琴中之意，一时间遂起文君之兴，引动了芳心，恨不得身生羽翼，飞过琴边。只听得一声："老娘娘请小姐哩。"蓉娘把许生看了一眼，进楼去了。这许玄见他去了，挂起冰弦，心中欢喜。吃了些晚酒，情思迷离，便向床中和衣去睡。他想道："这女子十分有意，此时楼窗尚开，必然还上楼来，待我再等他一等。"

只见一个小使，拿了一个封筒走上楼来道："相公，有人请你。"许生不知是谁，拆开封，往灯前一看，是一首诗道：

邻家年少鼓冰弦，谩托芳情露指尖。
想是知音人未有，相思月下与灯前。

看罢惊道："是谁人送来的？"小使道："施家秋鸿姐，在下边等相公说话。"许生听说，飞也似抢下楼来。见一艳婢立于月下，道："我姐姐在此，要同相公一话。"只见一女子，身穿丽服，两鬓堆鸦，拂翠双眉，樱唇半露，轻移莲步，近前万福。惊得许生忙还大诺[③]，心下便想："何一旦见爱如此，莫非鬼迷？"将信将疑道："小生何幸，蒙爱如斯。"蓉娘掩袂[④]笑曰："先生不知我事，请登楼试与言之。"分付秋鸿："你且回去。亲娘若问，道已睡多时了。"许生恭敬如宾，同上楼来，分宾主坐下。蓉娘道："适闻君子琴中

---

① 焦桐：指琴。

② 梧桐：唐聂夷中诗句：众星列梧桐。当指星。

③ 大诺：原指旧时公文的核批画行，这里是表示同意、高兴时还礼的动作。

④ 掩袂（mèi）：用袖子遮着。

之意,便怀陌上之情[1]。特来见君,以为百年之约,愿勿以为异疑。"许生谢曰:"小生才非子建[2],貌非潘安[3],有何德能,敢得神仙下降。"蓉娘问曰:"君子青春几何?"许生曰:"一十八岁,八月初五未时所生。请问芳卿,妙龄几何?"蓉娘曰:"奴年二十一岁,八月二十五日未时所生。今见君子,诚宿世良缘也。"许生上前一把抱定。两下里:

　　云犹雨腻,蝶舞蜂狂。一个爱倾城颜色,一个爱贯世文章。一个风情蕴藉[4],一个雨意徜徉[5]。一个攘花课蜜[6],一个窃玉偷香。一个身儿瘦怯,一个性子温良。

须臾,雨散高唐[7],云归楚岫。作诗一律曰:

漫说佳期自古难,如何一见即成欢。
情浓始信鱼游水,意蜜方知凤得鸾。
自讶更深孤影怯,不禁春重两眉攒。
三生已订今宵誓,免使终身恨百年。

联诗已毕,生顾蓉娘曰:"今宵欢会,事出非常,恐见难别易,相思断肠。幸勿见弃,早叶宫商[8]。"蓉娘曰:"我母亲为人偏僻,错我良缘;今日幸逢君子,以终百年。恐君视为容易,使妾有白头之叹。"不觉楼头五鼓,蓉娘拔下金凤钗一只,遂提笔书《西江月》一首:

　　至宝砂中炼出,良工手里熔成。芳姿美色价非轻,付与君家为证。　可惜红颜有限,休教白首无凭。思人睹物重伤情,杜宇[9]流红春病。

书罢,将钗付与许生,遂曰:"此钗之金,乃鄱阳披砂而作,得狼荒夜雨而

---

① 陌上之情:相爱、求爱之情。
② 子建:三国魏诗人曹植,字子建,曹操的儿子。
③ 潘安:古代美男子。
④ 蕴藉:神情含蓄而不显露。
⑤ 徜徉:安闲自在。
⑥ 课蜜:采蜜。
⑦ 高唐:巫山神女与先王幽会处。
⑧ 叶(xié)宫商:叶,和谐;宫商,古调名,谓结成夫妻。
⑨ 杜宇:杜鹃。

方奇。断之有同心之利，性之有从革之机。是栎阳①之瑞雨，非大冶之妖蜺②。仗此良媒，万勿虚视。”许生亦从袖里取扇上玉鱼坠一个，亦授笔而书，调曰《鹧鸪天》：

着忽寻春路径迷，忽然月下遇仙姬。情才好处人将别，乐音浓时怨又基。　　观玉秀光实稀奇，采磨温润没瑕疵。洪鳞不是池中物，把与嫦娥好执持。

书罢，将坠付与蓉娘，生曰：“此坠之玉，比德于君子，刻名于美人。垂棘③之璧，连城④之珍，六器之亨，五豹之分。曾报锦璘之见赠，曾击珠丝之并沉，胡综知如意以压气，温峤下镜台以纳婿。蓝田种之以致娶，昆冈⑤得之以遇君。润水以茂，辉山更新。万镒之价，五都之尊。尔须待价而关顺，不可无故而去身。顾后早见此物，免使小生苦心。”二人留恋不舍，遂焚香告天，设词曰：“天须鉴奴与郎：

今宵会合信非常，莫使长娱歌昭阳。
漫学乘车醉壶浆，仰视百鸟必双翔。
时见二鸦御一梁，满堂如春焚暖香。
须远荀实之神伤，无以冰炭置我觞。
两下相思孰主张，乞巧为员贵利方。
归梦不离合欢床，高烧银烛照红妆。
天孙为绮云锦裳，永却匹配六月霜。
惊回仙梦莺过墙，宁使不受处女筐⑥
水心似铁休关防，金兮与玉坚且刚。
勿使失手碎鸳鸯，要使此意留炎荒⑦
那时移手以相将，夫妻地久与天长。

许玄以不娶为誓，蓉娘以不嫁为盟。敢有不如此约，则骨分尸解，死无葬

---

① 栎(yuè)阳：古县名，在今陕西临潼北。

② 蜺(ní)：同“霓”，跟虹在一起的自然现象。

③ 垂棘：春秋时晋地，以出美玉著名。

④ 连城：价值连城。

⑤ 昆冈：产玉之名山。

⑥ 筐：指筐床，一种安适的卧床。

⑦ 炎荒：边远之地。

身之地。”

还要绸缪,忽然一声响亮。许玄一惊醒来,却是一梦,且惊且喜。走起身来,总然有声。把灯往床边一照,拾起一看,果梦中蓉娘所付金凤钗也,大为惊异道:“此梦非常,想曾付蓉娘一坠,而扇上则无见矣。”便道:“此必两相神合,是蓉娘魂至于此。且待明早,观其动静。”便是:

春兴悠悠不可当,夜来梦熟到高唐。
九天仙女云中降,五凤金钗袖里藏。
漫想娇娆倾国色,转成愁苦扰人肠。
今宵已做巫山梦,明晚还祈会楚襄。

直至四更,才方就枕。

次早起来看了凤钗,坐立不安,如有所失。只听脚步响,说本县太爷有一急事,请相公等着说话。许玄即忙梳洗,将金钗带在袖中,往县中去了。

且说蓉娘一梦醒来,好生惊异,说:“日里果然情动,为何就做此一梦。”十分骇然。天明起来,又恹恹欲睡。题诗一首:

芭蕉叶底踏冰壶,团扇羞描彩凤图。
金缕有衣藏宝鸭,青鸾无信遇神巫。
愁萦①九曲肠应断,泪迸千行眼欲枯。
一段风情谁著述,恹恹如醉倩人扶。

吟罢,忙唤秋鸿:“我身子为何不快,可打点我睡也。”秋鸿忙去整被,枕侧忽见白玉鱼坠一枚,以奉蓉娘曰:“不知此玉鱼从何而来?”蓉娘一见,忙取向袖中藏了,随觅金钗,失去一股。蓉娘思曰:“此生梦里姻缘,这般灵感。曾记拈香设誓,两无嫁娶。”急往楼窗一看,见书楼紧闭,不知何故。上床睡了。秋鸿自幼随蓉娘读书,心下极其聪明,况又粗知翰墨,自想:“小姐平日之事,一些也与我计议。方才见了玉鱼,忙忙袖了,况又精神恍惚,短叹长吁,未识是何意思。待我静里观之,便知其意。”

只见蓉娘上床,欲睡不宁,欲起又倦,想道:“我在此转展无睡,甚无思绪,不若起来梳洗,以观许生动静,再作理会。”须臾至楼前,尚尔如前。归房取笔而题:

---

① 萦(yíng):缠绕。

方对菱花试晓妆，彩云何处阻襄王。
石麟有梦空留语，青鸟[1]无书枉断肠。
斗帐色含腥血润，薄罗香沁藕花凉。
几回不信丢开去，又失金钗折凤凰。

吟罢，恹恹而坐。秋鸿探其光景，虽不能尽知其情，亦能少识其意。道曰："小姐，今日为何神思困倦，针指不提，茶饭懒吃，莫非为阳春一曲乎？"蓉娘想道："心事被他识破，不免对他说明。"道："秋鸿，昨晚听琴，果然有感。夜来一梦，实是蹊跷。别样不须讲了，梦他赠我玉鱼，答以金钗。金钗果失，其玉鱼在枕，何其灵异！为此精神顿减，情思恹恹。"秋鸿说："小姐，这是你天定姻缘了。我看许相公人才双美，与小姐门户相当。两下芳年，一双孤寡，极早自做主意，嫁了这个丈夫，拖带秋鸿也落好处。若凭老母简择，明日你错配了对头，嫁个庸夫俗子，一世好苦。"蓉娘说："我梦中与他立誓，约为夫妇了。"秋鸿说："不若待秋鸿径造[2]南园，见了许生，将玉鱼送去，看他意思如何，便知下落。"蓉娘说："觉得造次了些。"秋鸿说："梦中奇异，实是非常，不为造次。"蓉娘说："他书窗闭上的，大分不在。"秋鸿说："我径到花园探听便了。"付与玉鱼，悄地往园里走进。

恰好许玄已进园来，见了秋鸿，一看正是梦中艳婢，慌忙施礼道："何事而来？"秋鸿说："有话相商，乞于密处。"许生径同秋鸿，至假山石上极密之处坐下。

秋鸿取出玉鱼付生一看："此物是相公之坠乎？"许生一见道："好奇。"随往袖中取出金钗与看："此钗是小姐之钗乎？"秋鸿道："实是奇事。我小姐做此一梦，情思恹恹；又失金钗一股，未知果在相公处否，特着我来探取。"许生曰："我今央媒说合如何？"秋鸿道："我主母前番论及相公亲事，嫌你年纪小俺姐姐三年，故此不肯，说也枉然。"

许玄"呀"了一声，道："既是如此，则无望矣。"秋鸿曰："我在小姐跟前撺掇他来就你，你将何物谢我？"许生笑曰："若得如此，便把我身子来谢你。"秋鸿说："只怕你没分身处。"许玄说："小姐未必肯来，不若晚间望小娘子引我到你家，与小姐一会。"秋鸿说："我家晚间，前后门一齐上锁，

---

① 青鸟：传信的使者。
② 造：前往。

虽插翅亦不能飞，怎生去得！我小姐为人爽快，说个明白，况梦中已自会过，自然肯来。须待半晚方可，太早怕人看见，夜了又要锁门。”许生说：“全仗小娘子一力相助。”秋鸿说：“须寻个所在相会便好。”生曰：“你来看，牡丹亭下芍药中，天然一个卧榻，好不有趣得紧。”秋鸿说：“果然好个所在。”

许玄见他娇艳，一见便留意了。因答话良久，不好为得，走到这个所在，那里就肯放他。便道：“难得小娘子到这个寂静所在，望乞开恩。”鸿曰：“我是媒人，岂可如此？”许生说：“岂不闻含花女做媒，自身难保。”近前挽住，一手去扯他下衣。秋鸿自知难免，况见生青春标致，已自动火，任凭扯下裤儿，将身仰卧。许生□□□□恣意云雨起来，十分通泰。许玄问曰：“小娘子，花心被谁拆取？”秋鸿道：“妹今年二十岁了，家主在日，便被他偷上了。”许生初时道他是个女子，□□□□，见他说出真情，便道是个知趣的妇人了，着实尽情。秋鸿叫道：“知趣的相公，果然有趣。”许玄道：“我如今先把身子谢媒了。”秋鸿说道：“谢到谢我几次方好。”许生说：“若得小姐嫁我时，你是家常饭了，不时要用的。”说得高兴，尽力完事。许生袖中取出白纸拭净，与他整好了乱鬓，扯齐衣服，送出园门。

不须几步，便到家中。见了小姐道：“事果异常。金钗一股，许相公要紧的带在袖中。他要央媒说合，我将嫌他年小之事一说，他便不乐起来，便要我晚上引他到小姐房中一会。我说晚上前后门上锁，插翅也难飞。他便无计可施，便要写书求小姐到他园中一会，有许多心事要与小姐面谈。我说不必写书，我去面达至情，强也要强小姐一会。我已许下。小姐，没奈何，姻缘大事不可错了。”蓉娘说：“羞人答答，怎生好去。”秋鸿说：“真姬守节，快女怜才，两者俱贤，各从其志，况与他梦中又会过了。这是一生之事，岂可错了。”蓉娘说：“恐有路人看见。”秋鸿说：“这样冷僻的小巷，那有路人。那花园里，常时去看他花木，是个熟路，只当在自己家中一般，有何难处？”蓉娘心下已自要行，被他狠狠的说，只得依允。把玉鱼带在身边，去换过新衣，慢慢的，打扮得十二分美艳，专待天色薄暮，方好过来。

且说许玄，因与秋鸿一番情事，身子困倦，上床一睡，醒来天色傍晚。慌忙整衣，走到园中把园门大开，痴痴而等。只见秋鸿在门首一望，即忙复转去了。不移时，与小姐走了过来。许玄近前施礼，蓉娘答还，同至秋鸿的乐处坐下。秋鸿道："我去去便来。"许玄道："多蒙小姐厚爱，使小生感激无地。但梦中奇遇，蒙赐金钗，事属奇异。况梦中已与小姐订百年之约，此事小姐曾梦否？"蓉娘曰："梦里曾联诗句，兄可记得乎？"许玄将邻家年少鼓冰弦之句，又将谩说佳期自古难，并后两下联句，每首读了一遍。蓉娘笑曰："实是奇缘了。"

不期天色黑将下来，许玄上前抱住蓉娘，要求欢会。蓉娘初时推拒，被许生用强扯下小衣，不能护持，早已蝶上花枝矣。蓉娘年纪大了，情事已清。况梦中已曾尝过滋味，竟不娇啼，甚为得趣。许玄（下删十八字）初虽道履艰难，后已轻车熟路。□□□□□□□，吁吁的气从口出。管不得鬓乱钗横，恣意儿鸾颠凤倒。须臾，（下删十二字）。两下云停雨住，许生将白绫帕拭干收袖中，忙与蓉娘相期后会。只见秋鸿速至，呼曰："小姐，快去，快去，主母请你讲话。"蓉娘整衣忙走，顾许生曰："明日着秋鸿与你说话。"径自去了。

许玄送出园门，十分大快，径上书楼。烛光已具，将白绫灯下一看，得膏红润，护若宝珍，遂藏笥①中。遂口言一律：

夜来频结蕊珠花，梦入巫山集彩霞。
爱月素娥鸾已跨，迎风萧史凤堪夸。
牡丹亭接蓝桥路，芍药栏通牛斗槎②。
自喜玉鱼今得水，不须写怨抱琵琶。

次日，正在思想间，只见秋鸿走上书楼。见生喜慰曰："好谢媒了。"许玄笑曰："无人在此，正好。"便去扯他。秋鸿止曰："有事相商，不可取笑。"道："小姐归去与我计议，此间楼窗紧对，止离得一丈，上下之间，须得两株木植安定，上边铺一木板可达我楼。到了那边，把木板安放我家楼上，待天未明，依计而过。可得长久欢娱，你道好么？"许笑道："好计，好计。"道："想此便是蓝桥路了。"随往楼上一看，见有板木许多，皆造屋所余之物。指谓秋鸿曰："偷花之物尽多，且小姐房中还有女使否？"秋鸿曰："虽有几人，晚间都不在房中歇的。况且楼前面，便是小姐卧楼，不往楼下经过，愁他怎么。"许生见说，喜不自胜，起身闭上楼门，道："今日致

① 笥（sì）：盛物的方形竹器。
② 槎（chá）：竹筏。

诚谢媒了。”把秋鸿捧过脸儿亲嘴。秋鸿笑道:“人间乐事都被你占了。”脱衣相就,(下删九字,)任生所为。生细看秋鸿,淡妆弱能,香乳纤腰,粉颈朱唇,春湾雪股,事事可人,无一不快人意者,此乃婢中翘楚。一时魄荡魂迷,尽情而弄。秋鸿已丢,要去,许立放起,见他含笑,倩即整鬓,态有余妍,十分可意。道:“晚间之约仗你玉成。”秋鸿首肯,开门送至园外,方自上楼。细想其情,得意之极。

不觉楼头鼓响,寺里钟鸣,正是人约黄昏之际。许玄把木头儿放于窗槛之上,一步步推将过去。那边秋鸿早把手来接了,放得停停当当,又取一株依法而行。把两块板架于木上,走到桌上,一步走上板来,如蹚平地,三脚两步走过了楼,即忙把板木取了过来,闭了楼窗。许玄感秋鸿为他着力,黑地捧住,要和他云雨。秋鸿说:“此时还有这样工夫?还不早去!”一把扯了许玄径至前楼。

见蓉娘在于灯前,身穿异彩艳服向炉内添香。生近前见礼,二人坐下,秋鸿摆上一桌酒肴道:“夫妻二人吃个合卺杯儿。”蓉娘顾秋鸿曰:“母亲睡未?”道:“睡久了。”蓉娘说:“此身既已与君,生则同衾,死则同穴。况梦中之誓已自分明,不必言矣。但老母执滞①不通,万一私许他人,只可以死谢君耳。”许亦曰:“但愿鱼水百年。忽然言及令堂处,待我今秋倘图得个侥幸,自然充当。倘落孙山之外,亦当再处。决不有负初心,望毋多虑。”蓉娘曰:“昨日早上,楼室紧闭,我往窥二次皆然。你何事不开?”许玄曰:“昨日因县尊相唤去见他,谈了一会,所以不在那。”“知县请你做什么?”许玄曰:“宗师发牌科考,承县尊意思,将我名字造册送府,不须县考,故此唤我面请做个情儿。”蓉娘曰:“或者他取入帘做了房考。你或者落在他房中,中了便是嫡亲座主了。”许玄说:“他已聘四川分考,目今将次起身了。”

闲话之间,不觉二鼓。秋鸿道:“你二人睡罢,夜好短哩。”二人抽身脱衣就枕。许玄抱了蓉娘,金莲半启,玉体全偎,星眼乜斜,娇言低唤,十分有趣。芙蓉露滴之时,恍若梦寐中魂魄矣。事阑就枕,直至鸡鸣,两人才醒。生再求会,蓉娘曰:“但得情长,不在取色。”生曰:“固非贪淫,但无此不足以取真爱耳。”阳台重还,愈觉情浓,如鱼水欢娱,无限佳趣。事

---

① 执滞:执拗,固执。

完，口占一律以谢蓉娘：

巫山十二握春云，喜得芳情枕上分。
带笑慢吹窗下火，含羞轻解月中裙。
娇声默默情偏厚，弱态迟迟意欲醺。
一刻千金真望外，风流反自愧东君①。

正吟诗方完，秋鸿起来开了房门，走至床边道："好去矣。"许玄与蓉娘作别，抽身披衣而起。秋鸿引到后楼，许玄椅上坐正，悄悄开窗把那二物放好。道："好过去了。"许玄立起身来，去把秋鸿下边一摸，却是单裙，正好凑趣，推在椅上□□。秋鸿说："弄了一夜，还不厌哩。"许生说："终不然教你。

采得百花成蜜后，为谁辛苦为谁甜。"

（下删十一字），兴趣不能状，情逸娇声，大张旗鼓，狠战一番，方才住手。许玄曰："乖乖，我实然喜你貌美，而骚趣勃然，自令人三战三北②矣。"秋鸿曰："这一番真被你弄得畅快。"推起许玄，将裙幅拭净道："过去。"许玄掇过椅来，立将上去，往上几步，到了自楼。扯过木板，两下关窗，从此无夜不会，真好快活。

其年开科取士，许玄府考取了送道，宗师到试取了科举。他日间拟题作文，夜间仍旧如此。自古说得好：

爽口味多终作疾，快心事过必为殃。

直到七月廿五，这五更之时，许玄完事，正走过去；不想其夜月已上了，明亮得好，恰好有几个抬材③的，一众人往巷里走过，分明看见许玄，道："是个贼了，拿他下来。"就把抬材长扛木往上一耸，那许玄一闪，跌将下来，恰好跌在众人身上。身子却不跌坏，吃了一惊，反把众人大骂。那些抬材的俱是无赖小人，把他骂怎不生气的，大家将许玄拖拖扯扯道："你做贼到骂我们，送他到官去。"许玄道："我是秀才，不可胡做。"众人说："若是秀才，一发不可轻放，久后反受其害。律上说得好，夜深无故入人家，非奸即窃。不要管他，径扭去见官便是。"不由分说一齐扯了，径至

① 东君：司春之神。
② 北：败。
③ 材：棺材的省称。

县前。

天已明了，不想堂官往四川去了，是二衙掌印。这官第一个贪赃，又要撇清。见一众人跪下禀道："小人在巷中，只见这个人在人家楼室口搭桥走过，非奸即盗，送来老爷做主。"那官道："什么时候拿的？"道："五鼓。"官道："是什么人家？"内中一个说："施盐商家里。"官想道："若为盗，失主还未知情；若是奸，这还是小事。"又道："倘是强奸，也该重罪了。至于因奸致死也未可知。"分付禁子："发入重囚牢内监下，待施家人来审得明白，方可定罪。"许玄欲说真情，又不忍蓉娘出丑，若说出是生员，又恐前程干系。算来便不得一时放他，只得隐忍不言，随他入了牢内不提。

且说秋鸿一见，即便报小姐道："不好了。"如此如此，说了一遍。道："县前去了怎么好？"蓉娘惊得魂飞天外。呆了一晌，穿衣而起，哭哭啼啼道："秋鸿，怎么好？"秋鸿说："我闻知，县官是许相公好友。"蓉娘说："四川聘去了。"秋鸿道："不知什么官府手理，算来也没什大事。"蓉娘说："自然没大事，这些人晓得他到我家来做什么，毕竟知是奸情。这丑名竟露了，可不羞死我也。"秋鸿说："许家此时决无人知。不知那窗口木板曾收去否？"一径到窗口一看，端然在彼，忙忙取了进来，闭了楼窗，道："小姐，他家竟不知哩。木板还在窗口，方才取得进来。"蓉娘说："天已明了，你可到他家中，寻一个老成家人，与他说知快，去看他一看，不知怎生样了。"秋鸿把头发掠了几掠，往楼下开了后门的锁，径往许家园来。

门尚闭住，扣了两下，园公开门："为何来得恁早？"秋鸿道："你家有得力管家唤一个出来，与他讲话。"园公急忙进去。走出一个家人道："小娘子有何见谕？"秋鸿把此事一一诉知。家人大惊道："知道了。你去，我打听了来回你话。"那人径进到内边，取了些银子带在身边，又同了几个僮仆往县前去了。

秋鸿与蓉娘二人，心如刀割，不住的打听。秋鸿紧紧的站在自己后门首，望着回音。不多时，只见那家人把手一招，秋鸿忙走去道："怎么了？"那人说："相公拜上你们，不须记念。只因县官不在，撞着二衙署印，径禁狱中。已知在你家窗口走出来的，径等你家去认了，要坐着强奸罪名审问。想夜深无故入人家，非奸即盗。我相公闻知此事，只要你家一个人径往本官处投明，说门不曾开，并不失物，便可释放。不然前程干系，就是贼名也是难的说，不得要图出头日子罢了不成。"

家人说完了话，又道："县门前沸沸扬扬，都说施家女子二十多岁不与他个丈夫，以致与许秀才通奸。人人如此说，只怕便是你家投说是贼，人也不信，怎么好哩？不若你家小姐原与我相公两下情投意合，原约百年夫妇，当官认了和奸，求他判为夫妻，到是因祸致福，何苦如此贼头狗脑。这一番过是人晓得了，难道还行得这般之事？依我说到是十分上计。"只见里面一个小使，挑了一付盒儿道："我送饭与相公，快同你去。"那人径去了。

秋鸿把这事，一五一十都说与蓉娘知道。蓉娘哭罢想，想罢哭，两眼红肿，又怕母亲知道，几番要去寻死。秋鸿劝蓉娘："怎么到要干这短见，反害了许相公。如今事已至此，若我家不认，许相公又不得归结，官也要差人来拘人去问。那时一发不便，免不过要去承认。第二来迟延着，那官万一取往南京贡院做了外帘①，把许相公误了他三年不打紧，他闷也闷死了他。"蓉娘说："我已自想过，不去认，一发不是了；去认时，教我怎生出头露面。"秋鸿说："小姐，你写了一纸呈状，秋鸿认做小姐，与你救出许相公可好么？"蓉娘见说："若得你肯如此，便是大恩人了。"秋鸿说："事不宜迟，决要在今日做的。我去换了衣服，小姐快写起来。"蓉娘取了纸笔写道：

诉为开恩事：贱妾施氏，年二十一岁，系本县盐商施某之女。今年三月，节届清明。纵步南园，见桃红似锦，绿柳如丝。鸳鸯效交颈之欢，蝴蝶舞翩跹之乐。梁间燕子对呢喃，枝上流莺双睍睆②。嗟叹物兴无穷，遐想青春不再。三七少女，幸逢折桂之郎；二九才郎，尚诵標梅③之句。每想织女，一年一度得相逢；自恨奴身，二十一年无匹配。转桃溪而登葵苑，穿柳巷以采花衢。偶遇惊心，妾相低问，乃书生托以姓名。见其唇红齿白，目秀眉青，貌果清奇，将来必达，愿托百年，遂成一笑。成亲于牡丹亭下，遮羞于芍药丛中。祈结偕老之欢，反遭难别之叹。祸因今早捉夫送台，身居缧绁④何罪？而居父母官

① 外帘：科举制度在考场提调监试的官员。

② 睍睆（xiàn huǎn）：形容美好。

③ 標（biào）梅：梅熟而落，比喻女子已到结婚年龄。

④ 缧绁（léi xiè）：捆绑犯人的绳索，这里指监狱。

司，罪容分诉。明月尚有盈亏，江河岂无清浊。姜女①初配范郎，藉柳杨而作证；韩氏始嫁于佑②，凭红叶以为媒。况上古乃有私通，奴氏岂能贞洁。重夫重妇，当受罪于琴堂；一女一男，难作违条之论。荣辱总在台前，生死并由笔下。乞天台察其情，恕其罪，若得终身偕老，来生必报深恩。所诉是实。

秋鸿一看，笑将起来："何必尽露其情。"蓉娘说："待我改过便是。"秋鸿说："罢了，天已暗矣。"取了径往后门，上了轿儿，即至县前。

恰好官在堂上，他便走进去。门公入来扯他，便叫："屈情。"二尹见了道："着他进来。"上堂跪下道："奴有下情，求老爷观看。"二尹接上去一看，笑道："我那边犯了奸的妇人，俱要枷号三日，奸夫重责三十板，罚一个十四石稻谷，方免释放。如今准了你的诉情，这枷罪不免，那奸夫待纳了谷价责他，方可释放。"只见那两边人，抬了一面轻枷放在面前。秋鸿道："既蒙老爷怜准，只合放了丈夫回家成婚才是，怎么反要枷责？"二尹道："判成夫妇，见你呈儿直诉，这是尽私；这枷责是尽法，一定要枷！"秋鸿见他不肯，想道："必是赃官。"便道："妇人也愿纳谷赎罪。"二尹听了大喜，但在公堂之上不便即允，道："也罢，方才呈儿词语清新，你今将枷你的光景形容，做一个词儿，做得好时，准你赎罪。"秋鸿道："借纸笔一用。"登时写完，呈上去。看词名《黄莺儿》：

妾命木星临，一人身，两截分。松杉裁剪为圆领，脂难点唇，颈交不成。低头不见弓鞋影，好羞人。出头露面，难见故乡亲。

二尹见了大笑："好一个松杉裁剪为圆领！准你纳谷一十四石。"道："又还便宜了你。也罢，取纸笔与他，再将此景做一首上来，放你回家。"秋鸿即写道：

花发不能簪，奈无罢梳鬓云，并肩人难把身相近。香腮怎温，樱桃怎亲。尽眉儿无计难帮衬，忒新文。风流邑宰，独车宴红裙。

二尹看罢大笑道："二作俱妙，讨保发放宁家。"秋鸿谢了一声出门。许家僮仆见了，与他写纸保状，请押保人去了。秋鸿上轿回家，见了蓉娘，将事一一说了。蓉娘欢喜，只虑要保许玄，心下忧闷不提。

---

① 姜女：指孟姜女，嫁范喜郎。

② 韩氏始嫁于佑：唐人于佑拾得题诗红叶，后娶妻，即题词之宫人韩氏。

且说许玄家人，将秋鸿代小姐，二尹判成夫妇，免枷罚谷，责奸夫三十板情由，一一说明。许玄说："既是枷可谷赎，责亦可谷赎，明日动一呈，多罚些银子，免得打方好。若是打了三十板，性命难存，怎么进场。"家人说："不难，明日早堂，动一呈看。"只见外边说："老爷，府尹来取进帘，明日五鼓便要动身了。"许玄听见道："怎么好？误了事也！三年难得过，如之奈何！无计可施，也是天命，罢！罢！"

且说次日起来，那天上乌云四起，忽然倾下一阵雨来。好生大得紧，初似倾盆，后如泼水。那窗下芭蕉，不管愁人自响；池边宿乌，却教幽梦难成。那些狱里罪人好生愁闷，有一等见这般大雨，官又不在，且去困他一觉。这些禁子，也有去赌的，也有睡的，也有下棋的。这许玄好闷，恨不得身生两翅飞到南京，又自解自叹。只见有一个乡下挑粪的人，手中拿一个勺，一步步挑到里边来。

许玄往外一望，那牢门是开的，好生心痒，怎敢胡行。只见乡下人将勺儿兜满了两桶粪，那雨越大了，心下想道："趁雨挑了走入内去便了，且待雨小些出去。"便到屋下，除了笠帽，脱了粽衣，放在壁边便去看下棋。自古下棋之人，星初临局，身且忘疲；露晓临场，造昏废食。深山石室，曾闻樵客烂柯①；长夏江村，颇费老妻书纸。这乡下人看一个入神，径自忘了这担粪。

许玄见了，心下一想，道："如此如此。"便去把身上长衣、裙儿拦腰一拴，脚下鞋袜脱下去，寻一双旧凉鞋穿了，把巾儿除下藏在袖中。取了粽衣穿上，笠帽带在头上，走到粪桶边，寻把扁担挑了两桶，手中拿了木勺，往外挑了便走。那门上见挑粪来，把门大开了，那个疑他是个犯人。一径挑出县门，至僻静处歇下，丢下东西，没命儿一径跑出了城门。径搭船到南京应试。且喜身边带得几两银子，大着胆径自去了。

直至初一日，到了南京，径往贡院前来寻下处。家家歇满，再无寻处，到是贡院对门，贴着一张红纸：内有静室，安歇状元。许玄见了道："为何此处尚有房室？"径进里面。只见一个妇人问说："是谁？"许玄说："特来借寓的。"妇人道："公可姓许么？"许玄道："奇，为何晓得我的姓？"只见妇人有二十岁的光景，生得淡然幽雅，眉眼媚人，一双脚三寸金莲，两双手十

---

① 烂柯：原意指斧柄日久腐烂，后指世事变迁。

支新笋。捧了笔砚道:"主母孀居,未便相见。因有梦兆,乞将相公姓名、籍贯、年齿,一一写得。对时,房金不取,尚有许多事情;如不对,不敢相留。"许玄道:"又是梦了。好奇。"展开纸笔写完了,那妇人向袖中取出来一对,笑道:"是了,是了。"向内叫:"大娘,正是了。"拿了写的一张纸进去。

这院大娘拿着一看,上写:许玄,字玄之,扬州府仪真县人,年一十八岁,八月初五日未时生。看罢,大喜,果有是事。即唤巫云:"送茶出去,吃了领生至后边一室。"但见书床罗帐,香气袭人,室虽不广,幽雅则有佳境可爱。许玄曰:"这般妙境,缘何没有人来?"巫云说曰:"今年正月初一日,我主母得其一梦,道今年秋场时,有一姓许名玄者,方与他歇。尚有些话,容当再禀。主母恐忘了年庚八字,写起封了七个月矣。并无一个姓许的来,故此不领他看。别人那里晓得有这间好书房。"只见外边有人说话响,又来租书房。巫云道:"租去矣。"那人说:"租票还存。"巫云方才扯去了招帖,走进来。

只见许玄在那里打开纸包,要借戥子①用。巫云送在房里,那许生开一张帐,自买卷子、文房四宝,一应进场之物,共要十两银子。把那包银子一称,止得三两,不上房钱,一些不曾打帐起。长吁短叹的,沉吟呆坐。至于三餐食用,那会说起。便道:"一时里高兴,逃走了来,端然不得进场,如何是好? 身上又无衣服可当,此间又无亲戚可投,这是路贫方是贫,如之奈何!"

只见巫云送一壶酒,几碗小菜,齐齐整整摆下。许玄见了道:"不须费心,连小生在此安歇不成着哩。"巫云道:"为何说此言语?"许玄说:"一时间来了,少了些盘费,在进退两难之间耳。"巫云将帐上一看,道:"笔墨纱巾及进场之物,我家都有的,何用去买。"许玄说:"为何你家到有这些物件?"巫云道:"我家相公在日,姓阮,是个好秀才。娶我主母,做得两年亲便死了。"许玄说:"为何便死了?"巫云道:"只因我大娘,生得面若芙蓉,腰如杨柳,两眉儿淡淡春山,双眼儿盈盈秋水,小脚儿足值千金,双手儿真成白玉,我相公见他标致,上紧了些,故此得了病死了。"许玄道:"原来如此。你大娘多少年纪了?"巫云说:"二十有二,今年才服满的。"道:

① 戥(děng)子:称量贵重物品、药品的器具。

“相公,请一杯,且请宽心。”自进去了。

许玄见他一说,肚中饥了,道:“不要管他,且吃了再说。”只见巫云捧了许多物件,都是用得的。至于色衣,青色海青,一应俱有,外有一封银子。道:“大娘致意,知道相公不从家里来的,盘缠缺少,我家尽有,先送十两银子在此,与相公收用。”许玄收了道:“在此打搅已自不安,主人情重至此,何敢当之!若得侥幸,报恩不难,倘若不能,有负盛意。只是一件,你主人为何知我不从家里来的?”巫云说:“此话也长,一时难告。请收了物件。”巫云又取两个拜匣与他,一床红绫被儿熏得喷香,把铺陈都打叠完了,将身上下衣又送出几套,不能尽言。

许玄道:“至亲骨肉亦不能如此用心。”巫云烧了一锅浴汤,放在盆中道:“相公洗浴。”许玄不安道:“你丈夫那里去了?劳你在此伏侍。”巫云道:“不须提起,他专一好赌。四年前,盗去主人几十两衣饰,也不顾我,径逃走去了。”许玄道:“这个没福的人,见了这般一个妻房,怎生丢得便去了。”巫云听见说他好处,便不做了声。须臾,点火进房,又换热酒送来。许玄过意不去,道:“府上小使,怎不见一个?”道:“上半年有两个,也偷了东西做伙走去,一个使女又被拐去。大娘心上气,也不去寻他,故此只我一个,也没什事做得。”

只听楼上娇滴滴叫上一声道:“巫云,天晚了,拴好大门。”巫云应了一声。此时许玄听见娇声,想起蓉娘之事,好生烦闷,又想:“我到来了,不知那牢中众人怎么结果。”又道:“且自丢开,完了自家正事再说。”又吃了几杯,打点上床睡觉。巫云收了出来,闭门睡了。

次日早起,巫云殷勤伏侍,不必尽言。许玄换了一套衣服,取了自己那包银子,往街坊买了卷子,到应天府中纳了。许玄是初观场的,见了老试士,请教他场中规则,忙忙的直至初五日。众官在应天府中吃了进帘酒,迎到贡院里来,许玄看了街坊上妇女,两边楼上不知有多少。许玄看得眼花缭乱,道:“果然好一个京城。”便自回身。正到贡院门首,只听得人说:“京考来了。”许玄道:“不知是那两个翰林?”须臾迎来,又不晓得是何人。

看完了,走进中门,却好外楼走下一个少年妇人,也到中门了。许玄回避不及,也不免行着一礼,想道:“莫非是主人家?”正待要谢,又想:“或是他亲戚来看官的,不可乱谢。”那妇人抢前进去了。许玄在后面看了道:“果是天姿国色,比蓉娘更加十倍。不知是谁人家有这般美物。”进门见桌上列下酒肴,极其丰盛。许玄道:“这是为何?”巫云说:“我大娘特为相公祝寿。”许玄想起,道:“多感,多感,我也不记得了。”遂坐下道:“何须这般破费,你家何人买办?”巫云说:“我家有一个短工,挑水劈柴,走动卖办,一应是他。不来吃饭,只与工银。”许玄道:“这等才便。方才外边楼上,一位女客是谁?”巫云曰:“是大娘。他出去看迎试官。”许玄道:“失礼了。我正待要谢,又恐不是,故此住口。乞小娘子为我致谢一声,容当请罪。”吃完酒饭且睡。

直至初八,巫云把一应例事,人参、油烛、安息香、进场之物送进。许玄见了道:“我也谢不得这许多。”都收了。三更天,吃了饭,入场去了。初九三更出来,扣门,巫云应声:“来了。”巫云取出酒饭,许玄送他时钱三百文,谢一声出门去了。许玄进内便睡,直至次日午上方起。

三场已毕,正是中秋,天井设酒相候。许玄洗浴已完,巫云道:“大娘请相公吃酒。”许玄想:“大娘请,莫非在下边?”穿了衣服出来,果然立在月下。许玄深深作揖道:“异乡樗栎①,以骨肉至情相待,图怀衔结②。”阮氏说:“承蒙垂顾,奈荆棘非鸾凤之栖,百里岂大贤之路。茅庐草舍,不足以承君子之光也。今值中秋佳节,适逢场事已完,特具芹卮③,聊申鄙意。”许玄道:“多谢。”阮氏陪于下席。

许玄酒至数巡,虽见阮氏之艳美,然因他情重,不敢起私。问曰:“闻大娘新年有何良梦,愿闻其详。”阮氏曰:“妾夫阮一元,弃世四年。今年元旦,梦先夫云尊府事情。因令祖有妾阮氏,系徽州之女,与家人许吉通焉,遂窃令祖蓄银若干逃于别府。后来双亡,家事被阮家所得,先夫遂授胎于阮妾复配之。要知今之阮,即前之许吉也。先夫往秋鸿腹中投胎为君之子,妾身当为君之小星④,家事数千金尽归于府,此乃偿令祖亡金之

---

① 樗栎(chū lì):两种树名,不成材。自谦不才。

② 衔结:即结草衔环。结草,晋大夫魏武子之子魏颗未遵父命,没有将父妾殉葬而嫁了她,后来魏颗与秦力士杜回作战,妾父结草绊倒杜回。衔环:一黄雀遇难,杨宝救之,后黄雀赠杨宝白环四枚报恩。比喻感恩报德,至死不忘。

③ 芹卮(zhī):芹,微薄的情意;卮,酒器。这里谦称薄酒。

④ 小星:妾。

报。故有年庚、姓氏之验。今七月中元夜，复梦亡夫云足下当为魁元，为因露天奸污二女，不重天地，连乡科亦不能矣。是君家三代祖宗哀告城隍，止博一科名而已。初一日五更，又见亡夫云足下今日必至。云常把奸淫污身于三光之下来往，已遭囚狱，不能释放，又是祖宗哀告，佑得乘便而来。故所以知足下不从府上而来。想此事必有，故而言之。”

许玄听罢，不胜惊道："原来天地这般不错，想小生之俗念，又恐触天之怒。"不敢提起，但加嗟叹而已。阮氏说："事至此，足下酒后须乐。然乡科高捷，行些好事，或者感动上天，端然还你进士，何须如此。"巫云说："今晚合卺，不可如此不乐。"许玄见说，怎好却他好意，便喜道："正是，且把闲事丢开。"便道："既已事皆前定，我二人是夫妇了，何须客气。"阮氏曰："无人为媒。"许玄把杯一举："岂不闻酒是色媒人。"阮氏笑曰："送亲也无。"许玄曰："借重嫦娥一送。"阮氏不答。许玄把酒哈一口，送至阮氏口边道："吃口和合酒儿。"阮氏也哈一口。许玄遂坐于阮氏身边，搂搂抱抱，不觉两个情动。巫云道："月色斜了，上楼睡罢。"巫云将灯前走，送二人进房，他自下来收拾。许玄把房中一看，十分华丽，便与他解衣。阮氏将灯一口灭了，那月色照在椅上，许玄笑道："送亲坐久了。"

阮氏笑了一声，双双上床：

> 人于翡翠衾中，轻试海棠娇态。鸳鸯枕上，漫飘兰桂芳香。情浓任教罗袜之纵横，兴逸那管云鬓之缭乱。带笑徐徐舒腕股，含羞怯怯展腰肢。肺腑情倾，娇声聒耳。香汗沾胸，鲛绡春染红妆。虽教他娇声聒耳，从今快梦想之怀，自是偿姻缘之债。

是夜，许阮为情欲所迷，五鼓方睡，直至日红照室，犹交颈自若。巫云走响，二人方才惊觉，整衣而起不提。

且说那日牢中许宅家人送饭，寻觅家主，那里去寻？牢头禁子一齐慌了。乡下人不见粪桶，各处又寻，门上牢头说："是了，被他挑桶赚去了。"一齐四下追赶，那里去寻？止寻粪具之类。

许玄自此脱身，却中在榜末。报录闹闹嚷嚷来到阮家，阮姐打发喜钱，愈加欢喜，又应梦中之兆。是夜备酒相处，恩情美畅，自不必言矣。滞留两月，进京得试。不期前任知县聘入四川房考，行取进京又为会试房考，许玄落在他房，取中榜末进士；见他将蓉娘唤秋鸿代诉，父母亲不允匹配一述。知县力为执柯①,说他联捷,何愁不允。择日成婚,蓉娘打扮齐整,同拜花烛。秋鸿收入二房。蓉娘问及出监出城之事,到省寓何主家。许玄将阮娘梦语,备酒赠金,陪席同枕同衾,十分恩爱,一一说知。蓉娘谢阮不尽,劝生力娶来家。阮娘情愿为三房,以应梦语。

后来许玄一家做了许多好事。秋鸿生了儿子,下科中了进士。后来妻妾各生男女,子孙俱遵十戒,都发科甲。果信恶人向善,便可转祸为祥。我劝世上人有八个字,极简捷,依了他自然发福:

众善奉行,诸恶莫作。

---

① 执柯:为人做媒。

第十一回　蔡玉奴避雨撞淫僧

事到头来不自由，水流化谢两休休。
齐女守符沉巨浪，绿珠①仗义坠危楼。
大美虞姬②全节义，却嫌蔡琰③事羌酋。
王嫱④背弃千金体，西子倾吴一旦休。

话说关西一个经纪，唤名蔡林。到了三十岁上，方才娶得妻子，叫名玉奴，年纪恰正二十岁，生得有七八分容貌，夫妻二人十分眷恋。这玉奴为人柔顺聪明，故此蔡林得意着他。

其年，玉奴母亲四十岁，玉奴同丈夫往岳丈家拜寿，丈人王春留他夫妻二人陪众亲友吃酒。过了两日，蔡林作别岳父母先自归家，留妻子再在娘家住几日来便了。玉奴道："你自归家做生意，我过两日自己回来，不须你来接我。"蔡林去了。玉奴又在娘家耍了两日，遂别了父母，径往家取路而回。未及行得里余，只见：

狂风急至，骤雨倾来。杏花遍野，正好农忙。水绿平堤，不妨鱼钓。是吾为政，闲中遣婢梳头；于物无妨，卧里看妻煎药。酒因病禁，诗为愁吟。黄鹂被径，双双跳入深枝；白鹭翩跹，一一独宿寒渚。隔林晓梵，稍欣寺有残僧；比屋晚炊，且喜巷无饥妇。童子支吾以烹茶，道人研硃而点易。书卷为巢，陆放翁⑤之作记；灯光如月，鲁男子⑥之闭门。漏添海水，滴宫漏之长宵；钟响寒山，到客船而夜半。行人尽避于人家，游客忙投于酒市。

玉奴见雨来得大，连忙走入一寺中。山门里杌⑦上坐着，心下想道："欲待

---

① 绿珠：晋时石崇的歌妓，石崇被害时绿珠跳楼自杀。
② 虞姬：楚霸王妃，霸王兵败，虞姬舞剑为霸王歌，歌罢自刎。
③ 蔡琰：东汉人，初嫁卫仲道，夫亡无子，兵乱被掠，后嫁匈奴左贤王，生二子。
④ 王嫱：即王昭君，自嫁匈奴单于。
⑤ 陆放翁：陆游，宋代大诗人。
⑥ 鲁男子：谓处理男女关系时能以礼自持的男子。
⑦ 杌（wù）：小矮凳。

转到娘家,又不能;欲待走到夫家,路尚远。又无船只可通,那有车轮到此。”闷得慌张起来,进退两难,如何是好。初时还指望天晴雨收,不想那雨倾盆一般倒将下来,那平地水深数尺,教这孤身妇女怎不愁烦。不想,一时天色晚了。玉奴无计可施。左右一看,见金刚脚下尽好安身,不免悄悄躲在此处,过了今宵,明日再行,径自席地而坐下。

须臾,只见寺里两个和尚,在伞下拿盏灯笼,走出来闭山门。把山门拴了,在两边一照,玉奴无处可藏,忙走起来道个万福,道:“妾乃前村蔡林妻子。因往娘家而回,偶值大雨进退不能,求借此间权歇一夜,望二位师父方便则个。”原来这两个和尚,一个唤名印空,一个唤名觉空,是一对贪花好色的元帅。一时间见了一个标致青年的妇人,如得了珍宝,那肯放过了他。那印空便假意道:“原来是蔡官人的令正,失敬了。那蔡官人常到小寺耍子,与我二人十分契厚的好友,不知尊嫂在此,多有得罪。如今既得知了,岂有放尊嫂在此安置的道理,况尊嫂毕竟受饥了,求到小房素饭。”玉奴道:“多承二位师父盛意,待归家与拙夫说知,来奉谢便了。只求在此权坐,余不必费心。”觉空道:“你看这地下,又有水进来了。”印空道:“少顷水里如何安身?我好意接尊嫂房中一坐,不必推却了。”印空道:“师兄,你拿了伞与灯笼,我把娘子抱了进去便了。”言之未已,便向前一把抱了就走。玉奴叫道:“师父不可如此,成何体面。”他二人那里听着,抱进了个净室。

推门而入,已有一个老和尚先与两个妇人在那里顽耍。觉空叫:“师父,如今一家一个,省得到晚来夺。”老和尚一见道:“好个青年美貌的人儿,先与我师父拔个头筹。”那二空那里肯,径把玉奴拏①倒在禅椅上。松他纽扣,退他绣鞋,觉空掀住,印空挺着小和尚往里一凑,一把抱住就弄。玉奴挣得有气无力,再三求饶,那里睬他。玉奴无奈,到此地位,动又难动,叫又难叫,双眼干忍着,含怒揩着两泪,凭他弄了。印空拔了头筹,觉空又上。老和尚上前来争,被觉空一推,跌个四脚朝天。半日爬得起来,便叫那两个妇人道:“两个畜生不仁不义,把我推上一交,你二人也不来扶我一扶。”一个妇人道:“只怕跌坏了小和尚。”那一个道:“一交跌杀那老秃驴。”三个正在那里调情,不想玉奴被二空弄得淫水淋漓,痴痴迷迷,

① 拏(ná):用强力取,捉。

半晌开口不得。二空放他起来,玉奴穿了衣裙,大哭起来。

两个妇人上前劝道:“休要愁烦,你既来了,去不得了。”玉奴道:“我如今丑已出尽,只索便了,如何去不得?”二空道:“我这佛地上,是没边没岸的世界,只有进来的,那里有放你出去个道理。你今日遇了我二人是前世姻缘,从今死心塌地跟着我们。你要思想还家,今生料不能了。”玉奴道:“今晚已凭三位尊意了,明早千万放奴还家,是师父恩德。”连忙拜将下去。三个和尚笑将起来,道:“今晚且完宿缘,明且再云。”忙忙打点酒食劝他吃。玉奴敢怒而不敢言,只不肯吃。两个妇人再三劝饮,没奈何,只得吃了几杯。两个妇人又道:“奴身俱是好人家儿女,也因撞着这两个贼光头,被他藏留此处。只如死了一般,含羞忍耻过了日子,再休想重逢父母,再见丈夫面了。”玉奴见他们这般一说,也没奈何,想道:“且看后来再说。”

且说这老和尚,名叫无碍,当晚便要与玉奴一睡。觉空、印空各人搂了一个进房去宿,无碍扯了玉奴进房,没法说了,只得从他完事。后来,三对儿每日捉对儿饮酒,夜拈了宿歇。

过了几日,那蔡林不见妻子还家,往丈人家接取。见了岳父母道:“玉奴为何不来见我?”王春夫妻道:“去已八日矣,怎生反来讨妻子!”蔡林道:“几时回来?一定是你嫌我小生意的穷人,见女儿有些姿色,多因爱人财礼,别嫁了。”王春骂道:“放屁!多因是你这畜生穷了,把妻子转卖与人去了,反来问我讨人!”丈母道:“你不要打死了我的女儿,反来图赖!”便呼天抢地哭将起来。两边邻舍听见,一齐来问。说起原故,都道:“果然回去了,想此事毕竟要涉讼了。”遂一把扭到县里,叫起屈来。

太爷听见,叫将进来。王春把女婿情由一诉,太爷未決。王春邻舍上前一口儿齐道:“果系面见,回蔡家去的。”蔡林禀道:“小的住的又不是深房儿,只得数椽小舍,就是回家,岂无邻舍所知?望老爷发签,提唤小人的邻人一问,便知详细。”知县差人拘蔡家邻舍来问。不移时,四邻皆至。太爷问:“你可知蔡林妻子几时回家的?”那四邻道:“蔡林妻子因他丈人生日,夫妇同往娘家去贺喜。过了几日,见蔡林早晚在家,日间街坊生意,门是锁的,并不曾见他妻子,已有半月光景。”王春道:“老爷,他谋死妻子,自然买嘱邻居,故此为他遮掩。”知县道:“也难凭你一面之词。但王春告的是人命事情,不得不把蔡林下狱,待细访着再审。”登时把蔡林不由分说径扯到牢中去了。那两边邻舍与王春一齐在外，不时听审。这蔡林生意人，一日不趁一日无食的了，又无亲友送饭，难道在监饿死不成。还幸喜手艺高强，不是结网浼①人去卖，便是打草鞋易米度日，按下不题。

且说玉奴，每日囚于静室，外边声息不闻。欲待寻个自尽，又被两个妇人劝道："你既然到此，我你一般的人了。寻死，丈夫父母也不知道，有冤难报。且是我和你在此，也是个缘分，且含忍守着，倘有个出头日子亦未可知。倘你府上丈人、女婿寻你之时两下推托，自然涉讼；倘你一死，终无见期，可不夫父二人终沉狱底，怎得出头！还是依奴言语为上。"

玉奴听了，两眼流泪道："多谢二位姐姐劝解，怎生忍辱偷生，便不知这个什么寺，有这般狠和尚？"一个妇人道："奴家姓江，行二，这位是郁大娘。我是五年前到此烧香，被老和尚唤名无碍，诱入静房，把酒洒于化糕内，吃了几条，便醉将起来，把我放倒床上。如此，及至醒来，已被淫污了。几次求归，只是不容。那两个徒弟，面有麻点的，叫名印空，别号明月，就是先奸你的，后边这人叫做觉空，别号清风。我来时，都有妇人的，到后来病死了一个，便埋在后面竹园内了。又有一个也死了，也如此埋。这郁大娘也是来烧香，被明月清风二秃推扯进来，上了路便死也不放出去了。这寺名双塔寺，有两房和尚。东房便是这里，闻西房又是好的。如今说不得了，我们三个儿，且含忍者，或者恶贯满盈，自有个报应在后。"正说间，只见二空上前搂搂抱抱，把三个妇人弄得没法。正是：

每日贪杯又宿娼，风流和尚岂寻常。
袈裟常被胭脂染，直裰②时闻花粉香。

按下不提。

且说觉空一日正在殿上闲耍，只见一个孤身妇人，手持香烛，走进山门里来。觉空张了一双饿眼，仔细一看，那妇人年纪有三十五六了，一张半老脸儿且是俏丽。衣衫雅淡，就如秋水一般清趣之极。举着一双小小脚儿，走进殿上拜佛烧香点烛。拜了几拜，起来道："请问师父，闻知后殿有个观音圣像，却在何处？"这一问，搔着觉空痒处，便想道："领到那边，三个又夺；付之偏僻，这一个儿也不妨。"忙道："小娘子，待小僧引导便

---

① 浼（měi）：央告，托求。
② 直裰（duō）：僧道穿的大领长袍。

是。”那田寡妇只道他是好心，一步步直入烟花寨。

进了七层门，到一个小房，果有圣像。那田氏深深下拜。觉空回身把七层门都上了栓，走将进来。田氏道：“多蒙指引，告辞了。”觉空道：“小娘子，里边请坐待茶。”田氏道：“不敢打搅。”觉空说：“施主到此，没有不到小房待茶的理。”田氏道：“没什布施，决不敢扰。”觉空拦住回路，那里肯放。田氏只得又走一房，极其精雅，桌上兰桂名香，床上梅花纸帐。只见觉空笑嘻嘻捧着一个点心盒儿摆下，又取了一杯香茶，连忙道请。田氏道：“我不曾打点香钱奉送，怎好无功受禄。”觉空笑道：“大娘子不必太谦。和尚家的茶、酒，都是十方施主的，就用些也不费僧家的己钞。请问大娘子高姓？”田氏道：“奴身姓田，丈夫没了七年了，守着一个儿子，到了十五岁了，指望他大来做些事业，不想上年又死了。孤身无倚，故来求佛，赐一个好结果儿。”觉空笑道：“看大娘子这般美貌，怕没有人求娶你！”

田氏不答。不期吃了几条化糕下去，那热茶在肚里发作起来，就是吃醉了的一般，立脚不住，头晕起来，道：“师父，为何头晕眼花起来？”觉空道：“想是大娘子起得早了些。此是无人到来所在，便在小床一睡如何？”田氏想了道：“中了秃子计了。”然而要走，身子跌将倒来，坐立不住，只得在桌上靠直。那秃贼把他抱了，放在床上，田氏要挣，被酒力所困，那里遮护得来，只得半推半就儿顺他做作。那秃贼解开衣扣褪下小衣，露出一身白肉，喜杀了贼秃，他便恣意儿干起来：

> 怨鹤离鸾，狗秃漯鱼，渴凤妖娆。初起半推半就，渐渐越凑越骚。初然花心蜂采，后来雨应枯苗。（下删三十六字）。问一声大娘子这般可好，答一声好师父手段直高。大娘子不耐烦，云停雨住。小贼秃正畅美，莫要乔装。弄得落红满地无人扫，只怕深夜柴门带月敲。

那田氏把酒都弄醒了，道：“师父，我多年不曾如此，今日遇着你这般有趣，怪不得妇人家要想和尚。你可到我家常来走走。”

觉空事完，放起田氏道：“你既孤身，何须回去，住在此处可日夜与你如此，又何须担惊害怕。到你家来，倘然被人看出，两下羞脸难藏，如何了？”田氏道：“僧房无内外，倘被人知，这也是一般。”觉空道：“我另有外房。这间卧房是极静的幽室，人足迹不到的所在，谁人知道！”田氏道：“如此也使得。待我家去取了必用之物到此，方可盘桓几时。”觉空问道：“是什么必用之物？”田氏道：“梳妆之具，必不可无。”觉空开了箱子，取出几付镜子、花粉、衣服，悉是妇人必需之物，又掇出一个净桶道："要嫁女儿，也有在此。"田氏见了一笑，把和尚照头一扇子道："看你这般用心，是个久惯偷妇人贼秃。"觉空笑道："大娘子也是个惯养汉婆娘。"田氏道："胡说。"觉空道："既不惯，为何方才将扇子打和尚？"

两个调情得趣。到午上，列下酒肴，二人对吃，搂抱亲嘴，高了兴便干。觉空只守了田氏，竟不去争那三个妇人了。印空知他另有一个，也不来想，他把三个轮流奸宿一夜。

该玉奴陪无碍歇。玉奴因思家心切，只是一味小心承顺，以求放归，再不敢一毫倔强，以忤僧意。这无碍见他如此，常起放他之心，然恐事露，在敢而不敢之间。到上床之际，又苦苦向无碍流泪。无碍说："不是出家人心肠硬毒。恐一放你时，倘然你说出原因，我们都是死了。"玉奴道："若师父肯放奴家，我只说被人拐到他方，逃走还家的；若说出师父之事，奴当肉在床、骨在地，以报师父。"无碍见他立誓真切，道："放便放你，今夜把我弄个快活的，我做主放你。"玉奴喜道："我一身淫污已久，凭师父所为便了。"无碍道："你跨上我身，（下删十四字）。"玉奴主小身跨了，（下删十字），故意放出娇声，引得老和尚十分兴动，不觉泄了。玉奴扒下来道："如何？"无碍道："果是有趣。"到五更，还要这般一次儿送行。玉奴道："当得。"玉奴到搂了无碍，沉沉睡了。

一到五更，玉奴恐他有变，把无碍推醒，无碍道："看你这般光景，果然要去了。"玉奴道："只求师父救命。"须臾事完。玉奴抽身穿了衣服，取了梳具梳洗完了，叫起了无碍。无碍一时推悔不得，道："罢，一言既出，驷马难追。只是从有到此的，决无生还之理，万万不可泄漏！"玉奴忙拜下去："蒙师父释放，岂敢有负盟言！"无碍便悄悄儿领玉奴，一层层的到了山门，开得一扇儿道："你好好去罢。"玉奴认得前路，径奔夫家。这无碍重新闭上山门，一路儿重重关上，再不把玉奴在他们面前说起。

且说玉奴走得到家，天已微亮。把门一看，见是锁的，却好一个贴邻起早往县前公干，见了玉奴，吃了一惊道："蔡娘子，你在何处？害丈夫坐在监里。"这玉奴见说丈夫在监里，扑簌簌的吊下泪来道："奴今要见丈夫，不知往那一条路去？"那邻居道："我今正要往县前，可同我去。"二人取路而行。一路上，将二空之事，一一说了。

不觉已到县前，领他到了牢中。蔡林见了妻子，吃了一惊道："你在那里？害我到此地位。”玉奴将所事一一说了一遍，满狱通恨那二空。登时禁子上堂禀知，取出蔡林夫妻一问。这玉奴将前项事一一诉明，县公大怒道：“他寺中共有几房？”玉奴云：“闻有东西二房，西房是好的，实不知详细。”知县把二人带起，唤打轿，径往双塔寺而来，寺里鸣钟迎接。知县径到东房，分付把房头细搜。公人一齐打进，一层层打得个透彻，拿出三个妇人，三个和尚，两个道人，三个行者。道：“内中都搜到，并无人了。”知县又着人，到竹园内掘出两个妇人尸首来。县公又到西房叫搜，只见几个青年读书的秀才，俱是便服，道：“老父母，东房淫污不堪，久恨于心；今蒙洞烛，神人共喜。这西房，门生们在此攻看书史，实是清净法门。门生向时有感，有俚言八句为证：

东房每夜拥红妆，西舍终宵上冷床。
左首不闻钟磬响，西厢时打木鱼忙。
东厨酒内腥膻气，此地花灯馥郁香。
一座山门分彼此，西边坐也善金刚。

县公看罢道：“诸兄见教，也罢。”忙把左右唤转回衙，径上公堂，道：“郁氏，他怎生骗你到他房内？”郁氏道：“老爷，妇人到寺烧香，被明月清风二秃蛮推紧扯，到他内房强奸了，再也不放出来了。”玉奴恐江氏说出无碍情由，便道：“老爷不须细问，都是二秃行为，与这老和尚一些无干。妇人若不是老僧怜放，就死在寺中也无人知道。”江氏会意道：“老爷，就是埋尸也是印空觉空二人。”县公问明，道：“把无碍释放还俗。把两个妇人尸首，着地方买棺收殓。江氏、郁氏、田氏，俱发宁家，道人、行者各归原籍。把东房产业着西房管下，出银一百两助修城池。发放蔡林夫妻到岳丈家说明此事，以完结案。把二空各责四十板，定了斩罪下狱，以待部文取决。”判曰：

得双塔寺僧觉空、印空，色中饿鬼，寺里淫狐。见红粉以垂涎，睹红颜而咽吐。假致诚而邀入内，真实意而结同心。教祖沙门，本是登岸和尚；娇藏金屋，改为入幕观音。抽玉笋合堂，禅床竟做阳台之梦；托金莲舒情，绣榻混为巫楚之场。鹳入凤巢，始合关雎之好；蛇游龙窟，岂无云雨之私。明月岂无心，照孀闺而寡居不寡；清风原有意，入朱户而孤女不孤。并其居，碎其躯，方足以尽其恨；食其心，焚其肉，犹不足以尽其辜。双塔果然一塌，两房并做一房。妇女从此不许入寺烧香，丈夫纵容，拿来一并治罪。

判讫，秋后市曹取决，那几家受他累的，把他尸首万千碎剐，把他光头登时打得稀烂。正是：

只道伽蓝能护法，谁知天算怎逃生。

自古不秃不毒，不毒不秃，唯其头秃，一发淫毒。可笑四民，偏不近俗，呼秃为师，愚俗反目，吾不知其意云何。

第十二回　汪监生贪财娶寡妇

富贵从来不自由，何须妄想苦贪求。
庸愚痴蠢朝朝乐，伶俐聪明日日忧。
彭祖年高终是死，石崇豪富不长留。
人生万事皆前定，勉强图谋岂到头。

话说嘉兴府秀水县有一个监生，姓汪名尚文，号云生，年长三十岁了。他父亲汪礼，是个财主，原住徽州，因到嘉兴开当，遂居秀水。那汪礼有了钱财便思礼貌，千方百计要与儿子图个秀才。争奈云生学问无成，府县中使些银子开了公折，便已存案，一上道考，便扫兴了。故此，汪礼便与他克买附学各色，到南京监里纳了监生，到也与秀才们不相上下，就往南京坐监。

不期这年五月间，时疫相染，这汪礼夫妻并云生妻子一齐病起，三人相继而亡。家人们一面治棺入殓，一面飞也报到南京。云生得知这个消息，大哭起来，登时出了丁忧①文书。即日起身赶到家中，抚棺痛哭，遂有诗曰：

哭罢爹来哭罢娘，妻儿哭得更悲伤。
其间孝顺和恩爱，都在哀中见肚肠。

此时便开丧追荐②，一应丧仪已毕，出棺安葬。凡事皆完，归家料理，把当中盘过，停了当业，只听取赎。

云生为人不比汪礼，是个酸涩悭吝③之人。故此银子只放进不放出，俗话叫名挟杀鸡，放放恐飞了去。这般为人，岂能受享。那家人们，一日只给白米六合，丫环小使只给半升，如此剋减，那食用之间一发不须讲起。有人背后写了四句诗儿，贴在他的大门上，云：

---

① 丁忧：遭遇父母丧事。
② 追荐：追悼。
③ 悭(qiān)吝：吝啬。

终朝不乐眉常皱，忍饥攒得家赀①厚。

锱铢②舍命与人争，人算通时天不凑。

云生见了，大笑起来，也写四句贴在门上，道：

生平不肯嫌铜臭，通宵算计牙关斗。

扬子江潮翻酒浆，心中只是嫌不够。

言后，人人晓得他是个涩鬼，遂取一个诨名“皮抓篱”，言其水筲不漏之意。这云生一发臭吝起来。

恰好一日，坐在家中，此时光景，那天起一阵狂风，乌云四合，登时下起雨来。但见：

云生东北，雾起东南。农人罢其耒耜③，旅人滞其行装。萋萋芳草，思楚国之王孙；淡淡清风，望汉皋④之神女。盖已预惊蚕病，何言特为花愁。而已足不见园，推案久无招饮帖，心忘探节，闭门听断插天歌。焚云香而辟湿，烧苍术而收温。悚慵⑤称意，行客怀愁，闭门且读闲书，安枕恍如春梦。

这雨直落到傍晚，越觉大了。云生见天晚雨大，自己同了两个家人出来闭门。只见门楼下歇着一乘女轿，中间坐一个穿白的妇人，又见一个后生，带顶巾儿，也穿素服，又有两个家人扛着一架食罗。那后生见了云生出来，知是主人，连忙上前施礼道：“只因避雨搅扰尊府，实为罪甚。”云生答曰：“不知尊驾在此，有失迎候，里边请坐才是。不知足下尊姓大名？”那人道：“小弟姓王，名乔，轿里边的是舍妹。因舍妹夫华子青不幸过世，今日正是三周年，与舍妹同往坟上祭奠。不想回来遇了这般大雨，一时间路远又去不得。如今正待拿了三百文钱去寻一间空屋，借歇一夜，明早便行。不知尊府可有这样一间空房儿么？”云生想道：“有三百文钱便留他歇一夜，落得趁⑥他的。只恐他这几个人要酒饭吃起来，到不好了。”便

---

① 赀：同“资”。

② 锱铢（zī zhū）：很少的钱。

③ 耒耜（lěi sì）：古代耕地翻土的工具，后亦以之为农具的总称。

④ 汉皋（gāo）：汉，汉水；皋，水边的高地。

⑤ 悚慵：惶恐，困倦，懒。

⑥ 趁：赚。

道:“就有空屋,晚间炊煮未便。”王乔便道:“食罗内酒饭都有,只要借间空所便是。明日黎明就行。”云生道:“这般大雨不便出门去寻,若不弃草舍,不若权宿一宵,如何?”王乔忙道:“若得如此,实为阴德了。”忙取了三百文钱送与云生。云生说:“岂有此理,见到俗了,决不肯受。”王乔说:“若尊处不收,小弟亦不敢相扰府上也。”云生见他如此说,便道:“既如此,权收在此。”分付:“快抬了大娘子到后厅上坐。”

云生同王乔到后厅重新施礼。轿儿里走一个娇滴滴青年美色妇人,上前施了一礼,云生回揖,连忙把眼看他,一双小脚穿着一双白绫鞋儿,真如小小一瓣玉兰花儿,心下十分爱极。又把脸儿一看,生得:

芙蓉为面柳为腰,两眼秋波分外娇。
云裳轻笼身素缟①,白衣大士降云霄。

那随来的家人,连忙食罗中取出一对大灯烛,着汪管家点在堂前。摆下两副酒盒,男左女右,请云生坐了。云生假意不坐,王乔一把扯定不放。云生坐在下边,与王乔对饮。这王氏自己吃了几盏,将酒肴散与家人轿夫去了。云生见王氏吃完,忙分付打点被褥,在西边侧房与王氏歇了。

这王乔与云生答话儿吃着,云生问道:“令妹丈在日,作何事业?”王乔道:“说起也话长。先妹夫在日是个快活人,只因他父亲在日挣下万顷田园与他,不期五年之间,他父母都亡了,并无枝叶。先妹夫想起家缘,年将三十尚无子嗣,又无宗枝承立,倘然无了后代,这家缘丢与何人!只为儿女心急,把这性命来弄杀了。如今只丢下舍妹,今年才得二十五岁,怎生守得到老!即使到老,这家私又无人承召。故此今朝去祭奠了先妹夫,以后,要寻一个有造化的丈夫,送他这个天大家缘。”

云生听了这几句话,就是蚂蚁攒了他心一般,登时痒将起来,道:“谁人做主嫁他?要用多少财礼?”王乔道:“财礼谁人受他的,也没人作主儿,是小弟到要随舍妹去的。这些田地产业,从先妹夫去世,都是小弟收管,那人上拖欠,也须小弟催征,故此小弟也要同去。”云生笑道:“小弟失偶尚未续弦,若是不嫌,求兄作伐②如何?”王乔道:“原来未有令正,只是舍妹貌丑,恐没福消受府上这般受享。若果不弃,小弟应承是了。不须一

---

① 素缟:同“缟素”,白衣服。
② 作伐:做媒。

毫费心，只要择个日辰，小弟送来便了。”云生道：“承兄金诺，不知令妹心下如何。”王乔说：“放心，都在小弟身上便是。”云生大喜，到把酒儿劝着王乔。吃到三更方才两下安歇，各人俱睡了不题。

到了次日，王乔借出妆具，男女各各穿戴完了。正等作谢起身，只见云生连忙出来施礼留坐，王氏不肯坐，作谢上轿径行。云生见王氏去了，道：“王兄，亲事敢是不妥么?”王乔道：“正是妥了，不好在此坐得。只求个吉日，小生自来。”云生曰：“日子已拣了。只是慢待，怎好又唐突。”王乔道：“兄到不消如此，既是授亲做亲，不须谦逊，分付那一日是了。”云生说：“三月十五是个阴阳不将黄道吉日，还是到何处迎亲?”王乔道：“往水路来，只在水西门外，也不多几步了，待小弟先来通问便了。”云生扯往，留吃早饭。王乔道：“舍妹等久了。后来正要在府上打扰，何必拘拘如此。”云生假脱手儿放了，送出大门。那两个家人抬了食篮，随着去了。云生进到内房，想了一会：“好造化，一个铜钱也不破费，反得了三百文，又吃了他半夜酒，又送个花枝儿一般的美人，还有偌大家缘，实是难得!想我命中该是这般，那富贵便逼人来了。”

看看已是三月十五日，云生想道：“今已及期，只是那王兄又不见，又不知他家住在何处。那日失算了，着一个人随他去认了住场，方有下落。如今若是不来，只好空欢喜一番。”心下闷闷不乐。走进走出，心中不安。直待午后，只见王乔穿了新衣走入门来。云生见了，就是见了宝一般，慌忙走下阶来，拱到堂上，相见坐下。云生道：“小弟正在这里自悔前番不曾着一小作送到府上，今日欲去相请，无由而来。重蒙再降，使小弟不安之甚。”王乔道：“船住水西门了，不知是那一个时辰。”云生道：“日没酉时是金匮黄道。”即时分付手下打点迎婚之事。心想：“诸凡要省事，到其间未免要用银子，不怕你肉割了。”一时间，时辰已到，把新娘抬至堂上。下轿拜了天地神祇，化了纸马，揭去扇巾，露出那花容月貌，愈加比前番娇媚了几分——

品貌婷婷裳似云，翠眉淡淡点朱唇。
一双俊眼含娇媚，三寸细莲半捻春。

云生见了，魂飞天外。须臾，抬进八个皮箱，十分沉重，排在房中。云生算计，并不请着亲邻，只与王乔两夫妻合着一桌酒，就在房中坐饮。

吃到二更，王乔辞了下楼去，送在书房中宿下。新郎新妇，未免解衣就枕。只见：

二人虽旧，两下重新。一个驾鹤乘鸾，一个攀龙附凤。一时间，巫雨会襄王；片刻间，彩云迷是虫。金莲高驾，水津津不怕溢蓝桥；玉笋轻抽，火急急那愁烧袄庙。口对口，舌尖儿不约而来；腿夹腿，那话儿推来又去。久已离变，今夜不能罢手；向成渴凤，何时方得能丢。虽然交浅，实是情深。

直至五更方才着枕。

次日，梳洗已毕，王氏将八箱之匙齐开，与云生逐件看过。衣服首饰、金宝珠玉满满八箱，又将田地原契一并与云生收下。云生心暗欢喜，也将前妻箱钥交付王氏，并自己积下三千余两亦交付妻子收下。有此，夫妻二人如鱼似水，步步不离，好生恩爱。正是：

守己不求过分福，安居唯乐自然春。

这王氏嫁到汪家将五十日，恰遇端午佳节。汪云生只是家常淡饭，并不设酒做节。王氏只暗地一笑，便道："闻知烟雨楼上看龙船极是美观，我心中要去看一看，你可肯么？"云生想道，去看未免又要破费几钱船钱。只因心爱了，他悭吝不得，道："使得。"即时吃了午饭，夫妻二人上船去看，分付王大舅照管家下。王氏将钥匙都付与王乔收了，一船直至烟雨楼前。

上岸登楼一望，但闻金鼓之声震惊数里：

梅天歇雨，萱草舒花。画鼓当湖，相学鱼龙之戏；彩舟竞渡，咸①施爵马②之仪。旗影如云，浪花似雪。上下祠前对纸，去来湖上讴歌。于是罢市出观，皆为佩兰宝艾。登舟远泛，无非叠翠偎红。栀子榴花，并绾同心之结；香囊罗扇，相遗长命之丝。短笛横吹，相传吊古。青娥皓齿，略不避人。分曹得胜，识为西舍郎君；隔叶闻声，知是东邻女伴。杏子之衫，污洒藕丝。作揽望船，检点繁华，午日欢于上巳。殷勤寄省，昔年同是阿谁。而树里楼台，列户皆悬蒲艾；堤边罗绮，无心更去秋千。待月愿迟，听歌恨短。及时行乐，故从俗子当多；

---

① 咸：都。

② 爵马：即雀、马，均为假饰。

睹貌相欢，盖忘情者或寡。已乃逸兴渐闲，纤讴①并起。将归绣榻之中，却望银塘之上。草烟罢绿，莲粉坠红。驴背倒骑，白酒已熏游客；渡头上火，黄昏尽送归人。载还十里香风，闲却一钩新月。于时龙归沧海，船泊清河。可惜明朝，又是初六。

云生看罢，与王氏下楼上缆。摇到家来，已是黄昏时候，王乔早已接着。进了中堂，完了一日之事不提。

不觉光阴似箭，看看过了中秋，又是重阳节过，十月来临。云生与王大舅云："目今将收晚稻时间了，明日烦劳尊舅往租户家一行，先收早米也好。"王乔云："我已计议定了，只在早晚同妹丈一行方好。"云生道："使得。"王乔晚上与妹子说明此事。次日，王乔道："妹丈，他日且慢去，待小弟先去一看。若是时候方可同去，不然何苦跋涉一番。"云生说："有理。"王乔去了一日方回道："明日同妹夫且去。已是将次了，遂连晚雇下一只小船，明早同行便了。"

次早，王氏早早抽身做了早饭，与丈夫、哥子吃了，下船一路往海盐而行。船至曹王庙，王乔道："住了船。"与云生说："妹丈，你且在船中略坐一坐，等我先去一看，我来接你同去便了。"云生说："大舅，你先去，我就来便是。"王乔去了，云生上岸闲行。步到曹王庙前，只见台上演戏。云生近前一看，演的是《四大痴传奇》，正好卢至员外与妻子唱那《懒画眉》道：

几时得奇珍异宝万斯箱，金玉煌煌映画堂。珍珠珊珊若垣墙，夜明珠百斛如拳样，七尺珊瑚一万双，怎能够把清寡妇守中房。倚顿陶朱②贩四方，乌孙阿保收牛羊，石崇王恺开银当，刁民豪奴千万行。

那卢至妻子冻馁难当，唱与卢至听道：

我笑你蝇头场上履水霜，马足尘中晓夜忙。你一生衣食两周张，妻儿老少遭磨瘴，那里有金脚银棺葬北廊。

那卢至回唱与妻子听道：

一生钱癖在膏肓，阿堵须教达卧床，便秤柴数米有何妨。那饥寒小事何足讲，可不道惜粪如金家始昌。

---

① 纤讴：拉纤的歌。

② 陶朱：春秋时范蠡，辅佐越王灭吴后弃官经商致富。

却好里边孩子饥得哭起来,那妻子听见道:员外听见么?

那嗷数黄口乱饥肠,你百万陈陈贮别仓。便分升斗活儿娘,也是你前生欠下妻孥账,今世须当剜肉偿。

卢至回唱道:

我岂是看财童子守钱郎,只是来路艰难不可忘。从来财命两相当,既然入手宁轻放,有日须思没有粮。

云生看得大眼直。看完了,天色已黑。回到船中,问家人:"王大舅曾回来么?"家人道:"竟不见来。如今天色已晚了,还是怎的?"云生道:"自然住在此处等他。"一面收拾些晚饭吃了,就睡在船中。

次早起来,还不见到。家人说:"大舅还不见来,船中柴米也无,怎生是好?"云生想道:"此时不来,不知是何意思?欲待要等,奈无柴米在船,不若且回去再取。"登时把船摇转。回到家中,走进里边,只见女使们报道:"大娘今早不见在房里。往四处相寻,后门都开了,不知往那里去了。"云生吃了一惊,忙上楼来,一看箱笼全无,搬一个尽情绝义,并无一物存留。云生道:"不好了,不好了,中了计也!"双脚一跌,扑簌簌掉下泪来道:"好容易挣得这个家私,一旦付之无有,实好苦也!"家人背地皆说:"日常间半文不使,如今被妇人骗去,真真可恼。"正方只见射上一张字纸,上写道:

忆昔清明遇雨,遂尔逢君。幸结三生,永谐百岁。夫唱妇随之念,宁无时序关心。午节欣逢,吝治一卮浊酒;半文不费,竟图万顷良田。弃妻虽有七出之条,背夫岂无三尺之法。借宿一宵,奉钱三百。身赔七百,也得千金。妾为媚色绿珠,君实谋财强盗。罪系一般,法分轻重。妾学西子邀游,君似亡羊于歧路。想君此际,宁无泪寒。再休想钱过北斗,恐番成身葬南山。劝君耐烦,幸无叹息。只有香饵钓鱼,那见无饵钓鳌。大胆打番芝麻,再莫糖饼刮削。

云生看罢,自悔道:"原来我惜了钱财,逢时过节竟不说起。若得依先还我家私,我便朝朝夜夜元宵,我也情愿了。"

那街坊上人大为痛快,又做一支《挂枝儿》唱着:

皮抓篱水筲汲得漏,进一文积一文,着甚来由。家私积得真丰厚,犹自贪心重。惹得个女风流,指望他万顷田园也,反弄得空双手。

第十三回　两房妻暗中双错认

风景从来说古杭，青山绿水足徜徉。
烹羹脍玉年年脆，芦桔含花处处香。
教妓楼高春艳冶，梦儿亭古月苍茫。
画船载得春归去，烂醉佳人锦瑟傍。

且说浙江杭州府钱塘县，有两个土财主，一个姓朱名子贵，号芳卿，年长二十八岁，正妻早故，只有一妾，乃扬州人，唤名喻巧儿，年方二十二岁，生得天姿国色，绝世无双。一个姓龙名天定，号天生，年长二十六岁，妻亦亡过，因往南京嫖着一个姊妹，名唤玉香，年方二十二岁，乃苏州人，那姿色不须说起，十二分的了。他两家住在浙江驿前冲繁①之所，贴邻而居。他二人俱是半文半俗土财主，或巾或帽假斯文。朱子贵又爱小朋友，相与了一个标致小官，唤名张扬，年方一十七岁，生得似妇人一般令人可爱。日逐间接了龙天生，三人做一块儿吃酒闲耍，捉空儿便做些风月事儿。龙天生也爱他貌美，几番要与他如此，因朱芳卿管紧了不得到手。就要如此，也不难事，只因两家内不放松，故此到也算做一桩难事。

闲话不提。且说西湖内新造一所放生池，周围数里有两层陂②岸，中间起建一所放生池，甚是齐整，可与湖心寺并美。故此艳女八方丛集，游人四顾增辉。年年四月初八，乃佛浴之日，满城士民，皆买一切水族放于池中，比往日不同。张扬得知，与芳卿道："明日四月初八，那西湖放生有趣，何不明早唤船湖上一游?"芳卿道："使得。"忙唤小使往涌金门叫船，撑到长桥住候。

龙天生得知这个消息，道："我也出些分资，同去耍耍。"玉香知道，说与丈夫："我有五钱银子，买些螺蛳之类，同去一游。"天生道："须接朱二娘同去方好。"玉香走到后园里叩着角门，只见一个女使开门。巧儿闻知龙二娘到，连忙走来迎接。玉香说其原故，巧儿笑道："承二娘携带，同去

---

①　冲繁：繁华。（冲、繁、疲、难，原是对州县的分类，以选调官吏。）
②　陂(bēi)：边，岸。

走走。奴家也买些水族,同做些好事,不枉一番胜事。"便留玉香吃了午饭。须臾别去,巧儿与丈夫说龙二娘约他之意,大家同去一游。芳卿道:"使得。"未免隔夜整办酒肴。

次日,唤下轿夫,一径抬到长桥。下了湖船,各人相见,巧儿与玉香坐下一桌,他三个男人坐在下边一桌。把船撑到放生池边,都往寺里一看,果是胜会。莲池大师有云:

> 人人爱命,物物贪生。杀彼躯充己口腹,心何忍焉。夫灵蠢者,性身命岂灵蠢之殊;爱憎者,性生死原爱憎之本。是以闻哀鸣而不食其肉,见觳觫①则易之以举。凡具有生,莫不均感。于是择四月八日之会,留千鳞万羽之恩。个个开笼,放雪衣而归去;人人发笥,从赤尾以将来。全生起于一念,恻怛②由于天然。脱残生于鼎镬③,苏物类于刀锋。梵咀④之声,腾于岸谷。香花之气,蔽于林泉。神鬼共所钦闻,贤愚齐加赞叹。而放无常期,舍无定处。车停松柏,载将连远谈禅;舟散菰蒲⑤,乐比坡仙会客。途中肯行方便,舟中尚乏余粮。况费用不过常食,解脱实用欢欣。在天在地,咸得遂其生成。随喜随缘,畴敢⑥资其利益。变渔猎必争之所,为飞潜不死之乡。檀越⑦存心,咸期普津梁之会;家居作业,聊当远庖厨之冤。

又一联附后:

> 茹素亦茹荤,凭我山笼野味。
> 不杀亦不放,任他海阔天高。

那来来往往,男男女女,络绎不绝,如行山阴道中,使人应接不暇。五人遂尔登舟,径至湖心亭住着。上岸登楼,果是畅心悦目。朱芳卿看了玉香,频频偷眼;龙天生见了巧儿,步步留情。两个妇人暗暗领意。适见红日将西,急忙反棹。早到原所,轿夫早候,依先取路而归。

---

① 觳觫(hú sù):因恐惧而发抖。
② 恻怛(dá):恻隐、悲苦之心。
③ 鼎镬(dǐng huò):锅。
④ 梵咀(jǔ):念佛声。
⑤ 菰(gū)蒲:两种草本植物。
⑥ 畴敢:谁敢。
⑦ 檀越:施主。

自此两家内人相好,你去我来,各不避忌。只因龙天生每每要与张扬结好,朱芳卿亦知其意。一夜,张扬宿于芳卿书馆,与芳卿勾当。芳卿说起玉香标致,爱慕之极,不能勾如此。张扬说:“这事不难。自古道,舍得自己,赢得他人。包你上手便了。”芳卿道:“终不然把己之妾换他不成。”张扬笑道:“龙天生每每要我和他如此,我因为了你,不好又和他上手。这事只须在我身上,便好图之。”芳卿道:“你不可视为儿戏。他妇人家不比你,倘若不肯,喊叫起来,体面不像了。”张扬道:“自古色胆大如天,这般芥菜子儿大的胆,缘何干得大事。”芳卿说:“怎生在你身上便好图谋?”张扬笑道:“他管门的老李,是聋而且盲的。此事你可预先闪在龙家门首,待我叩门叫出天生,只说你往某处吃酒,夜间不回了,我到和他到你房中歇下。你见我进来了,你径做天生,直进内房。房中没有灯火更好,有灯火只须将口吹灭,径进被中,那玉香难道说你是别人不成。你切莫做声,径到手上慢慢说也未迟。”芳卿笑道:“好计,好计!恐有差池,认出怎好?”张扬道:“认出怕他怎的!他无非是个妓女,到也不放你在心上,又不是贞节的妇女,就是认出,他一发快活了。”芳卿道:“这样,我今晚到要在巧儿面前说谎,只说和你在书房歇了。”张扬说:“这也做我不着了。”

计议端正,芳卿除巾脱服,等到黄昏时候,同张扬到龙家大门上叩了几下。老李问是何人,张扬道:“是我,要见你主人。”老李道:“大爷睡了。”张扬道:“有要紧的话儿见他,你进去说便了。”老李开了大门,进去一会,说道:“来了。”芳卿闪在一边。天生出来见了张扬,张扬扯到前边附耳说了,天生欢喜之极。张扬道:“你可悄悄的径进书房,我叫老李拴门便了。”天生进了朱家大门,张扬推了芳卿进龙家,叫老李关上大门。老李应了一声,把门闭上。

芳卿一径走到后轩。见一个女使持灯出来照着,芳卿把袖口掩住下边口脸,径往内走。见房中也有一灯,把眼一看,床帐分明,连忙把灯灭了,闭上房门去睡。玉香道:“我只说那小东西叫你出去干那付勾当,缘何到肯进来了?”芳卿冷笑一声,便一把搂住去做那买卖。玉香那里知道是朱子贵,连忙分散金莲,轻偎玉体。在芳卿喜出望外,更加几倍功夫。在玉香见他不与张扬如此,却来和他留连,分外添许多娇意。果是两情欢畅,须臾,雨散云收,沉沉而睡直至五鼓,重上阳台①。

将及微光,芳卿抽身而起。玉香道:“天早,还好睡哩。”芳卿低道:“有事便来。”径出了门,一路开门出去。到了街上,见自己大门还是闭的,到走了开去。须臾开门,那天生也恐芳卿回来撞见,赶早的出了朱家,径往家中去了。芳卿走进书房,见了张扬各道夜来之事,二人暗暗欢喜。

且说龙天生,恐玉香问及不好回话,径到书房梳洗。玉香见了天生并无一言,天生大喜。此后常常暗度陈仓,竟不知情。

后来,天生到与张扬情厚,三回五次在张扬面上说巧儿标致,怎生得个法儿睡得一夜,便死甘心。张扬笑了一笑,暗地想了一会,道:“不难。如今芳卿常往外边去歇,竟不归家。只须待他出门,你径假做芳卿,径进内房去睡。二娘问你怎生进来了,你只说和我言语起来,决无疑事。”天生大喜。

次日,待等得芳卿出门,天生捱入书房。张扬道:“事不宜迟,好进去了。倘然停灯,必须吹灭方可上床。”天生道:“倘巧娘认出叫将起来,如何?”张扬笑道:“也是个不唧溜②的东西,你一时进去,他怎生知你是龙天生?就是做出来,不过是朋友的妾,也无甚大事。只管放心进去。”

天生依了张扬之言,大了胆直至里边。见了佛前灯火,依路悄悄而入。到于内房,灯尚未灭,忙闭房门吹灭脱衣。巧儿说:“今夜恭喜,为何撇了心爱的人,到肯房里来睡?”天生假笑一声,一把搂住便去亲嘴。巧儿啐住舌头,两个云雨起来。但见:

> 深抽浅送,轻叫低声,说不尽万般亲爱,描不出一段恩情。写意儿,伸伸缩缩,真爱惜,款款轻轻。一个柳腰乱摆,一个简掘齐根。一个水流不住,一个火发难停。只有人间如此景,才求仙笔画难成。

两个人完了事,双双搂住睡了。直至鸡鸣,重赴巫山之约。须臾天亮,天生抽身穿衣径出。会了张扬,悉言其事,径回家去了。张扬心下想道:“这两个妇人都错认了丈夫,就是做出来,不过是兑换姻缘,只是瞒他两

① 阳台:战国楚人宋玉作《高唐赋》言说楚襄王梦游巫峡与神女欢会。神女言己:“朝行为云,暮行为雨,朝朝暮暮,阳台之下。”后多以“阳台”、“云雨”、“巫山”、“楚峡”等代指男女交欢。

② 唧溜:不聪明。

个便了。”那芳卿却也怕天生，贼头狗脑的回来；这天生又怕撞见芳卿，遮遮掩掩藏躲。两下该是缘法，再也不做出来，又这两个妇人一些也不知道。

不期过了两月，只因朱子贵完愿，家中演戏，请着亲友，玉香也来吃酒。上得戏将完半本，这时玉香到巧娘楼上小解。芳卿无心上楼，走到床前恰好玉香未及系裤。芳卿上前抱住玉香，玉香抵死不肯。芳卿笑道：“好了两个月，今朝到不肯起来。”玉香道：“不要乱说，我养你廉耻不叫起来，好好放我下去。”芳卿想道：“且放他下去，慢慢省问他便了。”放他穿好衣服。玉香飞也似跑下楼去了。

不期过了几日，家中忙完了。天生想着巧儿，芳卿思着玉香，未免又是张扬线索。芳卿见玉香睡在床上，他径脱衣就寝，有心把玉香便干。弄得酣美之际，芳卿叫道：“可好么？”玉香道：“好。”芳卿道：“今夜这般亲热，为何前番在我家楼上死也不肯？”玉香心下吃了一惊：“此事并不吐露一些，缘何丈夫知道？又说在我家楼上，莫非朱芳卿了？”灯尚未灭，把眼仔细一看，惊道：“你原来这般大胆！倘遇见我良人，怎样开交！”芳卿道：“你尚在梦里。也因你夫主要想勾引张扬，我从前月那日，如此如此，直到如今。只我再不提起，所以你不猜疑。”玉香笑道：“这样奇事，如此和你扯个直了。”芳卿道：“为何？”玉香笑道：“你的令正，也差认了尊兄，亦被良人冒名宿歇了。”芳卿听见大怒道：“有这般奇事！了不得，我决不甘休！”玉香笑道：“好没道理。我把你睡了两月，你妻子又(下有缺文)难道我丈夫睡不得的？这是你不仁，不是他不义，还是谁先做此事？”芳卿默默无言。又道：“我妻子怎样与他睡？”玉香笑道：“此时天生也在你家根着你哩，这是天理昭彰，一报还你一报，还要气甚的。下次肯换，两下交易几次；如不肯，各自守了地方，径自歇了。”到说得芳卿笑将起来，道：“不要便宜了他。”便又弄将起来。

这玉香初时，只说是丈夫，不在意上。后来这番，晓得是芳卿，自然又发出一段媚人的光景。芳卿十分爱极，便道：“玉娘，我与你十分恩爱，不若两下换转了可使得么？”玉香道：“活该死的！只好暗里做此丑事，闻知于人岂不羞死。你是男子汉大丈夫，把人骂了乌龟忘八，看你如何做人！想你二娘还不知是天生，你明晚归家与二娘说明，看他心事如何？”

言之未已，天色微明，穿衣别去。径到书房，见了张扬便怒吽吽①的说着前事。张扬穿衣起来，笑道："这是颠倒姻缘的小说一样了，你不淫人妇，人不淫你妻。你家嫂嫂还不知道此事。倘然知道，乱将起来，外人知道便不好了。只好隐然灭丑，方是高人。若是播扬起来，外边路上行人口似碑，一个传两，两人传三，登时传将起来。那卖新文的巴不得有此新事，刊了本儿，街坊一卖，天下都知道了。那时，就将一万银子去买他不做声，也难了。不若静忍，方是上策。"芳卿道："我想起来，都是你做成此事。"张扬道："干我甚事。你自想玉娘标致做起的勾当，与我何干。"

芳卿进去见了巧儿，巧儿道："好梳洗了，只管松头散发的。"芳卿扯了巧儿，低低道："我昨夜失陪了，你不要怪我。"巧儿笑道："这样，昨夜睡在床上的是一只狗！"芳卿道："我晚上与你说知。"巧儿满肚皮疑心起来，欲待再问，见芳卿又走了出去。暗暗千思万想，摸摸情由，比丈夫身子轻巧："莫非被人盗了？"嗟嗟呀呀，叹息到晚。

芳卿与张扬吃了晚饭，径至房中与巧儿睡了。巧儿忙问早上情由，芳卿将偷玉香缘故从头一说。巧儿叹息道："夫人必自侮，然后人侮之。原是你不是起的。如今切不可再蹈前辙了。"芳卿道："那玉香是个妓女出身，极会勾人。昨夜说出原由，知是我了，反发出许多怜爱之情。一时难舍，必须再与他睡睡，方肯住手。"巧儿笑道："倘龙天生到来，我也变不得脸了。"芳卿道："且看下回分解。"两夫妻未免有一番儿事情。

次日，恰好龙天生往亲戚家拜寿。芳卿知道，径至后园，开了后门，径到玉香房内。玉香看见吃了一惊，忙走到后边冷房内住了脚步。芳卿随他同到房中，玉香道："此事只好暗地里还好做做，怎青天白日走将过来。倘被他人看见，还是教我叫喊起来，还是隐藏得过？以后切不可如此。"芳卿笑道："只因爱卿，一时见天生出去，起了念头，望你恕我之罪。"芳卿细把玉香一看，果是十分爱人，搂抱求欢。玉香难推，就在椅上云雨起来，两人愈加恩爱。

直至事完，玉香要出外净手，道："你且坐着，我出去了，再来与你讲话。"径至房中净手。看女使俱在外堂闲耍，将轩门反闭，又到房中，笑道："我昨晚把你情由说与天生，他也没奈何道：'这是天使其然，只索罢

① 怒吽吽(hōng)：怒气冲冲。

了。只是难舍巧儿，如之奈何。'我便取笑他道：'两下换转了如何？'他说：'却使不得。纵然你阅人多矣，他是个小妻，两下些混帐儿罢了。'我想他肯如此，我怎生作难。不若与张小官说明，着他中间帮衬，摆席通家酒儿，大家各无禁忌如何？"芳卿笑道："总是槐花净手，白不来了。依你这般说便了。"

芳卿同玉香到园中角门首，芳卿推门，那门锁紧了，忙叩两下。巧儿开门，见他两个便笑道："到好得紧，明公正气的来往了。"玉香脸儿红将起来。巧儿忙道："二家取笑，如何认真。大家一般般的，有甚羞涩。"一把扯了他到自己房中，唤女使便整些便物，留玉香吃酒。芳卿到书房说与张扬道玉香说天生原故。张扬道："等我与你两下打一个和局罢。"

次日，张扬走到天生家，就是撮合山一般，花言巧语说了一番。龙天生已依允了，又与芳卿说了一遍，两下都应承了。每边出银二两做一本戏文，不请一个外客，就摆在花厅后面，就做一本南北两京奇遇的颠倒姻缘戏文。两下自此明明白白交易了。

不期那些左右邻舍闻知此事，传将起来，笑个不住。有那好事的，登时做下一首《西江月》词儿道：

相交酒肉兄弟，兑换柴米夫妻。
暗中巧换世应稀，喜是小星娼妓。
倘是生儿生女，不知谁父谁爷。
其中关系岂轻微，为甚逢场做戏。

满杭城传得热闹，朱龙二家也觉得不雅。想要挪移开了，又不便；欲要嫁了妇人，又难割舍。遂自拈了四句诗，回着诸人道：

这段奇缘难自由，暗中谁识巧机谋。
皆因天谴偿花债，没甚高低有甚羞。

众人见了他四句，又题他四句：

张郎之妇李郎骑，李妇重为张氏妻。
你不羞时我要笑，从来没有这般奇。

朱龙二家见了，又复四句道：

两家交好又何妨，何苦劳君笔砚忙。
自己儿孙如似我，那时回复怎生当。

自此，各人猛省道："果是，倘若儿孙不争气，妻子白白养汉的也有，还不如他小阿妈兑换的好哩！”内中又有人道：“小阿妈换了，也无此事。”内中又有人一说：“此乃世间常事，岂不闻爱妾接马，筵前赠妾的故事。”

内中有个王小二，是个单身光棍，无赖小人。其日吃醉了，便道：“这朱、龙两个，都是无耻乌龟，所以做这样事。”朱子贵恰好出门，听见他骂得毒，打个溜风巴掌。龙天生听见，也走出来帮打。一众邻舍都来劝息，把王小二怨恨一番道：“小小年纪，也不该如此轻薄。”王小二自知不是，到夜深跳入江中死了，大家都不知道。过了几日，那尸首飘将起来，浮于江面。渔父捞上岸来，大家一认，方知是王小二投江死了。那地方里长见有对头的，不肯买材盛贮。

恰好这日，钱塘县太爷到浙江驿迎接上司，地方将此事从头至尾一禀。太爷一根签把三个人一齐拿到，跪在地下。太爷道：“你二人为何纵妾浑淫，又打死王小二？”朱子贵道：“老爷在上，纵妾浑淫罪当苦受。王小二辱骂，只打得几个巴掌，自知无理投江身死，与小人何干？”太爷道：“果是投江，岂著你偿命不成。速追烧埋银两。”将张扬、龙天生、朱子贵各责三十板，以正纵淫之法。二妇不知不坐，地方免供逐出。登时下审道：

> 审得朱、龙二犯，世上双奸，纵妾浑淫，偷生禽兽。自取罪名人敢骂，甘心忍辱辱其身。王小二酗酒凶徒，只作江流之鬼。朱子贵不思有法，妄加风流之拳。龙天生一力帮扶，同拟不应之罪。限张扬两家撮合，岂堪警杖之偏。速取烧埋，已完罪案，三人同罪一体，二妇另择良人。各取正妻，可免宗枝之玷；待生亲子，方无讶父之疑。谅责三十，前件速行。如违申报上台，理合从重究遣。

那朱、龙、张三人，一跷一步。出了邮亭到了家门，完其所事。没奈何，断除恩爱，将二妇各嫁良人，各娶妻房，重偕伉俪。一个移在吴山，一个迁于越地。自此无人再生话了。正是：

一时巧计成侥幸，千古传扬作话头。

第十四回　一宵缘约赴两情人

和尚偷花元帅，见色叮血蚂蟥。
钻头觅缝骗娇娘，露出佛牙本相。
净土变成欲海，袈裟伴着霓裳。
不思地狱苦难当，那怕阎王算帐。

且说柳州明通寺一个和尚，法名了然，素有戒行，开口便是阿弥陀佛，闭门只是烧香诵经，那晓得，这都是和尚哄人的套子。

忽一日有个财主，携带艳妓李秀英来寺闲耍。那秀英是柳州出色的名妓，娇姿艳态，更善琵琶，常于清风明月之下，一弹再鼓，听见的无不动情。了然素闻其名。那日，走进寺来，了然不知，劈面一撞，李秀英便忽然一笑。了然见一笑，便尔留情，便想道："人家良妇，实在是难图。红楼妓女，这有何难。"须臾，见秀英同那人去了，了然把眼远远送他。到夜来，好似没饭吃的饿鬼一般，恨不得到手。自此无心念佛，只念着救命王菩萨，也懒去烧香。就去烧的香，也只求的观音来活现。整日相思。

一日，走到西廊下，将一枝笔儿写道：

但愿生从极乐国，免教今夜苦相思。

一日一日害起相思来，非病非醉，不痒不痛，因而想曰："今晚换了道袍，包上幅巾，径到他家一宿，有何不可？"恰好金乌西坠，玉兔东升，晚将下来。往房中取了五两银子，锁上房门，径往李家而来。

这和尚是该凑巧姻缘，却好这一晚还不曾有嫖客。秀英见了，就接进房，坐下问道："贵府何处？尊姓大名？"了然道："本处人氏，小字了然。"秀英道："尊字好似法名。"了然笑道："小僧乃如来弟子，因慕芳姿，特来求宿。"秀英心下想道："我正要尝那和尚滋味，今夜造化。只恐妓铺往来人多，恐人知道便连累师父。今晚权为料亦无事，当图后会，必须议一静处方好。"了然道："且过今宵，明日再议。"连忙取出那五两银子送与秀英。秀英欢喜道："为何领这许多银子？"了然道："正要相亲，休得见怪。"

须臾，灯下摆出酒肴，二人闭门对饮。和尚抱秀英于怀中，亲亲摸摸十分高兴，吃得醉醉的，收拾脱衣就寝。那了然见了妇人雪白身子，恨不得一口水吞了下去，便一把搂紧，叫声活菩萨，便急头急脑的乱捌。秀英笑道："有个门路的，为何乱撞。"（下删十二字）。[和尚]自然与俗人不同，分外有兴：

一个贪花贼秃，一个卖色淫根。和尚色中饿鬼，妓女花里妖精。一个兴起云兵雨将，一个备着月貌花神，烟花寨里夫人，这番受敌。寂寞房中色鬼，果是遭擒。叫一声，和尚心肝，真快活。答一句，亲娘乖肉，实销魂。大光头，小光头，一齐都动。上花唇，下花心，两处齐亲。上阵时黄昏时候，罢战候恰好三更。可怜数点菩提水，倾入红莲两片中。

睡至五更，重新又起，至鸡鸣住手，道："我要别去了。"秀英道："我阅人多矣，并无一个如你这般兴趣。望师父寻一所在，同你要了几时。"了然道："不须别处，我那僧家密室，都是房里房，还有床里床，人迹不到之处。只要姐姐留心，把轿抬到明通寺西首尽处这一房，你进来便是。"秀英道："你先去，我梳洗一完就来。不然被人接了去，又道我失信。"了然大喜，先别归寺。

恰好巳牌时分，了然在山门外，望见一乘小轿，知是秀英，连忙抬到房头，打发轿夫。领进密室坐下，果然洁净清幽，但见：

曲曲弯弯，清流斜绕。芬芬馥馥，花片横飞。半破蒲团，铺在莲台座下；一床布被，罩于竹榻之中。木鱼石磬，休静不劳；独影香烟，心清无睡。暮鼓绕青松，响声清明；霜钟传翠蔼，音韵幽微。盆中种四季奇花，窗畔栽千竿异竹。池鱼浮水面，自成活泼之机；仙鹤舞松前，竟有翱翔之势。一声清磬，心中万虑皆空；数字梵音，头顶千魔尽伏。几句弥陀清净地，数声啼鸟落花天。果然曲径通幽处，始信禅房花木深。自来足迹无人到，谁料今朝有丽人。

秀英羡慕不已。了然带笑，又扯了入一洞天，非人世间之可比。须臾摆下酒肴，十分丰洁，般般稀世之珍，不是寻常之物。两相笑谑，四目含情，虽延暮雨，遂作朝云。自此朝夕竟无别意。

倏忽半年光景，了然衣钵荡尽。秀英见僧舍无聊，遂想红楼有兴，托故要回。了然无计留春，竟从其去。鸨儿①见秀英回了，重暖久冷之青

① 鸨（bǎo）儿：旧时开妓院的女人。

楼，再展向寒之翠被。门前车马重喧，房内旧交都聚。

不题秀英兴头，且说了然冷落。每想再整鸾俦，争奈竟无宝钞。恰好一日，有当铺徽人送银五两助装罗汉，了然接了，遂起淫心道："好了，好了，且莫提装罗汉，先须接我娇娥。"遂使徒弟梵空，将银去约秀英一会。秀英接了银子，十分欢喜道："拜上你师，我还有几日官身，着一空再来会你师父，不须再来相接。"梵空将前言复着了然。了然欢喜，每日摩拳擦掌，重待玉人来至。

过了两日，恰好有一个陈百户上京应袭①回来路经柳州。下了客店，闻得秀英之名，遂到其家，两下相见，十分爱恋。正待整东取乐，失忘了带银钱，遂道："少停屈至敝寓一谈可乎？"秀英道："使得。"遂出了门。那陈百户径回寓所，看小使取了二两银子，随即送到秀英家中。鸨儿接了道："有客在此整东，一时不得脱身，晚上进来便了。"小使复了百户。

且说秀英上轿，一路里想道："此去正往明通寺过，不若去先会了然，免他悬念，再到客店亦为不迟。"连忙与轿夫说了，径到了然房头。且喜无人知觉。了然一见，满面堆下笑来，引进前房；着梵空打发了轿夫，摆下酒肴，两人对饮。了然叙述别后相思之苦，秀英心上只为还要去陈家去宿，无意留连，忙推了然如此。了然只说他来宿歇，教他脱衣就寝，谁知秀英要去，和他带衣而行。了然见他说出其事，心下大不快活起来，只得草草完事。

秀英起身径别，了然料亦难留，醋将起来，心中忿忿。送出房来唤轿，梵空说："想他在此宿的，打发去了。"秀英道："那客店须知在西市街中，一时独行不便。此时黄昏人静，料少行人，烦你送我到彼则好。"了然只得勉强送着，问道："你记得旧年初遇，叫我和尚心肝否？"秀英道："有钱时，和尚便是心肝；你无了钱，心肝便不对和尚了。"了然大怒道："我为你半年光景费尽千金，不为薄汝，为何一旦说出这般绝义话来！"秀英道："师父莫说小娘情薄，你出家人嫖妓，自然要陪用些的，也难怪我哩。"了然道："今送你五两银子，难道就如此消受不成？"秀英道："我与你还是旧交，遂你意思。若是别个和尚，不来，怕你取讨不成！"了然大怒，手拿石块，照他顶门一下，打得呜呼哀哉死了。恰好在陈百户客店门首。了然见

① 应袭：接受承袭的官职爵位。

他死了,慌忙走回寺中,连梵空也不与说知。

天明,惊动地方邻里,恰好在客店门首。鸨儿闻知,具状赴告。府主差人将陈百户、客店主人吕小山一齐拿到。府主问道:“你为朝廷命臣,饮酒宿娼,律有所禁。那店中有几人与你争妒,委是何人打死?”陈龙道:“并不曾接他店中来,也不与人争妒,不知何故打死在门首。”府主道:“天下百户也多,你不过在此经过,怎么鸨儿就知你是百户?”陈龙道:“只因久闻秀英之名。日间曾闯其门是实,并不曾接他来。”府主道:“是了。你既闻知他名,必蓄心已久,岂肯白放了他?”鸨儿向前又道:“他朝晨进我家门,念念不舍,到午后去的。”府主疑心道:“他去了,可曾又来?”鸨儿道:“他去了,着一小使送二两银子,还在此。”府主道:“银子在此,还要抵赖!”陈龙道:“银子是我送的。你女儿还是步来的,轿来的?谁送来的?”府主道:“你女儿怎生去的?”鸨儿道:“因接他二两银子,恐怕失约,门首雇一乘遇路轿儿抬去的。”百户道:“明明见鬼了。”店主、吕小山禀道:“客店里人甚是嘈杂,店外尚有十余人同宿,岂无一人看见?况陈百户送他银子要嫖他,是点爱念之心,怎忍又打死了他?其中还有缘故。”府主问鸨儿道:“那轿夫可认得的么?”鸨儿道:“是过路的,其实不知。”府主疑心,把百户责了二十板收监,遂成疑狱。

过了两月,巡按苏院出巡柳州,提起这件公案来审。不期瞌睡起来,分付带起,便退私衙安息。睡至五更,得其一梦,到一寺中,见壁上贴着八个字:

一目了然,何苦相思。

苏院醒来,恰是一梦。想道:“昨日正问陈百户这件疑狱,瞌睡起来,为何做此一梦?道:‘一目了然,何苦相思。’明明是实情了。”

次日,将陈龙带出,遂判道:“百户不合宿娼,又不合妒杀,拟成死罪。”百户有口难分,只得守死而已。苏院巡历事情已完,将要发牌,外府有一个同年王进士来拜。相见叙礼已毕,忙问寓所,云:“暂寓明通寺了然房内。”苏院听见了然二字,心下怀疑起来。同年别去,随即打轿往明通寺回拜,一面又着人到寺,先置酒明通寺大殿上等候。苏院轿过,见西廊壁上题两行字,看道:

但愿生从极乐国,免教今夜苦相思。

见了吃着一惊,心下沉吟半晌,道:“僧名了然,莫非李秀英之死,是了然打死的么?”到了房头,王进士出迎,分宾主坐下。适了然进来,苏院见了问道:“和尚什么名字?”王进士道:“这僧家便是了然,素有戒行,吟得好诗。”苏院听得吟得好诗,便道:“西廊壁上之诗,可是你做的么?”了然叩头叫声不敢。苏院假意道:“原来是个诗僧,到失敬了。明日相请敝衙一谈。”了然道:“不敢。”

门子禀道:“酒席已完,请二位老爷赴席。”苏院同了王进士走到殿上,两房奏乐,送了上席,呈过戏文。王进士道:“成本的不过内中几出有趣,到不若拣几出杂剧一演,可好?”苏院道:“绝好。”王进士遂择了几出苏东坡游赤壁的故事,一来取苏字与苏院姓同;二来取佛印禅师与东坡共乐,欲要了然明日到苏院衙中去,好生看待之意。须臾,演了一番完了,副末复把戏目与王进士拣。王进士逊道:“这番该年兄拣了。”苏院取过一看,拣了那《翠屏山》内海阇黎①奸潘巧云的故事,与王进士拣的　大不相合。天色傍晚,席终人散,送苏院上轿,苏院又逊王年兄先归寓所,两下不题。

次日,王进士着人将谢酒帖送到当堂。苏院道:“你家爷几时起程?”家人禀道:“明日准行。”苏院道:“明日当面送。”家人应了一声去了。苏院想道:“今日若拿了然,王年兄必然要讲情分,且待他去后拿他。”次日面送王进士下船。回到衙中,又想道:“若就去拿,这些和尚惯会钻营,且待王年兄去远些也不妨。”又想道:“若去一拿,恐公人露风,被他走了如何是好?不免着承差下个请帖骗他到此,万无一失。”

过了两日,取一个友生帖儿,着承差去明通寺西首了然房,请了然师父一会。承差领命径往寺中,见了梵空云:“按院苏爷有帖在此,请了然师父一谈。”了然听得,连忙相迎,慌忙治酒管待院差。自己换了褊衫僧帽,上下光鲜打扮,同了承差,径到按院。

传鼓升堂,苏爷坐在上面,了然朝上跪下,苏院不理。了然见他没有礼貌,心下有些着忙起来。苏院问道:“李秀英在此告你。”了然慌道:“小僧不晓得什么李秀英。”苏院道:“不用刑法你不肯招。”叫左右:“与我夹起来!”两边答应如雷,把了然去了鞋袜夹将起来。那了然杀猪的一般叫将起来道:“屈情!爷爷,没有此事!”苏院见他不招,又敲上一百,抵死相

---

①　阇(shé)黎:僧人。

赖。苏院想道:“莫非屈了他?”分付带往县中稽候,过日再审。退入衙,私想道:“明明‘一目了然,何苦相思’八个字已是真了,况寺壁这一联无疑了,怎生抵死不招?”想了半夜方睡。

只见过了两日,那徒弟梵空写了一纸保状来保了然。苏院想了一会道:“如此如此,便知分晓。”便道:“梵空,本不该准你保状,看你僧人是三宝分上,准了你保。明日早间去取,今日你可先回。”梵空叩头道:“愿爷爷万代公侯。”去了。

苏院随着健步①去唤李秀英鸨儿来。健步应了一声飞跑到李家,叫了鸨儿就走,径到堂上跪下。苏院屏退左右,唤鸨儿跪在面前道:“你可想,院中妓女有似李秀英模样的可有么?”鸨儿禀道:“有一个云奴,与女孩儿面貌身体一般无二。”苏院道:“今晚可着他扮作秀英鬼魂,伏于明通寺外,待了然走过,一把扯住,叫道:‘了然,还我命来!’看他回何言语。他若有吐露,我着人登时拿了。人命事大,小心不可漏泄,如违重究。”鸨儿叩头道:“不敢有违。”出了衙门径到家下,与云奴说出此事,如此如此。云奴领意妆扮停当,只等天晚做弄狗秃。

且说苏院见天晚了,差两个健步,扯一枝签去县牢里,取出了然,押发到寺;又与健步说明云奴之事,果是,即可带来回话。那健步答应道:“小人俱理会得。”出了衙门到得县前,黄昏时候传梆进县衙,说知要取了然。知县叫提牢吏分付,登时把了然取出,交付与院差。了然道:“公差阿爹,不知老爷此时取我何事?”健步道:“你徒弟梵空,日间到院下保状。老爷怜你是佛门弟子,故此准了他的,特差我二人押你到寺。差使酒饭一些未有,还是怎的?”了然道:“蒙二位扶持,一到敝寺自然奉谢,决不少的。”健步道:“将二更了,快来走。我们肚中饥了。”

天上虽然有月,又是云笼的,况有数里远。一边说,正到了陈百户门首过,了然心下胆寒;又走上几步,只见照头一个沙泥撒来,了然吃一大惊。两差人故意慌道:“不好了,这沙泥是鬼撒的,怎生是好?”又听得鬼哭之声渐近,三个慌将起来。了然道:“不如回到饭店中歇了,明早到敝寺内去罢。”

承差正待回言,只见黑暗里一个披发妇人,一把扯住了然骂道:“好

① 健步:善行的人。

狠心秃子！我秀英有何负你，把我打死了？我在阎王面前已告准了，今有差人在此拿你，快快同我去见阴司大王。”了然发寒起来，战得声也做不得。两公人假作怕的形状，俱已前后避开。须臾，了然叫：“姐姐，实是我负你的。你放舍慈悲，我做道场超度你。”云奴道：“你这样毒秃，料没甚至诚道场追荐着我，只是我同你去。”了然道：“姐姐，我与你情已不薄，岂无一念之恩？亏你不得。”云奴道：“我有什么不好，便将我打死？”了然道：“那时只因你要到陈百户处宿歇，一时醋恨起来，打得一下，谁想就死了。”院差、鸨儿人等，俱听见说出情由，遂上前一把扭住，取铁索锁了。依先捉到察院门首而来，恰正天明。

少刻，苏院升堂，一起人把了然带进，把那云奴对答言语一一讲了。苏院大怒道：“有这等一个狠秃！”一面差人到县，取出陈百户到来审问。苏院又问了然有何说话，了然低头无语，画了供招，上了长板。把鸨儿、陈龙逐出，赏云奴二两银子，把了然打四十板收监伺候。把笔判曰：

审得了然，佛口蛇心，淫人兽面。不遵佛戒，颠狂敢托春心污法界。偶逢艳妓，色眼高张。一眷无心，三魂茕顿①。熬不住欲心似火，遂妆浪蝶偷香；当不得色胆如天，更起迷花圈套。幽关闭色，全然不畏三光②；净室藏春，顷刻便忘五戒③。衲衣作被，应难报道好姻缘；蒲团当席，可不羞杀骚和尚。久啖④黄荠，还不惯醋酸滋味；戒贪青眯，浑忘却醉打娇娘。海棠未惯风和雨，花阵才推粉蝶忙。不守禅规看梵语，难辞杀罪入刑场。

苏院判完，连夜写本申奏。过了两日，票拟到部，将了然定绞。待到秋后，把了然正法，场上看的人，那口里念着：

漫说僧家快乐，僧家实是强梁。披缁⑤削发乍光光，妆出恁般模样。上秃牵连下秃，下光赛过上光。秃光光秃秃光光，才是两头和尚。

---

① 茕(qióng)顿：孤独，困顿。

② 三光：日、月、星。

③ 五戒：佛教的五种戒律：不杀生，不偷盗，不邪淫，不妄语，不饮酒食肉。

④ 啖(dàn)：吃。

⑤ 缁(zī)：黑衣，这里指僧服。

第十五回　马玉贞汲水遇情郎

休将别事苦相关，且把闲书仔细看。
楚岫无缘云怎至，桃源有路便相攀。
桑间野合三生定，陌上相逢一语难。
固是奸淫人所恶，无缘魂梦不相干。

浙江温州府永嘉县一人，姓王名文，年纪三十多岁，在县做令甲首，别名公人。合一个伙计，名唤周全，同在县中跟随正堂。遇着差使，两小弟便出面皮赚人钱钞。这做差人，插号叫做神仙老虎狗。行着一张好差使，走到人家便居上位。人家十分恭敬，便是神仙一般快活。及至要人银子，一钱不够，二钱不休，开口便要十钱百钱，苏汪便是十两百两，就是老虎一般。遇了不公之事，他倒在地打了板子，问成罪名，比狗也不值了。所以跟官人役，是易荣易辱的生涯。

不想两伙计一日捻了一张人命事的飞票，走到凶手家里去行。那凶身是个大财主，那里肯走出来！央人请着公文，讲下了盘子，送出前后手来一百多两纹银，方才宽他面分上做事情。了结公案，二人分了这主银子到手，周全就出些银子，买三牲献利市。王文已出分资，自己买办安排。周全烧火，两个人忙了半日，方能完事。二人对吃着酒，周全道："伙计，有一桩亲事，到也相应，劝你成了。你今半中年纪①，厨下无人，甚为不便。我对门一个寡妇，唤名马玉贞，今年廿三岁了，前年死了丈夫。又无公婆，又无父母，止生一个女儿，前月又死了，丈夫存日又无十两半斤丢下。亏他守了两年，目今要嫁。只要丈夫家里包笼过来，没有人接财礼的。那一副面孔不须说起，雪狮子向火酥了半边。那一双手套脚儿，张生说得好，足值一千两碎金了。"王文道："据兄所言，十分的好，不知缘法如何？"周全道："有个媒婆是我寒族②，别日着他与你说合便了。"两个吃了一会，天色已晚，周全别去。

① 半中年纪：此指中年。古时"人活七十古来稀"。

② 寒族：贫寒家族。多用来谦称自己的家族。

次日，王文正家中打算，只见伙计同一个女媒到来。见了王文，就取出个八字儿递与道："你去合个婚，如看好就娶。"王文道："夫妇前生定的，何用要合？多少银子财礼，送去便了。"媒人道："别处铺排长短，我老实说，财礼有无不论，如有衣饰几件，拿包笼过来；如无，拿些银子与我，做了穿来便了。媒人钱银是轻不得的。"王文取历日一看，道："十一是个吉日。"就取六两银子递与伙计道："银子在这里，劳你送去。"周全笑道："娶妻子也说出苏意话来。"取了银子同媒人去了。

王文到了十一，挽了邻舍家中男男女女，打点整酒成亲，不免忙了一日。到晚，新人到了，拜了天地，宗亲、邻友、眷属坐席吃了，直至三更方散。有几位亲戚俱在楼下安置，两个新人登楼去睡。

王文虽然是个俗子，见了这般一个艳妇，不怕你不动情起来。但见：

芙蓉娇貌世间稀，两眼盈盈曲曲眉。
背立灯前羞不语，待郎解扣把灯吹。

王文叫道："娘子，和你睡罢。"玉贞不答。自知不免，除下冠髻，脱了上衣，把灯吹隐了，径往被里和衣睡了。王文忙忙入被，摸着玉贞上下穿衣的，笑道："免不得要脱的，何苦如此。"便去解他上下小衣。玉贞将计就计，径自精赤。王文把身子一摸，滑腻得可爱，□□□□□□□□。玉贞把手掩住道："且过一日，待熟了面貌再取。"王文笑道："急急风撞了你这慢郎中。"将两手推开，□□□□。二婚妇人那滑得有趣：

一个孀居少妇，一个老练新郎。一个打熬许久，如文君初遇相如。一个向没山妻，如必正和谐陈女。一个眼色横斜，气喘声娇，好似莺穿柳影。一个淫心荡漾，言娇语巧，浑如蝶戏花阴。新人枕上低低叫，只为云情雨意。二人耳畔般般道，都是海誓山盟。正是洞房花烛夜，胜如金榜挂名时。

两夫妻如鱼得水，十分如意。过了半年光景，王文忙去走差。去着便是十日半月方回，就是在家时，也不像初婚时节那般上紧。况王文一来半中年纪的人了，二来那件事也不十分肯用工夫，因此云稀雨薄，玉贞心上也觉意兴无聊。况王文生性凶暴，与前夫大不相同，吃醉了便撒酒风，好无端便把玉贞骂将起来；若与分辩，便挥拳起掌，全不知温柔乡里的路径。因此玉贞便想前夫好处，心中未免冷落了几分。

一日，王文又同周全出差去了。玉贞无水取汲，这井在后门外，五家合的，只因十指纤纤拿那吊桶不起，一个手懒，把吊桶连绳落在井中，无计可施。不想后门内有个浪子宋仁，年纪与玉贞同年，单身过活，偶到后园，见玉贞徘徊无处，捱到身边道："娘子，为何在此望井内咨嗟①？"玉贞知他是宋仁，道："宋叔叔，只因汲水，一时失手吊下了吊桶，无计取起，在此沉吟。"宋仁道："待我与你钩起来。"忙到自己家中取了一个弯钩，缚了长竿之上，往井中捞起，便与玉贞打满了水桶，自己取了长竿径回。玉贞千恩万谢，感激着宋仁。玉贞去提那一桶水，莫说提起，连动也动不得，到把面色红涨起来。宋仁又到后门一看，见玉贞还在那里站着，一桶水端然在地。宋仁道："看你这般娇怯，原何提得起？待我来与你提去罢。"玉贞笑道："怎敢重劳得。"宋仁道："邻舍家边，水火相连才是，休说劳动。"宋仁把那一桶水与他倾在缸内，一时间竟与他打满一缸。玉贞谢之不已，道："叔叔请坐，待我烧一杯清茶你吃。"宋仁道："不消。"径自去了。玉贞心下想道："这样一个好人，偏又知趣，像我们这样一个酒儿，全没些温柔性格，怎生与他到得百年！"

过了两日，宋仁一心要勾搭玉贞，就取了自己水具，把水打了一桶，扣着后门叫道："大娘子，开门，我送水来了。"玉贞听了，慌忙开门。满面堆下笑道："难得叔叔这般留心，教我怎生报你！"又道："府上还有何人？"宋仁道："家中早年父母亡过，尚未有妻，止我一人在家。"玉贞道："叔叔为何还不娶一个妻室？"宋仁道："我慢慢的要寻一个中意的，方好同他过世。"玉贞道："自古讨老婆不着是一世的事。"宋仁道："像王文有此大嫂，这等一个绝色的，还不知前世怎样修来的，只是王哥对嫂嫂不过些儿。这正是：

骏马每驮村汉走，巧妻常伴拙夫眠。"

玉贞听说，无言可答，慌忙去烧茶。宋仁又与他打了一缸水，满满贮下。玉贞捧了茶道："叔叔请茶。"宋仁道："多谢嫂嫂。哥哥去几日还不归家？"玉贞道："他的去住是无定的，或今日便来，或再几时，俱不可知。"宋仁道："秋风起了，恐嫂嫂孤眠冷静些。"玉贞道："他在家也不见甚亲热，到是不在家清静些。"正在那里闲讲，只听得叩门声，宋仁谢茶出后门去了。玉贞放过茶杯方出去看，是一个同县公人，来问王文回来么，玉贞

---

① 咨嗟(zī jiē)：叹息。

回报,去了。自此两下都留了意。

一日天色傍晚时候,只见宋仁往王家后门看,见玉贞晚炊,问:"嫂嫂,可要水么?"玉贞道:"我下午把吊桶儿取了些在此,有了,多谢叔叔。"宋仁道:"我这几日往乡间公干,方才回来,记念嫂嫂,特来相问。哥哥回也未曾?"玉贞道:"才归来两日,下午又差往仙居乡提人去了。"宋仁道:"原来如此。"

正待要回,只听得一阵雨下,似石块一般打将下来,滑辣辣倒一个不住。玉贞道:"大雨得紧,你与我关上后门,不可湿了地下,里边来坐坐。哥哥有酒放在此间,我已暖了,将就吃一杯儿。"宋仁道:"多谢嫂嫂盛情。"玉贞拿了一壶酒,取了几样菜儿,放在桌上,道:"叔叔自饮。"宋仁道:"嫂嫂同坐,那有独享之理。"玉贞道:"隔壁人家看见不像话了。"宋仁道:"右首是墙垣,左间壁是营兵,已在汛地①多时了,嫂嫂还不知?"玉贞道:"我竟不知道。"宋仁立起身,往厨头取了一对杯,排摆在桌上,连忙斟在杯内送玉贞,玉贞就老老气气对着,两人坐下。

那雨声越大,玉贞道:"这般风雨,夜间害怕人。"宋仁道:"嫂嫂害怕,留我相陪嫂嫂如何?"王贞道:"那话怎生好说?"宋仁道:"难得哥哥又出去了。这雨落天留客,难道落到明朝,嫂嫂忍得推我出门?还是坐到天明,毕竟在此过夜。这是天从人愿,嫂嫂不要违了天意。"玉贞笑道:"这天那里管这样事。"宋仁见他有意的了,假把灯来一挑,那火熄了。宋仁上前一把抱住,玉贞道:"不可如此,像甚模样!"宋仁已把裤儿扯下,就(下删十六字)。

浪子寻花,铣头秃脑。婆娘想汉,挂肚牵肠。为着水,言堪色笑。为着雨,就做文章。一个佯推不可,一个紧抱成双。假托手,凭他脱卸。放下身,蝶浪蜂忙。成就了鸾交凤友,便做了地久天长。耳朵畔,低呼声细。门儿中,舌下吐香。枕猗斜,云鬓压乱。汗珠儿,渍透鸦黄。弄出了,金生丽水。方才肯,玉出昆冈。抱起玉娥,轻说与,偷香情兴倍寻常。

二人暗中净手,重点油膏,坐在一堆浅斟慢饮,恩恩爱爱就是夫妻一般。须臾收拾,两人上楼安置。

---

① 汛地:防地。

一对青年，正堪作对，从此夜夜同床，时时共笑，把王文做个局外闲人，把宋仁做个家中夫妇。日复一日，不期王文回家，又这般烦烦恼恼，惹得寻思。玉贞只不理他，心下想道："当时误听媒人做了百年姻眷，如今想起他情，一毫不如我心上。我方此花容月貌，怎随着俗子庸流。不如跟了宋仁径往他方，了我终身，有何不可？"

过了月余，宋仁见王文又差出去，就过来与玉贞安歇。玉贞说："王文十分庸俗，待他回时，好过再与他过几时；不好过，我跟随你往他方躲避了。"宋仁道："我如今正要到杭州去寻些生意做着，以了终身。只为着你，不忍抛弃，故此迟迟。若是你心下果然，我便收拾行装，同你到去住下，可不两下欢娱，到老做个长久夫妻？"玉贞道："我心果然一意跟你，又无父母羁绊①，又无儿女牵留，要去趁早。"

宋仁见他如此有心，一意已决，将家中粗硬家伙尽数卖去，收拾了盘缠，先把玉贞领在一尼庵寄下，自已假意在邻居家边说："王家为何两日不见开门？"邻舍怀疑，一齐来看，止有什物俱在，不见人影。互各猜疑，都说玉贞见丈夫与他不睦，必然背夫走矣。丢下不题。

且说宋仁庵中领了玉贞，水陆兼行，不过十日到了杭州。他也竟不进城，雇人挑了行李往万松岭，径到长桥唤了船，一径往昭庆而来。玉贞见了西湖好景，十分快乐，怎见得？有《望海潮》词：

一春常费买花钱，日日醉湖边。玉骢②惯识西湖路，娇儿过活酒楼前。红杏丛中箫鼓，绿杨影里秋千。暖风十里丽人天，花压鬓云偏。画船载得春归去，余情湖水湖烟。明日重扶残醉，来寻陌上花妍。

又云：

万户烟清一镜空，水光山色画图中。
琼楼燕子家家雨，浪馆桃花岸岸风。
画舫舞衣凝暮紫，绣帘歌扇露春红。
苏公堤上垂杨柳，尚想重来试玉骢。

又云：

---

① 羁(jī)绊：比喻受束缚。羁，马笼头。绊，拘系马脚。
② 骢(cōng)：青白色相杂的马。

万顷湖西水贴天，芙蓉杨柳乱秋烟。

湖边为问山多少，每个峰头住一年。

一船径至昭庆寺。上了岸，将行李搬入人家，且与玉贞往岸上闲耍，游不尽许多景致，看不尽万种娇娆。宋仁唤玉贞出了山门，往石塔头吃了点心，二人又走到湖边，顺步儿又到大佛寺湾里，见一间草舍，贴着“招赁”二字。宋仁见了，与玉贞说：“这间房子到招人租。外面精雅，不知里面如何？”间壁一个妇人道：“你们要看房子，待我开来你看。”二人径进一看，虽然小巧，实是精雅。另有一间楼房，正对西湖，果然畅目，床桌都有。宋仁便问道：“大娘子，这房主是何人？”妇人答：“是城里大户人家的，每年要租银四两。如看得中意，可秤了房银，我们与你做主便了。”宋仁道：“房子你可中意么？”玉贞道：“十分有趣，快快租了。”宋仁向袖中取出银子，秤了一两，并四钱小租银，借了一张纸写了租契，就与这妇人道：“我们远远而来，今日便要来住了。”妇人说：“有了银子，是你房子了，凭你主意。”

宋仁着玉贞楼上坐下，自己去取行李。须臾，到湖口取了前物，又唤小船摇至寺湾而来，相帮移上了岸，又向隔邻借了锅灶。须臾往寺前买办东西，玉贞烧煮，献了神祇①，请了几家邻居，尽欢而散。

不说二人住得安逸，且说王文回到家中，见门是闭的，吃了一惊。向邻家去问，都说：“你娘子不知何处去了，早晚间我们替你照管这几时。”王文见说吃了一惊，连忙推门进内，一看家伙什物一毫不失。上楼检点衣服，止有玉贞用的一件也无，箱中银两一毫不动。王文想道：“他又无父母亲戚可去，若是随了人走，怎么银子都留在此？”心下疑惑不止。这番想将起来，好生气恼道：“要这般一个妇人，做梦也没了。”便气气苦苦上床睡了。

且说那城中有一光棍，专一无风起浪，诈人银子，陷害无辜，姓杨名禄，人就取他一个混名，叫做杨棘刺。打听得王文失了妻子，匣中银两尚存，他心中动火：“不免弄他几两银子使用，有何不可？”装了一个腔儿，径到王家叫道：“有人么？”王文因心下不乐，还睡着，听见叫响忙起穿衣，下楼开看。王文不认得，道：“尊姓？有何见教这般早来？”杨棘刺道：“我姓

---

①　神祇（qí）：神指天神，祇指地神，合指神明。

杨，我表侄女马玉贞闻道嫁在你家。我在京中初回，闻道你们把他凌辱，日逐痛打。我因怜他本分幼小，特来看他。叫他出来，见我表叔。”王文见他这个入门诀，知道寻他口面①的，道：“他几日正去寻那表叔，至今未回。我如今正向各处寻他，既是尊亲引来，快快着他回来。”杨棘刺道：“胡说！王文，是你把我玉贞打死了，到反说出这般话来。”两下争个不止，邻舍都来相劝。杨禄道：“今日不与我侄女，明日就告你。”一径去了。各人散讫。

王文气个不住，方梳洗完，只见又有人扣门，又是不识面的。道：“尊姓？到此何干？”那人便道：“小子孔怀，因见杨令亲说起令正一事，他本身原因一向住京中，令正嫁尊兄之时，他不曾做得些盒礼，如今令正又不知去向，他方才忿忿要告，我想涉起讼来，一时间令正回来便好，万一难见，免不得官府怀疑。其间之事与小子无干，我想何苦劝人打官司，不若兄多少与他个盒礼之情，这事便息了。”王文是衙门里人，那里一时间就肯出这一桩银子，便道：“承孔先生见爱，盒礼小事，还我妻子，我便尽他礼便了。”那人见他不如法②，便作别去了。那杨棘刺想道：“我的计策百发百中的，难道被他强过了，下次也做不起来。不免告他一状，才信老杨手段。”遂提笔来写下一纸状词，曰：

> 告状人杨禄，本县人氏，告为杀妻大变事。侄女马玉贞，嫁与宪台役虎棍王文为妻。贼性不良，终日酗酒，将妻百般毒打。禄往京回，昨特探访侄女，尸迹无存。窃思妻非七出之条，律文难弃。恶将三尺藐视，宪典安容。夫妇人伦大典，岂忍平碎花容！人命罪极关天，肯漏兽心贼首！叩宪台怜准，正法典刑，死者瞑目九泉，生者感恩千载。上告。

次早投文，将词投上。知县见是他手下杀死妻子，罪极浩天，把王文取到，先责三十板径下了狱，待后再审。那伙计周全来牢中望他，到家中取了银子与他使用。还喜是同衙人役中人，凡事不同。周全遂上心各处与他访寻，那里有半毫消息。过了几时，官差周全往都院下公文。周全闻知这个消息，连忙到牢中别了王文，把王文之事托付了衙中朋友，径往杭

---

① 口面：口角，争吵。

② 如法：照办，同意。

州进发不提。

且说宋仁与玉贞一时高兴，没些主意走了出来。那堪坐吃箱空，又无生计可守，真个床头金尽，壮士无颜起来，长吁短叹个不住，正是：

上天天无路，入地地无门。

进退两难，如何是好。宋仁好闷，一径便走到城中去了。

只见玉贞倚门而立，恰好一个带巾的少年，吃得酒熏熏的，往沿湖而来。早已看见玉贞，吃了一惊，想道："几时移这个美妓在此？"径自往玉贞身边走来。玉贞见他是斯文，连忙避进。这少年认定他是个妓女，径自大踏步进了来。玉贞慌了，连忙上楼；那人也跟上楼，朝着玉贞拜揖。玉贞无奈，只得答礼。那人道："好位姐姐。"玉贞道："妾是良家之妻，君休认差了。"那人听他说话是外方人声音，一心想道："他见我有酒的，假意托故。"便向袖中取出一锭银子道："我不是来闯寡门的，你若肯见怜，我便送了你买果子吃。"玉贞心下见了银子，巴不得要奈何他，只管认做烟花，到笑了一笑。

那少年见他一笑，只道他肯留他歇了，上前一把抱定，便去脱衣。玉贞到慌了手脚，欲要叫起来，又想他那锭银子；欲待顺从，又怕丈夫撞着。踌躇未定，被他到手了也。玉贞虽然受注，道："妾非青楼，实系良家；见君青年，养君廉耻，不忍高叫，从君所愿。幸勿外扬，感君之德。"那人见他如此言语，喜道："既承一枕之私，亦是三生之幸，尚图后会，以报高情。"玉贞道："快快完事，恐丈夫撞见，如之奈何？"那人听见，急急忙忙完了。整衣下楼，说与玉贞道："我再来看你。"玉贞点头，那人径自去了。

玉贞掩上大门，上楼想着，笑了又笑道："杭州原来有这样的书呆，一年遇这般几个，不愁没饭吃了。"又想道："怎生对宋郎说出情由？"道："也好，我身原是他拐来的，怕他吃醋不成？实实说了，看他怎么。"正在想间，宋仁推门而入，上楼见了玉贞，便满面愁烦。玉贞道："那里去一会？有什么好生意可做么？"宋仁道："我看城中都是上有本钱铺子，就是有小生意我也不惯，就是晓得做时，那讨本钱？我方才往石塔上回，见了他小姊家的姐妹，个个穿红着绿，与那些少年子弟调笑自如，到是一桩好生意。"玉贞听了笑道："到去寻得这个乌龟头的生意回来羡慕。"

宋仁叹一口气，玉贞道："你若有这点念头，我便从你心愿如何？"宋仁听罢，连忙跪将下去："若得我的娘救命，生死不忘！"玉贞扶起宋仁笑道:“招牌也不曾挂,一个人来发市去了。”拿着那锭银子递与宋仁。宋仁一见,吃了一惊:“此银何来?”玉贞把那个人光景如此如此一说,宋仁大笑起来,便道:“这番我宋仁夫妇二人,不怕饿死了!”宋仁忙去买了些酒肴,与妻子畅饮而睡。

次日,那玉贞更加打扮,穿一件大袖衫儿,在门前晃了又晃,但见有人走过,他便笑脸相迎。这些书呆子一时间传闻起来,大佛寺前有一个私窠子①,十分标致,又不做腔,全无色相。一时间嫖客纷纷,车马不绝。这宋仁到做了一个长官,落得些残盘残酒受用不提。

且说周全径至都堂下了公文,未及领文。下午余闲,步出清波门,道:“闻知杭州西湖,景致天下无双,到此不走一番,也是痴了。”遂搭小船撑出港口。他一见了青山绿水,赞叹不已。道:“昔闻日本国倭人②往此游湖,他也题了四句诗:

昔年曾见此湖图,不信人间有此湖。
今日往从湖上过,画工犹自欠工夫。

看此倭诗,果是有理。”正叹赏间,只见那船已撑到岳坟。周全上岸往岳坟看了,遂至苏堤。见一只湖船,内有三桌酒,都是读书人光景,旁边一个艳色妓女。周全仔细一看,正是玉贞,心下着实的一惊。怕认错了,坐在一桥上把眼不住去看。恰好那一船的客同了妓女走上岸来,周全看见闪在一旁,见他走到身边,上下一看,一些也不差。又尾在后边,听他说话正是温州声气,心中想道:“这个娼妇,你在此快活,害丈夫受得好苦哩!”又想道:“不知他住在何处?好去跟寻。”道:“这也不难,我跟了他这只湖船去,少不得有个下落。”自己上了酒楼吃了一壶酒,正会钞完,那船往里湖撑去。

周全到了湖,慢慢跟着,那船撑在湾里便住了。周全上前一看,却见宋仁出来相帮打扶手,携了玉贞就到了家去,随后酒客都进去了,周全十分稳了。又到大佛寺前,见一个长老出来,近前一问,那长老把宋仁几时移来做起此事,一五一十说得明白。周全别了,径进钱塘县里取路回寓。次日,领了回文,径至本州投下。忙去望着王文道:“恭喜,妻子有实信

---

① 私窠(kē)子:暗娼。
② 倭人:古称日本人。

了。”这般这般一说。王文道：“原来被宋仁这光棍拐去，害我受这般苦楚。”周全登时上堂保出了王文。太爷签牌捉获，又移文与钱塘县正堂添差捉送。

周全同了一个伙计，别了王文，往杭州走了十二日方到。下了移文，钱塘县着地方同捉获，又添了两个公人，一齐的出了涌金门，过了昭庆寺，径到湾内。只见玉贞正要上轿，被周全唬住。宋仁看见二人，惊得面如土色。众差人取出牌，交与宋仁一看道：“事已至此，不须讲起，且摆酒吃。”众人坐下，玉贞上楼收拾银两，到也有二百余两，把些零碎的与宋仁打发差使，其余放在身边。细软衣服打做二包，家伙什物，自置的送与房主作租钱。

宋仁打发了钱塘二差，叫只小船，径至涌金门进发。玉贞坐在船中掉泪，遂占四句以别西湖道：

自从初到见西湖，每感湖光照顾奴。
今日别伊无物赠，频将红泪洒清波。

又有见玉贞去后到楼边观者，莫不咨嗟①，径自望楼下舍，也有几句题着即事：

王孙拟约在明朝，载酒招朋竟尔邀。
风去楼空静悄悄，一番清兴变成焦。

须臾到岸，一众人径至钱塘县起解。夜住晓行，饥食渴饮，不止一日到了永嘉，径与众人投到。县主把王文、杨禄一齐拘到听审。先唤玉贞道：“你是妇人家，嫁鸡随鸡才是，怎生随了宋仁逃到杭城，做这般下流之事！害丈夫被杨禄告在我处，把你丈夫禁责，还待怎生讲？”玉贞道：“爷爷，妇人非不能绾②，但丈夫心性急烈难当，奴心惧怕。适值宋仁欲往杭城生意，也是妇人有这段宿业还债，遂自一时没了主意，犹如鬼使神差，径自随他去了。若是欺了丈夫，把房中银钱之类也拿去了。”县主忙问王文：“此时你可曾失些物件么？”王文道：“一毫也不曾失。”县主又问玉贞道：“宋仁这个奴才，五年满徒不必言了。你今律该官卖，不然，又随风尘了。”玉贞道：“求太爷做主，奴身该卖，恳恩情愿自赎其身，向空门落发以

① 咨嗟(jiē)：叹息。
② 绾：指顺从丈夫。

了此生,是爷爷恩德。”县主叫杨禄:“你不若与你侄女另寻一婿以了他终身,如何?”杨禄上前道:“蒙太爷分付,小人不敢有违。”

玉贞仔细把杨禄一看,道:“我那里认得你?什么叔子在此,把我丈夫诬告?”杨禄道:“侄女,也难怪你不认得我,你五岁时我便京里做生意,今年才回的。”玉贞道:“且住!我问你,我爹爹是何姓名?作何生理?家中三代如何出身?母亲面貌长短?说个明白出来!”杨禄一时被他盘倒,一句也说不出。

县主大怒道:“世上有这般无耻光棍枉言!必定闻知王文不见妻子,生心认了表叔,指望诈些银子。一定王文不与,他诈心不遂,将情捏出杀妻情由,告在我处。”王文上前道:“爷爷青天!着人来打合,要小人的盒礼钱。小人妻子也没了,倒出盒礼,不肯与他,生情屈害小人。”县主抽签,先把宋仁打了三十板,又将杨禄重责四十,着禁子收监道:“待我申报了三院,活活打死这光棍,若留在世,贻害后人。”宋仁流富春当徒五年,满期释放。玉贞情愿出家,姑免究。县主只为这玉贞标致,不忍加刑,亦是怜念之意。

王文禀道:“妻子虽然犯罪,然有好心待着小人。一来不取一文而去,方才质证杨禄句句为着小人,一时不忍,求老爷做主。”县主道:“为官的把人夫妇止有断合,没有断离的,但此事律应官卖,若不与他一到空门,这是法度没了。如今待他暂入尼庵,待后再来陈告,那时情法两尽,庶不被人物议。”当把审单写定,后题玉贞出家八句于后,道:

脱却罗衫换布衣,别离情种受孤凄。
西湖不复观红叶,道院从教种紫芝。
闲处无心勾八字,静中有念去三尸。
梦魂飞绕杭州去,留恋湖头忆故知。

判毕,把一众人赶出,止将宋仁讨保还家,打点起身。

玉贞随了王文回家。到了家下,取出男衣还了宋仁,把上好女衣付与王文收了。身边取出那二百银子,称了五十两付与宋仁道:“我也亏你一番辛苦,将去富春娶房妻子度日,切不可再到温州来了。”剩下一百五十两银子,付与王文道:“妻子虽然不该撇你而去,今日趁的银子依先送你,另娶一房好妻室到老。那生性还要耐些,若是你没有那行凶之事,我怎生舍你?”将手上金银戒指除下,并几件首饰尽付王文。身边还有几两碎银，看着周全道："这几两银子，烦劳周伯伯与奴寻一清静尼庵，送他作斋，待奴也好过日。"

王文见妻子这般好情，一时不忍相舍，便放声大哭起来。玉贞也哭起来，连周全也流下泪来道："你二人既如此情状，我亦不忍相看，不若将些银子往他州外县做些生意，保可度日。把屋宇待我与你卖了，共有三百现银，怕没生意做？小小铜钱当儿也够偏了。离了此地，怕什么人来刁你不成。"王文道："如此甚好，只求大兄留心。"周全道："自然在心。"王文连忙买了酒物，献了家先神祇，就请周全同饮，夫妻二人重新恩爱。这也是玉贞欠了这些人的风流债，宋仁引去还了，重完夫妻之情。

后来周全兑了银子，与王文就在城南开一木器铺子，夫妻二人挣了若干家当，一连生了三个儿子。王文因出了衙门，那吃酒就有了节度，再也不撒酒风。故此，两下酒色皆不着紧。那杨禄被知县活活打死了。后人把他几个人名字写出，到也凑巧，道：

因为王文不文，故使玉贞不贞。
恶人杨禄不禄，施恩宋仁不仁。
止有周全，果尔周全，完成其美矣夫。

第十六回　费人龙避难逢豪恶

万般由命不由人，命不差池半未分。
命坐五常[1]清要职，若逢华盖[2]是高真。
红鸾照着贪花柳，驿氏推时道路人。
命有许多说不尽，且将算命表缘因。

且说湖州府德清县有一饱学秀才，名唤费人龙，就进在本县学中。娶妻姚彩云，十分娇媚。夫妻二人都是二十三岁了。只因彩云身怀六甲，人龙往命馆中与他推算年命。"无妨么，说出八字。"先生写了道："好个夫人八字，今年定生令郎，将来运不见好。""是怎生样说？"人龙听先生口中不静的，连忙又把自己八字说出，先生排得不差，道："是一位大贵人八字，也是运限不好。目今有大难临身，若是避不过，这番死也死得的，休小看了！既不来算，我也不知；既是知了，怎么不说。"人龙见他说得真切，心下着忙，忙问道："先生，曾闻趋吉避凶之语，果然避得过么？"先生说："先贤之语怎么假得，趁早寻在百里之外地方，避过百日便无事了。"人龙道："房下可也要去？"先生说："看来，还是夫人面上起的，怎么不要带去。"人龙送了命钱，径至家中，与彩云悉言其事。彩云道："如之奈何？"人龙说："宁可信其有，不可信其无。"又道："祸出师人口，倘然不信，一时间祸及于身，悔之迟矣。不若只带一房男女服侍你我，其余待他各守田业，往他处避过百日，依旧回家便了。"

夫妻二人计议已定，带了数十两银子、数千文铜钱、柴米小菜之类，唤下一房家人费才，乃老成夫妻，唤了一只浪船，一齐上船。梢子问："还到那一方去？"费人龙道："没主意。"姚彩云道："往东去罢。"人龙道："为何要往东？"彩云道："难道往西方去不成？"人龙点头道："快往东方。"那船摇到塘西住了。次早又到崇德交界。远远望见一簇人家，人龙问船户："来多少路了？"回道："船行三十里了。"人龙道："且住着。"忙令家人上

---

① 五常：仁、义、礼、智、信。

② 华盖：帝王乘舆上伞形的车盖。

岸，道："你看那一搭人家住得幽雅，看左近有空房，赁他一间，暂住三月。有无即来回报。"

家人径往前边一问。恰好问着一个农夫，答道："这里是冯吉员外住宅，四周都是他的屋宇，空屋极多。只是员外为人有些利害，我这一乡村人民个个怕他的，你若要租他房住，也要小心。"家人道："住他一月，与他一月房金，有什么小心？"农夫道："这也说得有理。"恰好冯家管帐的管家走过，农夫指引道："你要租房，须问这位冯阿爹。"这费家人顺口儿叫道："冯阿爹，我们一位相公要在此暂住几时。敢问府上有空房求租一间，未知有否？"冯管家说道："有，有，你随我来。你可看得中意的，随你要便罢。"二人近前一看，却有一所书房，十分精雅。道："便是这间罢了，不知多少房金？"管家道："一两一月，按月取租。只是小房钱要一两二钱，到少不得。"费家人道："这是旧例，断不有亏。"径自到泊舟之所，见了主人把上头一一说了。

人龙道："既如此，便称一两房钱，又是一两二钱小房钱。"写了一纸租契，交付家人先去租了。自己放船撑进港中，不多一会到了。家人道："房已租下了，请相公娘娘上来。"人龙扶了彩云上岸，夫妻二人径进书房。看了住场，实然可爱，但见小小园亭：

乐意相间禽对语，生香不断树交花。

十分羡慕，好个所在。登时把船中动用之物移了上来，打发船家回去。着夫妻二人，把房中现成竹床张了罗帐，径自安然乐意住下。镇日无事，随便作些诗赋消遣。

却好一日，人龙把风为题，写在纸上：

和薰金朔①递相摧，岁月韶华去复回。
忽尔摧残千木谢，一时吹得百花开。
阳台每送朝云上，楚峡尝携暮雨来。
浩瀚逞威山岳动，却疑孝德播仁才。

又咏月一联：

婵娟千里共佳期，照彻悲欢与合离。
十五碧霄悬宝镜，初三银汉吐娥眉。

---

① 和薰金朔：分别指春风、夏风、秋风、冬风。

唐王驱驭尝游处，李白擎杯仰问时。
堪比贤良全节义，清光千古鉴纲维。

彩云看见，笑道："你男儿家，做的诗也是风月的。"人龙道："虽怀风月，实存节义。贤妻无事，也做一联消遣如何？"彩云道："你题风月，我题节义，休得见笑！"先把节字为题一联云：

西窗剪烛理清篇，一阅贞风起喟然①。
断臂割容真可爱，剔睛毁鼻方堪怜。
猗猗绿竹凌霜操，郁郁苍松傲雪坚。
珍重老梅谐益友，冰清玉洁古今传。

又咏义一联：

孔孟唯推仁义长，良金奇狩美君彰。
云霄鸿雁无时弃，水涸②鸳鸯且暂忘。
黄犬临焚能展草③，白驹同井解垂缰。
宋弘④不是真君子，那得糟糠妻上堂。

人龙见道："贤妻出口句句含藏节义，那李易安⑤、谢道韫⑥甘拜下风矣！"

正语笑间，一阵朔风透体。人龙道："想此时天气严寒，早晚必有雪了。你看花枝那几树红梅绽蕊，绿萼舒芳，倘有雪来，少助诗兴。"彩云见说，随取一幅笺纸，画出一树梅花，竟是活的一般。人龙见了赞称不已，遂题四句：

冰肌玉骨绝尘埃，亲见嫦娥把手栽。
想是蟾宫丹桂姊，天香不放一些来。

彩云笑道："那嫦娥到不愿做他，争似我夫妻欢笑，将来儿女牵情，要那冷清月宫，守他做甚！"人龙道："嫦娥也羡着世人哩！"彩云说："你何以知之？"人龙道："岂不闻'月里嫦娥爱少年'？"二人大笑。彩云道："我们将

---

① 喟(kuì)然：叹气的样子。
② 涸(hé)：干涸。
③ 展草：把草扒到离火较远的地方。
④ 宋弘：汉人，富贵不弃发妻，曾讲："贫贱之交不能忘，糟糠之妻不下堂。"
⑤ 李易安：宋代女词人李清照，号易安居士。
⑥ 谢道韫：晋代才女。

笔一枝,画梅为题,集唐八句可好么?”人龙道:“集诗最难对得工,况非二酉五车①,孰敢为此?”彩云说:“一时儿高兴,各集四句以成一首,并要记作者之名,如差罚酒三杯。我夫先请。”人龙虽然是个饱学,一时间到也思索不就,把那唐诗不住地想。道:“有了。”每句下边写出来道:

姑射仙人浅淡妆,(刘承)
写真今喜遇莹光。(杜甫)
一枝临照月无影,(李郢)
数点有花春不香。(李从)

彩云随韵,也集四句:

颜色肯教霜雪改,(傅生)
画图空惹蝶蜂忙。(吴云)
江南早得春消息,(吴会)
驿使归来好寄将。(黄清著)

夫妻二人交相叹赏一回,各吃一杯以消清兴。正在欢娱之际,那天真真凑趣,一片片飘将下来,初如鹅羽轻飘,后似杨花乱坠,只可惜天色晚了。夫妻二人道:“明日起来,有许多景趣了。”径自安置,一夜无文。

次日,起来一看,那雪足有三寸,真是千山叠玉,万瓦铺银。夫妻二人梳洗已毕,吃了早饭,道:“我们今日再集唐句作笑。”人龙道:“雪映红梅为题,各集四句便了。”人龙曰:

六花飞舞乱交加,(刘芳翠)
雪里红梅趣更嘉。(赵紫芝)
瑶圃晚晴飞紫水,(何应龙)
玉炉春暖仗丹砂。(刘支芳)

彩云把笔烘得暖暖的,写道:

梁园学士春酣酒,(罗红)
姑射仙人脸亲霞。(白玉蟾)
笑杀城东小儿女,(秦少游)
月明来看海棠花。(孙良玉)

二人相加爱慕。彩云说:“如今,把这白梅花各人也集一联,省得等你。”

---

① 二酉五车:指学富五车。

人龙坐下独自去写，彩云进房另取笔砚而书。人龙完了道："娘子，你可成了不曾？"彩云道："写完了，在此拱手着哩。"

须臾，先取人龙的过来看——

问讯江南第一枝，（陶谊）
相依金谷几多时。（韩中村）
想应东阁一时兴，（施钧）
番作西湖百泳诗。（中峰）
翠鸟倚香春遍野，（潘纯）
霜禽偷眼影参差。（宋郊）
只因误识林和靖，（志南）
宾主相忘似旧知。（危清山）

彩云看了道："我的不中你意，不要看罢。"人龙道："你还似初婚的时节那般做作。"彩云笑道："书呆！不要取笑。"

家住梅花第一村，（徐远夫）
诛茅缚屋傍梅根。（关甫颜）
暗香掩映雪几点，（宋子虚）
疏影横斜月半痕。（贾从举）
正好巡檐须索笑，（杨载）
不须檀板共金樽。（林逋）
众芳已许巢由辈，（郎士元）
桃李纷纷未足论。（王元章）

人龙看罢道："娘子，你到我家登堂七载，从来未见你剪雪裁云，吟风弄月。谁知你这般才思，我好侥幸也！"彩云道："妾幼时熟习女工，粗知翰墨。自到君家，操持箕帚，夜侍衿绸，无暇及此。如今在此尽有余闲，深惭献丑，幸勿见哂①。"

且说冯吉，闻知费人龙是个饱学秀才，又探知妻儿十分美貌，但不知何故住在我家，正在疑想间，有一个篾片②，名叫风成东，走将进来，见了

① 哂（shěn）：微笑。
② 篾片：给豪门富户帮闲的清客。

冯员外,见他面有愁思①之态,不免问及。冯吉把费家一事说知。大凡做篾片的,一心只要奉承东家,那管世上之事做得做不得的。就说出拿云捉月的手段,便就三言两语耸动冯吉道:“他妻子有这样美貌,员外这样家私,难道消受不起这般一个妇人?自古佳人难再得,如今住在我家,是瓮中鳖耳,何愁做事不成!”

冯吉被他说得一副心腹如火滚一般热将起来,便问老凤:“此事怎样做起方可如意?”凤成东道:“不难。他如今只夫妻二人居住,又无亲戚往来,况没邻朋交厚,不若先去请他到家,浼以诗词,饵以杯酒,日逐厚将起来。我有心,他无意,寻些事故。小则风流罪过,缠住他身不放回家;重则做下人命大大罪名,监禁狱中。其妻无主,员外将恩结之,要短,做些风月事儿,自然着手;若要长久夫妻,便将那大的罪名,坐他监中弄死。不过费些钱财,有何难哉!”冯吉道:“妙计,妙计!人世上有了钱财,不用些儿做快活事,真是个守财奴耳。”即时写了一个名帖,着一小使拿到费家,请费相公来讲话。那小使应一声去了。

到费家门外,那小使先从门缝里将望里边,只见他夫妻二人好生快乐。把门敲了两下,人龙忙看,只见一个小使手拿帖子道:“我家员外请相公说话。”人龙道:“敢是房主翁么?”小使道:“上写眷侍教生冯吉顿首拜。”人龙道:“烦劳就来了。”彩云道:“房主未曾识面,他来接你怎的?”人龙道:“毕竟有事商量,待我去去便来。”叫了家人,取了原帖,径到冯家。只见那冯吉,头戴方巾,身穿绒装,有四十多岁的光景。连忙迎接,叙了礼坐下。人龙道:“学生到此,幸借华居,未及趋拜,又辱宠召,这尊帖决不敢领。”冯吉道:“先生乃当今名士,幸降寒家,不然还不知道。因早间检取租部,方见大名,故尔屈驾请教,这贱刺②何必拘拘不受。”

正在吃茶,只见里头又走出一个带唐巾③的人来,连忙上前施礼。人龙问及,那人道:“小子名唤凤成东,在冯先生宅上早晚效劳。”人龙便晓得是个篾片了。冯吉道:“不是学生斗胆便敢相烦,只因县尊浼学生做一架围屏,都是雪景。今日见了此雪,便想起此事尚乏诗章。足下山斗高

① 愁思:用心思索。

② 贱刺:即名帖,谦辞。

③ 唐巾:唐代帝王的一种便帽,后代士人多有沿用。

才，敢烦金玉，使此屏八面光辉，千年华美，皆足下之使然也。”人龙道：“既承重托，不敢推辞。只是学浅才疏，有辜盛意。”

须臾，列下山肴海味，异果奇珍，请人龙于上坐，冯吉主陪，篾片傍坐。酒至半酣，人龙索笔，冯吉令人速备文房四宝。人龙离席前坐，取纸笔之曰：

雪月风花，赏心居首。冬春秋夏，乐事相联。铸岩岫而如银，覆井栏而饰玉。飘残柳絮，总无鸟雀衔飞；点遍棕衣，唯有渔翁下钓。径路池边莫辨，茶烟酒力难消。四境尽浮，泯泯却同无地；千山已著，茫茫讵复见天。若乃穿帘误作梅花，照室浑疑皓月。孤烟旷野，唯闻毕逋之声；小钓断桥，致有灞陵之兴。马鸣熟道，犬吠归人。门外五更，朝上应愁踏冻；林中三尺，村农齐乐丰年。于是低唱浅斟，半醉销金之帐；俳衣白面，相邀连璧之人。用功制作山桥，呵手推为狮象。谁能受命，更复旧寒。难加兽炭推红，只受鹅毛一白。亦有寒墟少酒，破屋无烟。斧冻为麋而相呼，映光辨字而读。船窗皎洁，分布被之黄花；阶破鲜妍，结茅檐之末柱。山疑西域，水比洞庭。至于耳目全虚，心魂寒旷。玉洁冰清，霜凌雪劲。寒颐冷面，铁胆铜肝。信是玉京瑶岛客，将为铁面柏台臣。

写罢，冯吉连声称赞。篾片道：“奇才。”把酒斟在金瓯①道：“受冷了，快饮此杯以敌寒。”冯吉重新换席，秉烛而饮，道：“一客不烦二主，明日还求大笔，可称其美。”人龙道：“当得效劳。”盘桓至黄昏而散。

人龙归见彩云道：“有偏了，冯家浼我作雪景赋，以送崇德县尊，故此招饮，明日还要我为他书写。”彩云道：“惜乎，手冷些。”道罢睡了。一夜无文。

次早，方梳洗毕，夫妻二人正对面看梅花欢笑，只见冯吉在外头早已窥见彩云十分艳色，动了心火，按捺不住推开了门径直进里面来。彩云急避，人龙接见。冯吉施礼道：“昨承佳作，径来造谢，兼请大笔，只是斗胆。”人龙道：“昨日厚扰，正欲登堂叩谢，又蒙辱临，感戴不尽。”茶罢作别，冯吉扯了人龙到家。坐下吃了早饭，人龙索文房四宝，把金笺纸裁成八幅，写成前赋，不觉未牌时分。那篾片巴不得写完好上酒，又办下许多

---

① 金瓯：指酒杯。

肴馔。吃酒之间，冯吉看着人龙堂堂一貌，终非落魄之人，想起他浑家世间少有，此时只该息了念头方是忠厚长者。恰又二心三意，故后来招许多不妙之处。正是：

人情若是初相识，到老终无怨恨心。

是日尽欢而散。自此，冯吉依了凤成东之言，无日不接人龙饮酒。

过了几日，冯吉将围屏端正了，自己备下许多礼物送到县里。知县大喜而别。归到家中，只是想着彩云，眠思梦想，无计可施。恰是凤成东又到，冯吉把心事与他商议，道："事不宜迟，他原说年终要回，倘若一去，何由再来？"篾片道："员外方才说着年终二字，使我吃了一惊。寒家百无一有，荆妻啼哭，儿女凄凉，一桩若大的事又到了。"冯吉见他如此说，道："你只要为我图成此事，家中之事在我身上，不必忧心。"篾片见说，笑道："是这般毕竟要行的了。"想了一会道："如此如此，方可图之。"冯吉见说，道："就是今日。"即时唤家人道："请了费相公同来。"

须臾接见，相见礼毕。冯吉道："连日送锦屏与县尊，不得接见，今日特地请兄来痛饮一番。"人龙道："屡扰宅上，不能酬答，待告辞归舍，尚容尽心耳。"三人进了后面一间书房里，极其齐齐整整，皆是奇珍宝玩，不必言之。见旁边挂一美人睡起图，竟无题咏。他提笔在手，题出集唐八句，除下来放开桌上道："斗胆了。"诗曰：

美人南国翠蛾愁，（武元衡）睡起恹恹底事羞。（郭古）
八字懒钩眉锁黛，（丁瑞）双鬟慵[①]整玉搔头，（袁伯访）
香闺月冷衾绸薄，（辛中）深夜风清枕簟[②]秋。（许浑）
可惜春光不相见，（杜甫）眼穿肠断为牵牛。（宋邑）

写罢依先挂起。二人称赏道："写作皆精，有光美人多矣！为牵牛缩了郎字，何等俏丽！"篾片道："这等分明为郎了。"写罢，列上酒肴果品，这番吃法与前不同，大碗送来，歪扭扯灌，灌得个人龙吐了又吐，人事也不知，推摇不动。预先备了船只，径开后园门，着家人扶下了船，连夜摇到崇德县。

次日早，冯吉穿了行衣，径往县中进状。告为乘醉打死人命事，径把半月前一个家人，名唤进禄，因上楼失脚活跌死的，因凤成东设计，俱是陷

---

① 慵（yōng）：懒。
② 簟（diàn）：竹席。

他的恶计。见县尊说了,就呈上状词。县尊送出,即时出牌捉拿。差人见了冯吉,折了酒饭,送了差使的钱,径往船中。见是沉醉的,差人吆吆喝喝,扶起跌倒,只得众家人搀了,径到堂上来。人龙还在梦里,不知人事。

知县见这般光景,想到:“乘醉打人,这是常事。若昨日打死了人,缘何今日尚然未醒?打死人之后,终不然又劝他饮酒不成?衣衫犹然在身,不像行凶光景,事有可疑。”便道:“报告凤成东,你且外面伺候。且把费人龙一面收监,待他酒醒再审。”恰是打听人役报道:“按院巡到嘉兴行事,老爷即刻起身公务。”知县听罢,挂一面牌在县门首:本县公出,凡一应投文人役,候回日投递。毋违。冯吉见了挂牌道:“此去少也十日,如何等得?”篾片道:“你原为着那人做事,只须同去停当了前件,看景生情便了。”冯吉一干人原船复了回来。

谁知这日彩云腹中疼痛起来,忙着家人去寻人龙,不期这晚冯家众仆因家主不在,各自出外吃酒去了。问管门老子,竟回得不明白,费家人直进里面响叫,只见走出两个妇人,道:“你是何人?在此怎么?”费才道:“我是湖州费相公家人,大娘要分娩了,来寻相公。”那家人不知缘故,去问主母。这主母唐氏,年纪三十六岁了,一心向善。见丈夫豪恶,苦劝不听,他便立了个主意,分了净床,吃了长斋,每日向佛堂念佛,看些经儿,一毫外事也不管。这日听见说费家娘子分娩,来寻主人,他又不知和他们那里去了,便道:“分娩大事,家主公不在怎好?”便道:“这是生死之际,客边在此,若有些差池如何是好?”便分付妇人家走几个来,一面着一个小使去请稳婆①,自家同了费才,跟随三个妇人径到费家。只听得费娘子坐在床前正叫疼叫痛。唐氏也不施礼,忙着妇人伏侍。

恰好收生婆已到,此时烧汤的去烧汤,抱腰的抱腰。唐氏又问费家管家婆:“可曾有小衣服?”回道:“未曾。”唐氏急令一妇人归办,衣衲、酒食、药饵一齐都备,真真亏了这唐院君。只见彩云攒眉捧腹,犹如西子心疼一般。有歌一首,正是:

慈母生儿日,五脏尽开张。
心身俱闷绝,流血似屠羊。
生下问男女,是儿喜倍常。

---

① 稳婆:收生婆。

喜罢悲还至，痛苦彻心肠。

一时间生下一个孩儿。稳婆断脐沐浴，唐氏亲与童便、姜醋吃罢。彩云心中感激不尽，只不知丈夫何处去不回。唐氏令妇人摆出酒肴请稳婆，打发稳婆，都是唐氏。不想他丈夫要害彩云的丈夫，妻子又尽心救他妻子，也是各人好恶不同。

天色傍晚，稳婆去了。唐氏留一妇人，名唤素梅，道："他的丈夫随员外出去，你可在此夜里伏侍费娘子。倘要汤水之时，不可迟误。"素梅随了唐氏，到了房中拿着铺盖，就在彩云床前铺下，到也小心服侍，递汤送水，不用彩云分付。正是：

唯有感恩并积恨，千年万载不成尘。

且说冯吉次日到家，闻知费娘子分娩，大失所望。所喜身子还健，篾片道："我想产后妇人是虚怯的，其夫之事不可与他闻知。一时哭死，把什么来弄？只说别人请他苏州游虎丘去了，安着他的心。待他健了，把甜言蜜语哄他一家住着，朝夕送些酒食，先去结他的心。那时网中之鱼，待事成了云云再娶。"冯吉道："这话说得有理。"明日，着人送酒送食，彩云感激他夫妻二人道："幸喜得好人相逢，只不知丈夫苏州几时回来？"

且说素梅丈夫叫名阿魁，极嘴尖的。一日，素梅问阿魁："费相公不知道几时回来？他娘子日夜挂念。"阿魁道："若要回来，这一世不能够了。"素梅惊问，他就一五一十，把前后事情尽言说了。又道："明日晚间，还要抢他妻子进来，云云着哩。"正是：

夫妻且说三分话，未可全抛一片心。

这素梅因伏侍彩云好了，彩云感他好情，私下与他一套衣服，又有几件首饰。素梅又喜彩云为人温柔，到十分心里喜欢他的。听见丈夫说出此事，如冷水淋头一般，吃惊非小。阿魁叮咛不可泄漏。素梅道："自然。"自己心下十分不乐，他想道："我如今欲通知费娘子，他是女流，一时干出余事，岂不害他？欲待不说，倘员外明晚用强，这费娘子不像个肯从的，一时间死节，亦未可知。可惜这般一个好人，终不然看他落局。看我院君十分怜他，不免把此事一一的说与他知道，救他一命，有何不可？"便三脚两步进了院君佛堂，把前事尽情说出。

院君惊得面如土色，话都说不出了，停了一会道："素梅，自古救人一命,胜造七级浮屠①,我有理会了。你悄地里通知费娘子,只说'员外明晚抢你进来'一事,那费官人在监之事且瞒着他,恐他一时知道,生死难料。你的哥子在江内摇船,可去唤他来,连夜送了费娘子还德清。到他家中,此事再与他道,未为迟也。"

素梅别了院君急到费家,悄悄与彩云说了这一番话。彩云吃了一惊:"缘何有这般奇事?"便哭将起来。素梅忙止住道:"院君叫船连夜送你归去,你可快快收拾,若员外一知,插翅也难飞了。"彩云道:"一时间那得船来?"素梅说:"我哥子在此摇船生意,待我去河口看他在否?如不在,只须你管家另雇便是。"

素梅忙去河口一看,恰遇正好回来。素梅忙叫哥哥:"院君着我唤你的船,连夜到德清送一亲眷去,与你船钱。"那船户道:"这等,待我收拾到来便了。"这边彩云忙忙收拾。已傍黑了,船一到岸,费才夫妻并素梅一齐相帮搬运,收拾得更尽。彩云着素梅上复院君,千恩万谢对着素梅道:"我官人来,且不可说甚的,恐一时竟气起来,未知凶吉。只说我身子不健回的,我自慢慢着人来酬谢你。"两下流落泪来。唐氏又唤素梅送些下情酒肴道:"欲来亲送,恐员外得知到不好了,改日着人来望便是。"两下别了。正是:

鳌鱼脱却金钩钓,摆尾摇头再不来。

那船连夜往德清进发,彩云到家不题。

且说冯吉,次日打点抢着彩云,那凤成东早早已来了。各人打点做事,只有唐氏与素梅两人在佛堂中暗笑。那冯吉抓耳揉腮,心火不安,巴不得到晚。心中等不得,先去看看着。只见门是掩的,推门一看,静悄悄的,便一步步踱将进去,并无人影;又走进内室,只见桌椅床灶而已,吃了一个惊,回身便走,恰好撞着篾片,道:"走了,走了,事不谐矣!"篾片吃了一惊,道:"何人走了消息?"冯齐叫齐使唤家人,忙问:"何人走我消息?"各人目定口呆,连阿魁也赖,不曾对人说来。正是:

空施万丈深潭计,那得骊龙颔下珠。

冯吉道:"怎了,怎了?空着了害费生,如何了结?"凤成东也没理会处。只见家人说:"县里差人催审,在外边坐着哩。"冯吉怨着篾片:"事又不

---

① 浮屠:塔。

成，打这样天大官司，如今怎了?”篾片道：“事不干差，只是走了雌儿。有心如此，一不做，二不休，一边往牢里用些银子摆布死了老费；一边告着他妻子，说赁屋为名，偷我资财连夜运回。那时少不得出来对理，再施计策谋来便了。”冯吉道：“如今差人，你去回他，再迟几日来听审。”免不得吃些酒食，送个包儿，径自去了。篾片又与冯吉道：“事不宜迟，拿些银子到狱官处使用，着他动张病呈，弄死了他再好谋娶。”登时冯吉叫阿魁带了银子，随了凤成东到狱里使用。

且说费人龙，那日醉里睡在监中，直到黄昏时候方才有些醒意。此日禁子虽然收监，然见是个斯文醉汉，又不知何等样人，狱官先分付放他在官厅上傍睡着。这一时醒来，也不知天晓夜暗，只听得耳边厢喝号提铃，好生惊恐。把手去摸，又不在床上，又无衾枕，寒冷起来，又不知在何所在，竟不知身陷狱中。吆吆喝喝，直至天明，坐起一看，还只说在冯家厅上，他整衣立起。

须臾，厅后走出一个人来，头上戴着一顶四角方巾，身上穿一领旧褐子道袍，脚下穿一双秋子蒲鞋。人龙一见，未免整衣上前施礼。那狱官姓卜名昌，乃北京顺天府宛平县人。年将半百，只生一女，年二十岁了，因随任来了四年，尚未有亲。妻子早已亡过，只带一房家人媳妇四口儿，到崇德县来做官，为人耿直。他一见人龙上前施礼，他已知道是个有名的秀才，乃逊他大首拜揖。人龙回礼就座，便开口动问：“老先生，此处敢是府上么?”卜昌见他还不知是牢狱，到一时不好便说，道：“先生还不知道，请到里边书房再讲。”把人龙引进了书房，坐下道：“且请梳洗了再说。”忙分付家人送水洗面。又拿了自己梳具与他梳头，又分付女儿秀香打点早饭。秀香见说，道：“爹爹，是个犯人，为何如此待他?”卜昌道：“你不知道，这人是个秀才。我方才仔细看他，是个贵相，不是犯法的人。况又未曾经审，未知怎的，那里不是施恩的所在。你依着我，三餐茶饭不可怠慢他。”秀香听了这几句话，便齐齐整整的打点。

请他饭罢，卜昌方说：“先生，想你虽在缧绁[①]之中，非其罪也。”人龙听罢吃了一惊，道：“正欲动问，念小生素昧平生，极蒙垂爱，不知老丈尊姓高名？为何学生到此取扰?”卜昌笑了一笑道：“先生，在下草芥前程，

---

① 缧绁(léi xiè)：捆绑犯人用的绳索。

是本县狱官。兄被人告在县堂,昨日闯下来的。”人龙听了几句话,正是:

两腿不摇身已动,面皮不染色先青。

有半个时辰发抖,那牙儿哈哈的响个不住,那里说得出来。须臾,又施礼道:“不知得罪何人?”又问:“不知学生是何人告发?是何事情致于下狱?”卜昌道:“这般不知,待在下往陈房里查与先生看。”他便去了。

人龙想着,好生利害,竟不知何事关在此间,又想妻子不知可晓得否。正想间,卜昌取了原状,递与人龙看。未看之时还好,看罢了,一时手脚恣①将起来,那身子软将下去,一气便倒在椅上。秀香看见,泡一碗姜汤,着人送出来,勉强呷了两口,便道:“冯员外与学生交浅情深,初时请做《雪景赋》送本县的。次早又浼我写,便言以后相好往来。前日邀至后居,与一个篾片凤成东,二人将我灌得十分沉醉,后竟不知几时到了此处,那有打死人的道理!又不知为甚害我至此,不知怎生样审问的?”卜昌道:“不曾审,太爷府里去了。若是审过,不知怎样吃苦,那里遣放你坐在此间?据你说来,醉酒是实的,醉了四肢已软,那有气力打人;况又斯文人,料不动手打人。不若且在我处食饭,待太爷回来,告一纸诉状。如问得不妥,着人往上司去告。”人龙道:“县尊与他交好,恐听一面之词,如何是好?”卜昌道:“为何你知他与县尊交厚?”人龙道:“因送围屏,赋雪是我做的。”卜昌道:“诉状上到要写出来,便不能为他一边,待我与你出力便了。”人龙道:“多感恩台用情!若有出头日子,犬马报德,决不相负!只是记念寒荆,不知怎样?想今又将分娩,实是放心不下,不知老恩台可放得学生一去否?”卜昌笑将起来:“书生不知法度,不要说这人命关天重罪,就是些须小事,也私放不得的。设或有大分上,也直待太爷回,有的当保人方使得的。那有私放得的!”人龙听罢,流下泪来。卜昌道:“兄且放心,自古牢狱之灾,命中犯着,一日也少做不得的。”又说:“官司多一日不拘,少一日不吃,准准的该晦气脱了,自然消释。”人龙想着道:“算命的果然说道我身有大难,死也死得的,往百里外躲避,过了百日适好。如今正在百日内遭此大难,可见有命。”卜昌道:“算你后来如何?”人龙道:“据他说,后来功名显达,不足信也。”卜昌道:“目今应,后来必应,自古说得好:

万事不由人计较,一生都是命安排。

---

① 恣:指抽搐。

这只得没奈何。”晚上，卜昌拿自己铺陈与他同睡。

且说次早，秀香与父亲说道：“昨夜间，梦见姓费的坐在房里，须臾头脸变一龙头。正在害怕之间，又有风雷大作，那费生腾身一晃，竟是一条青龙，把身飞上去了。那身上一摆，把我也带在空中，害怕得紧。惊醒来，听得县堂上正是三下鼓。”卜昌听罢道：“不可做声，我有道理。”

过了数日，只见一个禁子在那里叫响，卜昌听见出来，他便附耳说了些话。卜昌同禁子出去讲话去了，人龙独自一人，没奈何取纸笔改着诉状。只见卜昌走了进来，径往女儿房中讲话去了，有两个时辰，方才出来。人龙也不敢动问，卜昌把人龙细看，又看了一会道：“先生，这冯吉是个豪恶。我这监中十分之中的犯人，到有三分是他的对头。原来先生这宗事，为着令正姿色上起来。”人龙惊问道：“老恩人何以知之？”卜昌道：“方才冯生着两个人送我二十两银子，又与那王禁子五两，要我谋死了你。”

人龙见他说罢，这番真惊死了，救了一个时辰方才转醒道：“恩人仔细与我一言。”卜昌道：“你不可吃惊。我已有放你之策矣。”人龙下拜，卜昌忙扶起道：“令正已分娩了，恭喜生得一位令郎。冯吉竟要抢令正进去，不知何人走了消息，到被令正逃回了。他无可奈何，如今要谋死了你，要告陷令正窃取资财罪名，定要图他到家。我今一事同你商量，我想他陷你打死人命，料难对审，故此着我先动病呈，再后绝呈。不若先动一纸病呈，捱到年，封印之时，动了绝呈。他那时忙急之际，必定不来相验，便好活你了。只是难于出去，怎么好？这事瞒不得王禁子的，待我与他商量。”又出去找寻禁子去了。

人龙听了这番话，好生惊恐，心中十分感激狱官。只见王禁子同了卜昌走进书房，作揖坐下道：“所事不必言矣，我二人做得干净，决不犯出来的，但只要你自小心要紧。想冯家干这等没天理的事，报应也只在两三年内了，他干的恶事，多得紧哩！卜老爷有救你的心，没放你的路，想来也其事难成。看你相貌堂堂，后来是个发达的。今卜老爷年老无子，正是一位小姐，年纪也正相当，我做媒，与你做个二娘娘。这番是他的亲女婿。到捱年，同了小姐叫船径回德清，同了大娘径上京去，到岳丈家住下。带些银子，到北京纳了监，科举起来。靠天若得出身，报仇有日。得了官时，不可忘我的情。”人龙忙谢道：“岂敢！这活命之恩，岂敢有忘！但小生萍水相逢，蒙卜恩人如此厚德，也当不起，怎好又望着小姐这般事来？”王禁道："实不相瞒，因小姐梦了一个吉梦，我再三说合，故此应承的。若不如此，我们都不管。"人龙道："既如此，恩如山斗；稍有寸进，犬马相酬。"王禁道："前日进监，只有我见；若是次日，也做不来。非唯死中得活，又得了一个老婆，这叫做逢凶化吉，遇难生祥，后来必定好的。"

卜昌取通书一看，"今日是个吉日，诸凶皆避，就今晚成亲便了"。即时分付家人整备应用之物。俱停当了，人龙道："蒙岳翁大恩，顶戴不浅，但小婿并无一丝为聘，何以处之？"往袖中取出扇子，上有白玉鸳鸯坠二枚，解下道："微物表情，尚容补聘。"卜昌收了，进房与秀香藏下。到晚上，悄悄的完了亲事，留王禁吃酒，卜昌送一封花红礼与了媒人。

恰好次日知县回衙，投文时递了病呈。至二十日封印，卜昌恐堂上疑心，自己上堂递了绝呈。知县看道："果然死了。"卜昌道："是。"知县道："会有亲人领尸么？""亲人有了，未曾具领呈，不敢发出。"县官道："年毕了，待他领去罢。"卜昌点了一头出来了。到了衙中，十分快活道："事不宜迟。"着家人叫下船只，发了行李先放在船中。叫了王禁，唤下两乘女轿，傍晚开了狱门，一径抬出衙门，一道烟去了。卜昌送到船中，把到北京亲友的几封书札，又道："明年大科，贤婿切不可错了场期。老夫明年三月已满，可与我往吏部里见一书办，已有书在这里了。"分付完，两下别了。他分付开船，往德清进发。

且说彩云，朝日望着丈夫，求神问卜，辗转心疑道："傍年了，为何还不回来？"十分烦恼。直至除夜，他哭哭咽咽，在房中吊泪，只听得费才叫声："大娘，相公回了。"欢喜得彩云拾得宝贝的一般，忙走出来。两下一见，都哽咽起来。这边走过秀香，朝上见礼，彩云忙问："这是何人？"人龙说："一言难尽。这是我救命的恩人，说起话长。"道："停会与你讲罢了。"登时打发了船家。到晚来分岁之时，把酒醉到监事情，一件件说得明白。彩云立起身来，把秀香请在大首施礼："原来恩人之女，奴家情愿让做姐姐。"秀香说："岂有此理。爹爹原命奴为小星，焉敢越礼？"人龙道："你二人性格温柔，料后没什醋意，姊妹称呼便了。"秀香小三年，以妹子称之。

次早，家人、使唤妇女一般叩首贺节，没甚大小。人龙说："事不宜迟，冯吉为人狠毒，趁早雇船北行。倘若迟延，祸生不测，悔之晚矣。"彩云说："正是。"着费才雇船直到京师，仍带费才夫妻并奶娘，共夫妻与儿子七口起身。家中分付管家料理，所有金珠细软，尽付箱中。新年初三日，烧纸开船，七个人一径去了。自古：

清酒红人面，财帛动人心。

不期下行李之时，早被强盗见了。那盗乃江湖大盗，诨名水里龙，有一身本事，千斤力气。凡遇一只船内有十余个客商，他独自个一把刀立在面前，这些客就送与他了。江湖上说起他，也都害怕。这日不小心被他见了，能得几个人，他那里放在心上。恰好船行到崇德，过去石门地方，是未牌时分，夫妻们正在那里吃酒，彩云说及唐氏与素梅前后好处，船是离岸有三四尺的，只听得船头上一声响，那船侧了几下。人龙开出舱门一看，好一个大汉，满肚皮疑是冯家使来的刺客，便深深打躬道："请舱里坐。"水里龙见他这般一个斯文待他，把刀也不拿出来，就进中舱。其余男妇，惊得后稍躲避。

费秀才斟上一杯酒，深深作揖奉去，强盗笑一声，接来吃了。他又斟上一杯如前送上，强盗接了酒道："书生莫要如此待我，有酒待我自吃罢。"便坐下大杯吃，并无话说。人龙取酒，他又吃，将至半酣道："秀才，我前日见你箱中有物，随你已是两日了。你好不小心，我今日不拿你的，前边去还有人取你的，这头还留下牢哩！我问你，因甚要紧，新年里赶船赴京？"人龙见问他，方知道不是冯家使的，便坐下又送酒与他吃着，便将算命的直说到为此往京逃避。

强盗听罢，大怒道："冯吉豪奴，这般可恨！有日撞着我，休想饶他！"道罢立起身来，拱拱一手道："去了。"人龙一把扯住，跪下道："壮士，你方才有意而来，今径自空去，岂不怪我？前边性命难保，可怜我夫妻都是含冤负屈的，若前边死了，做鬼也不瞑目。求壮士取了金珠，怎生留得记号，得前途无事便好。"强盗扯起了秀才道："几乎忘了。"忙取纸笔，画了一条青龙在水盘旋之势，道："你可贴在头舱门上，日后便无事了。如黑夜不见之时，你说水里龙贴在舱门上的，他自然去了。"道罢，径上船头，把身子一跳，大踏步往岸上去了。夫妻重新走来道："胆都破了。又是这强盗好哩，遇了恶的如何是好？"一路上去，果然平安。

到三月内，方到京中。人龙雇了牲口，问秀香说："你家住在何处？"秀香一一说明，随上岸去寻了宗族。有了住宅，把家眷什物俱进了城住下。往吏部各处下了书札，速央人往国子监纳了监，便静坐书房勤读。

不觉秋闱①将至,纳卷入场。到八月廿六揭晓之时,已中九十一名,三夫妻快乐,不必言之。恰好到九月,卜昌已离任回京,大家欢喜,摆下一桌团圆酒,欢喜不尽。不觉春场又近,人龙又猛读多时,会试中试,殿了三甲进士,吏部观政三月,选在镇江府丹阳知县。他有了凭,接了卜昌一同赴任,一路上满心欢喜。他想道:“几年之间,有同年到浙江做巡按。冯吉强恶,一定难饶了,那凤成东活活打死他,只是唐氏、素梅二人大恩要报,王禁子着实报他。”

一路行来,又是丹阳地方,一县人役早已接着。择日上任,免不得参谒上司,答拜乡绅,忙了月余,方得理事。把上司未完事件并前任旧卷,一一的问断明白,百姓无不感恩。

一日,前任未结的一桩事,乃是杀人强盗于上年八月内,在扬子江内杀人,当时即被官兵捉获送到本县,尚未成招的。分付提牢吏即时取来。见一个强盗出来,跪在地下。问道:“你叫什名字?”强盗说:“名王立。”问说:“你杀人可有对头么?”“有。”“可有刀么?”答道:“有的。”问:“你一人怎么为盗?可有余党么?”答曰:“只得一人。小的那日,原不为劫财杀的。”问曰:“为何?”答曰:“小人上年正月初五,在石门镇上欲劫一个秀才金帛。上他船时,秀才十分恭敬,小人怜他怯书生,吃了他几杯酒,他把一胸的冤恨,细诉与小人知道。此时也要为秀才出不平之气,故此打听得仇人出入,直随他到了扬子江,上船杀的。只得小人一身是实。”知县又问他:“仇人住于何处?姓甚名谁?”答曰:“住在崇德乡间,叫名冯吉。”人龙早已晓得了,大堂上怎好认得强盗。又说:“你这些为盗的都有诨名,你可有否?”答曰:“小人诨名水里龙。”知县道:“为人报仇,乃是侠客。又不得财,又无对证,况一人怎生为盗?”又问:“你可知那日秀才的名姓么?”答曰:“小人一时起意,不曾问得姓名。但初三日下船,所在是德清县城外,小人认得。”知县道:“既有在处便好查访,如果真情,后来放你。那日冯吉身畔,有人跟随么?”答曰:“有一人。小的一上船,他已先跳在江里去,死活不知道。”知县分付带起,依先坐在牢里去了。退堂进衙,请了丈人并二位夫人一齐坐下。把水里龙一事,从头至尾一说,三人一齐快活道:“为你杀死仇人,明日快快放他!”人龙道:“且再迟些,恐一时放去,上

① 秋闱:即秋试。

司知道说我纵盗。我已有出他审语,再迟一月,方可放他。"

光阴迅速,又过了一个多月。分付提牢吏把强盗王立取出来。须臾,跪在下面。知县便道:"你上来。那德清秀才,我已着人查访,果有仇人冯吉。他还讲有个凤成东,到是个主谋,为何放过了他?"答曰:"老爷青天,小人直说。小人故虽为盗,实有侠肠。一般见孤苦的,小人肯怜惜他。因那秀才受冤,心实不平。小人也与同伙人于上年二月已分付过,遇此二人代我杀他。后至五月端阳,那凤成东他在冯吉家吃酒,至黄昏出门,被伙计先杀了。不瞒老爷说,那冯吉家中九月间已知冯吉杀死了。他妻子唐氏又是善人,不管闲事。先被家人偷盗,后来这些占田产的人,被害的共有数百家,径大家约日会齐,把内囊抢得精光,房屋放火烧了,田地都被占去了,家人尽数走完。那唐氏后来没住处,投入前村尼姑庵修道,只得一个家人媳妇随他出家。"知县道:"我闻知冯吉豪恶如虎,今已报应,到也亏了你。如今放你,为人除害,是个好人。但放你去,恐又为非,则上司罪我纵盗。你肯指天为誓,放你去罢。"答曰:"小人心直口快,断不敢负老爷释放之恩,敢累老爷哩。小人家赀①也不少,断断不为盗矣。立誓到不足取信。"县官道:"料你直人,不敢为非矣,去罢。"水里龙当堂磕四个头,径自去了。

人龙退入私衙,把水里龙说杀篾片、散家缘、唐氏出家一番话,说与丈人妻子说了。喜的是冯、凤二人杀死,苦的是唐氏没有住场。知县说:"这个不难。"次日升堂,讨一只浪船,差一名甲首,付与他五两银子:"可到崇德冯家前村尼姑庵中,接取唐氏院君,再问素梅消息。他问你何人差的,你说德清费夫人感当年你看顾分娩情由,一定要他起身同来。"甲首应承去了。

不须半月,唐氏同素梅已到了。报进衙去,即开门请进,两位夫人迎接,各各施礼,彼此感谢一番,整酒相待。次日,着就原差甲首,复到崇德县中牢里,寻禁子王元到来。不期王禁死已半年,有一子王一,甲首请了他来。到时通报,开衙接进,卜昌说道:"可惜你爹死了,不然,费爷正要看重着他。"遂设席相待。住了几日,不想正是唐院君齐头四十岁,人龙整席上寿。次日,送王一官俸五十两而别。

---

① 赀(zī):同"资"。

其年,钦取人龙补户部主事,渐升至兵部侍郎,儿子费廉已发高科矣。忽一日坐堂,见一个把总手拿手本进来参谒,上写着新授直隶松江府沙州把总王立禀参,侍郎把他一看,正是水里龙,道:“你认得我么?”王立道:“似有面熟,一时想不起。”侍郎道:“丹阳知县放你的,就是我。”王立抬头细认,叩头下地:“那日若非老爷释放,焉有今日?”侍郎道:“那船中秀才亦是我,若不是我,谁肯放你杀人罪犯?快请起。”置酒私宅请他,岳丈兼儿子一同陪酒。后累荐王立官至总关总兵。费廉中了进士。秀香生二子,俱登高第。卜昌寿九十,后本宗立嗣一子,侍郎加厚待之,俱昌盛累世云。

第十七回　孔良宗负义薄东翁

紫燕衔泥二月时，先生失馆竟何为。
仲尼有道终归鲁，孟子无心肯事齐。
卖剑只因嫌价少，弹琴应为识音稀。
鸾凤暂出丹山外，要借高梧第一枝。

世上万般生意，唯为人师者尊重无比，就是人家朝夕焚香礼拜的，止得天、地、君、亲、师这五个字。至于人家一请先生进门，就是朝夕供养，犹如敬重父母一般致意，那一个敢怠慢着他。所以为师者，当尽自己的学力，尽心教训，方不有负东家一片致诚的真心。如今，先生未到得六个月中旬，便思量钻谋下年的书馆。一闻某处是个好东翁，供奉极盛，馆谷极肥，便心里梦里想着，务必央人去讲，略有一面之熟，便去挞面皮，求荐书。谋得到手，初然坐馆便勤勤谨谨讲书讲文，不辞辛苦。待其下人，极其宽厚，叫小使小官、阿哥、大哥，下人无不欢喜。待学生，就是帮闲的奉承大老官一般举动，无不逢迎之意。直至过了端阳，半年束脩到手，下半年便又不同了，诸般都懒散起来，这山望见那山高，终日往街坊打听某处有好馆，又去钻谋了。所以，有恒业而无恒心，把人家子弟弄得不尴不尬，误人之事，最为可恨。

如今且说个请先生乡绅，这官宦住在浙江嘉兴府秀水县，姓江，名字五常，官居侍郎。只因无子，半百之年便告了致仕①。大夫人无得生长，连娶了六个美妾，越着紧越没影响了。又曰："花多不得子，寡欲多生子。"有了六七个妻妾，一夜一房，尚且轮流来也是疏懒的了，还经得空了几夜不成。大夫人又道："你年过半百，也算是老年的人矣。看了这般光景，子息不能数了，还须查看同房，该应继立嗣子一个，免得一有差池，这万万家财被人抢去，又无后代，悔之晚矣。"江公道："夫人之言有理。"遂将胞弟次子江文，择日请亲承继过来。

这江文方得九岁，正要紧读书之际，江公遂将要请先生一事对亲友说

---

① 致仕：辞官归居。

知，那荐书雪片一般来了。江公为难，听分上一个也不成，遂着家人往余姚，打听近时宗师考在优等生员，请一个来。家人领了主人之命，径到余姚往学里去查。有一个孔良宗，乃提学岁考批首，也有馆的，因东家止得一个学生，是独请的。不期学生得病而亡，正失了一个肥馆在家叹息，却好遇着江家差人来请，十分快活，厚款来人。次日收拾起身，同了家人一路而来。才下得江船，开得几丈路儿，却遇潮来，满船之人都道："顺流利市。"来到江家，见了主人，相见甚欢。大凡做先生的，果然有不乐之处：妻子在家守有夫之寡，自身在馆坐无罪之牢。守了一年才得释放归家，一似囚人遇赦的一般，好生快活。未及一月又要分离，正是才得相逢又别离。

且说江公，见先生笃实沉静，便已放心。打听得浙江按院乃是同门同年学道，又是相知，他心中要到西湖游玩，因便耍耍回来。带了几个家人，两个小使，动用之物无所不有，别了妻妾，到书房别了先生，一径而去了。这些家人媳妇并同小使丫头，一见主人出门，一似开笼放雀的光景，都往门楼下顽耍去了，连书房中茶也没个人拿。大夫人着那服侍扬州姨娘的使女素梅，拿茶送到书房中来。先生看见道："有劳姐姐送来。"素梅道："这些小使，但是老爷一出门，他们都去白地了。无人在内，着我送来。"先生道："多劳你了。"

去不多时，只听得里边一路儿欢笑出来，都往前厅去了。先生听见，便问江文："是什么人这般欢喜？"江文立起身来往外去看。连学生也不进来了。先生见江文不来，要去叫他进房读书，走出房门往厅后张看。这一张，弄得一个老实先生反做了虚花浪子，一时轻浮起来。只见六个美人生得：

媚若吴宫西子，美如塞北王嫱。
云英借杵①捣玄霜，疑是飞琼偷降。
肥似杨妃丰腻，瘦怜飞燕轻飏。
群仙何事谪②遐③方，金谷园④中遗像。

---

① 云英借杵(chǔ)：见第十八回。
② 谪(zhé)：神仙受罚，降到人间。
③ 遐：远。
④ 金谷园：晋人石崇建金谷园，在园中与王恺等夸富斗富，指晋朝奢靡成风。

先生虽年年坐馆，各处乡绅人家处过，自不曾见有一家六个都是国色天姿的俏丽，人人美貌。看了裙边之下，弓鞋各有长短，大小不同，止得一个穿玄色绿纱衫袄的美人，那一双小脚实是小巧，令人爱极。

正在张望间，只见门公报道："许相公来望大夫人。"那一个个美人跌身就转，往内一跑。先生慌了，急回身一走，忘记后轩门槛，一交绊倒，跌个合扑。一众美人见了，都忍不住的咯咯之声。有一个笑字谜儿，说得有理：

说价千金可贵，能开两道愁眉。
或时扯破口唇皮，一会欢天喜地。
见者哄堂绝倒，佳人捧腹揉脐。
儿童拍手乐嘻嘻，老少一团和气。

先生跌倒不起，江文来扶，那一众美人都掩了嘴儿，齐进去了。

先生归房坐下，与江文说曰："因你去久不来，出来唤你。不期女客进来，急欲回避，忘了门槛，一绊跌倒，被这些女客笑了。"江文道："是许家表兄来望家母，这些姨娘们要避，走得快了，到把先生累了一跌。"先生说："我这一跌，足值六千银子。"江文说："怎生解说？"曰："岂不闻美人一笑值千金？如今六个美人一笑，岂不值六千银子。"江文说："想先生这一跌，连屁也跌出几个来。"先生说："为何？"江文说："我见六个姨娘都是掩着鼻子的。"先生说："这般一跌，到是个及第先声。"又问学生道："那穿玄色纱袄、小小脚儿的，叫做第几位姨娘？"江文道："这是前年到扬州娶的新姨娘，姓李，他琴棋书画，诗词歌赋，女工裁剪，件件会的。我父母都喜欢他，把内库金银皆托他掌管。方才送茶来的素梅，是伏侍新姨娘的。"先生道："天虽未晚，我因跌了，不耐烦久坐，对课进去罢。"出课曰：

南国佳人，腻玉容颜真可爱。

江文对久不就，先生说："你方才说新姨聪明得紧，何不拿进去央他对看？"江文立起身便走，先生叫转来："此课只好与新姨一人知道，若被别人晓得，非唯说你资质不好，连我也有失教之名了。"江文说："不须分付。"径往新姨房内，取出课来，要他对就。新姨看了笑道："这跌不杀的麦糟包，还要油嘴。"便写道：

西斋学究，谦恭着地假斯文。

江文拿了来见，先生笑曰："他来讥诮我跌了，故曰'谦恭着地假斯文'，到也是个作家。”又想道：“我虽然不该挑他，他也不须诮我，不免再改一对，将进去与他，看他怎么？”遂写：

东墙秀士，偷香手段最高强。

写罢，呼江文说：“新姨取笑我，如今我改过了。你拿进去与他看，可改得好么？”江文拿了到新姨房里，新姨道：“这蛮子可恶得紧！且留在此耍他一耍，看他如何？”叫：“公子，你去回他，说此课对得好，留与老爷回来请教。只是东墙高，看跌坏了。”江文直道其事，先生慌了：“若真与东翁看，成何体面？”便又着江文进去讨了出来。新姨故意不与，叫小使送夜饭出来，那里吃得下去，长嗟短叹，无限忧愁。直至更深，一些不用，小使依先收了进去。新姨看了，忍不住笑道：“我原作耍，蛮子却认了真，害了食不下咽。明早着素梅还他罢了。”

次早起来，把前对批在后面道：

恁般胆小，不算高强。

即着素梅拿了还他。那素梅口角极会尖酸，见了先生道：“先生对得好课，到恰是杨修的挠对。昨日跌坏了，晚间正好用些酒儿活血，缘何反不要吃？岂不闻有酒食先生馔？我晓得先生的心事，只为着偷香手段。我再三与新姨说了，拿来还你，把什么来谢我？”老孔见了对联就是得了性命一般，好生欢喜道：“好姐姐，我明日投在你腹中，生个梅子补报。”素梅晓得取笑他小名，便回道：“这等是个酸胎养的，还吐酸子。”先生道：“我这梅子拌白糖，名为细酸，极有甜头儿的。”素梅道：“细酸，我嘉兴极贱之物，连姜丝昨日价钱都跌倒了，只好与麦糟包一样看成。”先生暗想道：“好个利口丫头！”只得回道：“你嘉兴人惯喜扯这般臭蛋。”两个各笑起来。老孔正要把那对的字纸来扯坏，只见后边批了二句，看道“恁般胆小，不算高强”便又一时胡想起来。正是：

一时造下风流孽，千古传扬轻薄名。

只见江文出来读书，见了先生施礼，与素梅道：“新姨唤你进去。”素梅去了。这老孔道：“他批此八字，说我胆小做不来事，明教我放胆大些才是手段。我如今不免吟几句情诗送去与他，若有意必有回头话，又似留作对联的光景。我看他亲笔批语在此了，怕他怎的！”把江文早间功课完了，取笔写曰：

风流雅致卓文君[1],借此权为司马琴。
今世有缘前世种,忍教咫尺不相亲。

又曰:

蓝田双玉已栽根,才得相逢便记心。
海内易求无价宝,世间难得有情人。

写毕封好了。下午素梅又拿茶来,先生道:"梅姐,今日又有一对,烦姐姐送与新姨一看。"素梅笑道:"明日不要又急,今番不与你讨人情了。"先生道:"我如今有了新姨年庚在此,是一宗姻缘公案,还有什么急!"素梅忙问道:"什么年庚?"先生笑道:"这批的八字岂不是年庚?"素梅只得拿了进去递了。新姨拆开来看道:"这麦糟包渐渐无礼了,存下在此,必定要与老爷看了,赶他回去。"素梅说:"他且是不怕,道姨娘批的八字当作年庚,与老爷看反惹是非,不要理他罢了。"

且说江衙里娶的第三个妾姓王,是苏州人,家中唤他做苏姨。脚虽大于新姨,然而容貌各有许多媚处。他小名楚楚,也是个粗通文墨的女子。他与新姨两个,比众分外过得相厚。这时候,恰好走到新姨房里,见了桌上诗儿。新姨把昨日的对谈其原故:"他今日又将此诗来轻薄,本要说与主翁,奈何对后批了八个字儿,恐惹猜疑,只索置之不理,便宜了他。"楚楚道:"昨日偷观我们已遭一跌,已不成先生体格;今又如此,是一个浪子了。"一边说,把两首诗拈齐了笼在袖里。归房想着:"我家主翁有十万家私,用此少得一个亲生儿子。如今我移花接木,把些情儿结了书生一点好心。到了田地,黑暗里认做新姨,倘侥幸度得一个种儿,是我终身受用不尽的了!不宜错过机会。正是:

慷他人之慨,风自己之流。

有何不可?"即时拣了一盒儿沉香,速着使女春香悄悄拿去,道:"是新姨着我送上先生,多多致意。素梅口快,以后有话,不拘大小一概勿与他言,待我出来传言方可。"一径往书房里来。

恰好江文又往外边去了,春香把香盒送与了他,把楚楚分付言语一字不差传与老孔。那先生欢喜得顿足拍手的笑道:"姐姐在此坐着,写一字儿,代我送与新姨。"写道:

---

① 卓文君:汉时卓文君寡居在家,司马相如以琴挑之,二人相爱私奔。

荷蒙嘉情隆重，赐我名香，虽鸡舌龙涎，莫过于此。再拜领入。香烟透骨，恩已铭心，谨奉数言，聊申鄙意：

仙娥赐下广寒宫，透我衣裙亵①我床。
情似文君爱司马，意如贾氏②赠韩郎。
木桃③愧乏琼瑶报，衔结须歌环草章。
且把笑尖深致意，斗山恩爱敢相忘。

封好了递与春香："多多致意新姨！满怀心事，尽在不言而已。"春香拿了递与楚楚，看罢笑了。正是：

李代桃僵，指鹿为马。

楚楚存了私心，每每着春香送些香的花儿，或香的袋儿，谨谨密密，别个一些也不知道。

一日，老孔偶出书房，恰遇新姨出来，便笑吟吟上前作揖。新姨见了，回身径走。老孔立得身起，人已不见矣，遂想道："这几时怎生相爱，缘何今日不理了？我左猜右料，他还是恐被人见，怕看破机关，故此避去，到是个老到的妇人。也罢，不免再寄一首情词与他，要他回音，看他怎么。"诗曰：

朝思暮想俊佳人，想得终宵好梦频。
梦里许多恩与爱，醒来不得徂沾身。

又曰：

忘餐废寝害相思，短叹长吁只自知。
求恳多情通一线，胜如获得夜明珠。

封好了，恰好春香送一枝茉莉来。先生笑道："果然，我料得不差。"悄悄将词儿付与春香去了，楚楚拆开一看道："事不宜迟，趁此要讨回音之际，答他两句成全美事，有何不可？"写曰：

明珠韫椟④敛光芒，不比寻常懒护藏。
念汝渴龙思吸水，送些云雨赴高唐。

---

① 亵(xiè)：这里指亲近。

② 贾氏：晋代贾午儿见韩寿姿容美，使婢女厚赠，后与韩结为夫妻。

③ 木桃：《诗经》句：投我以木桃，报之以琼瑶。

④ 韫椟(yùn dú)：装在盒子里。

又写“贱妾扬州李氏拜”。封完与春香说：“教他今夜掩门而睡，勿留灯火，夜深来也。”春香把楚楚之言悉对先生一一说了。老孔喜不自胜道：“春香姐，你与我拜上新姨道，小生开门相待，万万不可失约。”

春香去了，老孔心里便如虫钻一般，那里坐立得住，巴不得就是黄昏。也亏他捱到晚了，他将酒吃得罄尽，便和衣睡了。楚楚着春香把几重门先自轻轻开了，将近黄昏时候，衙中俱已睡静，便同了春香悄悄儿走出重门，径到书房门首。春香径自向内去了，楚楚捱到床边，摸着先生犹在梦里，把他推了一下。先生失惊，急走起来，贴着楚楚便一把搂住，叫声：“亲亲，好妙人！”遂去与他解衣就枕。登时云雨起来：

一线春风透海棠，满身香汗湿罗裳。
个中美趣唯心想，体态惺忪意味长。

又曰：

形体虽殊气味同，天然好合自然同。
相怜相爱相亲处，尽在津津一点中。

须臾，云停雨止。先生问曰：“那日初见你之时，我见六位娇娘，唯你的脚儿最小；六般容貌，唯你面庞最好。我如今把你的小小脚儿，待我捏上一会，以消我初时想头。”楚楚脚是大的，恐怕识出，便道：“我的脚怕疼，捏他怎的？明晚带一只旧鞋儿与你闲时消遣，岂不是好？”先生笑道：“如此足见盛情。”先生把前事细问，楚楚妆新姨口气而回之。在先生竟为新姨，十分快活。

不觉金鸡三唱，楚楚恐怕略有天光，露出不便，遂起身穿衣而别。先生送至后厅，楚楚把门一重重仍先拴好，进房睡了。直至晌午方起梳洗，忙忙里想起鞋儿一事，径往新姨房里走来。恰好新姨料理午饭，楚楚乘他匆忙之际，到他的床头捡得一只凤头红鞋，笼在袖里走出房门。归到自房，想此番认定新姨断无疑了。晚间拿了红鞋，仍如昨夜做作，夜至明还，已有十余次了。

先生一夜间问曰：“前日，学生说你掌管金银之库，何不以些须赠与知己？胜如坐此寒毡，守得几何？”楚楚说：“这且少待，自然有赠。”次日，楚楚自想道：“他只把我当作新姨，希图厚赠。若与他，只我实无私蓄。若不与他，犹恐不像新姨。”自此往新姨房中，失于收藏之物，而即携归。只新姨房中累失酒器衣饰等，楚楚径付与先生矣。老孔十分欢喜。

不期一日,江公杭州已回。出来望了先生,并督江文工课。一日也不见缺,好生欢喜。心下想道:“这个才是先生。”便十分恩爱。楚楚此时十日之中,便只好二三夜会合了。

先生坐到十二月中旬,将择日解馆。进去拜见江公,欲言其事。江公出见,说及此事,江公道:“老夫正有一言奉告。新正初二日,乃是寒荆五旬,未免有几日事忙。老夫明日把束脩①奉了,屈老先生在此过年,明年就好借重,不知尊意如何?”先生心下一想道:“有了束脩,寄到家中与父母妻子,自会料理;在此过年,明年馆已稳了,况新姨恩情正美,唯恐失了此馆,今既有此机会,岂宜推托?”便道:“谨领尊命。既有所赐,待晚生明日托一乡里,早寄回家便可安心了。”江公说:“极感,极感。”

次日,老孔往六里街打听,看有得托的乡里,寻一个寄回。恰好撞着一个邻居,也是余姚学秀才,叫做于时,在宜公桥王家处相见了孔良宗,道:“兄今年在那里设帐?”良宗径说:“在江公府上。止得一个学生,束脩也有二十四两,还有许多好处。恰好新正初二乃大夫人五旬,恐有贺启酬答,老先生留我过年;有些束脩,特觅一个相知,托他寄回家下。幸遇仁兄,敢尔相烦,望毋拒却。”于时见说,道:“这是顺带公文,有何不可。明日小弟到东翁处来领便是。”

良宗别了于时回到馆中,晚间又与楚楚要了一夜,还在床上睡着。江公着人为一礼帖,送了二十四两脩仪,外有礼仪二两,送与良宗。家人见他睡着,故意弄他醒了:“送与先生。”良宗道:“多谢,多劳。”随谢了三百文钱以作劳金,回一谢帖去了。尚未梳洗,又见于时已到书房。良宗一见,忙道:“得罪,请坐。小弟因清晨身子不快,因此才起,有失迎接。”着小使取茶相待,自己一面梳洗一面修书,并修仪节礼共二十六两,俱各封起。不想于时于文具中取梳子梳发,见下格有红色之物鲜妍可爱,掇起上格一看,是一只红鞋,鞋儿内有一封字纸。见良宗不管,他忙取了笼在袖中,急把梳具放了坐下。

良宗忙完,穿了道袍重新施礼,将银子家书一一交付明白,便拉了于时往酒店少谈。于时初然推辞,想红鞋一事必然有因,坐谈之际问他明白,到也有趣。一时列下酒肴果品,上下坐定。两饮三杯,于时欲要问起

① 束脩(xiū):干肉。后指学生致送教师的酬金。

红鞋之事，恐开口时他又隐讳，我如今不免无中生有，假出一个情人逗他，那时自然吐出真情，便道："孔兄，你我做先生的人有荣无辱，乃是世间一个自在仙人。"孔良宗道："何以见之？"于时道："前年，我在馀杭一个富家处馆。他家有一位妹子，是个青年寡妇，回娘家守制，且是聪明。我其时在馆，把自己心事写一首诗，贴于壁上道：

一铎①唤醒千古梦，五经凿破半生心。

三冬事业图书府，十载生涯翰墨林。

一日出外访友，他走入书房，把我四句歪诗圈得弥漫。我回来看见，问道：'何人到此，把我胡言这等滥圈？'他便着使女悄地出来道：'是我家姑娘圈的，道先生的字字珠玉，实是爱极，故此言实。'此时被我把文君夜奔相如的故事，作诗一首寄将进去。他便把崔张月下佳期的诗儿，送将出来。到晚来遂成凤友鸾交，况有许多私赠，就是做十年的馆谷，也不能有他这许多珍宝。那边是一个白衣人家，今兄处这般富贵之家，姬妾婢仆也须寻见一个，以消遣寂方好。"良宗笑而不答。于时见漏他不出，道："说话多而吃酒少，来，我与你猜拳。"

良宗一连呵了五杯，已满怀酒意。于时又去激他道："想世间露水夫妻，也要有福人承当；那无福小人，连梦一世不能做得一个。"良宗道："这些人家常事，何必提他。"于时大笑起来："据兄此言，毕竟也曾遇着些趣事而来？"那时老孔酒罩了脸，又被于时奚落他，比着无福小人，一时间便没了主意，把新姨娘之事从头尽底说一个畅快。于时道："我说这般大人家，岂无一个爱风月的？"把酒肴吃罢，会钞而别。

于时十五日解馆，十六日下午回至书馆，又到江衙里来别良宗。老孔送他出门，径进来了，于时心下不乐道："严冬之际，干干系系与你带了一封银子。盘缠也不送我几钱，送也不送几步，径自踱了进去，好生轻薄。且过了残年，和他讲话。"在船中把他束脩拆开，将自己逼火冲头换了好的，止得二十两，落下四两并礼仪二两。送至孔家道："束脩廿四两，临时取出四两，道要办江夫人寿礼，故此留的。"孔家父母自然信了，千恩万谢送他出门。

且说老孔在江公宅上过了残冬，好生厚待。一到初二，一家忙将起

① 铎：古代宣布政教法令或有战事时用的大铃。

来:连日戏文,直至初十方闲。不觉又是十三,乃上灯之夜。这日下午大雨倾盆,直至十五未牌方才雨住。那嘉兴城里,十分好灯:

天放晚晴,人逢元夜。锦屏已挂,铁锁初开。灯连璧月之光,月让彩灯之胜。往来似电,惊将云母琉璃;倚叠如山,制就火齐水碧。费数金而不惜,工一月而后成。纤巧穷焉,繁荣极矣。尔乃冶女①倾城,游人出户。闺中妆好,宝钗不惜盈头;道上肩摩,团扇轻持障面。鉴百陂②而色皎,临九陌③而态娇。丝管留人,满市春声细细;绮罗弄影,一庭香月娟娟。虽五女门前,贫无灯火;三家村里,富有梅花。莫不阵阵风流,从俗竞迎厮妇;纷纷语笑,当场宁怕金吾④。怜珠果之轻抛,喜菱花⑤之再合。金贻条脱⑥,玉笑步摇。愿留真怕颜羞,欲去番愁意断。谁能闲坐,亦复相思。大惹芳心,虽向此中命酒;无边乐事,强从此夜看灯。倚醉玉而生春,步香街而似画。花芒牵袂,笙歌闹市忘归;烛焰成灰,断送情痴欲海。灯开不夜之天,人赏长春之景。

至十七日方才灯罢。十八日江文重新上学,先生又是一种教法,每早诵读时文程墨,午前做两个破题,午后讲《通鉴》诸子百家。忙碌碌,一日并不曾闲。

不觉光阴似箭,日月如梭。去年六月,楚楚思量侥幸怀胎,与先生做下此事,不期天从人愿,遂尔怀孕。交得三月初一午时之候,生下一个儿子,不要说江公心下大喜,他家中若大若小,谁不欢笑。孔先生道:“到得六岁,又是一个小学生。”楚楚十分快活,那邻居家家无不称美。三朝满月,未免作庆开筵。不想楚楚产后劳烦,遂成产怯,忙雇了乳母,早晚乳哺小儿,按下不提。

且说于时,去年气恼良宗不过,一心要将红鞋儿做成个红老鼠,使他坐馆不成。偏生又在杭州湖市教书,无人往来,只得停住。一日,合当有

① 冶女:美女。
② 陂(bēi):池塘。
③ 陌(mò):田间小路。
④ 金吾:仪仗棒。
⑤ 菱花:梳妆用的镜子。
⑥ 条脱:手镯。

事，恰好门前闲走，抬头忽见上年王东翁管家往北而行。于时连忙叫："王家阿哥，你到那里去？"王管家回头，看见是于先生，慌忙走将转来，叫道："于相公，在此何干？"于时道："此间是东翁家里，你进来请坐，我有便信劳你寄与江御史。"王管家道："快写便了。"

于时进了书房，提笔在手，思思索索不便写书。沉吟一会，道："浑着写一词儿，那做官的自能会意，况又不知是那一个的，又怪我不着，十分上计。"写道：

新姨娇养古扬州，绣得红鞋双凤头。
只合兰房双厮守，何缘偷渡越溪流。

将当日楚楚回诗并一只红鞋、自己四句封作一处，外把封筒封好，上写江老爷书，付与王管家道："你递与江衙门上人，传了进去便回，不必等复。"又送一百文铜钱以作酒资，王管家收了，作谢而去。

次日，到了嘉兴，往江衙门首经过，忙向顺袋取出于时之书付与门上人，径自去了。门上人忙问姓名，不答应他，径去远了，门公只得投进。江公见书，忙问："那一家送来的？"门公说："递了即去，问他不答应，径自去了。"江公到房中坐下拆开，不见副启，又没有名帖，却是大大纸包。夫人笑道："这封书到也改样，怎生这般一个妆束？"江公又拆开看，却是一只红鞋与两张字纸，夫妻二人吃了一惊，连忙屏去一众男女。江公把一张字纸拿起来看，上写着：

明珠韫椟敛光芒，不比寻常懒护藏。
念汝渴龙思吸水，送些云雨赴高唐。
贱妾扬州李氏拜

江公满面通红，又去取那一张去看：

新姨娇养古扬州，绣得红鞋双凤头。
只合兰房双厮守，何缘偷度越溪流。

江公看罢，登时大怒道："这贱婢敢私通孔良宗，辱我门户，二人决要置之死地！"夫人劝曰："相公且请息怒，奴有一言容启。这小小鞋儿果是李家的了，这诗竟不似他的口气，且字迹一发丑得不像，竟似楚楚笔迹无二。事有可疑，未可泄漏。待明日，先把先生哄了出去，把他房中一搜，如果有私，必然还有别物。那时再处，不可造次才是。"

江公次早着人约了许表侄，与他三钱银子作东，请先生出城外耍了一日,至晚方许放他归来。老许登时到姑夫家里见了姑娘,夫人只说:“你扯了先生出去便了,至晚放他归来。”老许把先生扯了道:“陪我去城外耍耍。”不容放转,一把扯了就走。孔良宗门也不曾关得,径自去了。江文又同去耍了,江公自己同了夫人走到书房一看,见一只皮箱封固紧密。江公闭上房门,把刀锥撬开了,取出物件,皆是新姨房中物件。江公大怒:“夫人,你说不是,如今物件俱是贱婢房中物,难道差了!”夫人道:“一发疑心了。他这些酒器衣饰,是几次失的。在里边着实寻讨,连素梅也拶了几次。”江公道:“他自暗地送与情人,恐防一时寻起,先自作此故态,以掩人耳目。”夫人道:“他自己的衣饰,那里查他?再送些也没人知道,何苦反自昭彰?”江公默然自想道:“拿素梅来问他。”须臾,素梅来到。夫人道:“箱中的物件,你可认得?”素梅一看,便哭将起来:“为此物件,新姨拶①我几次,打了许多,怎生到此间?”江公骂道:“贱婢,做得好事!李氏几时与孔良宗私通起的?”素梅说:“此话那里说起?新姨为人贞洁自许,并不妄发一言,凛凛冷面何人敢犯,怎生说起这般话来?”

这话传到新姨耳内,到吃了一惊,径自走到书房,江公怒道:“这些物件,怎生到此间?快快实说!若有虚言,送官尽法。”新姨看罢了,又惊又气,那里说得出口。江公袖中摸出红鞋并那二诗,放在桌上。新姨看罢说道:“这几句歪诗先已好笑,这笔迹难道认不出的?”素梅立起,上前把楚楚诗儿一看,是苏姨笔迹,道:“是了。”随附新姨之耳悄悄说了一番。夫人忙问:“怎么?”素梅又在夫人耳说如此,江公怒道:“有话实说,装什么鬼腔!”夫人道:“且收拾这些物件进去,分付一众家人,孔生回来问取物件,竟说不知是了。”道:“相公要明此事,叫春香到后园审问,便知端的。”江公听了夫人之言,遂一齐进去,把房门拿锁出来锁上,径到后园。

素梅悄悄唤了春香,直至后园厅上。江公道:“拿拶子来。”春香年纪不上十四岁,登时慌了,哭将起来。夫人道:“不许哭。问你新姨这一只红鞋,你几时偷去的?”春香道:“是旧年六月内苏姨偷与孔相公的,不干我事。”新姨笑一笑儿:“你如今直说,我房中衣饰金银酒器,还是你偷的,还是别人偷的?”春香道:“偷盗之事我不知道,苏姨着我做几次送去与先生的。这酒杯,是苏姨晚上自己带去的,我不知道。”

---

① 拶(zā):旧时用拶子夹手指的一种酷刑。

江公怒吽吽问道："这桩事，怎生起的？"春香道："一日，苏姨坐在房中道，老爷巨万家私上少一个儿子，孔相公青年美质，与他作些勾当，倘留得一个种儿，也等老爷欢喜，料没人知道。"新姨道："为何写去诗儿把我出名？"春香道："孔相公原属意于你，故此苏姨将机就计认做新姨，见了孔相公便打扬州官话。"新姨骂道："没廉耻，你到养汉，反把我的名头污了。怎生气得他过，我去打他的嘴巴。"夫人一把扯住道："不可，他做事十分可恨，奈他病势沉重，只在早晚了。他若死了，这是现报你了。如好起来，自然定要处他，与你出气便了。"江公道："这禽兽定要处他。"夫人道："你且慢着，且权时耐住，待至端阳止得十日光景。到五月初，送了半年束脩，好好开交。十分气他不过，学道与你相好，或放或黜俱由得你，何必此时昭彰？这个儿子大来怎生做人？况你官箴有玷，连李娘反污了清白。依了我说处法极妥。"江公叹一口气，出外边拜客去了。

新姨辗转思量，心中好恼，亏了夫人十分解劝。这几位姬妾一些也不知道，家中男妇瞒得铁桶一般，所知者，江公、夫人、李姨娘、素梅、春香五人而已。况夫人发狠，分付两个丫头，若泄漏风声，活活打死，那一个敢提一个字儿。

且说孔良宗至晚回家，吃得大醉，小使开了房门，至床和衣睡了。直至次日傍午方走起来梳洗，尚不知失去前物。江公因心中着恼，径到庄上住下，却又病将起来。夫人只得带了伏侍男妇自去看管，家中都托新姨料理。

到了五月初一日，新姨封了十二两脩仪、一两程仪，写一名帖，着一个家人拿了，道："家老爷拜上，一封脩仪在此，请相公暂回。待家老爷病痊之日，再来奉请。"家人送到房里，见先生一一说了。老孔一时间不悦起来，道："东翁虽然有病，新姨也该留我，为何两个月不见出来，就这般恩义绝了？"打发了管家，十分烦闷。只见新姨着家人送一桌饯行酒摆在厅前，着江文出来陪坐。老孔大失所望，只得把酒来吸，又叫斟酒小使："你与我到新姨娘房里，叫了春香姐出来。"那小使道："新姨娘房里只有素梅，那春香是苏州姨娘房里的，相公醉了。"老孔说："我到不醉，敢是你醉了。"小使说："我家中事体，怎生道我醉了？我如今叫出春香来，你自问他。"小使进来，见了新姨说："先生浑帐，教我到新姨房里来，叫春香出来。我说春香是苏姨的人，他还道我醉了。"新姨心下明白，道："你叫春香出去,我随后出去,要这蛮子一要。"

只见春香到了席前道:"相公有何分付?"老孔道:"我要见新姨娘,你与我请出来一见。"春香道:"我是苏姨房里人,不便去请。况新姨自来再不见你的,怎生说得这般容易?"老孔道:"春香,你怎生忘了?新姨着你先送香,或袋,或花,或送长短,在我房里也不知走了几百次了,怎生说起白赖话来?"新姨在屏风背后大嚷道:"胡说!敢是见了鬼,敢是失心疯了!我几时着他送什么与你?好嘴脸,这般轻薄!素梅,快出去唤大的家人进来,他乱话了,快快打他几个巴掌。"只见走了五六个家人道:"先生醉了,不要乱说。不要说老爷的内室把你胡言乱语,就是我们的妇女,也没得把你轻薄。"

老孔一时脸通红了道:"难道我向来做梦?"新姨恐怕他到外边传坏了自己名头,忙道:"我家中常有狐狸出入,变男变女已非一日,莫非被他迷了?他又能把金银首饰摄来摄去,神出鬼没,专一迷人,莫非着了狐狸?"先生见说把金银能摄来摄去,忙忙到房内箱中一看,竟是空的。叫道:"不好了,果然着了精怪!我箱中许多物件,不知几时摄去了?"新姨道:"我房中物件,失了将有一年,前月夜间都摄来还了。这一只红绣鞋,也成了对。"老孔道:"快快叫船,我即要去。"家人们见他着急,也不知真的假的,止有新姨与素梅、春香,俱在屏风后暗暗的笑得肚皮生疼。新姨道:"你们快唤一只大浪船,到北新关上去的,快送他起身,果然着了邪。"老孔惊得缩头的抖做一堆,家人取了行李等物,扶他下落船中。江文送至外边,撑开船只不题。

新姨与两丫头讲:"今日若不如此说明,一世名头都被蛮子玷污了。"只是里边说苏姨发晕,新姨分付门上,快到庄上与老爷夫人说知:"先生回去,苏姨将已断气,特来报知庄上。"夫人一闻,与主翁道:"苏姨将死,你可回去一看。"江公道:"等他死后,我气落返回,如今你去料理就是。"夫人道:"他生了儿子,也不可轻薄。"江公道:"那里是我儿子!惜他怎的?"夫人道:"你又差了。上年六月,你也在他房里歇来,安知不是你的?况三朝满月,亲友皆知,难道如今再与亲友说不是我的,也不像样。如今的人,有了几两家事,便是花子养的儿子,抱到家中认为己出;实实自己生的,还要胡说此言,奴身不取也。"江公道:"夫人不言,言必有中。悉听尊意罢。"夫人到得家,苏姨已是没了。夫人进内,走到房中见了死尸,哭了一场，分付取板合材，各族去报。三朝首七，皆是僧人诵忏超度亡魂。到了三七举殡，极其齐整。

且说苏姨一灵，早已赶上孔先生，在他船中出没。夜间入梦，仍旧认是新姨，弄得十死九生。到了北新关，抬在轿上往湖市经过，却好撞着于时在河口看划龙船。孔良宗落轿，叫："于老哥，在里做啥？"于时回头，见是孔良宗，便叙些寒温。楚楚灵魂已知红鞋一事是他谋害，以致我病中急死了我，便在暗中照于时脸上一掌。于时登时立不住脚，便道："请了。"就往主人家里面径走。良宗上轿，直至江口，楚楚灵魂随他到家。父母妻子相见，好生欢喜，恰好正是端阳，大家一块儿坐下吃酒。孔先生多吃了些硬东西，晚上也要尽个久别之意。

那病初时鬼浑，渐渐弄得真了，一日重加一日，未到归家几个日子，便呜呼哀哉了。一灵已赴冥府，一灵守住死尸，一灵恰被楚楚勾住。良宗道："你是何人？"楚楚曰："我乃江家新姨，为何忘了？"良宗曰："非也。容颜非似，脚也长了。"楚楚方实诉其因："……为此，我来等你，明日要赴松江李王殿下听审。"孔良宗曰："原来你是苏姨，冒了新姨之名结成夙世冤业，未识松江李王，是何名也？"楚楚曰："他是华亭秀士，为人耿直，一丝不苟。上帝敬重厚德，授以冥府君王之职，掌管一切亡魂。我与你免不得要一番审问，听彼发落，就此去罢。"良宗收了冥财，悠悠荡荡，两个魂灵已过钱塘，早来湖市，只见于时病在主翁床上。楚楚道："他去年冬盗了红鞋，又寄四句无情诗激恼主人，以致波及于我，为他急死。此恨难消，须带他往李王处告理，把他一魂先出。"一阵鬼头风，早已吹至松江。

这李秀士，日间攻书，夜里为王。凡人世世种种恶业深重，神人共愤，便差鬼卒勾拿，在速报司管理。如该杀、剐、挫、磨重刑，把他三魂七魄聚于一个形躯，决不待时之意，谓之速报。如人在世为善，戒杀放生，诸恶不作，众善奉行，径送上金桥河内莲花座上，任意而为。或愿清净世界，便托生如今莲池大师、雪关师父之辈。如愿洪福，只是托生富贵之家，锦衣玉食，肥马轻裘，娇妻美妾，种种受用。如此富贵之时，又昔修桥砌路，济弱扶危，不特前生，死后径上西方登极乐世界。又如洪福一道，有少年登科，早巍黄甲，与皇家出力尽忠报国。在皇家，则图画凌烟，名标青史。死后，冥府十王如宾恭敬，一灵则入功臣太庙，享万世祭祀。如孔良宗与楚楚、于时这般，不善亦不大恶，莫非为起一时不良之心，就是地府如前边坐馆先生的诗句一般，无锁无枷，自在之囚。少不是无常摄去三魂，逐散七魄，只把他一灵儿送入鬼门关，免不得有东岳大王十起五起文书发到冥府。鬼魂毋分善恶，总要见阎君，这些无拘束的亡灵，未免到冥府殿前去看挂牌。某起于某日听，如阳间官府，并无二理。

这日，孔良宗往冥府殿前一看，见一面金字纸牌，上书阴司三戒：

第一戒，房上洗脚下靴鞋。

第二戒，背剪双手足行走。

第三戒，安桌不可令四脚朝天。

孔良宗暗忖：此乃背理之事，故此戒止。方看毕，里面传叫王楚楚、孔良宗二人，楚楚扯了于时同进。李王先叫孔良宗跪下，又把文书一看，道："你在江侍御家为西宾①，也不该窥视他侍妾了。当时地上把你绊倒一跌，就该回心方是，怎生出对，又起邪念去奸李氏？这也罢了！王楚楚，你不该寄名隐讳行此勾当；又不该盗窃绣鞋等物，以累无辜。"又看于时，问王楚楚："这是你什么人？为何扯他？"王氏道："妇人在生，那寄诗与鞋之人，心虽仇恨，未识其人。向后灵魂往杭州经过，他在湖市被妇人打了一下，去余姚同了孔生来候听审，被妇人扯了他一灵到此。"李王曰："这人未该就死，也没来文，难据你一面之词。"叫判官把于时半生之事呈上，李王看了道："他去年浼你寄银，先不该盗取红鞋，后又于酒肆之中无中生有，起一平地波澜，引诱他说出奸情，空污了李氏清白。十六日又不该抵换低银，于中又拿出四两，把二两礼仪又收下了。你不该四月间寄那诗鞋一事，情理可恨，你死后之罪不小矣。但未奉勾取，未便深究。先把他双目挖出，待他还转阳间，受双瞎报。寿终之日，量罪施行。"先把于时双眼挖出，血淋淋的。鬼使鞭上，推他出了鬼门关，还魂去了。

李王道："王楚楚虽系贪淫，是怀生子之心，以接宗祧，其情可绾。孔良宗人尊为师，轻薄主妾，希图锱铢②，又败人之行传与于时，致生小怨，而险把无辜有玷，其罪莫大焉。令鬼卒重责二十，送转轮王，着令往江侍御家为犬。三年后被穿窬③药死，再转轮回。王楚楚免责，送转轮王，着

---

① 西宾：旧时对家塾教师的尊称。

② 锱铢（zī zhū）：比喻极微小的数量。

③ 穿窬（yú）：穿壁翻墙，指窃贼。

令往江侍御家为一雌猫，为李氏捕鼠，以报受玷清名。每年产生数猫，存留好种，世报江门。五年后再转轮回。”批讫。

且说江公后病好回家，独待新姨最厚，每夜间未免携云握雨，新姨怀了身孕。正是：

着意种花花不发，无心插柳柳成荫。

至次年二月，也是一个儿子。大夫人见了，欢喜之极，着人报与老爷知道。江公正买得一只雪里拖抢日月眼的小猫，抱了进来，又闻新姨生子，快活之极。径到房中来看，那猫一跳在新姨床边，伏在地下动也不动，犹如养熟的一般。江公私谓夫人曰：“这个儿子是也，不须疑心得的。”夫人笑曰：“这是真正老狗养的。”

过三朝将及满月，算来正是楚楚生的大儿子周年，却是一日双喜。那诸亲百眷不待邀请，俱摆贺礼庆贺。许表侄称贺已毕，道：“禀上姑夫，侄儿有一奇事。三月前运粮船上，买得一只金丝哈巴狗儿。到家只是不住的叫，食也不吃，已饥瘦了。昨日邻家召仙，侄儿往叩功名，蒙许大发。因又说起狗之一事，仙乩批道：

昨日金丝狗，去岁孔良宗。
只为心轻薄，投胎报主翁。
雪猫日月眼，前伏产房中。
苏姨王楚楚，意与狗相同。

侄儿归家说与众人，一齐叫他孔良宗，他便摆尾摇头，似有欲言不能之状。呼他道：‘如果是孔先生，快快吃饭，明日送你江衙里去。’他登时把饭吃了，再也不叫。如今特特送来。”一众亲友称奇，江公亦讶。只见素梅抱出猫来，大家一齐欢喜，便叫：“苏姨娘。”那猫应了一声，连叫连应。连江公笑得不住，猫犬俱交素梅收了。吹打送席，做一本新戏，名为《万事足》。

正在半本之际，报人一声锣响，抢将进来报道：“老爷新起福建巡按御史。敕上专为科举，伊迩着江五常，闻报即时起马，毋负朕意。”抄部文的打发了报人，诸亲一齐把酒称贺道：“一日三喜，亦是罕闻！”许侄曰：“一日三报，亦是奇事！”江公说：“什么三报？”许侄曰：“狗报，猫报，方才官报。”亲友哄堂大笑。江公道：“老夫正欲堂前写一对联，曰：

无官一身轻，有子万事足。

如今起了官,这对儿不能对了。"许侄曰:"姑爷略改过几个字儿,也还贴得的。"江公道:"怎么改?"许侄曰:

"为官一味清,有子万事足。"

江公大笑:"改得好!"登时取一幅朱砂红纸,写完贴了。做完下本戏文。

次日打点到任,亲友饯于西水驿,江公笑曰:"我今应着关帝签诗二句:

五十功名心已灰,那知富贵逼人来。"

亲友续曰:

"更行好事存方好,寿比冈陵①位鼎台②。"

亲友大笑而别。须臾道尊、府县乡绅,举、监、生员一齐奉饯。江公道:"治生有何德能,劳太公祖、太父母、老先生齐来赐顾,何敢当之?"一众官员道:"还有唐诗集句奉为祖饯:

治教休明泰运开,(何中)　乘骢今向闽南来。(杨锋)

绣衣春暖神仙府,(刘宗选)　翠伯双飞御史台。

忧国正操言事毕,(施钧)　观风须展济川才。(窦年)

谁知草偃风行处,(陆放)　文化如今遍九垓③。(条苦令)

江公深谢,欢然而散。随掌号开船,三十名纤夫把那座船似行云流水一般,风也似快,登时拉到陆门。

天色晚了,江公辛苦,船上初更便自睡了。约摸二更时分,那船已到皂林,见一个妇人,呈一纸状子跪在江公床前,口内叫:"老爷,一纸下情在此。"江公接来看了,把那妇人一看,正是王楚楚,道:"我知道了,去罢。"醒来已是三更。江公道:"原来有这般奇事。"

未到天明,已过崇德。那县令差人赶送下程,江公分付再添十名纤夫船索,一扯到杭州。有司见是按院分付,敢不遵令,一时到了塘栖。未到申刻,船已到关了。分付取一名帖拜关主,就要开关,把船傍在码头上,正待上轿,听见屈声高叫。江公叫过来道:"为何事叫屈?"那人跪下道:"老爷,小的住在湖市,姓梁,家中接待客商度日,止生得两个儿子。旧年偶然

---

① 冈陵:山冈、丘陵。

② 鼎台:高官重臣。

③ 九垓:九州。

有一个余姚秀才，叫做于时，在此寻馆。邻居家边一齐撺掇小的，我们各家也有一二十学生，我们出了束脩，要小的供他酒饭。上年二月坐馆，五月初就病在小的家下，只得请医调治。后来到半月，双眼瞎了，病到脱体。小的见他书已教不成了，众邻居各送半载馆谷，学生早已散了。小的再出些盘缠，着人要送他归去，他又死不肯归，又要小的一年束脩。直捱到年，又不肯去，白赖在家。前日他家中来寻，小的忍着气，只出了一年学钱，待他好回。他仍旧又住在小的家里，动不动便道：'凌辱斯文。'小的情急，只得奔告老爷。"江公道："我非本地方官，也不便问得，但此一桩事，我也知道。快叫他来，与你赶他去罢。"只见他扶了一个瞎子先生，到了船头一齐跪下。江公道："于时，怎么说？"于时道："老大人在上，听生员跪禀。生员上年二月到他家教书，五月间偶得小恙。他家中大小人等，嗔怪在他家养病，把生员乘着病里，竟把两只眼睛都弄瞎了。生员教书为业，一生止靠两眼，如今瞎了，教生员怎样教书来？老大人，把生员一身判在他家养膳便罢了。"江公道："胡说，你前年冬底，在嘉兴宜公桥王家教书，有一乡里孔良宗，托你寄银二十六两到家下。你暗中窃取一只红鞋并诗一首，又到酒肆引诱他短处，到船中又换了低银，又落了他六两银子。到上年只合丢开罢了，你又忍心害人，把红鞋作诗一首，浼人寄到江家，害他闺阃①参商②，以致激死王氏。他拿你一灵至松江李王处听审，李王命取汝眼珠，放你还魂。你今仍复作陷良民，罪愈深重矣！"向他家中寻来的人道："快快领回，如违重究！"于时见江公说出心事，一毫不差，吓得毛骨悚然，唯唯而退。那姓梁的主人把头磕个好响，叫："神明老爷！若不遇着老爷，被他累死了也。"江公又差皂隶二名，押他到余姚本县讨了收管。那于时好生没趣，只得收拾，叫乘轿子抬了而去。

江公穿城过了，径到浙江驿起夫进发。他坐在船中想道："这于时一节，若非楚楚梦中呈得明白，只我何由知之？"正是：

梦中言语记来真，莫道无神又有神。
万事劝人休碌碌，近时报应不差分。

江公未及一月到了隔界，那官员人役涌来迎接。到任行香放告，料理

---

① 闺阃(kǔn)：旧指妇女居住的地方。

② 参商：参、商二星永不见面，比喻感情不睦。

秋闱,三场任事谨慎,揭晓得了九十名门生,就如得了九十个儿子一般,人人孝敬。将次完了武场,差人进京复命,自往家中快活。见了夫人、新姨、四个姬妾,又不愿做官了。后来江文先进了学,两个小儿子后来同入了泮①,三子并皆登第,官居台省。夫人累封,子孙奕世金貂,至今为秀水名家焉。

① 泮(pàn):古时的学校。

第十八回　王有道疑心弃妻子

鹤梦易醒鸾胶香，溪头仙子遇裴航。

已成数代异时重，白云一声春思长。

寻春再至阻心鹤，酒倾玄露醉瑶觞。

等闲花里送归事，牵惹春风断客肠。

昔有一裴航，过蓝桥遇一绝色女子，名唤云英，欲聘为妻。其母曰："必得玉杵臼，乃许之。"其后，裴航寻得玉杵臼，为捣玄霜，遂娶云英。又有刘晨、阮肇采药，入天台，遇二女子浣于溪中，遂留伉俪。及至归家，已数世矣。二人复往天台，路迷不得，复入。彼三人所遇者，皆仙女也。可见"色欲"二字，仙人亦所不免，在人之迷与不迷耳。有词一首云：

燕尔新婚，宿世之缘已定；妻子好合，仙凡之偶莫逃。弹破纸窗，不隔双娥之宅；溪流麻饭，能留二士之综。既伸缱绻①之情，复订流连之约。而彩云易散，紫府②难留。乍动乡心，正花落鸟啼之会；苦无仙分，忽云晴雨霁之时。涧水无心，不阻来时之路；天台有泪，还留别去之衣。自此之鹤梦已醒，鸾胶难续。亲朋故友，已无一人。城郭丘墟，倏成数代。异时仙子，尚思采药重来；昔日刘郎，安有寻春再至。阻心子之焚香，怨风灯之若焰。早知如此，等闲花里送归；悔不当初，只合山中偕老。

又如郭汾阳之红线，董延平之仙姬，织女牛郎，皆是仙姬缘分。如此者，书载极多，俱免不得这点色心。若人世幽期密约，月下灯前钻穴越墙，私奔暗想，恨不得一时间吞在肚内，那见有佳人送上门的，反推三阻四。怀着一点阴骘③，恐欺上天，见色不迷，安得不为上天所佑乎？正是：

弹破纸窗犹可补，损人阴德最难修。

---

① 缱绻（qiǎn quǎn）：情投意合，难舍难分，缠绵。

② 紫府：仙人的居所。

③ 阴骘（zhì）：阴德。

我朝如阳明①先生父亲王华，少年时，在一富家歇宿。其家富有十万，并无子嗣，姬妾甚多。他见王华青年美貌，将一妾私欲他度种，故意留饮留宿。至夜静，富翁令一美貌爱妾，去陪他歇宿。其妾赧容②，恐不好启齿，富翁写几个字儿与妾带去："他若问时，将与他看，自然留汝宿也。"妾领其命，欣然而直至房前。灯残未灭，妾将指头弹门，王华问道："是谁？"妾曰："主人有事相求，开门便知。"

王华披衣而起，挑亮残灯，开门一看，只见一个青年妇人往内而走。王华抬头一看，好一个国色佳人。那妇人进房坐在床上，那一双小脚，真令人消魂。怎见得？有诗为证：

濯罢兰汤云欲飘，横担膝上束鲛綃③。
起来玉笋尖尖嫩，放下金莲步步娇。
蹴罢香风飞彩燕，步残明月听琼箫。
几回宿向鸳衾下，勾到王宫去早朝。

就是那点点红鞋，也有诗为证：

几日深闺绣得成，看来便觉可人情。
一湾暖玉凌波小，两瓣红莲落地轻。
南陌踏青春有迹，东厢步月夜无声。
春花又湿苍苔露，晒向西窗趁晚晴。

王华见他坐在床沿上，自己便坐在灯前，问道："小娘子，主人有何事见教，令娘子夜深到来？"那妾道："请君猜之。"王华想了一会道："小娘子有话直说，小生实是难猜。"那妾道："主人着我求你一件东西。"王华道："什么物件？"那妾向袖中取出那几个字儿，走过来送与王华。

他向灯下一看，写的五个字是："欲觅人间种。"王华会意道："岂有此理！"即时取笔写于末后道："难欺天上神。"道："小娘子，已有回字了，请回罢。"那妾起了此心，欲火难禁，况见他青年美质，又是主人着他如此，大了胆走到身边搂抱。王华恐乱了主意，往外厢一跑。其妾将灯四照，那里见他，便睡在他床中。半夜眼也不合，那里等得他来！至五鼓，叹一口

① 阳明：明代哲学家、教育家王守仁，亦称王阳明。
② 赧(nǎn)容：羞愧脸红。
③ 鲛綃：薄纱。

气,径自回了主人。

王华次早不别而行。后来再不在人家歇宿,一意读书。后来秋闱得意,至成化十七年辛丑科,圣上修斋设醮①,道士伏地朝天,许久不起来,至未牌方醒。圣上问道士为何许久方起,道士奏曰:“臣往天门经过,见迎新状元,故此迟留。”圣上问:“状元姓甚名谁?”道士奏曰:“姓名不知,只见马前二面红旗,上写一联曰:

欲觅人间种,难欺天上神。”

圣上置之不问。后殿试传胪②,王华第一。圣上试之,写“欲觅人间种”。道:“此一对,卿可对之?”状元对曰:“难欺天上神。”圣上大悦道:“此二句有何缘故?”王华把富翁妾事一一奏闻,圣上嘉之。后子王守仁登二甲进士,为宁王之事,封为新建伯,子孙世袭。其时一点阴骘,积成万世荣华。

后来一个吏员,唤作徐晞,是直隶江阴人,就参在本县兵房。忽一日,一个穷人唤名史温,是江阴县廿三都当差的。本都有一个史官童,为二丁抽一的事,在金山卫充军,在籍已绝,行原籍急补。史温与史官童同姓不亲的,里长要去诈些银子使用,他是穷人,那里有?里长便卸过来动了呈子,批在兵房,是徐晞承应。那史温急了,来见徐晞要他周全。徐晞见他相求,道:“既是同姓不亲,与你何干?自当据理动呈,自然帮衬。”史温谢了。归家见了妻子道:“好个徐外郎,承他好意,再少也得二两送他,还须一个东道方好。一时间那里有这主银子?”妻子道:“我还有几件冬衣,且将去解当,也有二三钱,只好整酒。这送他二两实是没有。”史温看了妻子道:“做你不着,除非如此如此。若还把我夫妻二人解到金山卫中,性命也是难逃。”妻子应承。

到次早,到县里动了呈子,接徐晞到家坐下。妻子整治已完,摆将出来,二人对饮。徐晞已醉辞归,史温道:“徐相公,我有薄意送你,在一朋友处借的,约我如今去拿,一来一去有十里路程。你宽心一坐,好歹等我回来。”说罢把门反扣上,径自去了。

不移时,走出一个妇人来,年纪未上三十岁,且自生得标致。上前道个万福,惊得徐晞慌忙答礼,那妇人笑吟吟走到身边道:“相公莫怪,我丈

① 设醮(jiào):设坛祭神。

② 传胪:科举制度中,在殿试后由皇帝宣布登第进士名次的典礼。

夫不是借银子,因无处措办,着奴家陪宿一宵,尽一个礼。丈夫避去,今晚不回了。”徐晞听罢,心中不忍闻,立起身道:“岂有此理。没有得与我罢了,怎生干这样的事?”径去扯门。见是反扣的,尽力扯脱了扣,开门一径去了。

次早,史温归家道:“徐相公去了未曾?”妻子道:“昨晚你转身,我随即出来言语挑他,不肯干着此事,径自扯脱了门去了。”史温顿足道:“怎好?今番定要起解了!”忙赶到兵房见他,徐晞道:“兄的文书,今早已佥押了。已自绝去了,放心。”再不答话,径往县外去了。只因他一点念头,后来进京在工部当差,着实能干。恰值着九卿举荐人材,大堂上荐了他,就授了兵部武库司主事。任部数年,转至郎中,实心任事,暗练边防。宣德十九年朝议会推,推他为兵部右侍郎、都察院右佥都御史,巡抚甘肃等处地方。从来三考出身,那有这般显耀,只因不犯邪色,直做到二品。有一个对联:

徐晞登二品,商辂①中三元。

可见天下第一件阴骘,是不奸淫妇女的事大。

如今且说浙江杭州府钱塘县本学一个秀才,姓王,名有道,年纪二十五岁了。十五岁入学,二十岁上帮补,学业充足,人有期望的饱学。娶妻孟月华,小他两岁,又是才貌全兼的一个妇人。他父亲孟明时,一个大财主,独养女儿十分爱惜,如同掌上明珠。夫妻二人,十分相得。

此时三月初的清明节近,孟明时住在湖市新河坝边,是日清明,着人进城接了女婿女儿,往玉泉上坟祭扫。湖船住在昭庆寺前,两边都到,齐下了船,撑至徐大河头上岸。径至坟上列下祭礼,男男女女,拜拜扶扶,忙了一会。只见那日,南来北往,祭扫的人络绎不绝。有赋一篇,单为清明而作:

匆匆时晚,更消风雨几番;寂寂寒食,唯见梨花数树。醉易忘老,醒难别春。闲愁不为吹除,佳节岂宜抛掷。尔乃单衣初试,新火②乍分。野老壶觞,逐队也能上塚;农人荷笠,乘时且复烧金。翁仲解言,见兴亡之有数;铜驼有恨,识岁序之不居。纸灰随蛱蝶而飞,麦菊为

---

① 商辂:明代浙江人,进士。

② 新火:唐代习俗,清明前一日禁火寒食,清明再生火,谓新火,亦指清明。

乌鸟所啄。长秋广陌，喧传蹴鞠①之郎；绿树红楼，困打秋千之女。村村插柳，在在闻莺。非凭花下之歌，酬送杯中之物。儿童借问，不知几个垆头；糕胜相遗，自是三家村里。宿雨林香难舍，豪气鸟语犹娇。刺夫荒婿，何曾恸哭能开；拂面红尘，尽是寻芳归去。

正是：

棠梨花底哭声闻，纸作钱灰伴蝶群。

问却蓝溪先垄在，年年看吊过山坟。

那孟家一班人吃了午饭，依先往徐大河头下了船，撑到岳坟湖口住了。男男女女一班儿走到岳王殿上，朝王施礼。前殿穿到后殿，东廊绕过西廊，出了环洞门，又至坟园里，看了尽忠报国四大字，分尸桧树两边开。又到坟前，看那生铁铸成的秦桧，长舌妻跪在地，又往祠堂内看鳌山走马灯。出了祠外，徐徐的步下船来，重新出了跨红桥，傍着苏堤缓缓而行。说不尽游人似蚁，车马如云，穿红着绿，觅柳寻花，十分有趣。正是：

娇红掩映，嫩绿交加。如西子之浓妆，似张郎之年少。两边笑脸，总是媚人；数尺柔枝，已堪藏鸟。步步怜香不去，时时带月来看。院落深沉，闭平阳之舞杖；楼台彩画，宴少室之仙姝。而净不染尘，恍疑出俗。暖风迟日，若税子之精神；娇鸟游蜂，似留秾之欢笑。巧思引来吹笛，曼声闻是踏歌。固知白昼易消，唯肯坐闲半日。青春最好，决胜千金来降；人意忽逢，马上坠钗去恋。香魂更就，花间秉烛。若待世吉无事，难应夏复为春。扑蝶多情，绿树更听黄鸟啭；看花不语，白头非是翠娥怜。

游之不已，难舍难去。那夕阳西下，眉月东生，未免归家。须臾到了昭庆寺前，这月华母亲张氏，要同女儿回家去住，与女婿说了。王有道说：“去耍了几日，便回来是了。”王有道进了钱塘门，独自归家。孟家一班，径由松木场到了家。

这孟月华在父母家生生快活，住了十余日。不觉三月十五了，天气闷热起来，他便想丈夫在家热闷，单衣在家箱中，钥匙又在我处，恐怕要穿，一时焦躁起来，未免怨畅着我。忙与母亲言着此事，急欲回家。留他不住，张氏说：“你既要回，待我着人叫轿子抬你回去。”那里这般样说，心下

---

① 蹴(cù)鞠：踢球。

舍他不得；非他不去唤人，故意把家人小使呼唤出去，一个也不在家，指望留他再住一日。那月华等得好不烦耐，走进走出，心火不安。

他家门口是个船坞，只见空船回到北关门去的尽多。月华心里想道：“我便船里回去，到得门头，天色已将晚矣。我到家中，进城不过一箭之路，悄悄走到家里有何难事，那里定要轿抬？”主意定了，自己走出门首叫了一只空船，许他五十文船钱，进内与母亲说了。张氏要留，再三要去。此日父亲又不在家，又无人送，月华只取钥匙带在身边，衣箱留在娘处，明日拿来便了。张氏只得送了女儿出门，只见船中早有两个女人坐在里面，他要钱塘门去的，顺路搭船。月华见是女人，只得容他在内，别了母亲开船来了。

那新河塘两岸景致且是好看，他与那两个女人说些话儿，那船已过了圣堂隘。只见天上乌云四起，将有雨意，看看乌将起来，把船急急就撑，那雨已是撮得着的了。月华见天色沉重得紧，船已将到桥边，月华想道：“船已到了，此时天色未晚，路上遇着亲戚，体面何存？倘然路上着雨，一发不好意思，算来这雨已在头上的了。此花园门首尽好避雨，待他落过一阵，料然晴的，想来天黑些也无碍于事。”便交了船钱，别了妇女，径上岸走至里边花园门首坐下。

那花园还未造定的，里边都是木置假山，恐被人窃取封锁的。门外有一间亭子，以便行人居住，也未有门。他走在亭子之下一看，甚是洁净，地下铺的都是石板，便在阶沿坐着。只听得一声响，那雨来得好大，扑面吹来，月华把前窗子闭上，好生害怕。

事有凑巧，只见一个年少的书生，也因雨大，一径跑将进来躲避。原把袖子遮着头的，一进亭子放下手来，见了两下各吃一惊。急欲退出，那雨倾盆一般，进退两难，只得施了一礼道：“娘子亦是避雨的么？”月华答曰：“便是。”那人姓柳名生春，乃仁和县学秀才，年已二十四岁了。虽然进学，然而学业浅薄，自料不能期望。是日因往湖市探亲，见天有雨色，急紧赶来。见雨已大，不能走得上前，见人家有一亭子，一直跑了进来。见有女人在此，心下不安，无可奈何，只得在阶沿上坐下。此时两个人双双坐着，好似土地和夫人等人祭祀的一般，也觉好笑。

孟月华见天色黑下来了，那雨一阵阵越大得紧，至于风雷闪电，霹雳交加，十分怕人，懊恼之极：“早知依了母亲，明日回来也罢。如今家下又没人知，怎生是好？”又恐雨再不住，闭了城门，如之奈何。又想到：“这个避雨的人，倘怀着不良之心，一下里用起强来，喊叫也没人知道，怎脱得身？”又想道：“他是柳下惠①转身，就可保全我了。”心中只是生疑。又想着：“拾黄金于道途，逢佳人于幽室，焉有不起心的道理？”此时心里，就像是打鼓的一般念念不住，道：“罢。或者前世与他有一宿之缘，也索完他罢了，只是不可与他说出真实姓名便是。”等那雨住，越发大了，十二分着急，没奈何稳着心儿坐着。

那柳生春把自己道袍脱下，铺在石板上坐着，便问：“娘子府上住在那里？”月华见他问及，心下道：“此人举意了。”故意说：“在城里，远得紧哩。”生春道：“城门再停一会将闭了，怎生是好？”月华道：“便是。”那雨渐渐的小了，一时云开见月。生春把窗子开了，雪亮起来。就听得河口有人走过，口中道：“又是走得快，略迟一步，也被关在城里了。”月华与生春俱听得的，道：“怎么好？”月华道：“再早晴一刻，也好进城。如今没奈何，只得捱到开门，方好进去。”

柳生春心下怎不起意，他看过《太上感应篇》的，奸人妻女第一种恶。什么要紧，为贪一时之乐，坏了平生心术，便按住了。往亭子外一看，地下虽湿，也好走得。他径走至河口小解，又想：“这妇人必然也要解手，我且走到前边桥上略坐一坐，待他好着方便。”

月华见他走了出去，果然十分要解，东张西望走出亭子。解完了立将起来，自觉松爽了许多。又进内靠着南窗愁怨，想道：“这人不见到来，想是去了。见衣服在地，想他必然要来，若得他至诚到底方好。”只见那人踱将进来道：“娘子，好了，地下已花干，到开城之时竟好走了。方才桥边豆腐店内起来磨豆，我叩门进去，与他十文钱，浼他家烧了两碗茶。我已偏用了，小娘子可用了这一杯。”月华谢之不已。生春放在阶沿上，月华取来吃了，把碗仍放在地下，生春取了拿去还他。月华自言自语：“好一个至诚人，又这般用情，好生感念！”

生春去了一会，叫道：“小娘子，城门开了，陪你进城去罢。”月华应了一声。生春取了衣服，穿着好了：“请小娘子先行，小生在后奉陪。”竟像《拜月亭·旷野奇逢》光景。

---

① 柳下惠：春秋时鲁国人，品行端正，有“坐怀不乱”之誉。

二人进了城门,月华道:“先生高居何地?”答曰:“登云桥边。娘子尊居在于何所?”答曰:“一亩田头。”生春道:“既然,待小生奉陪到门首便了。”月华道:“恐不是路,不敢劳。”柳生道:“不妨,娘子夜间单身行走,恝然①而去也不放心。”二人过了仓桥,不觉已到门首。月华道:“这边是也。”连忙叩门,似有人答应一般。生春道:“小娘子,告别了。”月华道:“先生且住,待开了门,请到舍下奉茶。”生春道:“不劳了。”一径走了去。

只见里边答应的,是王有道的妹子,年纪一十八岁,唤名淑英,尚未有亲的。那时节家人小使俱睡熟的,他自出来听看是何人叩门。只见月华又叩两下,淑英又问:“是谁?”月华说:“姑娘,是我。”淑英问:“是嫂嫂么?”月华道:“正是。”淑英起栓开了,道:“嫂嫂为何黉夜至此?”月华进门,在灯下与姑娘施礼道:“一言难尽。”又问:“哥哥可在家否?”答曰:“他在馆中。”月华拴了门,拿了灯进内坐下,道:“小使们为何不起来?到劳动姑娘。”淑英说:“想都睡熟的。奴听见叩门起来相问,若是别人,自然要他去开,见是嫂嫂,故此不叫他们了。嫂嫂果是为何这般时候独自回来?必有缘故。”月华说:“有一个人同我来的。我一夜不睡,身子倦极,待我去睡一睡,明日起来与你细说。”二人各自回房。月华展开床帐,一骨碌扒上床去,放倒就睡去了。他一灵儿又梦在亭子中,见本坊土地与手下从人说:“柳生见色不迷,莫大阴骘。快申文书到城隍司去。”醒来却是一梦,想曰:“分明说是柳生,不知那人姓柳也不姓柳?也不知是我这一桩事,还是别家的事?”

天明走了起来,姑娘进房叫:“嫂嫂起身了。昨夜回来,毕竟为何?”月华道:“姑娘,说来好笑,那日天气热闹,我恐哥哥在家要换衣服,一时便要回家。小使叫轿许久不来,我心焦不过,随唤船来,满拟到城门边上岸走回家罢。船到门头天色尚早,走进城来,恐遇亲邻不像体面,不如在亭子上少坐,待天色傍晚回家也不打紧。即时上岸,一进亭子天雨如注,恰好一个少年撞将进来。见他欲待出去,雨似倾盆,只得上前施礼。初然我还不慌,向后来天黑将起来,十分烦恼。又恐少年轻薄,急也急得死的。向后天晴时节,城门已闭,这番心里跳将起来十分,又恐那人欲行歹事。谁知一个柳下惠,一毫不苟轻觑,他到走了出去。直至四更,往做豆腐的

① 恝(jiá)然:无动于衷。

人家，又去将钱买茶请我。他把那茶杯至至诚诚，放在地下。后来开了城门，他又送我到门首方去。”淑英道：“这个人那里人氏？”答道：“问他说住居登云桥。”淑英又问：“姓名可知么？”月华道：“说也可笑，方才梦睡里，又在亭子上见一老者，自称本坊土地，分付手下道：‘柳生见色不迷，莫大阴骘，快申文书往城隍司去。’”淑英道：“这样，姓柳了，莫非是柳下惠的子孙？”

二人正在相笑，只见孟家一个小使，拿了一只皮箱，一个果品肴馔道：“娘亲，昨晚正要赶来，到是娘说此时想已到家了，明日早些去罢。故此五鼓就起来，到得亲娘这里。正要进来，见亲娘和姑娘在此说话，我听见说完了，方敢进来。”月华道：“方才这些话，你可听得全么。”小使道：“亲娘上岸往亭子里坐，遇见姓柳的……都记得的。娘道：‘出月十五，娘四十岁，亲娘晓得的，要接姑娘同去看看戏文。’叫我与亲娘先说一声。”淑英道：“原来如此，待我做一双寿鞋送来。”月华道：“你往厨下吃了水饭回去。拜上爹娘，不须记挂。”小使应声，厨下去了。

月华治妆已毕，叫人分付些肴果送与丈夫书馆中。又作一书云：“母亲寿日，可先撰了寿文，好去裱褙，恐临期误事。”王有道见书，方才记得道：“也是不免之事。”晚间就回来宿歇，并不知避雨之事。过了两日，又到书馆坐下。

月华一日见天下雨，触目惊心，作诗一首，以记其事：

前宵云雨正掀天，拼赶阳台了宿缘。
深感重生柳下惠，此身幸比玉贞坚。

写罢，放在房里不曾收拾，却被淑英看见，袖了回房不题。

不期过了两日，又是四月中旬到来。王有道回家，打点贺寿礼物，料理齐备。一到十五，夫妻二人清早起来，着小使先将寿礼送去。轿子到了，二人别了淑英上轿。淑英笑道：“嫂嫂，这次不可夜里回来，恐再不能撞着柳下惠了。”王有道听见心下生疑，这话头十分古怪，欲待要说明白了起身，又恐路远。暗想道：“也罢，回来问妹子便了。”一径抬到孟家。一进门，有这许多婆婆妈妈伺候，为他家收礼，写回帖子，上帐，忙到下午，方才上席。散只是半夜，在丈人家歇了。

次日清早，只别了丈人，径自回了家。见了淑英道：“妹子，昨日何说‘嫂嫂这次不可夜里回来，恐再不能撞着柳下惠了’？这话怎么说起？”淑英说:“原来哥哥还不知道?就是三月十五夜里,避雨回家这一件事。”有道说:“妹子,嫂嫂不曾与我说来,你可仔细为我言之。”淑英道:“那日嫂嫂急欲回来,没有轿子,雇船来的。到了门头天色尚早,恐撞见熟人坏了体面,上岸在花园门外亭子上坐。不期天雨得紧,有一男人也到亭中避雨。嫂嫂急欲进城,雨又不住,城门又闭,不得已权在亭中。原来那人是个好人,须臾天晴,他往别处去了。后来,五更,嫂嫂回来,上床去睡,又梦见往亭子上去,见土地说他见色不迷,申文往城隍司去,道他姓柳,住在登云桥。”王有道不听这一番话也罢,见说:

怒从心上起,恶向胆边生。

骂道:“不贤淫妇,原来如此无耻,我怎生容得!焉有孤男寡女共于幽室,况黑夜之中,不起奸淫的道理?”道:“罢了,罢了!除非休了,免他一死。”淑英道:“哥哥,不要差了主意。嫂嫂实不曾有此事,不信之时,嫂嫂有诗一首,现写着心事。”即时往房里取了出来,递与哥哥。有道看罢道:“他在你面上说出心事,恐你疑心,故意做这等洗心诗儿。你看看‘拼赴阳台了宿缘’,还是自己要他如此,丑露尽矣!不须为他遮盖,我决要休他!”淑英下泪:“哥哥不可造次,你改日再问嫂嫂说个明白,便知泾渭。”有道怒吽吽径到馆中去了。

到次日,写了一封书,着家人拿了送与孟老爹亲手开拆。家人一自拿到孟家,送与孟明时亲手拆开。也不说些别话,只有四句诗,写道:

瓜田李下自坐嫌,拼向邮亭一夜眠。
七出之条难漏网,另恁改嫁别无言。

后写:王有道休妻孟月华,某年四月十七日离照。又画一个花押。明时一看,不知其意,女儿为何有离书?月华流泪不言,张氏道:“就是三月十五冒雨回去这一节事,不知为何女婿作此薄情之事?”孟明时道:“原来为此。又无瑕玷,何必如此?”道:“儿,你不须愁闷。想历久事明,再冷落几日,待我与他讲个明白罢了。”正是:

夫妻本是同林鸟,大难来时各自飞。

且说柳生春自从那日回家,埋头窗下。其年正当大比,宗师发牌科考,县中取了。送在府间,到也摸了一名。六月间,又得宗师录取一名科举,意出望外,从此准备进场之事。不移时,头场将近,因丧了妻子无人料理,止得一房家人媳妇,又不在行,只得自己备下进场之物。到初八日黄昏，正要进贡院唱名搜简，不想家人天吉一时沙子发起来，业已死了。生春两难之间道："且把他权放在床，待我出场来殡葬他罢。"媳妇只得从命。恰好到得院中先点杭州府，柳生春初进科场，家中死了天吉，心下慌忙之际，一块墨已失了。心慌缭乱，寻了一回，那里追寻。只得回到号房坐下，闷闷不已，忽见前墨已在面前，心下惊异。天明，题目有了，他初然又难下手。须臾若有神助，信笔而写，草草完了。

到三鼓放出贡院，到家扣门，只见天吉在床上一骨碌扒将起来开门，惊得妻子喊叫。生春一见天吉，吃了一惊道："你活了么？"天吉道："小人原不曾死，是在先老相公来唤我进场。说相公今年三月十五夜不犯女色，土地申文到城隍司，即时上表于玉帝之前。玉帝即唤杭州夜游神，问道果有其事，现今王有道妻子孟月华夫妻离异。玉帝闻奏，即查乡榜中有海宁孙秀才，前月奸一寡妇，理当革削，将相公补中上去，是第七十一名。相公的墨失在明远楼下，是小人寻来与相公的。还有许多话说，那今科该中的，祖宗执红旗进场，上书第几名帖。出场的是黑旗，先插在举子屋上。插白旗的都是副榜，余者没有旗的。"

生春听罢不犯女色，满心欢喜，恐文章不得意，又未知怎的打发了监军。次日往一亩田一访，果然叫做王有道，妻子名孟月华。嗟叹几声，且再处着走了回来。

刚刚三场已毕。那柳生春卷子是张字十一房，落在易一房，是湖广聘来的推官，名唤申高。他逐卷细心认取，恐有遗珠，三复看阅，柳生春卷子早落孙山之外矣。四百名卷子，取得三十六卷。将三十六卷，又加意细看，存下二十四卷。

仔细穷研，取定十四卷。正待封送，只见张字十一号一卷是不取的，不知怎生混在十四卷内。推官看见，吃了一惊道："自不小心，怎生把落卷都浑在此间。"亲手丢在地下道："再仔细一看，不要还有差错。"一卷一卷重新看过，数来又是十五卷，这张字十一号又在里边，想道："我方才亲丢在地，怎生又在其间？冥冥之中，必有鬼神。"展开再看，实是难以圈批。不得已淡淡加些评语，送到京考房去，然后二三房未免也要批圈。及去后放榜，张字十一号竟中了第七十一名。王有道也是易一房的门生，中第十一名。

那报子往各家报过，未免搜寻亲戚人家。孟明时家里报得好不闹热，不知孟月华看见，反在房中痛哭，怨怅那日不回家去也罢。着甚来由，一个夫人送与别人做了，便提毫笔写曰：

新红染袖啼痕溜，忆昔年时奉箕帚。
如荼衣垢同苦辛，富贵贫穷期白首。
朱颜只为穷愁枯，破忧作笑为君娱。
无端忽作莫须有，将我番然暗地休。
散同覆水那足道，有眉翠结那堪扫。
自悔当年嫁薄情，今日番成难自保。
水流落花雨纷纷，不敢怨君还祝君。
今日洋洋初得意，未知还念旧钗裙。

又曰：

去燕有归期，去妇长别离。
妾有堂堂夫，夫心竟尔疑。
撇弃归娘家，在家欲何之。
有声空呜咽，有泪空涟面。
百病皆有药，此病谅难医。
丈夫心反复，曾不记当时。
山盟并海誓，瞬息且推移。
吁嗟一女子，方寸有天知。

且说那些新中的举人，旧规先要见房师。即时参谒，申推官的门子写了七个举人的名姓，在那边寻来寻去。这般一时间，问着了柳家天吉，那门子领到三司厅里，同年各各相认。内中杭州两名，嘉兴两名，湖州一名，绍兴一名，金华一名。齐齐七个举人，门子引进至公堂，再到易一房，一齐进来参拜。申嵩留他坐下道："好七位贤契，俱有抱负，都是皇家柱石。内中那一位是柳贤契？"柳生春打躬道："是门生。"申嵩把他仔细一看，道："贤契，你有何阴骘之事？可为我言之。"柳生春心下已知王有道中了，要使他夫妻完聚，故意妆点孟月华许多好处："念门生德薄才庸，蒙老师山斗之恩提挈孤寒，并没一点阴骘。"

申嵩道："不瞒贤契说，佳卷已失亲于子矣，不知怎么又在面前，如此者三次。若无莫大阴骘，焉有鬼神如此郑重乎？"生春道："门生自小奉尊《太上感应篇》，内中如淫渔色是第一件罪过，门生凛凛遵从。今春三月十五晚，避雨于武林门外亭子中间，不期进去，先有一妇在内。彼时，门生欲出，则大雨倾盆；欲进，则妇人悲惋。那雨又大，加以风雷之猛，后来略住而城门已闭。妇人乘湿欲行，彼时门生想道：'他是个女流，因门生有碍，故此趁湿而行。'心实不安。其时门生去了，后不知其妇如何？"王有道忙向柳生春道："年兄知他姓甚名谁？"柳生道："男女之间不便启齿，怎好问得？"王有道忙对申嵩道："老师，避雨之妇正是门生之妻。"众人愕然道："若果有此事，在柳年兄这也难行。"王有道说："后来门生知道，疑为莫须有，四月间弃了。"申嵩听见："贤契差矣！方才柳生之言出于无心，话是实的。何辜屈陷贞姬，令人闻之酸鼻？"柳生道："不知就是年嫂，多有得罪了。在弟原无意欲为之心，'莫须有'三字，何能服天下？"

那五位同年道："年兄快整鸾凤，速速请回，真有负荆之罪了！"柳生道："年兄赴过鹿鸣①，弟当同往，迎娶年嫂完聚。"申嵩道："王生，你得意之时，不宜休弃贞洁糟糠，速宜请归。"王有道说："老师与年兄见教，领命是了。"只听得按院着承差，催请各举子簪花赴宴。申嵩拱一拱手，各人齐上明伦堂挂红吃酒。怎见得？有集诗一首为证：

天香分下殿西头，（华元旦）独许君家孰与俦。（万得躬）
月里仙姝光皎皎，（李　郢）人间清影夜悠悠。（刘　基）
九霄香泌金茎露，（于武陵）八月凉生玉宇秋。（黄　潜）
约我广寒探兔窟，（汪水云）凌云高步上瀛洲。（杜　常）

只见这九十名新举人上马拔靴，扬眉吐气，一个个往大街迎到布政司赴鹿鸣宴。

王有道与柳生春二人，敬了两主考并察院房师的酒，径自先回了。同出武陵门外，往新河坝，二人并辔而行径到孟家。明时吃了一惊，见是女婿，道声："恭喜了。只是屈害小女。"柳生春道："老先生，不须说。令爱之事，已与令婿讲明了。同避雨的，就是学生，今特奉迎令爱。"孟明时见说，忙忙进内与月华说知。月华见说，道："既是那生在此，正好觌面②讲明，免玷清白。"径走出来。柳生上前作揖："年嫂不必提起。"王有道上前施礼道："我一时狐疑，未免如此。已见心迹，特尔亲迎。"月华便不开言。

---

① 鹿鸣：宴会。

② 觌（dí）面：当面。

张氏劝女儿同去。于是孟明时夫妻两口并女儿,三乘轿子同行,两举人依先迎进城来。

到了王家,下马进去时,亲友摆下酒筵作贺。柳生告回,有道说:"年兄,同饮三杯。意欲留此尽欢,恐年嫂等久。"柳生道:"小弟寒荆弃世久矣。"有道惊问:"几时续弦?"柳生道:"尚无媒妁。"有道说:"小弟有妹淑英,今年十八,年兄不弃,以奉箕帚如何?"孟明时见说,道:"好得紧,小弟为媒!"月华听见说:"今日黄道,酒席亲友俱在,待我与姑娘穿戴。"亲友一齐欢喜。

柳生春一点阴骘,报他一日双喜。须臾,傧相赞礼,夫妻二人真个郎才女貌。正是:

晚上洞房花烛夜,早间金榜挂名时。
还亏久旱逢甘雨,方得他乡遇故知。

《太上感应篇》,益德盛矣乎!柳生若不信心,则避雨之亭,已作行云之台。天使王有道弃妻不日,无辜柳生春求名,安能有报?破镜重圆,断弦喜续,若非阴骘,乌能有此大美哉!所谓阴骘关天,事非菲细。若行数善,容颜改变,则阴骘之纹现于面也。有云:"钱可通神。"虽钱可通神,谋事而成事,全在天也。阴骘钱财,相为表里。有钱财而无阴骘,做事似舟无水,行而不能通达;有阴骘而无钱财,谋为则若有神助,无往不利。余演二十四传,非导欲宣淫,实引邪归正。普存阴骘,受福无量。凡人一节事例,勿以善小而不为,勿以恶小而为之。诸恶莫作,众善奉行,乃天地间一尊活佛也,其福岂浅鲜哉!

第十九回　木知日真托妻寄子

居必择邻交择友，贤圣格言当遵守。

堪恨世多轻薄儿，容貌堂堂心内丑。

交财财尽两开交，倚势势无各自走。

急难之中无一人，酒肉兄弟千个有。

处友的如雷陈管鲍①，自不必言，这是友中之圣矣。人生五伦中，有君臣、父子、兄弟、夫妇、朋友。如君臣际会，受于君王俸禄，忠事于君，后来封妻荫子，显祖荣宗，皆是君王赐的厚恩。为臣的时刻怀着，定与王家出力，分所当然之事也。父子有天性之恩，兄弟有手足之爱，夫妇恩深爱重，俱是自然的亲热。至于朋友一节，又非亲支骨肉，缘何就得同心合意？原取得信字。孔圣人道："朋友信之。"朋友若不相信，将什么来亲热！如范张鸡黍②也只为信。后来世多轻薄，所以刘孝标做下一篇《广绝交论》，传于后世。

如今说个托妻寄子朋友，在直隶徽州府，休宁县人氏，姓木名知日，他这个姓，《千家姓》上有的。号曰子白，以贩生药为业，年纪三十岁。取下妻房丁氏，止得二十一岁，生得一貌如花，温柔窈窕，夫妻二人如鱼似水，十分恩爱。生了两个儿子，大的六岁，乳名关孙；次的三岁，乳名辛郎，父母十分爱惜。木子白为人，骨肉六亲不与交往，至于嫡亲侄儿，意待淡然。止得一个朋友，姓江名仁，乃同邑人氏，其为人丰襟雅饰，纯谨温柔，与子白财交丝毫不苟。子白常以家事暂托，则点点周全，无一不办。稔③密数年，愈胜初交，子白以江仁为天下忠厚人也。正是：

人情若彼初相识，到底终无怨恨心。

---

① 雷陈管鲍：雷陈指东汉时的雷义与陈重；管鲍指春秋时的管仲与鲍叔牙。均为交友的典范。

② 范张鸡黍：东汉范式与张劭是朋友，范式与张劭相约两年必当拜访，到那一天，张劭杀鸡炊黍款待，范式果然如期而至。宣扬儒家孝悌忠信思想。

③ 稔(rěn)：熟悉。

子白遂有寄妻托子之心。是于择日置酒相邀，正在初夏暮春之际，把江仁接到家中，着妻子出来相见。置酒后园，一桌同坐夫妻、朋友、两个娃儿，共是五个，大家吃酒。举目园中，绿肥红瘦。但见：

东园桃李，倏①已辞春；北渚②楼台，凄然入夏。麦候青黄未接，梅天冷暖无常。阁阁池蛙，一部移来鼓吹；劳劳布谷，数声催动犁锄。窗里人孤，数到黄菊之雨；樽前病起，吹残花信之风。藕发新荷，才如钱大；芦抽细笋，未及锥长。画纸为棋，鹦鹉尚能乱局；敲针作钓，杨柳偏喜垂丝。不杀不斋，也能留客；既耕既种，还爱吾庐。鹭为窥鱼，拳足眠依河渚；雀缘扑蝶，番身暗动阶尘。葵花香入笔床，榴火笑凭衣桁。探支未登之谷，厌弃读了之书。旦起修斋，寺里看供千佛；宵来治具，湖中邀满十人。箭石而数龙孙，拾花以弹燕子。浓阴松下，毋妨漫叟科头；小雨溪南，报道先生反棹。

木知日令家中仆从妇女数人悉至园中，当面言曰：“吾年三十，已挣千金，目下再欲往川广收买药材，到各处去卖。家中妻娇子幼，虽手足甥侄，无人可托。今江官人青年老练，忠厚有余，累试不苟，我所钦服。今将千金家事，幼子娇妻，尽托管理。在妻只以亲叔待之，尔童仆妇女一听处分。生意交易每置二薄，出货入财，亦皆江弟掌管，汝母子勿以异姓有违。”即进酒一杯，再拜道：“吾弟金石为心，冰霜为节，吾无所言。倘儿幼痴顽，当念吾一面，幸勿含意。”江仁推却再三，不肯承领。子白怒曰：“吾弟交情欲于此绝耶?”江仁变色，跽③曰：“兄长勿怒，小弟领命便了。”又令丁氏下拜，江仁忙答。痛饮尽欢而罢。

次日收拾长行，儿女牵衣，只得洒泪而别。江仁就外厢歇宿，足迹不履中庭寸步，应酬往来交易生意，无不得人之欢心，童仆大小无人不得施恩惠。其机深谋密，人不能知。岂料入洞放刺。一日，假意忙忙，径入内室，丁氏一见道：“叔叔有何说话至此?”江仁笑曰：“我见嫂嫂凄凉，特来奉陪。”“我夫托妻寄子，要叔叔照管，缘何言出非礼?”江仁笑曰：“嫂嫂，我今照管嫂嫂，故此进来陪你。”丁氏往内房径走，江仁随后便跟。丁氏

① 倏(shū)：极快地。
② 渚(zhǔ)：水中间的小块土地。
③ 跽(jì)：双膝着地，上身挺直。

回身闭门，江仁一手搂住，丁氏忙呼小使。江仁恐被看破，飞也似跑出外厢。心下十分懊恼，想道："此妇止可智取，不可力擒。且再过两日，一定到我手里。"正是：

画虎画皮难画骨，知人知面不知心。

丁氏自此把中庭之门紧闭，小使出入，着令随手关门。丁氏把他日用三餐，比前竟淡泊了。江仁愈加恼恨，道："凭你怎生贞洁，少不得落吾彀中①！"

托妻寄子敬如神，一旦翻为狼虎心。
羡杀雷陈和管鲍，如今安得这般人。

木知日一去三月到了广东，收买各色药材，将次又往四川去买。他把家中事务径托了江仁，信为停妥，径自放心在意。

这江仁一日归家，着了几个童仆道："某日夜间，你可往木知花园，将器撬入园门。过了轩子，两边厢房内尽有所蓄，尽情取到家里，不可有违。"童仆会意，江仁又到木家料理生意。只见一日报道，后边着贼。江仁假意道："好不小心，为何后边失于防守？"丁氏气得面如土色，深责童仆。江仁道："嫂嫂，哥哥托付千金，今去十分之三。若再不防，恐又失所。不如待我每夜坐房在于后面，以杜将来，可使得么？"丁氏想道："此人心怀不良，若移后边落彼局矣。"道："叔叔不须移动，我自着安童防守。"江仁见计不成，想："这妇人这般做作，且喜三百金资囊已入吾手。"即时回到家中，童仆一一交明。江仁各赏二钱银子，又往木家而来，早晚伺候下手行奸。

却好一晚，安童吃了夜饭径往后边安歇。江仁正出小解，见安童往内径走，悄悄尾后。后边安童推门进去，正是合当有事，门竟忘关，被江仁已入内边，见丁氏还在内边照看，江仁径扒于丁氏床下，席地而睡。丁氏到房中，闭上房门，吹灯脱衣而睡。须臾之间，只听得丁氏微有鼾声，他悄悄的爬将出来，坐在丁氏床上。彼时正在伏天，暄热之极。丁氏赤身，不盖睡的，到被江仁一毫力气也不消费，□□□□□。丁氏朦胧之中，惊醒道："不好了，着人手也。"欲待要叫，已被他直捣黄龙矣。没奈何只得顺从侮弄，道："你怎生进来的？哥哥万一知道，看你怎生见他。"江仁道："嫂嫂

① 彀（gòu）中：箭能射及的范围，比喻牢笼、圈套。

放心,决做得干净。断不与哥哥得知。”他又想丁氏前番光景,心下原要出气,便放出分外工夫,又把丁氏捧了嘴亲嘴。丁氏兴发起来,便如柳腰轻摆,凤眼含斜,酥胸紧贴,玉脸斜偎,犹如戏水鸳鸯,却似穿花蛱蝶。彼此多情,不觉漏下三鼓矣。丁氏说:“妾本坚贞,被君有瑕,恐后如此,被人知觉。”“又不隔街穿巷,门内做事,鬼神难知。只是哥哥回来之时,未免与你抛撒,如之奈何?”丁氏道:“你为人真不知足。”江仁欲求再会,丁氏曰:“但得情长,不在取色。”江仁曰:“因非贪淫,但非此不能尽真爱也。”阳台重赴,倍觉情浓。如此欢娱,肯嫌更永。

丁氏端端正正一个贞节妇人,被这奸棍败了名头。

托妻妻子已遭奸,浼玷家门暗窃钱。

如此良朋添一位,木兄性命也难全。

丁氏自此中门不闭,任从出入家中。童仆俱已阴知,木家甥侄六亲,悉知其事,所恨木知日一时不到耳。

一日,后园又失于盗,丁氏深责安童,江仁在旁不劝。安童怀恨,私谓仆从辈:“官人去不多时,娘子便与江官人通奸,无日不为。昨日,江官人回家就失了盗,事有可疑。今娘子痛责于我,江官人任他打我,口也不开。做我不着,我逃到广东,见了官人说破此事,方消我恨!”众人道:“只怕官人早晚回来,自然晓得,何必奔走?”安童立定主意,一心要到广东,便自瞒了众人出门去了。

晓行夜住,宿水餐风,不止一日到得广东。访了两日,得到主人家里问信,方知木知日四川去了,重新又走起来。正是:

历尽风霜苦,方知行路难。

饥餐渴饮,戴月披星,走了几时,方得到四川。重新访问,得见主人,跪下叩头,具言前事道:“初时江官人到也还好,后来用计奸了娘子,竟穿房入户,甚不像样。后园连遭三窃,大分是江官人之所使也。主人速回,若再不返,恐又坠落计中。”木子日听他言语,大喝曰:“大胆狂奴,无故发此狂言,以辱主母。汝失防门户,以致被盗,主母责汝,乃家法也;汝恨其责,故生事端,妄言害主。江官人他是仁厚君子,背地谤他,可恨之极!”盛怒而笞。

安童力行川广,辛劳已极,又获重责,痛苦在心。欲待回归,又无盘费。倘是归家,必遭逃走之刑。情极计生,走到川河口纵身一跃,死于川河。已入水去，一灵不散，游游荡荡回复休宁。凡木知日亲友人家，无不托梦哭诉前事，又道："江仁窃取三次，今某物现在某处，某货卖在某家。"其木家甥侄、亲友，随往彼处探听，果然不差。故此乡邻亲族悉知江仁兽心人面，只待木知日归家，方可通知。

且说木知日货物收齐，收拾打点归家。正是暮秋天气，取路前进，则见暮愁光景：

> 凄然心动者，唯秋之暮焉。树始叶黄，人将头白。云飞日淡，天高气清。蝉千声而一鸣，木万叶而俱下。登山临水，还同宋玉之悲；追昔抚今，不减杜陵之兴。柏叶村如卖杏，菊花天似熟梅。郭外青霜，已凋蔓草；庭前白露，暗湿木樨。紫蟹初肥，致自新安贾客；红萸酒熟，买从旧岁人家。禾黍油油似戴花，桔柚累累而垂实。清砧辰野，预愁边地烟霜；旅雁衔芦，正苦异乡菰米①。酿酒多收晚穄②，衰年先授寒衣。络纬善啼，织愁人之鬓发；芙蓉多恨，写怨士之文章。研水易枯，琴弦转暗。意懒不题玉字，手闲试鼓霜钟。月解生愁，王夫人一时之秀；花应把瘦，李易安千古之辞。已伤枯树江潭，何况飘蓬寒士。

木知日到得家中，已是隆冬之际。到了徽州，药材发在店家。

次日归家，路次忽见亲侄木阳和，乃府学秀才，遂挽叔手归家。屏去妻奴，含泪而语曰："吾婶本心贞洁，被江仁几次谋奸，丑事彰露已久。何受江奴之欺乎？"知日怒曰："我平日不厚宗族，汝故乘机讪谤，欲绝我金兰之友，拆我贤淑之妻。"拂衣而出。正欲举步，却被安童举手一推，跌入门内，僵仆于地。阳和慌忙扶救，半日方苏，拭泪叹曰："梦耶？鬼耶？"阳和命妻儿进茶，仍屏去妻房，跪而言曰："老叔若寻常之辈，侄非骨肉，亦断不敢言。今老叔堂堂丈夫，侄为骨肉，辱门败户之事，安得不言？但婶婶坚贞不许，闻江仁施谋巧计，坠彼术中，无奈相从。此是小侄至言，唯老叔察之。"知日扶起侄儿道："我知之矣。待我归家阴觑情宗，察其动静，相机而行便了。"遂别了阳和，径回家中。

江仁一见，吃了一惊，施礼已久方能开口。此亦有负重托羞见知日，

---

① 菰米：茭白的果实，可作饭食。

② 晚穄(jì)：糜子。

心怯情虚,故有如此光景。知日进去,丁氏接见,万千欢喜。关孙学内攻书,辛郎见了,走到身边,自有依依光景。家中大小男女,未免得依次序相见。丁氏摆下接风酒为丈夫洗尘,知日着小使接江官人进内吃酒。小使去了进来道:“江官人着了邪祟,口中言颠语倒的,管门的扶他回去了。”知日想道:“必是安童作祟。我方才在侄子家,分明见安童把我一推,故此跌倒。我进门时,见江仁有个呆的光景了。”

丁氏请丈夫坐下,吃了三杯,知日便问丁氏:“我一去后,江叔叔待你如何?”丁氏见说,流下泪来道:“是你自己不识好歹,把家事一旦托之。从君去后,未及三月,径进内室。我即正色而言,他反许多轻薄。彼时欲鸣亲族,逐彼出去,我又想你托他家中生意,他若一去无人料理,你归家必要怨我。只得含忍,叫起小使,方才出去。忍着待他改过罢了,只把中庭之门时时紧闭,他无能而入,绝他念头。未及几日后园被盗,彼又生情,说后面不谨慎,乃无人歇宿之故,又要进来安歇。我坚执不容,我自着安童照管便了。我心甚恼,供他三餐茶饭比前淡薄了许多,便使他无颜然后辞去。谁知他计深心阴,六月初九日夜间天热,赤身睡着,房门闭的,他预先伏于床下,后知我睡熟,被他奸了。彼时要叫起来,此身已被他玷污了。当时就该寻死方是,我想两个儿子无人管他,一死之后,家资必然偷尽,含羞忍耻等待你归。今已放心,这一杯是永诀酒了。”

知日听罢大怒,骂道:“这个狼禽兽,我何等待你!歪行此心,我怎肯甘休!前八月间,安童奔到川中把此事细细说了,我心不信,反痛责一番。他忿怒不过,投江川河死了。我今日回来,侄儿阳和扯我到家,说及此事,与安童之言无二,方知害了安童。今据汝言,想来也是实的。论理俱该杀死,然这奸情出彼牢笼,实非你意,你今也不可短见,我自有处。”

正说之之间,只见关孙进来,一见父亲,慌忙作揖。知日欢喜道:“儿,你记念我么?”关孙说:“日日念着记挂你的。”就坐下吃酒。至晚,丁氏道:“你辛苦了,进房安歇,我今不得相陪了。”知日道:“为何?”丁氏道:“有何颜再陪枕席。”知日说:“不妨。就是此事,还要鸣于亲邻,讼于官府,怎肯干休?比如两人一处行奸,双双杀死,再有何言?如今撒手,焉有杀的道理?我气不平,毕竟告他,正要你把本心质他,使他无辞,自甘伏罪。你若一时寻死,他便死无对证,一毫赖得没有,可不到便宜了他?且待我出了他的气,然后再处。”丁氏只得伏侍丈夫睡了。

且说江仁，一见木知日回来，他于理歉然，辞穷理屈，连口也开不得，又被安童灵魂附在他身上作怪，回家见了妻子，便勃然怒道："今日你与木知日两个通情，我定要杀你！"他妻子方氏，年方十八，标致非常，极其贤慧。一见丈夫说及此话，道："你想是心疯了，如何胡言乱语？是何道理？"童仆一齐笑将起来。江仁大怒："你笑什么？连你这些奴才合伙做事，都要杀的。"家人们私谓方氏曰："官人真是颠了。倘然真个拿刀弄杖起来，到也要防他。"言之未已，只见他明晃晃拿一把刀，向内抢来。方氏急了，就往房内一跑，把门拴上。家人执棍将他手内刀赶丢一下，那刀早已坠地，一个家人上前抢了便走，两个人捉他抱住。方氏道："你们如今抱他在后边空房里坐着，把门反锁了再处。"家人把他抱了进去，依计锁了出来。

方氏道："如今怎么处？"一个家人叫名阿顺，日常间有些论头，他道："小人们是些粗人，就是官人行凶，还好防避，在娘子怎生惊吓得起？此病身上那得就好，如今还是避他是个上策。这疯的人那里知道好歹？万一失手，悔之晚矣。"方氏道："我父母亡过，又无手足，在官人面上止得一个伯父，又是孤身，又无甥侄，何处可避？"阿顺道："如今把家中细软衣服，金银首饰，待小人一件件登了账上，封起了再处。然后把家中动用桌椅床帐，放在三间楼上，登了账目，封锁好了，掇去楼梯藏好，免他打坏了。其余铜锡器皿、玩器书画已登记明白，把箱笼去收拾贮好了，也再处。然后出空房子，把前后门关锁好了，任凭他在内跳打，直等好了然后回来，如何？"方氏道："肚饥不饿死了？"阿顺道："晓得肚饥，到不疯了。"方氏道："万一差池，如何是好？"

正在那里计议，只听江仁在隔墙乱骂，把那反锁的门乱推乱扯，又如擂鼓的一般，打上几阵。吓得方氏立身不住道："思量一个安身所在方好。"阿顺想了一会："止有木官人。他前起身时，将家园妻子托付我家官人，不知官人是何主意，使我们连偷二次？然木官人尚未归家，况丁氏娘子一人在家也好安身。但恐衣饰之中扛去暂寄，倘然不密，露出本家一件东西，干系重大，所以不好去得。"方氏道："封锁好的，怎生得知？到是他家十分有理。"计议已定，方氏收拾内房金银细软，阿顺登记，其房头男女人收拾自己东西，往木家移去。又将木制动用一应家伙封锁楼上，酒米柴房尽行锁好。阿顺着人挑了两担吃米，随着方氏轿子而去，其余箱笼，序次扛去寄囤。

方氏无奈,只得抬到木家而来。家人报与丁氏知道,丁氏想道:"不知有何缘故?"连忙出外迎接。进了中堂,两下施礼坐下,方氏道:"拙夫深蒙大娘看管,奴家常常感激。不知昨日归家一时疯颠起来,家下十分怕人,口内胡言乱语,拿刀杀人,惊吓不已。敢借府上暂住几时,不知见许否?"丁氏见说,心下暗惊道:"怎么这般发狂?"道:"娘娘在此,只是简慢勿责。"

只见外边走进一个人来,却是木知日。见了方氏施礼,忙问妻子:"江娘子为何而来?"丁氏把疯狂之病言之:"娘子害怕,借居我家。"知日道:"原来如此。"冷笑了一声道:"外厢他丈夫的卧房,端然可住着,令到彼住下。其余手下各自有房居住。"丁氏整治酒肴尽他客礼,一边扯了丈夫道:"他丈夫用计陷我,他妻子上门来凑,岂不是个报应公案?"知日红了脸,说道:"岂有此理,他丈夫行得苟且之事,我乃堂堂正气之人,怎么去得?"正是:

宁使他不仁,莫叫我不义。

故此丁氏独陪方娘子,知日又往各处拜客不题。

且说江仁被安童附体,弄得他家中七零八落,一心要报川河之恨。江仁起初要杀人放火,赶散了一家之人,心下便想往街坊上来,他左顾右盼不得出来,好生作吵。

不期到了次日,方氏着人看他怎生动静。四个家人一齐同往,开了前门一直进去,走到后房并不听见一些动静,大家到墙门口往内张看,并无影响。阿顺取了锁匙,轻轻开门一看,不防开得门,江仁一扑,把四个人吓得都跌倒在地,江仁往外飞跑去了。

大家爬得起来,不见了家主,一径寻出门来,并不见影。邻居道:"往那边跑去了。"又见那边来的路上行人道:"一个披发的,往南门去了。"阿顺忙锁上大门,一齐赶到南门。又道:"在城外。"四个人出了城门,见主人立在下汶溪桥上,手舞足蹈的,那里大呼小叫。众人赶上桥来,江仁看见,向溪下一跳。家人慌了,一齐下溪急救。那里救得,那溪流急得紧,人已不知那里去了。阿顺料难救取,便着两个一路往下游去看。

阿顺回到木家,报与娘子得知,道:"娘子,不好了。"方氏惊问:"为何?"阿顺说:"官人跳在下汶溪淹死了。"方氏哭将起来。木知日见说,同丁氏出来细问，阿顺把从前去开门，他由南门下汶溪桥上跳下水光景一一说了。知日与丁氏暗暗叹息，一面劝着方氏不要啼哭：“是他命该如此，强不得的。”一面着阿顺再去探听尸首所在，速来回报。方氏道：“棺木衣衾之类，还须伯伯料理。”知日道：“不必你言，我自周备他便了。”

直至次日，阿顺来报：“我们不知道，只管把下流之处打捞，谁知端然在下汶溪桥边。”知日着人抬了棺木衣衾，唤了方氏，轿子抬去，同往桥边入殓。正是：

三寸气在千般用，一旦无常万事休。

方氏啼啼哭哭送了入棺。知日唤人抬至江家祖茔权厝，方氏与知日送到坟边，办下祭礼，方氏哭告事毕，一径回来。方氏着人在自己家中设立灵位，次日移回。

阿顺等四人归家歇宿。睡到半夜，听得神号鬼哭，撒着沙泥，惊得四个人一齐呐喊，巴不得到天明，一溜风往木家来。四个人一路商量：“夜间如此惊怕，倘大娘子又要我们来歇，如之奈何？”阿顺说：“再说得利害些，连他不敢回来方好。你们到不要七差八缠，待我一个开口，你们只要赞助些儿，自然不着我们来了。”

说话之间，不觉已到。见了方氏道：“夜来实是怕死人也。一更无事，二更悄然，一到三更时候，一把泥沙，那鬼四下里哭哭啼啼，把楼上桌椅打得好响。隐隐之中，有数十个披头散发的，跑来打去，直至鸡鸣方才无事。今日死也不回去了。”方氏见说，自也害怕，把那回去心肠丢得冰冷，道：“既然如此，不回去又不好。只管在此混扰，又没得处设个灵位供他，就要做功果，也没个所在。”阿顺说：“不难，官人没在下汶溪中，在那桥边人家租他一间房屋，做些功果。把自[家]的住宅租与别人，将那边的租钱，还了木官人，把灵位就设在大娘子房中，岂不是好？”方氏说道：“话说得近理，只不知木官人与娘子心下如何？”阿顺道：“我看木大官人胸襟洒落，气宇轩昂，必然肯的。”

方氏走进去，正要开口，丁氏道：“方才阿顺之言，我与官人俱听得了，你安心住下。只是我官人把你官人照管，你官人薄行得紧，论理起来，不该管这般闲事方好。但此事与你无干，如今到是我官人照管你了。”方氏称谢不尽。那些追修功果，俱是阿顺料理，把家中什物都移到木家，那房子已有人租去了。

且说木知日过了新年,前账尽情取讫,便自己在家生意,竟不出去了。不期安童一灵不散,他又去迷着丁氏,一时间见神见鬼,发寒发热起来。医生下药,石上浇水,求签买卜,都说不妥,只病得七个日子,呜呼哀哉。可怜丢下两个小儿子,一个八岁,小的五岁,哭哭啼啼好不伤心。木知日因他失节于人,这死还是便宜,想起结发之情,丢下两个儿子,心下十分苦楚,免不得又是一番未足之事。这内里之事,到亏了方氏,又管着两个娃儿,与他梳头洗面,冷暖衣裳,木知日十分感激着他。

不期又是丁氏周年,一时将到,未免诵经追荐,下帖子接取本宗五服之人。是日都来会聚,木阳和见众亲俱在,他便说出两句话来道:"今日宗亲俱在,老叔服已阕了。奈何内室无人年余,全亏了江娘子内外照管。今江娘子又没了丈夫,不若在下为媒,成了这段姻缘。列位意下如何?"众人见说,一齐说道:"好,还是读书见识高妙。如今就两下里说将起来。"先与知日说了,起初不肯,见侄儿再三再四,亲友赞助许多:"你再不成全此事,这番叫江娘子瓜李之嫌,到不便住在家里了。"木知日已觉心肯。

木阳和又到里边与方氏说了一番,方氏只说没福不能当得。一众诸亲都来称赞,方氏不做了声,已是肯的。木阳和把通书一看,道:"今日是黄道直星,十分上吉。"登时把素斋又换了成亲席面,一边僧人撤座,连江仁牌位同化,两边准备做亲。到晚来,拜了和合,见了诸亲,各人就筵欢饮,直吃得东倒西歪。只见木阳和道:"老叔与诸亲在此,小侄口拈八句,以污高贤之耳。"念道:

托妻寄子友之常,宁料江郎太不良。
反窃财货图富贵,巧奸妇女乐心肠。
安童为尔川河殒,下汶溪中足可偿。
货殖归原加厚利,山妻从木已亡江。

诸亲大笑:"看将起来,分明是一部颠倒姻缘小说。"又说道:"还像王三巧换珍珠衫样子一般。"又说道:"都是我不淫人妇,人不淫我妻的题目。"木阳和笑道:"你出了这般题目,我便做一篇现世报应文章。"大家哄然而笑,散讫。

后来,知日与方氏到老,两小儿读书俱已成名,各有官家婚配,昌盛累世。皆因木知日不依丁氏行奸,上苍默佑,以享此全福。

第二十回　杨玉京假恤孤怜寡

江上云亭景色鲜，（李郢）　浣花春水腻鱼钱。（羊王谓）
旦看欲尽花经眼，（杜甫）　愁破方知酒有权。（郑谷）
官满便寻垂钓侣，（李鹏）　家贫休种汾阳田。（李沧）
凭君莫问封侯事，（曹松）　安乐窝中兴澹然。（陆景龙）

万历辛卯科，其年乡试。有金陵王谓，积金巨万，妻房商氏容貌温柔，生得一子，还是垂髫①。内房止用一个使女，外厢止用一人管家，两个小使而已。一家儿止得六七个人，恐人多使费太重，粗衣淡饭，俭啬非常。其厅堂高敞，房舍深广，后有花园极精。书室每科租与乡试举子，常收厚利。但积蓄累世，再不生放，唯收丝囤米。至于丝价贵高，发出卖了；米价腾涌，卖去又收。真是守钱奴耳！不期春初，王谓一病而亡，丢下巨万资财，可惜不曾受享。这寡妇止得三十一岁，靠着家资度日。

其年四月中旬，忽有两个仆从，衣服罗绮，去看住房，候科举的。管家引他进内，看见书房精洁，便道："此处中我家公子的意。要多少房金？"管家问："尊处要几间？"两人道："一起通租我公子读书，免得人搅。房金不妨多些。"管家说："每科多几位，各自取租，共有二十余两，今通去也只要廿金。"两人道："我公子大量人也，就是二十两，闲人一个不许进来。"随即取出银子尽行缴付。这两人出门引了公子进内，衣服十分华丽，又带四仆并一小厮，五六担行李皆精美物件。一到，即以土仪送之，皆值钱美品。王寡妇十分欢喜，命仆置酒相待。公子独席，管家二桌，大家吃至二鼓，欢喜而散。

次早，公子着小使进谢寡妇道："我公子致意娘子，深谢之极！欲待今日回答，奈无好酒，容到家下取美酒来，才请娘子哩。"寡妇道："简慢公子，我这边水酒不中你公子意，多得罪了。"那小使道："我公子怜你孤寡，着实要看取你哩！"自此，公子只是看书，又着令止存一个小使、一个家人在此服侍，余者回家再来。那些家人去的去了，止留得主仆三人在此居

①垂髫（tiáo）：代指童年。髫，古时小孩子下垂的头发。

住。

过了二十余日，乃是端阳佳节，王寡妇齐齐整整的摆了一桌酒送与公子，又令管家请他仆从。那公子见了，自己走到外厢。王寡妇看见，忙忙立起，公子上前施礼道："打搅娘子，已自不安，又蒙娘子如此错爱，使小生感激无地，报情有日。"王寡妇笑吟吟儿答礼道："家寒不知大家体统，多有得罪处，望公子海涵。"两下眉眼留情，公子辞了进内。

过了午，公子和家人、小使三个儿出来，又与寡妇说："我们往书铺要要回来。园门开的，望娘子着人不住的看管儿。"一径出门去了。王寡妇见无人在内，他便一步步儿走将进去。见书房内摆得十分精致，那香炉、花瓶、瑶琴、古剑无所不有。抬头一看，见四壁都是楷书。仔细一看，上写着：

书画金汤善趣

赏鉴家　精舍　净几　明窗　名僧　风日清美　水山间　幽亭　名香　修竹　考证　天下无事　主人不矜庄　睡起　与奇石彝鼎相傍　病余　茶笋桔菊时　瓶花漫展缓收　拂晒　雪　女校书收贮　米面果饼作清供　风月韵人在坐

恶　魔

黄梅天　指甲痕　胡乱题　屋漏水　收藏印多　油污手　恶装缮　研池污　市井谈　裁剪折蹙　灯下　酒后　鼠啮　临摹污损　市井搅　喷嚏　轻借　夺妻　视傍客催逼　蠹鱼　硬索　巧赚　酒迹　童仆林立　代枕　问价　无拣料铨次

落　劫

入村汉手　水火厄　质钱　资钱献豪门　一剪作练裙袜材　不肖子　不读书人强题评　殉情

宜称十二事

净几名香展对　韵士宴会赏鉴　名饮揭置座右　野老晴雨较量
同心登眺提携　空谷时当足音　良辰美景称说　可见锦囊怀袖
佳人知趣把玩　驯仆拂晒收藏　装制妙手整齐　趁人珍获送还

屈辱十八事

俗子妄肆丹黄　违者一览便掷　俭夫怀为己有　拘儒涂抹更改　游闲手卷作筒　学究破句点读　材沙强为敷陈　恶客豪奴强诮　憨人狼藉作践　市井聚谈扰混　仕途包封书帕　巷内路傍粘贴　窗下障风代枕　酒肆茶坊脍炙　措大裱褙里书　内人挟册裁剪　酒肆书头上账　佣书胡写乱抄

聚画藏书，良匪易事。善观书者，澄神端虑，净几焚香。勿卷脑，勿折角，勿以瓜侵字，勿以唾揭幅，勿以作枕，勿以挟刺，随损随修，随开随掩。得吾书者，并奉赠此。

闲人忙事

戒杀放生　临池　看鸟度技　夜舂声　辘轳声　焚香煮茗　踞石　看鱼跃藻　煎茶声　刀尺声　仇方校石　看蚁移穴　展画　欸乃声　击磬声　拂拭几筵　呼鱼　看蝶戏丛　木鱼声　捣练声　浇花种竹　步月　看蛛布网　夜虫声　采菱剥芡　向火　看鸡引子　黄鹤声　远笛声　抄艺花书　焙茶　看剑引杯　风吹壁琴声　简书烧烛　煨芋　看日移砖　子规弄晴声　爆竹　杖笻孤往　看云归岫　远村鸡犬声　击筑长吟　洗竹　看度风帆　自摘畦蔬　风送采莲声　洗药　看水下溪　种兰　雨滴空阶声　自收旧书　看鸟打食　隔水鼓吹声　奇文自赏　锄园　乌声　看乌反哺　月下歌声　圻巾衩袒　隐几　看鹊争巢　鸽带铃声　鹤声　靸鞋从事　扪虱　看鸟学飞　月下箫声　竹声　盛席得辞　澡身　看人割蜜　雪洒窗声　松声　喧浊得免　按摩　看虫变化　夜读书声　蛇声　参悟因缘　吟成　看妇挑锦　水落涧声　棋声

得人惜二十六事

谈对明敏　不习贱劣事　佳山佳水能考对　闲事不传　避他人讳忌　幽花奇石能吟玩　密事机藏　不忘自逞能　弹丝品行　能工解　临事学悟　初学行孩儿　书画能收藏赏鉴　立性有守　善歌舞小妓　处世能轻语商量　知机达变　穷不干外事　驯仆能领略风月　高

论快心　不始洁终污　女校书品题诗卷　孩儿学语　新妇睦妯娌　富贵儿女不骄矜　和而不流　处事有分别　诙谐中节解人颐

败人意九十事

大暑赴宴　请贵客不来遇佳味　婢仆不和　树阴遮景　大暑逢恶客　被醉人缠住不放　游山遇雨　对粗人久坐　把酒犯令不受罚　花时卧病　村汉着新衣　恶客不请自来席　花时无酒　明月夜早睡　终夜欢饮酒樽空　筑墙遮山　醉后闻醉语　暑月背风排筵席　犯人忌讳　出门逢债主　三头两面趋奉人　钝刀切物　向唱妇吟诗　方谒上官忽背痒　流汗施礼　参官被虱嘬　赏花闻邻家哭声　美妾妒妻　不解饮弟子　观棋被禁不许教　恶俗同僚　酒尽伶人来　患腹泻寻厕不着　村汉呼鸡　与村伶合曲　新女婿初来辄病　仇人对坐　病起人忌口　不饮酒人伴醉汉　舟中雨阻　老翁进妓馆　被忌不来强入门　村伶打诨　冬月饮冷酒　急如厮说葛藤话　大雨送殡　行着穿鞋　吏胥遇廉明官长　夸妓有情　暑月对生客　强学时样装束　玩月云遮　赴尊官筵席　小儿初入学塾　医人有病　村奴长长调　妒妻头白相守　入试酷暑　为妻骂爱宠　酒筵品物归家登记　醉后相骂　暑月赴成服　馈送冲冲往来　中馈不理　屡起身辞酒　筵上醉念普庵咒　酒尊磕破　个男女混席　年少人叹老嗟贫　主客不韵　肴品无次席　筵上学僧道朝请　狠打喷嚏　秽手拭酒　村汉紫衣华阳巾　村婿峨冠　撩羹污客衣　村汉歌头曲尾同　捉人别字　村庸道字眼　客未散托故先归　妄议建置　市井着红鞋　仆被人诱去夜宿　奴仆厌主责望　不答席　赴席迟酒器罄　谋陪势要　陪堂代主　稳婆来已生产

杀风景四十八事

花间喝道　对大僚食咽　妇女出街上骂詈　斫却垂阳　孝子说歌曲　有美味悭藏臭腐　果园种菜　骂他人奴婢　好妾驱使粗重事　苔上铺席　筵上乱叫唤奴家　筵上说俗事　看花下泪　仆妾换言语　花架下养鸡鸭　背山起楼　处子犯物议　作客撞番台桌　游春重载　口吃人相骂　新女婿混身新　花下晒裈　重镌石铜器　落第举子

骂主师　衣裹坠马　行奸被窘辱　恶扎人爱使笺纸　尼姑怀胎　赏花处赌棋　问人及第何年叨幸　玉器失手　盛衣冠入厕　坐上遗大小二便　对客泄气　代势豪饮酒　赏花逢债主索逋　驴吃其丹　作清态举止　玩月闭户张灯　鹳吃金鱼　醉吟道学诗　赏花处欢算货殖　沥酒作咒　醉客坠泥中　居乡摆执事看马　歌妓被决　长官撒酒风　花棚说俗事强办

这王寡妇看罢，道："这个人粘贴这些韵语清谈，果然是个超品。"又走在他的坐几上一看，见有花笺，上写着《阳日有感》：

素质天成分外奇，临风袅娜影迟迟。
孤衾寂寞情无限，一种幽香付与谁。

商氏看罢，吃了一惊："他写着阳日有感，是今日之事，诗句分明说我寡居寂寞之意了。原来一见留情，教我怎生发付？"

正想间，只见那公子飘飘然走进房来，道："娘子，可见我两个小使回了么？"商氏道："不曾见。"公子道："这般措大。"商氏道："为何？"公子说："我因戏耍人多，捱挤不过，着他各自走罢。我到回了，不知他两个还在那里耍了？"商氏道："今日这一日，容他们还耍也罢。"公子忙向桌上寻那诗儿，已不见了，便向商氏笑道："有几个字儿在此，娘子可见么？"商氏道："这字我已见了。我那在这边思，这样吟咏，该你读书人做的？明日拿往学院出首。"那公子见他撩拨，想已春心飘荡，故意往袖里搜看。商氏笑将起来，公子乘势一把搂将过来亲嘴。商氏假意推却，已被他脱下小衣，放到床上云雨起来。有诗为证：

水月精神冰雪肤，连城美璧夜光珠。
玉颜俱是书中有，国色应知世上无。
翡翠衾深春窈窕，芙蓉褥稳椅模糊。
若能吟起王摩诘，写作和鸣鸾凤图。

商氏也因赏节吃了几杯酒，性已乱了。又见公子风流，心也有了。又进来见此诗，春心荡了，况是个青年[久]旷，那里按捺得住。公子略略偎香，商氏洋洋倚玉，容容易易把一个寡妇做了失节妇人。这也是美缘偶凑，还恐是欢喜冤家。

商氏事已做下，也说不得了，忙问公子道："前时问你管家姓名居址，但回我们还不知道，是个没来由着哩。含糊答应不曾问得真实，今蒙错爱,可说姓名家乡,后来好寄书信。”公子道:“我姓杨,名玉京。父亲杨尚书,母封一品夫人,扬州人氏。”商氏道:“失敬了,原来尚书之子。念奴野草得伴芝兰,是为侥幸多矣。”言罢出了园门。

两个大小管家回了,玉京取了五两银子,着小使送与商氏道:“公子说,你寡妇之人,怎生今日要你破费。特送些须薄仪,与娘子、小官买果子儿吃。”商氏一面笑:“怎么好收这厚礼?”小使道:“这是公子恤孤怜寡送来的。我公子生性不要拗他,不收到要怪的。”商氏千恩万谢,假托手收了,送了小使二百铜钱。自此,商氏见玉京独在书房,便进去与他如此。

一日,玉京道:“与你日间做些勾当,恐小使一时撞见不好意思,今晚到你房里相陪可好?”商氏道:“我房里止得小小孩儿伴睡,又不知甚么事儿,今晚留门等你便了。”以后无日不同床而睡。他两个“在天愿为比翼鸟,在地愿为连理枝”。且是相亲相爱,眷恋绸缪。

到了五月尽边,只见去的四个家人,又添几个,担些酒菜之类走进门来。见了玉京道:“酒到了。”忙叫厨下整四桌酒起来。傍晚整治端正了,公子摆下一桌在书房内,自陪商氏,余外三桌摆在外厢,着家人等接王管家、两个小使、一个使女,尽情而吃。玉京陪商氏,旁边坐着小小儿子,把上好露酒只顾自己斟着劝他。吃至四更,外厢王家大小俱被酒醉,困得东倒西歪。那些杨家的人在外厢忙个不住,玉京把商氏灌了两杯,把自己铺陈卷起,把他睡在床上,将小儿也睡在脚后。自己除下巾儿,脱下丽服,忙将书房玩器收拾停当。去看外厢内房,收得罄尽,俱扛去了。这些强盗,将所有铺陈玩器一齐尽挑了去,又往商氏头上取了金簪玉珥,一件布衣也不留,一径往水西关去了,并无人知。

王家吃了蒙汗药酒,直至次日未牌方起。管家一看,见门是重重开的,疑是杨家仆从出入,往里边来一看,内房里箱笼一个也没有了,吃了一惊,口内叫道:“不好了!”商氏惊将醒来,一直往外径走,问道:“为何?”管家道:“你看。”商氏到自己房里一看,惊得目定口呆,还认是外边来的小贼:“不要把公子物件偷去怎了。”又往书房一看,连人一个也不见了。方知公子明是强盗,行计善取他的家私,一家大小懊悔之极。

商氏头发松了,去摸簪子,也不见了,耳上金环已被除去,骂道:“好狠心强盗!”心下又想:“白白被他弄了几时。”心中好恨。那里去缉得他出?那些邻舍家背地里笑着:“王谓在生,苦挣苦守,白白的替强盗看了

一世钱财,轻轻的被他做几担挑去了。"后有人笑着他道:

读书为盗未曾经,巧骗孤孀计又精。
王谓空为守钱奴,赔了夫人又赔兵。

又曰:

斯文强盗好机谋,扮作官家贵客流。
假意怜孤还恤寡,腰缠十万上扬州。

又曰:

果然奇计十分新,谁道豪家是绿林。
贪得一杯蒙汗酒,家私巨万化为尘。

向后来,那班强盗又在外省行术,被捕人捉获。有了失子狠做对头,问成死罪,半毙于狱,半赴极刑。正是:

瓦罐不离井上破,将军难免阵中亡。

第二十一回　朱公子贪淫中毒计

《满江红》：

胶扰①劳生，待足后，何时是足？据见定，随家丰俭，便堪龟缩。得意浓时休进步，须知世事多翻覆。漫教人白了少年头，徒碌碌。是谁不爱，黄金屋。谁不羡，千钟粟。奈五行不是这般题目。枉费心神空计较，儿孙自有儿孙福。又不须设药访蓬莱，但寡欲。

这"寡欲"二字，有许多受用，非但却病延年，且免奸淫之祸。如今且说个好色伤身的故事。

这个乃嘉靖三十一年生，此人二十八岁矣，名唤朱道明。父亲乃当朝极品，母亲一品夫人，生在浙江杭州府，永嘉县人氏。娶了兵部王尚书之女，自是金谷娇姿，兰闺艳质，十分标致的了，夫妻二人十分恩爱。只是这朱公子自小曾读嫖经，那嫖经上说，妻不如妾，妾不如婢，婢不如妓，妓不如偷。把这个"偷"字看得十分有趣。他把家中妾婢俱已用过，这妓不必言之，把这偷之一字便心心念念的做着，也被他偷了许多。他是一个贵公子，那偷妇人自然比别人不同，容易上手。他倚仗容易，把这桩事看得不打要紧了。到处着脚，都畏他威势不敢不从，各处奸淫无度。庄家村户的妇女，略有几分颜色，无不到手，就是邻近人家租他家屋住，也定然不肯饶他。有几句公子生性歌曰：

翩翩公子游，骏马控高头。
前呼联后拥，赫赫如王侯。
骄奢公子性，言出如军令。
稍稍不遂心，唯唯求饶命。
欣欣公子心，父母爱如金。
生长荣华地，安知人世贫。
公子爱女色，巍巍势相逼。

---

① 胶扰：动乱不安。

强奸烈性人，那管萧何律[1]。

按下朱公子。且说永嘉县一个良人家，姓伍，名星，年纪三十岁了，娶了一妻室，年纪二十余岁。其母梦莲而娠，取名莲姑，果然有羞花闭月之容，落雁沉鱼之貌。夫妻两口做些小生意度日。伍星还有一个同胞兄弟伍云，已廿五岁了，未有妻室，生得一身气力，胆大心粗，就充在温州为民兵。他独自一人在营伍中住下，常常过一月或两月来见兄嫂一次。

不期一日，那伍星去营中望伍云，一时未回。日色将午，莲姑在家无水炊饭，乃自提小桶向井边汲水。那水井离他家门首四五家门面，正汲了提回，劈面撞着朱公子。莲姑急急提了，往家中闭门进去。公子一见道："好一个标致妇人！原来住我家房屋的，怎生一向并不知道？"

芙蓉娇面翠眉颦，秋水含波低溜人。

云鬓轻笼时样挽，金莲细映井边痕。

朱公子急急还家，叫家人来问："井边过去几间，那房子里住的人家姓甚名谁，作何生理？是那一个家人管租？"向来是朱吉管的，忙唤朱吉到来，道："你管的怎一向有这样一个美妇人？为何不通报我？"朱吉道："这人家姓伍，是上年移来的。因他兄弟是个粗人，在营中当兵，动不动杀人放火的，恐公子为着此事招他妻子，所以不敢说知。"朱公子道："我巍巍势焰，赫赫威名，我不寻他罢了，他怎敢来寻我？你不知道，我有一诗读与你听：

幸今喜在繁华地，全出永嘉人秀丽。此生此世岂徒然，好景情怀乐所天。金银过北斗，此世不求蛉。万岁虚生耳，纵有钱财亦虚死。世间万事非所图，唯慕妖娆而已矣。君不见古卓文君，芳名至今千载传。古人今人同一梦，有能逢之亦如是。人生少年不再来，人生少年且开怀。黄金买笑何须交，白璧偷期休更猜。我身本是风流客，懒向金门献长策。脚跟踏遍海天涯，久慕倾城求未得。东邻有貌倾长城，实在深闺十八龄。蕙性芳心真敏慧，玉颜花貌最娉婷。春山远远秋波浅，嫩笋纤纤红玉软。上追能字卫夫人[2]，下视工诗朱淑真[3]。柳

---

① 萧何律：汉代萧何制订汉律，这里指法律。

② 卫夫人：晋朝女书法家。

③ 朱淑真：宋朝女词人。

絜才华应绝世，梅花标格更超群。云闺雾阃深深处，罗帏锦帐重重时。艳似嫦娥住广寒，世人有眼无能顾。徐徐思后更思前，回首自觉免迍邅①。应是前生曾种福，今生富贵是前缘。”

朱吉说：“我想大相公真是前生注定的，若福薄，那里消受得起！”公子道：“伍家妻子须为我谋之。这样标致妇人，怎肯放下罢了？”朱吉道：“伍云虽然粗莽，他的哥哥伍星为人极是本分。想他的些须生意，夫妻二人那里度得日来？不如先待小人去诱他到衙里来，与他说出情由。如妥当，大相公借他三五两本钱，饶他房租；若不肯，赶他出屋，再寻他事故。把利害言之，他自妥当也。”公子说：“银子小事，只要事成。应承到手，重重赏你。”说了，朱吉欣然径往伍家。

恰好伍星已归，朱吉挽了伍星的手，一头说一头走，看看踏到朱衙门首，径到朱吉房里坐下，朱吉方才说出道：“我家公子为人，极是个风流慷慨的汉子，只是忒风流了些。见了人家一个标致妇人，就是苍蝇见血的一般，死也不放，定要到手才住。一相好了，十两半斤也肯周济；若还逆了他的意，便弄得那个人家人亡家破还不饶他，直待那妇人到手方住。可笑那班妇人，好好的依头顺脑，趁他些银子不要，定要讨他恶性发，弄得死里逃生，端然定要遂他心事才饶。”伍星道：“也是个财势通天，所以干得这般买卖，若是我们这般人，做梦也还轮不着哩。”朱吉道：“今日我有一桩事，我有些疑心，我故特来问你。今日我公子午前在你门外井边，见一个二十岁上下的妇人汲水，不想被他见了，他又蚂蟥见血的一般叮住，查访众兄弟们，说是伍家。我想井边只有你姓伍，你停会归家问你令正，今日曾出门汲水么？若不是他还好，若是你的时节，又是一桩疑难事了。”

伍星呆了一会，道：“哥，十分是了。我早晨不曾汲得水，便去望兄弟才来。他午上做饭，见没有水，只得自去汲了。如今怎么求得一个计较，方可免得这事？”朱吉道：“若果是，怎生免得！”伍星道：“哥，做你不着，我连晚移在兄弟处罢。”朱吉道：“不好，不好！连我也活不成，连你兄弟也吃不成粮了。”伍星说：“不信怎生利害。”朱吉道：“我方才说的，倘若不依从他，便生毒害你。若要移去与兄弟住了，他便把我一状告在府里，说我与你妻子通奸，将他金银若干盗在你家藏。恐一时知觉事发，暗地移住兄

① 迍邅(zhūn zhān)：困顿。

弟某人家窝囤。那时我被他分付的,上些小小刑法自然招去,你却如何?”伍星见说目定口呆,道:“这事怎了?”朱吉道:“依了他,便公安婆乐,得他些银子做本钱,况妻子还是你的。神不知鬼不闻,只我四人知道,有何难事?”伍星说:“恐我莲姑心下未肯。”朱吉笑道:“人家妇女,瞒了丈夫千方百计去偷人,一个丈夫明明要他如此,那里有个不肯的?他口内装腔不允,心中乐不可言。你今回去把我这番说话,细细与嫂嫂说知,我黄昏时从你后门来接他,明日早早送他回来。少也有几两银子哩!”伍星说:“想来实难,这忘八要被人骂了。”朱吉道:“他人怎生知道,难道我来骂你?这露水夫妻也是前世种的。自古三世修来同一宿,又曰千里姻缘使线牵,我和你是强不得的。若是得他喜欢之时,后来享用不尽。”

伍星起身作别,回到家中见了妻子。问曰:“你今日午上可往井边汲水么?”莲姑道:“因做饭汲水,我去汲的。正汲完了提水归家,不想正撞着朱公子,他便立定了脚直看我,闭上门方去。有这般样一个书呆,你道真可笑么?”伍星叹了一口气,不悦。莲姑见丈夫不乐,便问为何着恼。伍星把朱吉利害之言,前前后后一一说了。莲姑道:“这般事如何做得?自古道,欲人不知,除非莫为。一被人知,怎样做人?”伍星说:“人无远虑,必有近忧。此事今晚从他,性命可保。待我悄悄去到杭州海宁租下一间住房,家伙什物早先移去,安顿定妥了,与兄弟说知,一溜风去了,方可免祸。若不如此,恐萧墙祸起矣。”莲姑道:“羞人答答,怎生干着这般事来?”伍星道:“终不然自己浑家肯送与别人睡的!只是保守你我性命之计,只索从此罢了。”

夫妻二人正商议间,天色看看晚将下来。只见朱吉推门进来,笑吟吟道:“恭喜,公子说道,你是忠厚人,着我送十两白银、红绿纱二匹,与嫂做衣服穿。”伍星道:“精精晦气,汲出一桶水儿,做出这般大事!”一边说话,把这银纱收了进去,连忙将钱买些酒肴请朱吉吃着。说说道道,不觉黄昏,朱吉催了莲姑,往后门从私路而去。

进了朱衙后门,领他到公子外书房坐下。只见书房里面,果见朱公子来,笑嘻嘻上前作揖,莲姑还礼,朱吉捧出酒盒放在灯前。朱吉出门去了,公子拴上房门,便斟了酒一杯送与莲姑,自己吃了一杯坐下,叫伍娘子请。莲姑只是假意不吃,公子再三劝他,略哈一口儿放下。公子自吃了几杯,走到身边劝他,只是不吃,被公子抱至床沿,扯下小衣,推到床上云雨起来。

洞房幽，平径绝。拂袖出门，踏破花心月。钟鼓楼中声未歇，欢娱佳境，佳人何曾怯？拥香衾，情两结，握雨携云，暗把春偷设。苦短良宵容易别，试听紫燕深深说。玉漏声沉人影绝，素手相携，转过花阴月。莲步轻移娇又歇，怕人瞧见，欲进羞还怯。口脂香，罗带结，誓海盟山，尽向枕边设。可恨鸡声催晓别，临时犹自低低说。

须臾，雨住云停，脱衣就枕。到五更重整余情。天明起身，公子自送莲姑归家。自此，或时来接，或时间隔几日，两下做起算来也有一个月了。莲姑一日与丈夫说："你如今作速往杭州租下房屋，快快回来，与你商议。"伍星取些盘缠银子，往杭州不提。

且说朱公子，一日自来要接莲姑到家，莲姑道："我那丈夫嗔我与你做了勾当，朱吉管家原说公子抬举我们一场富贵，如今弄得衣食反艰难了。我便说：'公子是个贵人，他怎生肯食言？只是我不曾开口说，他忘怀了。如今你打听外边有什么好做的生意，我与公子借百十两银子与你做本钱，趁将出来，只要准准还他便了。'他今日欢欢喜喜往宁波间，做鲞鱼的生意去了。若是回来，要公子扶持他一番，也是抬举我一场。"公子笑道："这百把两银子，极是小事！今晚你到我家下去睡。"莲姑道："今晚家下无人，你寻别人去罢。"公子道："我想着你，要与你睡哩！"莲姑道："我这边房屋虽小，且是精洁，只没有好铺陈。你着朱吉另取一副被褥，来到我家睡了罢？"公子进房一看，道："果然精洁。"

随到家中，忙着朱吉取了被褥酒肴摆在伍家。莲姑故意放出许多妖娆体态，媚语甜言，奉承他这一百两银子，朱公子十分着迷，莲姑又去取了他头上一枝金挖耳。到晚来，二人做事比每常大不相同，公子问道："与你相好月余，并不曾见你如此有趣，缘何今晚这般有兴？"莲姑道："在你家书房做事，恐隔墙有耳，故不放胆。今在我家，两边又无近邻，止得你我两个，还怕谁人；拘束怎的！"公子道："原来为此。"从此再不到家中去也。自此，把这朱公子弄得火热，无日不来。

且说伍星一到杭州，他道此处乃省会之地，若居于此，恐乡试秀才或衙门人役往来看见，反为不妙。不如往海宁县中住下，那个寻得我着！径搭了船往海宁县，北寺前赁下一间住房，交了房银遂往温州归来。不只一日到家，见了妻子，把海宁租房一事说与妻子得知。莲姑把借他一百两银子,并假说宁波做鲞之事一一说了道:“银子已拿来,我已载在箱中。你快去接了二叔,与他一别,我们便可去了。”伍星去营中寻着兄弟到家,把朱公子之事,从头至尾说得明明白白:“如今嫂嫂着我来,请你回家作别。”

说得话完早已到了,见了嫂嫂。莲姑预先办下酒肴,摆将出来,三人坐下。伍云一边吃了一边想,怒气吽吽,控不住一腔恶气。他道:“哥嫂在此,那厮势大,当他不起。你今得了一百两银子,径自逃去,他一时怎肯甘休?他必然要来寻我,那时我必杀他,断然偿命。倘是不致自杀,竟告了我,要我招成哥嫂那里去了,我怎肯说出?动起刑法来,又要吃苦。我已定下一计在此,但事尚未成,不可先说,恐机不密祸先至耳。到明日,我先到把总名下告病,退了兵粮。哥哥明日先雇下船,把要紧之物俱搬放船中,临期空身下船,径去便了。”

当日酒散,伍云回营退了粮。伍星雇了船只,把动用家伙、一应器皿尽搬在船中,叫兄弟只待下船。伍云道:“且慢着,待五鼓出城可矣。嫂嫂可自走去约了朱道明来家,只说哥哥往宁波去了,今夜接他来歇。多备些酒,只管劝他吃得十分沉醉,待他不知人事之际,嫂嫂先往船中安歇。我与哥哥归结一件公案,五鼓出城开船便了。”说罢,兄弟二人径往街坊去了。

莲姑正出后门,见朱公子半醉不醒的撞将过来。莲姑接着笑道:“我特来接你,我丈夫拿了银子方才往宁波去来。”公子堆下笑来道:“姐姐,如今同你往家去也。”一步步同到伍家。莲姑把酒大碗送去与他吃,一块儿坐下,搂搂亲亲,两个调得火滚。公子带酒又行了些房事,莲姑重新又灌他十来碗酒,至黄昏时候,果然人事也不知了。伍云兄弟已进了门,伍星忙送妻子下了船,连忙进城赶到家中。兄弟二人把朱公子抬在地下,将上下大小衣服脱得精赤,巾结金簪尽情取了,把铺陈卷起,衣服之类打做一捆放下。伍云预备下五色笔墨,把公子画上一个天蓝鬼脸,红眼睛,绿嘴唇,浑身五彩,画了一个活鬼,就似那迎神会的千里眼、顺风耳一般模样。又把沥青火上熬烊①,用了木梳把他头发梳通;蘸苏了沥青于木梳之上,又梳他头发。那发见了沥青,都直矗起来,就是那吕纯阳收的柳树精

① 烊:熔化。

一般，十分怕人。

装点得完已是五鼓，城门已是开了。着伍星拿了石块，到朱衙大门上擂鼓一般乱打。那门公报入里边，一众管家想道："这门打得古怪。"唤起了二十余人，各执枪棍在手，方才开门。伍星听见开门，径上楼上驮了铺盖出城。这伍云手执青柴，一把提起朱公子直到街上着实嘴上打来。朱公子还是半醒的，叫声"呵哟"，便往家中走来。恰撞着朱家正开大门，火光之中见一活鬼往内抢入，众家人都吃一吓，呐一声喊，乱打乱搠。公子口中叫说："是我。"人多乱嚷，那里听得出，直赶到公子书房中。朱道明急了，径往自己床下爬进去躲。一众家人道："好了。"大家一齐乱搠，弄得血腥气臭得甚紧，想到一定死了。

天已大明，众人把钩镰枪钩将出来，仔细一看，见身上画的一般。把水去泼在身上一冲，见肉是白的，许多枪孔，又将水把脸上一泼，雪白一副好脸。众人上前仔细一认，叫声："不好了，不知被何人用此恶计，如何是好？"他父母在朝，妻妾俱在家的，听见丈夫被人谋害，看了尸首，便插天插地一般哭将起来。家中男妇大小一齐大哭，止有朱吉说："昨夜相公在伍家去歇，一定是他家谋害。"一齐去看，止留得一张桌子、两张竹椅、一张凉床，其余寸草也无。大家齐说："是他谋害，不必言矣。"径往军营来寻伍云。众行伍道："他告退钱粮，已五日矣。"众人只得归家，说伍家逃去，一时那里寻他。须臾，诸亲各眷一齐闻说而来，一面调停入殓，一面赴府告理。

那太守见是当朝公子，自然准理差捕。究竟起来，人是你家家人搠死的，与他何干？况又无证见，乃捕风捉影之事，那里究得？只索慢慢拖缓放了。

这伍家船只，径往海宁住下。莲姑取出钱银，兄弟二人贩些籴粜①生意，已发千金。不想莲姑向与朱公子爱极之时，身已受孕，后来十月满足生下一个儿子，眉清目秀，俨如朱道明一般。伍云道："哥嫂在上，此子不是亲骨肉，仍是朱家孽种。我兄弟二人，辛勤苦力挣了家私，终不然又还仇人之子？拿来溺死了罢。"伍星说道："贤弟见教极是。"莲姑急止曰："不可。虽非丈夫所生，实是妾身所育，怎忍一旦弃之？如今叔叔年已长

① 籴粜(dí tiào)：买进卖出。

大,尚无婶婶。妾身年幼,必然还有生育。存下此子,待断哺乳;倘后生了子侄,将此子付还朱家,使他不绝宗嗣,亦是一点阴骘。朱家虽是谋奸,原系明求亦非强占,这死亦惨。况得他百有余金,亦不为薄。理合将此子断乳送还,使朱家不幸中之幸也。"伍氏兄弟连声道好。

其年,伍云娶下一房妻室,就是海宁东门外人,次年就生一个儿子。莲姑生的已是三岁,那疮痘已出完了,遂断了乳。莲姑次年又生一子,与伍星道:"如今子侄都有,可将朱子送还。"伍星道:"怎好送去?"莲姑道:"谁着你上门送去?但须我写数字付与朱吉,直道其事。待至夜间,把字缚在朱儿身上,天明开门,他家便知分晓了。"伍云道:"嫂嫂,你写下书来,待我与你做个窦老送他去罢。"莲姑次日写了一封字儿,又把向时取公子头上的金挖耳一总封了,缚在朱儿身上。炒了干粮糕饼之类,伍云取了盘费,别了兄嫂妻子,径往永嘉而来。

不只一日到了永嘉,进得城来,已是上更时分。投了酒肆,吃了酒饭,睡到天色微明,抱了小儿径至朱家门首,轻轻放下,他即时避去。只见朱家开门,正是朱吉往街上来,听得小儿哭响,连忙回头,一个三四岁的娃子哭响。朱吉一见吃了一惊,往下一看,那娃子面貌竟与亡过的公子容颜一般,又见胸前衣带上缚着一封书,上写温州府永嘉县朱府管家开拆。朱吉想道:"不知什么原故?"正在那里思量,不想朱尚书已告致仕,归家半年多了,终日为着无有子孙,十分烦恼。其夜三更时分,他与夫人皆得一梦,梦见道明儿子说与爹娘:"不须烦恼,你的孙子今日到了。"醒来,夫妻二人正在说梦,两下一般言语。只见朱吉抱了娃儿进内,传与王尚书小姐得知,那公子妻房听见,慌忙传与公婆。老两口儿都在堂上,先把娃儿一看,两老人家见他面貌俨如儿子一般,暗暗称奇,就把字儿拆开,见一枝金挖耳。媳妇上前认道:"此挖乃媳妇之物,上面有字,四年前丈夫取去挖耳,遂戴于髻上。后来媳妇取讨,云已被伍家莲姑要了,缘何在此书中?必有缘故,快将书看。"上写着:

君家公子逞豪强,奸淫人妻入洞房。
幸尔朱门生饿殍①,阴功培植可绵长。

后又写:"此子生于嘉靖三十二年,癸丑岁,正月十七日卯时。其间事故,

---

① 饿殍(piǎo):饿死的人。

问朱吉悉知。”朱吉便道：“是了。小公子是伍家妻子所生，实大公子亲骨肉也。”众人齐问，把那年汲水情由，后来谋害之事，一一说知。媳妇道：“向来无处寻获，想他必有人在此，快着人四下跟寻，送官究罪。”朱尚书道：“不可。当日这事，乃是不肖子自取其祸；况人之生死，亦是未生之前注定，岂能改易？如今蒙他送还此子，极大恩德！遇着不明之人，恨已入骨，早早送命死矣。况寄来诗上，还劝积阴功培植，岂可恩将仇报乎？今日我们正是不幸中之幸，无孙竟有孙。”即时分付管家，把娃儿沐浴更衣，接取诸亲各自齐来吃酒，悉道其详，就席上取名朱再辉。

尚书自此放生戒杀，斋僧布施，修桥砌路，爱老施贫，装修佛像，贵籴贱粜，饶租免利，持斋念佛，惜字敬书。一应家人不许生事害人，足迹不履公门。极恶一个人家，竟变为清凉世界。王小姐一心看管再辉，直至二十一岁进学。其年万历癸酉，登了乡榜。次年甲戌中了进士。后来知觉伍家莲姑是他母亲，差人遍处寻访，竟无踪迹。伍氏兄弟已极富矣，子侄进了学，俱昌隆于后。在朱氏日行阴德，再辉贵矣。在莲姑存心还子，不绝朱氏之后，伍氏富矣。岂非天之不错乎！

第二十二回　黄焕之慕色受官刑

《吴歌·咏尼僧》：

尼姑生来头皮光，拖了和尚夜夜忙。三个光头好似师弟师兄拜师父，只是铙钹缘何在里床。

元朝杭州临平镇上有一尼姑梵林，曰明因寺。层峦耸翠，烟雾横斜，飞阁流丹，琉璃鳞次，幢幢飘舞，宝盖飞扬，瓶插山花，炉焚降檀①。正是：

琪树行行开白社，香云霭霭透青香。

寺中一个老尼，年三十二岁，法名本空。有一少尼，年二十四岁，法名玄空。其年万历己丑岁，有一宦家姓田，住于长安，因事被逮。小姐年方二八，因而避入明因寺，投师受戒，法名性空。本空见他性格幽闲，态度清雅，况几席间自多吟咏，丰姿异常，使彼为知客。但是宦家夫人、小姐到寺烧香随喜，都是知客陪伴。此寺向灵，游客光棍因而生事，本空具呈本府，求禁游客。太守将宋朝仁烈皇后手书三十二字与尼贴于本寺，云：

众生自度，佛不能度。欲正其心，先诚其意。

无视无听，抱神以静。罪从心生，还从心灭。

于是门禁甚严，人罕得进。唯每年六月十九日，观音成道良辰，是日，大开寺门，二三女尼集于殿上诵经，人可直抵寝室。

次年庚寅六月十九，满镇男女集聚在寺，但见知客颜色殊丽，体态妖娆，见者无不啧啧垂涎。适值镇上典当铺内，徽州黄廷者，名金色，字焕之，乃当中银主，美貌少年，俊雅超群，慷慨风流，美哉蕴藉。因慕西湖山水，在临平镇上当中读书，便往西湖游玩。也不期十九日观音胜会，他闻知即往随喜一番。一到殿前，偶见知客，如醉如痴，在殿角头踱来踱去，那里肯回。本空每因缺乏往当典钱，见他常在当中与徽人谑笑，有些面识，因此拿一杯香茶叫道："相公，过来请茶。"那焕之听见，满心欢喜，过来与本空、玄空二尼施礼。见了知客，分外深深作揖道："多谢师父美情！小生正渴，如得琼浆，念小生何敢当之？"老尼道："清茶何劳致谢。"那焕之

---

① 降檀：香名。

口里喃喃答应，眼睛不住的一眼看了知客。性空也动心情，见他不经的一眼看着，恐旁人看觉，托事进去。焕之见去，如失珍宝一般怏怏不乐。不觉天色将晚下来，道场已散，再望不见出来，再住也不像样，只得别了本空、玄空，取道归去。到得当中，一心想念次日复去，寺门紧闭无人，求开不得复观矣。

到了七月中旬，本空持衣一件到当中典钱，恰好焕之突出。见了本空，笑容可掬道："日前重蒙赐茶，请师父到里边待茶。"本空只得进到书房坐下，命仆烹茶相待，道："师父，你出家人，典钱何用？"本空道："乃知客命来典的。因他父母是显宦，一时被权臣潜害进京，后来俱故在京师。今乃中元令节，是目连救母①升天之日，各家追荐亡魂。知客思念父母，无钱使用，故着我来典钱。"焕之笑道："原来知客这般孝顺，不枉缙绅之家。我有钱一千，烦送使用，此衣送还。"本空再三恳留，焕之立意送与。归与知客言及高情，知客已知十九日留茶之人，唯笑而已。未免将钱使用。

过得几日，一官家夫人欲诵《法华经》道场，一昼夜受得衬银二两，知客浼本空加利送还黄生。本空送去，黄生留坐于房。焕之笑曰："师父差矣。我因功名蹭蹬②，方将捐资助修殿宇，些须微物要还，前日何不留衣为质？"留吃了茶，坚辞不收而别。

本空回，以黄生之言语之。知客曰："黄郎何如人，乃能喜舍如是耶？"于时欲标隐情，遂手制饮馎饦③数百枚，浼本空持去。焕之见说知客手制送他，喜出望外道："师父，喜杀小生也！"便留他到后房，着童子炊煮，同与师父享之。于是二人对坐，各以眉目传情。黄郎想到："若不先制此人，终难做事。"其时四顾无人，上前搂住。本空尚在青年，心火难按，顺从其意。须臾事毕，厚赠本空道："我有金簪一枝，乞转送知客。"本空曰："郎君得陇望蜀④乎？"焕之笑曰："真我知心人也。"

---

① 目连救母：佛家弟子目连遍历地狱找寻母亲，宣扬的是因果报应。

② 蹭蹬：遭遇挫折。

③ 馎饦：古代一种面食。

④ 得陇望蜀：比喻贪得无厌。

辞去到寺,见了知客道:“黄郎着我送你一只金簪。”知客曰:“此物奚①为至哉?”掷于地下。本空讶曰:“彼以喜舍我们,何得怪乎?”知客曰:“此非师所知也。”本空说:“何所见而知之?”知客曰:“黄家当开几年矣?”尼曰:“我务小时开的,想有三十余年矣。”知客说:“黄郎几年上来的?”尼曰:“我已见他三年矣。”知客曰:“三年间曾有喜舍否?”尼曰:“喜舍出一时善心,向来曾未有也。”知客曰:“据师之言,黄郎实有他意非喜舍也。”尼曰:“如今此簪何以应之?”知客曰:“这事不难,师可即持簪去说与黄郎檀越②,既以善心喜舍,合寺并皆感德。今檀越且收贮此簪,待鼎新殿宇,一时来领白金耳。他若无他言,师且留之;如有他意,必然另有一番说话。师悉记取,归来说与我知。”尼只得又去。焕之笑曰:“师父来何速也?”本空取出金簪送还,又将知客所言一一说之。焕之曰:“此语我已知之。有书数行,幸为我致意知客,乞师万勿见阻。”尼曰:“事成之后,何以谢我?”焕之曰:“成事之后,当出入空门耳。”尼曰:“快写。”焕之援笔写曰:

自谒仙姿,徒深企想。缘悭③分浅,不获再睹丰仪。欲求西域金身,见怜下士,愧非汉武,莫降仙姬。切切痛肠,摇摇昼夜,聊具金饵,以作贽仪④。不过谓裴航之玉杵臼,他日一大奇事耳,奈何不概存也。

本空得书持归,送与知客。性空拆而视之,笑而不言。次日,取纸笔复书云:

操凛冰霜,披缁削发。空门禅定,倏尔将期。忽承金簪宠颁,如纳清蓝之内。虽深感佩,不敢稽留。谨踣不恭,负荆异日。

浼本空送去。焕之一见读之,愈增思慕,于是留尼云雨,私赠金帛,要图方便。尼许以乘机遘⑤会,通你消息,焕之叮嘱再三。本空辞归,见知客微露其机,说:“书呆见回书称赞不已,一心想着天鹅肉吃哩!”知客笑曰:

---

① 奚:何。

② 檀越:佛门术语,即施主。

③ 悭:缺欠。

④ 贽仪:旧时求见人时所送的礼物。

⑤ 遘(gòu):相遇。

"年少无知,人人皆如此,不要理他便了。"口内虽与本空如此说着硬语,心中早已软了,时时在念,每每形于纸笔。有一首诗书完放于砚匣之下,诗云:

断俗入禅林,身清心不清。
夜来风雨过,疑是扣门声。

且说黄焕之,自后朝思暮想,废寝忘食,欲见无能,欲去不舍。一日,踱至前村云净庵。信步走到庵中。恰好这日老尼姑道人一个也不在庵,止有小尼姑年长廿一岁,名唤了凡,生得肌如白雪,脸似夭桃,两眼含秋,双眉敛翠,忽见了黄焕之,道:"相公何来?"焕之慌忙答礼道:"特来随喜。"仔细把了凡一看,生得不下于知客,道:"贤尼共有几位上人?"了凡曰:"止得一个老师,一个烧火老道人,仅三人而已。"焕之见说,道:"请令师相见。"曰:"家师去买办果品香烛去了。有失迎候,请相公少坐,待小尼烹茶奉贡。"焕之道:"宝庵自有道人,何劳亲去煮茶?"了凡道:"随家师挑着素品之类,因此不在。"

焕之听见止得他独自一个,心下又想起念头道:"明因寺杳无音信往来,若得他与我如此,做一帮手,必妥当矣。"便笑道:"小师父,明因寺知客师父曾会过么?"了凡曰:"极相知的。"又曰:"师父可认字否?"曰:"经典上朝夕诵读,虽不广博,略略晓得几个。"焕之曰:"师父可曾见《玉簪记》①么?"了凡知他挑他,故意说实不曾见。焕之笑曰:"可晓得潘必正与陈妙常的故事否?"了凡说:"他二人如今在阴司地狱里坐。"焕之说:"这不过小小风流,怎生便得下狱?"了凡道:"事虽然小,不知怎生得这般重罪!"焕之笑曰:"小师父,你可晓得情轻法重么?如今我与师父,奈何要知法犯法了。"小尼说:"相公,我是没发的,说也没用。"焕之见他甚有情兴,便上前抱住,要去亲嘴。小尼再三推阻道:"叫将起来,看你怎么?"焕之笑道:"你跷将起来,我便直入进去。"放出气力抱至幽室,扯下小衣,直抵其处。原来是半路出家的,且是熟溜得好。小尼道:"可恨你这恶少年,见了妇人便要如此。"焕之曰:"谁叫你生此好容之态?一时情兴勃然,便要如此。"两下津津有味,情不能舍。"约你明日可来得么?"了凡

---

① 玉簪记:明代传奇,描绘了书生潘必正与道姑陈妙常以玉簪、鸳坠互赠定情,历经曲折终成眷属的故事。

说："明日王衙夫人在此诵经，后日初十也不能得。直至中秋二鼓，我掩上山门，你可悄地进来，我俟你便了。"焕之大喜道："我如期有事与你商量，不可失约。"了凡曰："不劳分付。"两下辞别，焕之洋洋得意而归，即思面谋知客之计。

等得到了中秋，当中管理人等请他赏月，但见：

关山一点，风月双清。碧海结其愁容，青天明其心事。华非蜡烛，方正可中庭；朗中明楼，五夜浑同间气。春秋异惑，夷夏同看。吃瓜子于桥头，劈莲房于水底。童唱新声之曲，婢传长恨之歌。俯仰松林，如行水藻；徘徊江槛，似濯冰壶。桂魄长生，梭女应态比色；巍楼高峙，嫦娥若不胜寒。未识古时，几经兴废；何知此后，照许悲欢。玉人歌舞，嬉残树梢之光；妾妇嗟夫，漫顾楼西之影。别怜儿女，会忆瑟樽。欲将丝络挽回，岂许槐阴障隔。自上弦而至生魄，未尝一夕废游。或畅饮而与清谈，何片时无友。守拙几同待兔，分身愿化为蟾。襟怀寂寞，几忘流连暮旦；酬酌酩酊，直欲稳睡中宵。

焕之其意不在酒，便托辞曰："前村有约赏月，必不可辞；诸兄尽兴，待我领彼盛情便来。"遂出了当中，一步步走到庵来。

约莫二更时分，四顾无人，把门一推，是拴上的，心下不然。只听得起拴响，那门已扯开半扇。焕之捱身进去，随手拴上，见了凡素袂相迎。焕之在月光之下看他，比前日越加娇媚，做出许多爱慕之情。问："二老人家可安寝了么？"了凡说："他们心无挂念，此时熟睡之矣。看此月色，未忍撇他，与你月下谈心如何？"焕之曰："最好。"了凡曰："君年几何，那方人氏，姓甚名谁，有无妻室？"焕之曰："我姓黄，名金色，别字焕之，年已二十一岁，徽州休宁人氏。聘妻左氏，尚未成婚，先收爱妾林苑花在家。十八岁上，到本镇当内攻书。"了凡曰："观君襟怀潇洒，态度风流，我欲从你为第三室，心下如何？"焕之大喜道："难得爱卿一点真心，令我何福消受！当此月明之下，交拜立誓，慢慢蓄发归家，永为夫妇。"正是：

乃今已订闺中妇，自后休敲月下门。

二人立誓已毕。了凡曰："以月为题，聊诗一首，以纪其事。"诗云：

碧天云净展琉璃，三五良宵月色奇。
轮满已过千世界，明宵尤讶一痕亏。
向劳玉斧修轮影，愿借金风长桂枝。
人对嫦娥同设誓，赏心端不负佳期。

了凡持此诗，到知客房以说他，知客起身不语。久之曰："何偶有私，心原无染。"了凡曰："倘有知心客，我愿为君图。"知客起索前诗，了凡据袖不与，固问其人，知客附耳细说其故。了凡曰："莫非黄郎乎？"知客点首曰："然。"了凡曰："黄郎温柔如玉，尔真谓得所配矣。"遂出珍珠同心结二物，诗一首，奉与知客。诗曰：

累累珍珠结，相将到大罗。
知音频怅望，莫掷谢鲲梭。

知客曰："此从何来？"了凡曰："尔心上人托我致意，向蒙慨允，愿结同心；得叙佳期，粉身以谢。"知客赧然笑曰："某落发空门，何能为黄郎作儿女态耶？"了凡曰："尔未识人道之乐耳。倘饱其味，日拥黄郎不令归矣。"知客曰："黄郎何足牵我方寸。"了凡累促回音，知客不肯。又促再三，知客拂笺写，曰：

郎情温似玉，妾意坚如金。
金玉两相契，百年同此心。

了凡辞出明因寺，就道往黄家当中。焕之接见，引入内房，出知客回诗，诵之大喜，拴上房门与之谑浪良久而别。

且说黄金色聘妻左氏，年已及笄，见夫家未有迎娶之期，郁郁不乐，久之成病。名医妙药，石上浇水。父母知其心病，令媒妁往黄家催娶。黄家即时修书，差人到临平投下，焕之看了进退两难，踟蹰未决。即往云净庵，浼了凡转致知客。了凡只得为黄郎投明因寺而来，与知客相见，言黄郎想切，求促会晤。知客泣下曰："我非草木不近人情，第人遥见阻，黄郎能飞渡乎？"了凡曰："只要你订一佳期，我导引尔室如何？"知客俯首不言。了凡曰："业已许之，迟疑何益？"促之再四，知客启笥取白绫帕，题诗于上。诗曰：

妾年方入笄，那知月下期。
今宵郎共枕，桃瓣点春衣。

那了凡持去密地送与，焕之见帕上之诗，十分大喜，不意果然犹处子也。喜跃过望,巴不得到天晚,共了凡同去。

且说临平镇上有光棍五六人,专在本地闯祸。若寻出事来,内中做歪做好,假意赞助,诈得银子大家平分。以诈人为业,终日在街坊觉察。人家有事,幸灾乐祸,一有些须小事便捕风吹火,弄得老大起来,这是他们的主意上头了。他这些人,每每见黄焕之在明因寺前、云净庵里走着,心下怀疑。初然见他是个财主,又是读书之人,不敢惹他。后来见本空、了凡绸缪日甚,便是勾尼姑,乃是人人可捉之事。况是有钱之人,小小雏儿若不捉他,却不当面错过一桩好买卖也。于是暗埋机局,分头缉探。这一番,焕之留了凡吃了夜饭,至黄昏悄悄而来。将近明因寺,远远望见有人探望,似有心捉获之状,不敢近前,只得退回避去。如是两次,见前面人如把守者,遂归当中,留了凡同寝,但心中大失所望。

夜来,知客久俟,直到四更不至,深自悔恨。题诗怨曰:

嫩萼未经风雨润,柔条先被雪霜催。
从今不学闲花草,总是春来也不回。

和衣就寝。天明,了凡突至,曰:"夜来有五六人同守寺门,不能前进,我同黄郎直至四鼓方回。特令我早来请罪,并结佳期。"知客忧形于色,以诗赠了凡。了凡曰:"汝恨黄郎,莫饮冰水。"知客曰:"谁似你登门觅汉,惯品玉箫?"了凡曰:"汝未见黄郎,便知玉箫好品耶?今晚始尝之如何?"知客曰:"寺外有人,莫要如此,再待后看。必须无觉察者,方可再图。"了凡曰:"若是有人伺候,必不进来。毋劳嘱我。"别去。

且说这班光棍聚语曰:"昨晚分明见有二人,隐隐约约投寺而来,后来徘徊遁去,如之奈何?"内一人唤名王七,原是田副使家中走狗的人,他明知寺内知客是仕人小姐,不好在众人面前说得原故,道:"你们做事真真莽撞。比如捉贼见赃,捉奸见双,奸夫不曾进内,反把守了寺门,何由而入?必须放他进内,从从容容、慢慢为之方可。"众人一齐笑道:"王七哥之言极是!"遂皆散去。

至晚,了凡约了焕之,慢慢走至明因寺。见四顾无人,把门轻轻扣了几下,只见本空出来,开门放了二人进内,引至知客内房相见,欢喜至极。玄空摆出酒肴,五人坐在一桌恣情畅饮。了凡斟酒一杯,奉黄郎曰:"郎饮合欢杯,娇花醉后开。"复斟酒一杯,奉知客曰:"相逢成夜宿,檀越雨云来。"五人大笑。焕之曰:"日前家父有书来云,聘妻左氏病势危迫,促我归娶。我内恋爱芳卿,不忍归家。不期今早讣音已至,呜咽不已。今芳卿宦室娇姿,向云门权避,今蒙不弃,以结三生。借了凡为媒,本空主婚,对天盟誓,以图偕老。”大家一齐道好。玄空列香烛于佛前,促二人对天交拜,各执一卮称庆。知客吟曰:

旋蓄香云学戴花,从今不着旧袈裟。
宁操井臼供甘旨,分理连枝弃法华。
越宿顿知鸳被暖,乍妆殊谓凤钗奢。
禅心匪为春心腻,女子生而愿有家。

饮至三鼓,各皆就寝。焕之抱知客而睡,知客谓黄曰:“平生未识灯花开,倏到花开骨尽寒。愿郎爱护,勿恁颠狂。”黄以白绫帕取红,知客娇啼不胜。黄取灯下一看,曰:“桃瓣验矣。”知客留住黄郎在寺读书,勿许出来,恐被人捉获着。往来取办俱是了凡,自到待发长后,同到黄门。这班光棍久察不见,只疑外未及内,不知在内而不出外也。

在已年余,知客发已成妆矣。黄郎回当中理治,备于归,竟日放心出入,早已有人算计。一夕,黄有急事要到当中,方启寺门,一伙光棍把焕之缚住,连了凡扯了道:“好个修行清净法门,敢为着这般污事!我们如今捉他二人到官,凭官正法。”焕之讨饶,情愿出银求免。在于光棍,本欲诈钱到手,便假意要放了。谁知哄动了里甲,便要执定送官,将二人径自捉了下船,直至杭州。

次早,送府投首。太守见众口一词,况黄尼二人皆无言辩,径每人责了廿板,枷号于府门之外。看者排山塞海而来,内有好事者作诗八句以嘲了凡。诗曰:

五更三点寺门开,多少豪华俊秀来。
佛殿化为延婿馆,钟楼竟似望夫台。
去年弟子曾怀孕,今岁阇黎又带胎。
可惜后园三宝地,一年埋了许多孩。

竟书成大字贴于府壁,见者无不相笑。

且说明因寺里,因出门捉去之时,里边并不知道,在黄家当里,只说黄焕之在寺中,并不来寻。云净庵只疑了凡在明因寺里,又不在意;知客日夜盼望黄郎,不见到来,只说当中料理,竟不知枷于杭州府前也。

一日,知客正痴想间,忽闻叩门甚急,疑为黄郎至矣。玄空启门,见一少年云："求见知客。"玄空只得报将进去。知客因为蓄发不便见人，又着玄空问道："姓甚名谁，有何事故到来？"那少年答道："我乃知客兄弟，田元便是。"知客早已听见，忙出相见，悲喜两生，便问："兄弟，闻你在徽州躲避，一向可好么？"田元道："蒙姐姐垂念。小弟一到徽州，恰好遇王家兄弟为媒，把小弟赘在黄家为婿，故此身安。今权奸已被直臣苦谏，冰山一解，势皆倒矣。圣上把从前避害之家，有无罪罚一应赦免，今我家亦赦回籍，田产依先给还。小弟先来报姐姐，即往府衙，一面具呈领给去也。"知客见说，满面欢喜道："谢天谢地，不期也有今日！"说："弟妇几时得会么？"田元道："他父亲随后同他来。今即去，待弟一回，同姐姐一齐往家中去住，重整家园。"说了出门。

次早，已到杭州。一到府前，只见许多人拥着看那尼姑。少年田元上前一看，见枷条上写着枷号："奸骗尼僧犯人一名黄金色。"只听见一人说道："这个后生快快活活一个人，恰在这里吃这般样苦。"田元问道："兄知他是什么样人？"那人说道："他是徽州府人，家中开一当铺，在于临平镇上。因结识了尼姑，家中妻子死了也不回去。他在家中十分快活，今日反受这般苦楚。"田元待要再问，恰好响了三梆，即时换了衣巾，进了衙门，上堂行礼。

太守看见手本，方知乃同年田副使之子，留至后堂吃茶。田元禀称："小侄蒙老伯覆庇，蒙圣上给还田产等物，求老伯推爱先人，求示给领。"太守道："领教。"又说："贤侄，还有别事见教么？"田元禀道："适见府门外枷号奸骗僧尼黄金色，小侄实见不平。向因在临平当内攻书，偶尔闲步往尼庵经过，恰遇尼姑出门别干，凑着一班光棍，一时起意，活捉前来。止望将钱解赎，谁知当内尚未知之，那有银子？只得送府。今黄生又无人寄信，连这三餐不给，死在旦夕，可恨这班光棍。老伯还该细审重处才是。"太守道："领教。"遂至堂上，一面取犯人开枷，一面差人拿临平镇上光棍重责。须臾，二犯开枷释放，道："黄金色回家，尼姑了凡还俗听嫁。"不题。

且说田元归来见了姐姐，向时逃散家人听见物归原主，一齐都走拢来，到庵相见，叩头求收。田元回道："你各人且回，待我调停端正，你须再来。"于是遂同向日管帐之人，清还产业及原先一应所失物件，有无之间，依先成一宦门规矩。即请了田小姐到长安归家居住，本空、玄空二尼随侍,把明因寺暂时封锁。恰好徽州黄家,送着女儿到田衙完娶,田元接进丈人住下,整酒以待。即日着人往临平镇上,寻儿子黄金色到来相会。入到当中寻取,当中诸人曰:“一向在明因寺读书,久不来了。”着人陪往明因寺,只见封锁好了,竟无下落。

正在疑想之间,只见焕之同着了凡投寺而来,两边见之,各吃一惊。焕之见寺门封锁,好生惊恐,及问两边的人,皆不知细的,只得同了来人忙到长安,来见父亲一见,田元出接,并不知来意,延进内厅见了父亲,拜见岳父。妹子同了知客出来,心下惊喜不定,知客细说始末,方知妹夫即妻子之弟田元也。焕之禀过父亲:“妹夫之姐,即媳妇也。”于是开闻喜筵,团圆欢庆。焕之密令了凡蓄发,以报同他受罪之情。

又过年余,一妻一妾随到徽州,拜见父母。那林苑花多年不见丈夫,如得珍宝一般。后奋志攻书进了徽州府学。后复往杭州,厚赠明因寺本空、玄空,并云净庵老尼。好事者作《金簪传奇》行于世,予今录之,与《玉簪记》并传,可为双美乎。

第二十三回　梦花生媚引凤鸾交

欲寡精神爽，思多血气衰。
少杯不乱性，忍气免伤财。
贵自勤中得，富从俭里来。
温柔终有益，强暴必招灾。
善处真君子，教唆是祸胎。
称德须修省，欺心枉吃斋。
暗中休使箭，乖里放些呆。
官司休出入，乡党要和谐。
守分心常乐，闲时口莫开。
世人知此理，灾退富星来。

话说正德年间，浙江绍兴府山阴县有一个世家，姓王，乃是有名盛族。有一枝生在城西，名唤王国卿，娶妻邢氏，后因生产而亡，尚未续弦。其父王尚礼见儿子虽然进了泮宫①，未能秋风得意，道："我儿，你趁无媳妇，正好用工，以遂平生之志。"遂移于南庄书院，果是清幽，正好读书。偶集唐句四季读书之乐：

春日读书乐

春风动帘春草芳，（渴沫）　柳花缀雪沾琴床。（鲍防）
山屏泼翠晴亦雨，（刘文房）　燕泥落纸风还香。（苏廷）
沉酣六籍②心千古，（达兼善）　要使文风变齐鲁。（李子慎）
读书之乐乐趣生，（吴漳）　枝上流莺三四声。（杨诚斋）

夏日读书乐

莲池遇雨薰风香，（施均）　闲时我爱夏日长。（江子宾）

---

① 泮（pàn）宫：古时的学校。

② 六籍：即六经——《诗》、《书》、《礼》、《乐》、《易》、《春秋》。

推琴枕石玩羲画[①],(钱起)　凉生玉辇凝寒霜。(练高)
自去自来梁上燕,(杜甫)　点点飞花落砚台。(成沼竹)
读书之乐乐趣长,(吴漳)　梦回春草五池塘。(徐逸)

秋日读书乐

新凉飒飒生郊墟,(凌敬存)　涧边正好读我书。(度云汉)
眼明俱下五行字,(刘子房)　年少今开万卷余。(杜甫)
萧萧林籁[②]生阴壑,(宋好问)　风月双清动寥廓。(孟益)
读书之乐乐趣清,(吴漳)　树间渐沥来秋声。(达兼善)

冬日读书乐

古人文史足三冬,(张嘏)　此时下帷好用工。(李子扬)
小窗映雪拥虚白,(姚揆)　圣贤心事吾从容。(车端)
青毡坐逼霜风冷,(秦天花)　弱弱初添檐日影。(武元衡)
读书之乐乐趣浓,(吴漳)　咿唔声送梅花风。(邵业)

王国卿埋头苦读,自知学富三冬,笃志文章,果是胸藏二酉。其年又是乡试,天下开科取士。国卿未免往杭州科中,因此归家与父母说知其事。王尚礼道:"我儿,我正有事与汝商量。昨夜三更时分,梦一天神道:'汝子今当在宜男草上。'遂付宜男草一枝与我,倏而惊醒。我想,也不知是功名疑难,也不知今科是汝得意之秋,故赐宜男之梦。"国卿曰:"父亲之言固是,又恐说孩儿浙场不利,或论移南就监也未可知。"尚礼曰:"将此情祷之关帝,自有辨矣。"

父子即时沐浴更衣,诣庙焚香暗记。求得第六十三签,诗曰:

曩[③]时贬北且图南,筋力虽衰尚一般。
欲识生前君大数,前三三与后三三。

父子认定要往南京纳监。二人拜辞出庙,打点南行,就往学中动了文书,学道出了批回。因诗中有三三之句,择了三月初三日起行。唤下一只小

① 羲画:伏羲画八卦,这里指八卦。
② 林籁:树林里发出的声音。
③ 曩(nǎng):以往,从前。

船，带六百两银子，缎匹衣服打点得端端正正。带一老仆王年，又与他使费银二十两，又带小使阿定，一路向南方而来。

次早正渡钱塘江：

万里西兴浦口潮，浪花真似海门高。
谁将一夜山中雨，换作三江八月潮。

须臾，过了钱塘江。上岸雇人挑着行李，直至长桥下船，正在西湖之中，国卿四望应接不暇。有诗纪之：

澄湖湛湛浸长空，淑气薰人尽物同。
一镜湖光十余里，两山倒影百千重。
清虚底晰深和浅，荡漾沙分淡与浓。
此景谁云都寂寞，滨涯①几处庄芙蓉。

到了昭广寺前上岸。过了圣堂桥，下了城河，船到了新河坝。王年去雇了一只大浪船，撑到新河坝北岸，把行李搬过了塘，一齐下船，往北新关进发。

一路上南来北往，咿咿哑哑，俱是船只。说不尽途中新景，道不尽满路花香，那船漫漫的行到百家浜。将次晚了，傍着邻船而住，王年置酒船头，请国卿夜饮。国卿举酒向天一看，只见一湾新月斜挂柳梢，遂将初月一词朗吟于口，曰：

举头正看行云，斜眼突然见月。光回破镜，影上疲弦。淡淡池边，未能照字；依依水际，尚浅明楼。鱼骇网而深藏，雁畏弓而高逝。几人相忆，万里同看。旋窥窗纸，弄梅影之横斜；才顾屋棱，挂客愁而掩映。高楼笛已频吹，曲槛砧无暗捣。女儿学拜，解惜清光；少妇穿针，独嫌斜照。河汉骤能改色，关山不觉增寒。而试比蛾眉，淡扫芙蓉之面；若令依帐，始孕珊瑚之钩。旋看桂复生根，不虑花落满面。天朦胧而若晓，夜迢迢而始长。毋俟三五全明，已喜一痕浸白。是使闲人荡子，能关千里相思；舞榭歌台，准拟二旬游戏。当一帘之际，照高枕之人。吟侧华阳角巾，徒遍湘文竹簟。天无风雨，长开北海之樽；人有精神，渐秉西窗之烛。

国卿自吟自酌。须臾痕月沉西，明星拱北，觉已半薰，下舱而寝。

---

① 滨涯：水边。

次早，船已齐开，直至塘栖住船。王年上岸买办肴品，国卿独坐舱中。只听得耳边厢叫一声："相公，带我前进去也。"国卿抬头一看，见一个十六七岁标致小官，生得一貌如花，十分堪爱，便问："小友，你要我带你那一边去？"那小官便一脚走上船来答道："相公，小可乃吴县人，因初一日与同伙伴在天竺进香，人多捱挤脱了，直走到松木场。船多认不出，过了并不见影，大分等不见我，先自回了。盘缠、衣被俱在船中，如今身无钱钞，恳求相公附携到舍，船钱饭钱加厚奉还。"国卿道："原来如此，到苏州正是便路，送你回去不妨。小友姓甚名谁，青春几多了？"小官答道："梦花生，年长十七岁。因幼年多病，不曾读得几年书便抛弃了，还未有终身艺业。"国卿道："小友青春年少，还该读书才是。"花生道："不幸父母双亡，止得一个家姐，今年他二十二岁，姐夫又没了。家下无人，姊弟胡乱度日，读书一事，说不起了。"只见王年买办已完，下船看见，心下想道："那里来这一个标致小官？"问："阿定，他来做什么的？"阿定说："烧香失了伴，要搭我们的船到苏州去的。相公已许他带去，要请他吃着酒饭哩。"艄公已解缆开船，看看离堂博。一路上说说笑笑，国卿正是寂寞难过，有了这个小官，就有许多兴趣起来。

到得崇德，天又晚了。王年分付住船，把夜酒摆在船头上，二人对坐而饮。初四的月，比初三的又满亮些，二人正说笑高兴，只听得前边高楼上吹起笛来，自觉有趣。花生听了一回道："是的，还未纯熟。"便往里边衣带解下一管笛来，拿在手中吹响。国卿一见道："妙人，这人果是趣品！"称赞不已。花生吹得响亮，邻船上俱立出来静听，无不称好。国卿大喜，把酒自斟两瓯，与花生同吃。此时，国卿恨不得一口水把花生吞下肚里去。正是：

酒逢知己千杯少，话不投机半句多。

二人猜拳豁①指，吃得十分沉醉。将至月色沉西，下舱脱衣而睡。在梦花生，酒虽醉矣，尤恐国卿要摸手摸脚，留心而待。国卿果然有酒，便有心于此也不便，因听见船中寂静，起身小解，上床时便往花生身边捱下。花生只做睡的，国卿渴凤鳏鱼，幸逢得意，恰如渴龙遇水，（下删二十三字）。梦花假意惊醒，待回身，已被国卿搂紧的，只得凭他像意。有一只曲子名

---

① 豁（huà）。

为《江儿水》，单指后庭情趣：

玉貌雪为肤，且休夸冯子都。前开后耸强如妇，情投意孚。交神体酥，六龙飞辔何原尔，耳边呼：这般滋味，胜却似醍醐。

须臾事毕，各自拭净，搂抱而睡。直至五鼓重到阳台，两意相投。国卿此时便有心要花生同到南京去，与花生说知，花生说："蒙你好意。你不要我去，我也要陪你同行，怎生舍得好好的便忽撇开了。"自此，二人行则并坐，坐则交膝，胜似夫妇一般。

直至初八日，到了苏州。梦花生道："舍下离此不远，把船摇到河口上岸，到舍下盘桓几日。等到十五月色明，好上虎丘山上一要，再去未迟。"说话之间已到梦家坼①边，花生携了国卿之手，至坼叩门。只听得里边娇滴滴声音问："是谁？"花生道："兄弟回了。"巫娘一面开门，一面说："他们初六已自归家，把些衣被送将来了。你在那里耽搁，此时才来？"开门一看，与国卿打个照面，连忙作揖，巫娘回礼，避了进去。国卿一见，魂不在身，想到："兄弟标致十分了，怎生姐姐又高几分？真是天姿国色！我是孤男，他是寡妇，这个姻缘岂肯轻轻放过？"举目一看，他房屋虽然极是低小，自是收拾得十分精细。苏州人极会装点的，两边壁子上边斗方贴满，上边挂一幅姜太公钓鱼的图画，花瓶内插的桃李、木笔、粉团、海棠几种名花，十分精雅。细看姜公图画，写着周诗集句一首：

渭水西来日夜流，子牙曾此独垂钩。
钓头应兆先书日，受命于姬晚遇周。
同载后车尊尚父，封齐列土定诸侯。
人生济遇何迟速，八十年来已白头。

正在称赞，花生送出一杯萝茶来，奉上国卿道："今晚舍下小的就在后房安歇，把行李拿了上来，好放心吃酒。"国卿见说道："怎好相搅，还在船里罢。"花生道："苏州小菜酒，莫要相诮②。"国卿忙叫王年与阿定："把皮箱铺盖取了上来，先与船家酒吃，由他自睡，你且上来。"王年把箱子等物都拿到卧房去了。花生着阿定捧出许多精品摆在桌上，请国卿、王年斟起三杯酒来，二人对酌。此番吃酒不比船上，便觉放心快乐。酒已半醉，

① 坼(chè)。
② 诮：责备。

国卿取笑道:“贤弟美矣,令姐更美。贤弟就矣,令姐肯就否?”花生笑曰:“说这般话,该打!”国卿道:“果然该打。我说几种该打的替我罢。”

白日过街老鼠,顽童懒读诗书。
狸猫厨下盗鲜鱼,丫环堂前对舞。
猛虎来伤存孝,耕牛懒拽耙犁。
前厅拷问杀人囚,春日土牛①粉碎。

花生道:“真都该打的!说得好,要吃一杯。”国卿道:“我如今说几种不该打的,你也吃一杯如何?”花生道:“你说得好,我也吃一杯。”国卿道:

日出楼头更鼓,渔翁卷网归家。
铁铺改艺作生涯,弹弩无弦高挂。
皂隶修行办道,油坊改卖芝麻。
囚人遇赦放还家,夜静秋千空架。

花生大笑道:“果然都不打的。我吃一杯。”国卿道:“我醉了,要睡矣,可安置我。”花生又灌他两杯,扶他进到后房,上床脱衣而睡。花生着阿定收了,与巫娘料理。二人吃酒完时,着他二人下船去了。

国卿夜间仍与花生干着风流事儿,花生低语道:“轻些,我姐姐卧房贴着此壁,恐他听见不像。”国卿道:“他听见高兴起来,无人搭救么,怎好?”花生道:“却不道心痒难挠?”国卿道:“你姐姐寡居,我亦无妇,你与我做媒如何?”花生道:“你自己与他说。”国卿笑曰:“叫我怎样启齿?”花生说:“教我亦难开口。”国卿道:“实是你姐姐标致,怎生娶得填房方好?你须为我商量。”花生道:“也罢,我教你一个法儿。你明日只做要买些物件,着我同了王年、阿定摇船到阊门。待我故意耽搁些时辰,你在家用些功夫,看是如何?”国卿道:“事虽如此,倘然变起脸来,怎么是好?”花生道:“他为人柔顺温雅,不是那撒泼妇人。就是不谐,必不致于高叫,放心去了。”两人计议已定。

不觉天明,起来梳洗吃完早饭。国卿道:“王年,你们同梦大舍往阊门,买些物件回来。我在此静坐看一日书,可雇了船去。”应一声同去了。国卿拴上了门,仍在后房坐下,把书本来揭。巫娘亲送一杯香茶放在桌上,国卿一见,连忙起身作揖道:“大娘子,在此厚扰,何以克当。”巫娘道:

① 土牛:堆在堤坝上以备抢修用的土堆,远看像牛。

“舍弟多亏携带,谢之不尽。”国卿说:“前闻令弟说大娘子青年守寡,甚是难得。只是那冷雨凄风之际,花前月下之时,安得不动情乎?”巫娘笑道:“奴身是个俗品,并无此意。”国卿道:“昨夜与令弟言,有一敝友丧偶,尚未续弦。在下为媒,大娘子可肯否?”巫娘道:“何等样人家?”国卿道:“与在下差不多儿。”巫娘说:“恐无福承当。”国卿道:“好说。若是在下得大娘子这般国色,入金屋之中,朝夕礼拜。”巫娘笑道:“折杀奴家。”遂自回身进房去了。

国卿心火按纳不住,想道:“看他意思像个肯的,不免放大了胆进房里去,看他怎么?”巫娘正走出门,国卿捱身进去,两下被撞了一个满怀。国卿随势搂住,巫娘道:“不宜如此,快放了。”国卿便抱放床上,用起强来。巫娘只得半推半就,成了凤友鸾交,十分恩爱。巫娘说:“我定要嫁你。”国卿说:“一定要娶你。”足足将午,二人方罢。

巫娘下厨炊煮,花生恰好又回扣门。国卿忙问,道:“买了几柄时扇,两件玉器,余真虎口细席,一把时壶。”摆上许多于桌上。王年说:“大相公,午后好去了。”国卿说:“我今日身子倦了,过日且看。”两人坐下,又吃酒作乐。花生笑曰:“可曾妥当了么?”国卿摇头。花生道:“要立誓了。”国卿道:“神祇那管这般小事?”花生笑曰:“你实对我说,我今晚让你二人快活一夜;你若哄我,我只不睡着,看你怎过去?”国卿戏骂道:“小刮毒,望你周全。”两人传杯弄盏。花生假意装醉,先去床上睡了,王年、阿定下了船,国卿一溜风径到巫娘床上睡着。巫娘道:“你且在那边睡去,我掩门等你,恐兄弟知道不像意思。”国卿不听他说,径脱衣睡了。巫娘无奈,只得上床就寝,一时间云雨起来,津津声响。花生听见,那物直矗起来,不免五姑娘一齐动手。这一番,国卿无限欢娱,想着:“老父做得好梦,被我得了双美。中与不中,回来一定娶他为妻。”

到次早抽身,船家催逼起身。国卿再三不许,又与他伍钱船银,要过了十五到虎丘耍子,次日方行。船上人没奈何。等到十五巳牌时分,一时大雨倾盆,至晚越大得紧了。正是:

万事不如杯在手,人生几见月当头。

将游虎丘的酒肴摆在家中吃了。王年见雨大,同阿定先到船中安歇。花生闭上大门,接了姐姐三人共席,巫娘也就出来同坐。三人欢乐无穷,欣然有趣,就与席上调情。花生谑笑说:“止今晚与令姐姐欢娱,明朝止好我与你在船里盘桓。”到夜尽力欢娱,尽情舞弄了。

大清晨早,雨大晴了。王年起船发了行李,国卿与巫娘轻轻话别。只见巫娘叫肚痛得紧,双手按住肚腹,簇着眉尖,哼的叫个不住。大家别了巫娘下船去了,花生又拿了笛儿吹吹唱唱,喜喜欢欢一路去了。

这日,行了三十余里路,只见后边岸上有个汉子赶来,口中叫道:“梦二舍,慢慢的去。”梦花生听见,倚着舱门看道:“呀,许老伯赶来何事?”那许老道:“不好了,你那姐姐肚痛得紧,要死着。我特来赶你,快转到家里。”花生听说道:“家姐临危,不得不去。我回家一看,不妨,我即赶来陪你。如有长短,过了首七出殡安葬后,径到承恩寺相会便了。”国卿道:“一同转去如何?”花生道:“功名大事,那有回头之理?你放心前去,决来便了。”艄公摆了船,花生跳上岸与国卿作别,兀自眼睁睁的不忍相别。国卿站在船头上反顾,梦花生十步九回,两下直待不见踪影,方才下舱。国卿呆呆而想,又喜又苦。喜的是突然得了双艳,苦的是巫娘不知生死,花生又不在面前。把花生笛儿在口边吹了又吹,那里吹得响。去上床睡了,又梦见与巫娘嬉笑,醒来又是一梦。

至二十方到南京,在承恩寺里租了一间僧房住下。山门首贴一张红纸,上写着:“浙江王寓本寺西房。如梦花生来径进。”次日,国卿到国子监打听旧例,又请了承差到户部查照旧规,一应端正。次早上纳,把皮箱抬到主人家,将钥匙开了箱子,把天平摆在面前。国卿取出一封五十两的银子,拆开一看,竟是一对鹅卵石。一齐大惊道:“奇了!”连忙又拆一封,也是鹅卵石。国卿惊得脸上铁青。一连拆到底都是石头。主人家收了天平,王年道:“我莫非起身匆忙,差拿来了?”国卿道:“岂有此理。”阿定说:“莫非是梦家暗地里换了?”国卿道:“想他是一个好好人家,怎生会干这般的事?”只得别了回寓。

王年又说:“梦家事有可疑。那日他姐姐明明好的,一时间便肚痛起来,又着人赶了梦小官回去。大分他弄手脚了。”国卿想了一会,道:“这也有因,他故意设的圈套,如今趁早赶回未迟。”王年说:“若果是他,此时不知在那里去躲了,他等你来拿他不成?”国卿道:“如今怎么好回去?见父母不得,不如死休。”王年道:“相公差矣。你是个好秀才,有期望的,况撞着强盗的也有千千万万。”国卿道:“如今他们又不是强盗。”王年大笑起来:“相公,你又差了。定要持刀弄斧、放火杀人的才是强盗?他比恶的略略善些儿，要银子心肠与强盗一般儿的。这是美人之计，被他作弄，还算是个欢喜破财。如今纳不成监，文书还在，只要到杭州见提学动一张被盗失银呈子，备准附学，连忙赶回补考。若得遗才录得一名，科举中了，回家见老主人直言其事。不中，只应在南京应试，下第回的，有何大事，便叫轻生？”国卿深感其言，遂送了些房金，到水西门下了船只，一径回来。

到了苏州，先着王年访问梦家消息。王年问了真信，下船复回主人，他道：“日前，这间房子，是一个姓巫的私窝子，正月间租了移来住的。他兄弟叫巫二官，原在南京做吹唱的。十六晚间搬移别处去了。”王国卿叹道：“正是：画虎画皮难画骨，知人知面不知心。”阿定说：“假意叫做梦花生，我家老相公到前日梦草生哩。”国卿道：“是也，想是六百两银子该是他的。父亲见宜男草，谁知到被梦花生骗了去？只是关圣帝君也这般帮衬着他。”王年说：“不要说六百两银子，便是六个铜钱，也是定数。”

行又数日，又到了北新关上。王年还了船钱，叫上一乘轿子。把铺盖搁在轿子上，空皮箱阿定拿了，王年挑了些许行李，一直抬到道前，租了一间楼房寓下。绍兴府考遗才又考过了，好生烦闷，幸喜王年身边盘费尚自充裕。捱到八月初头，宗师下了演武场，大收十一府生员。至期面禀其事，方得收考。初七日黄昏方才出案，不意录得一名，连晚买了卷子，往布政司前纳下了，一直寻往贡院东桥河下小寓安歇。忙忙打叠进场，三场文字颇皆称意。至八月廿九日方才开榜，一连跑过了许多报人，国卿不见响动，十分烦恼。只见一声报响道：“绍兴王国卿相公中了举人。榜上中在八十一名。”王年看了榜文，欢欢喜喜来说道：“中了，中了八十一名！”主人家各皆欢喜。国卿往贡院访问房师姓名，披红簪花，游街迎宴，忙忙不题。

且说报子飞马跑到绍兴，投王家开锣放炮。王尚礼只说是南京报子，满心欢喜。不期挂出红纸上写着：“贡生相公王，高中浙江第八十一名。”王尚礼不信，道：“胡说，我小儿是监生，在南京应试。这班走空的光棍敢是赚我么？”那些报子一齐说将起来，只见取出刊的《题名录》来，上边写得明明白白：“第八十一名王国卿，绍兴府山阴县附学习易经。”还在半疑半信之间，只得安排酒饭请着报人，一面着人到杭州打听去了。国卿恐父母怀疑，着王年急回报知再来服侍。

王年到了家中，见了老主人备言其事。王尚礼一闻，忧中变喜，即时又打发两个家人拿了几十两银子,同王年到杭州去了。国卿在省城忙了一个月方得回家,拜了父母诸亲百眷,上坟祭社,择日斋沐诣①关帝庙焚香拜谢。那日签诗:"欲识生前君大数,前三三与后三三。"方信三三见九,九九八十一,果然中了诗数,其神灵应如此。有一豪门送年庚,情愿续弦。王尚礼聘而未娶,待春试之后再娶未迟。

一到仲冬,国卿上京春试。尚礼交付千金曰:"我儿,这次船中再不可搭人了。"父子大笑。春闱高捷,每于小唱中寻觅梦花生,竟无迹踪。王国卿常常静夜思之,不觉呵呵大笑,随笔而书曰:

雪白花银足六百,前后算来十二日。

一夜用银五十金,幸尔饶得一管笛。

① 诣(yì):去,到。

第二十四回　一枝梅空设鸳鸯计

今日北池游，荡漾轻舟。波光潋滟柳条柔。如此春来春又去，白了人头。好妓好歌喉，不醉无休。劝君满满罄金瓯。纵使花前常病酒，也是风流。

一枝梅，乃梁上君子的绰号，大凡到人家偷了物件，就于失主壁上，画一枝梅花而去。其失主晓得盗者是一枝梅，总呈告捕，皆无能捉获。以此偷儿俱敬服他一点直气，再不累及诸人。就是应捕，也皆赞叹的。

一日，又去盗了现任副使衙中金银首饰、细软珠宝，约直千金，径于卧房壁上画了一枝梅花去了。副使衙中次日起来，失了千金物件，见画一枝梅于房内，着令手下忙请府县都到私衙议事。说起一枝梅偷盗，罪不容诛，乞贵府贵县严比捕人，限三日内解到府。县官闻知失盗，俱各不安，回到衙门把一班应捕概责廿板，限三日之内捉获一枝梅。如怠缓，重责五十，决不姑宽。众应捕一齐慌了道："怕没别处搜寻，怎到在老虎口里夺食？如今大家分头寻觅。"却寻到第三日，那里有！只见一枝梅立在府前道："小弟恐累哥们今日受责，我今出头，等你们请功。我若坐在牢里之时，说过夜间要救我出来。此道如若不依我说，后边不来搭救你们。"大家一齐说："依你，依你。"

一枝梅把捕人先见知县，知县转送于府，府主即时解道。副使一见贼人解到，咬牙恨道："大胆奴才，快快还我赃来！"他说："老爷在上，物件都在。小人是一枝梅徒弟，那日老爷衙中失的，果是师父偷去。他道为官的贪赃坏法，凌虐小民，剥民脂膏充为己用，故此偷去，仍散于贫穷之辈。若论一枝梅手段，神仙也捉他不住。他能剑术伤人，取人首级如探囊取物。如今老爷再试他，少不得几日之间，还到老爷衙中来也。"副使见说，到吃一惊："世间有这般狠贼，把他且监在牢里，待捉了一枝梅，一总处死。"应捕带了出来，一齐怨怅道："承你好情，出来自认，怎生到官又说这般大话？"一枝梅道："我今日出来是救你们的打，我说谎是救我身的打。"应捕道："他如今又去寻一枝梅，那里还有！"贼曰："不妨，我今日进监去坐，三日后晚间，放我出来，我自出脱你们也。"应捕一齐买酒请他吃了。

一到监中,牢头俱各请他道:“好汉,好汉。”到三日后,牢头悄悄放他出来。他走出县前,一径去了,一虎跳进副使衙中,带一胡须,头带九华巾,腰间插一把利剑,把副使卧房内残灯挑起,将壁上画了一枝梅花,又往县里牢中去了。副使亲眼看见,听见前日说一枝梅能取人首级,故不敢声张,反惊得魂不附体。

次日出堂,即差人往县监里取出小贼,道:“你果然不说谎,昨夜亲见一枝梅是一胡子,一物不取,仍画一枝梅花去了。据你说他本事高强,你的手段如何?”那贼道:“老爷在上,强将手里没弱兵。今老爷试取便了。”副使分付取一把酒壶来。只见一个门子取了一把无盖一枝瓶的酒壶,副使就于上面画了几个花押,道:“今晚将此壶放在我卧房幕子上,你盗得到手,明日放你。”贼曰:“乞老爷令人押起,方可为之。”就着四个应捕押起他,带了出衙,又去吃酒。应捕笑曰:“你真真会弄手脚!今晚之事怎生为之?”一枝梅道:“你管我做甚!”吃酒散了,应捕放他自己行为。

到了三更时分,预先办下猪尿泡一个,空节竹竿一枝,带在身边。悄悄上屋,揭起天窗一看,见那把酒壶摆在桌上。他把尿泡缚于竹竿头上,捌在壶瓶肚里,将口布往竹竿吹下气去,那尿泡涨得漫大,将壶轻轻提起取了上屋。副使一看,壶已不见,四壁端然不动,心下称奇道:“此贼只宜善识,若是加刑,一时怀恨,性命难保。”坐下早堂,只见应捕带了偷壶之贼,当堂送上壶瓶,花押一些不动。道:“好手段,好手段!放你前去。以后不许在我地方扰乱。如下次拿住,决不宽恕。”一枝梅磕了一头,径出来了。一班应捕大笑,径扯下他往酒肆中吃酒去了。酒席中间,应捕道:“我的贼爷爷,以后依老爷分付,别处寻些生意罢。”一枝梅道:“我今往别处寻些勾当,再不来累你们了。”正是:

海阔从鱼跃,天空任鸟飞。

且说浙江湖州府长兴县,有一宦家张朝相。他父亲在日,因他是独养儿子,不忍以严法加他读书,长成十六岁,文理略略粗通。料难取进,欲要与他纳监,有志未行。其年娶妻陆氏,夫妻二人正好快活,不期父母双亡,丢了巨万家财与他夫妻享用。该下田地产业,交与管家张才掌管,其内助全亏陆氏一力承当。张朝相其年已廿五岁了,尚无子嗣,每欲置妾生子,况陆氏青年多病,有心非一日矣。

其年夏初之际,有一汉子,领了十五六岁一个女子到在门首,道:“有一急用将此女来卖,或当亦可。”门上报其原故,朝相与陆氏走出厅前道:“领进来看。”那汉子领了女子进来,朝相夫妻抬头一看,见那女子:

云一緺①,玉一梭,淡淡衫儿薄薄罗。轻颦双黛螺,螺挑四颗腰娜。小小金莲步洛波,教人奈尔何。

朝相夫妻看罢,道:“好一个女子,你要多少银子?”那汉道:“此女就是两个银子也还增得些,只因在下一朝急用原故,又没个中人,只要银十两也罢。”朝相道:“也使得。你姓名家乡说与我听。”那汉子道:“在下姓梅,行一,去住无定踪,终日间吴头楚尾,也是个四海为家的人。这女子名号端英,今年十六岁了,他祖籍松江华亭人氏,是我养妹。余者不必问了,快取银子与我去罢。”陆氏向内取了一封银子交付丈夫,朝相道:“梅君,银子在此,你可收下。几时来看你妹子?”梅一道:“这也难期,看便道就来。”叫声请了,往外就走。

陆氏领了端英到房中,着他坐下道:“你姓甚么? 父亲作何生理?”端英道:“父亲路布中成化十六年庚子科举人,曾在贵府归安作教。因亲母早故,娶了后母,连生两个兄弟,父亲得病故了,后母日逐凌辱奴身。梅一兄目击其毒,一时侠肠,欲带奴到家。闻他家又有几个恶少年,恐有不便,故此着奴奉侍郎君娘子度日而已。”陆氏道:“原来是好人家女儿,我当另眼相看,放心便了。”朝相道:“你女工针指可晓得么?”端英道:“奴身自幼习学女工,至于翰墨书史也会看来。”陆氏道:“既会针指,在我房中做些女工便了。”就有心要与丈夫为妾,遂于房中后轩安床坐起。正是:

奇鸟遥传喜信来,郁葱佳气满蓬莱。
谁知萧史知音客,悄得秦姬到凤台。

陆氏每每劝丈夫道:“端英十分才貌,你何拘腐过甚? 早生得一男,早一年欢喜。”朝相道:“我的心里说,你正在青年,自然有孕,何消忙心。”陆氏道:“你还在睡里梦里。每夜不见我身子是火炭热的? 况且月经前后无准,焉有孕来? 遇这般病症,多因是误了你,还自做些主意方是。”朝相见妻子说的都是真语,便觉心中酸楚起来,也每每向后轩把端英挑逗。端英亦知其意,遂取花笺,拂了写道:

---

① 緺(wō):古时女子头发一束为一緺。

失翅青鸾似困鸡，遇随孤鹤过湖西。
春风桃李空嗟怨，秋月芙蓉强护持。
仙子自居蓬岛境，渔郎漫想武陵①溪。
金铃挂在花枝上，未许流莺声乱啼。

写罢，粘于壁上。

陆氏进轩闲语，偶抬头见了此诗，已知丈夫挑逗未曾着手，出来见了朝相道："你几时曾与端英取笑来？"朝相曰："何曾？"陆氏笑曰："他题诗先招成，你还要胡赖。"朝相曰："诗意怎么说？"陆氏念了一遍，道："已是肯的，只要你再迟迟。"朝相曰："何以见之？"陆氏说："渔郎漫想武陵溪，'漫'字明说了；未许流莺声乱啼，未字已明说了。"朝相曰："他若不肯，诗句怎样回？"陆氏说："滞货，他若不肯，题个渔郎休想，不许流莺了，看你这般夯滞，只欠读书。"朝相道："我书虽未博，学已成章，奈何我命中无金紫之荣，读他怎么？岂不闻：

布衣空惹洛阳尘，头白金章未在身。
命运不该朱紫贵，终归林下作闲人。"

陆氏道："你既不为文，还须习武，岂可虚此一生？"朝相笑道："这阵上杀伐之事一发不愿为之。在家丰衣足食，肥马轻裘，紫蟹黄鸡，山肴海味，称不得是个山中宰相！怎教我担惊受怕，草宿露眠，白白送颗头与人讨赏？岂不闻：

频年烽火八边愁，裘马平生非贵游。
莫笑谈兵向樽俎②，书生端不为封侯。"

陆氏笑道："岂不闻男儿立大节，不武便为文？"朝相曰："岂不闻无官一身轻，有子万事足？"陆氏大笑道："我身子懒得，不与你对了，偕你做些什么？"

恰好季秋天气，天香飘过，黄菊舒金。那后园里万树芙蓉，有一种一日白，次日浅红，三日黄，四日深红，此乃印州木芙蓉也；又有种早间白色，晚作淡红，名曰醉芙蓉，种种各异，不可胜数。即令置酒于后园亭上，请了妻房陆氏并端英，一齐往园中玩赏。

---

① 武陵：指幽美避世的隐居之地。
② 樽俎：古代盛酒盛肉的器皿，是宴席的代称。

九月江南，触处金风散锦，一时木落，满林玉树淡妆。牡丹未许称王，蜀葵才堪作使。朱唇得酒，薄晕生颜；翠袖卷纱，新红衬肉。千堆锦绣，剪绒绿地春光；万斛胭脂，泻出银河秋色。窥墙映沼，类桃李之无言；鉴月拒霜，化雁鸿之有信。上苑睡醒金埒①，西湖香载兰舫②。薛媛③井边，渍堪作纸；楚臣江上，制不成衣。二八倾城，下蔡女郎之笑；三千望幸，阿房宫女之心。但于秋水澄波，不向春田怨晚。绮罗队里，追虢国之宵游；丝管风道，宴吴王之春殿。折枝并蒂，插向净瓶。探得孤芳，将游远道。闭户人怜卧病，涉江客费相思。若使出有壶觞，每置一秋醉赏。更得居无风雨，尚贪半夜同眠。

陆氏叫："端英，对此名花正宜欢赏，你何郁郁不乐，莫非怀想云间之意么？"端英道："妾闻花间坠泪，非韵人所为，念想高情，实怀酸楚。"朝相问曰："为何一时这般苦楚，却为何来？"端英道："妾有一事，藏之久矣。欲言不言，实难启齿。但人多耳目，又恐泄漏真情，等静夜相商方无别虑。"朝相见天已晚，分付收拾，大家齐出园门。

到了卧房，秉起红烛，遂摒去男女，自己拴了外门。夫妻二人着端英坐下，问他因着何事至于泪流，幸勿隐讳。端英曰："妾实松江路布之女，原为继母日夜凌辱。一夜，有贼入房，隐藏已久。初来本心实欲偷窃，因母亲是夜把妾十分毒打，此贼一时顿起不平，大喝一声，把母亲踢倒，飞挽贱妾而出，直至嘉兴饭店安歇。妾问其因，他说：'我本是有名窃盗，一枝梅便是。昨晚实欲窃盗尔室，只因尔母将尔毒打，即起一时不平之心，带汝前来。'妾恐遭他淫污，跽泣求归。一枝梅笑曰：'汝误矣。我虽然为盗，所得之物实不自留。而有所得，随济贫苦人也，实有锄强扶弱之心。今救你出来，不过一片热肠，焉有他意哉？如怀此心，碎尸报汝。'妾遂放心随他。又到湖州，妾又言曰：'承侠士救奴，终日朝燕暮楚，并无了期，怎得一安身之所方可？'他道：'为尔思之久矣。我有同伙十二人，皆江湖好汉，俱在太湖。我若送你至彼，反又落在火坑中了。我一路上访得长兴张家极其富丽，将你先卖他数两银子，你在他家视其动用黄白之物藏于何

---

① 金埒（liè）：奇花异卉。

② 兰舫：画船。

③ 薛媛（yuàn）：指薛涛，唐代女诗人，曾创制"薛涛笺"。媛，美女。

所。待初冬我来,先通你消息。'约在某日要妾为内应。如期开门直入,取物而归,为妾作妆资,再配人家。妾自来,见郎君、主母等待妾如亲生,妾之后母待妾如奴婢,今蒙侍赏名花,当此隆恩,一时想着初来之意,怎忍为之?泪出痛肠,不能遽止耳。"

朝相夫妻见说,二人慌了,道:"贤妹,如此怎生是好?"端英曰:"郎君、主母勿忧。奴宁拚死以谢主人,决不忍为妾而害主人矣。一枝梅虽系绿林,实存赤胆。是日如来,郎君当盛开一席于后园,相敬如宾;待妾道及高情,郎君再奉白金三百与彼,决不相受,可保永无虞矣。"陆氏道:"贤妹之言是也,自古凶拳不打笑面,老虎何尝吃好人?只须以礼待之,料然亦无事矣。"朝相见妻子分剖,心下豁然,仍着端英床头取酒。三人酌至鸡鸣,各皆就寝。

不觉光阴捻指,又是初冬。门上传说端英姐家内有人来了,朝相见说,忙至后轩,遂道:"贤妹,梅君到了。"端英连忙出来道:"郎君先出去,迎他到此相见。"张朝相整衣相见,分宾主坐下,待茶已毕,延入后房,端英相见。一枝梅举眼一观,见端英依然处子,反生得白胖了许多。端英开口便道:"张郎君早知梅伯是一江湖侠士,别后思慕,想至如今。闻初冬到来,终日两夫妻藏酒鹄望①,酒肴已列后园矣。"一枝梅听闻心下生疑:"为何他到晓得我?就知我的本来面目,也不该如此恭敬,且看他怎生样光景?"

只见朝相恭恭敬敬请到后园,端英随后一同坐下,开口说:"蒙君救拔,此恩粉骨难报!不期张家郎君曾与先君在归安学中交厚的契友,一闻奴身是路布之女,便如亲生一般看待。此二人恩,犬马不忘也。故说起救拔高情,如救己女一般,故此恭候非一日矣。此一杯酒,待妾为寿。"径自拿酒杯满满斟奉,双膝跪下。一枝梅连忙亦跪,道:"妹妹缘何行此礼?快快请起!"端英跪着道:"还求恩赦前情,全奴犬马之心。"一枝梅道:"是了,是了,再举初心,天地不容。"端英再拜而起。朝相便敬大怀,端英也频频而劝道:"梅恩人,若醉了在此园亭上安歇。"一枝梅道:"再领三杯吾当别也。"张朝相苦苦相留,端英十分强屈。一枝梅道:"我业已许你保全了。今有一班弟兄在于东门外等我回音,若再等待,彼必走来,反觉不便

---

① 鹄(hú)望:直立而望,形容极度盼望。

矣。”

朝相进内，忙取出白银三百两，一盘掇了送与梅君。一枝梅道：“是你的一团好意，我已尽知，不然一分也不受，但有伙计在彼，一时没了盘缠。”他便向盘中取了两锭放在袖中，又连吃了三杯，叫声：“请了。”径往外走。二人忙忙随送至大门外，一溜风去了。

陆氏初闻一枝梅报说来了，便抖倒在床起来不得。端英与朝相走到床边道：“去了，可起来。”陆氏道：“起来不得了。”便从这一日病重起来，医人无效，卜问无灵。端英衣不解带日夜搀扶，犹如至亲骨肉一般，难得好意。不期这病一日重加一日，初然发嗽，嗽久成哑，渐渐如灯尽油干一般，寂然隐了。张朝相大哭起来，一门大小男女无不痛哭。端英如丧考妣一般，累死累活的大哭。自古死者不可复生，哭之无益。张朝相未免治丧料理，出殡安葬。

方才完事，此时亲友就来说合亲事。张朝相一力固辞回道：“尚无百日之期，安有重婚之理？”一面着人打听，华亭路家还有何人、宗族并端英曾有许亲事否。张才一径往松江进发，到了华亭进城访问，指引在登科牌匾门楼内便是。张才遂问贴邻，道：“路举人一个女儿，后妻生两个儿子。后妻将女儿打骂不止，七月中夜里，走出一个好汉把女儿抢去了，未知下落。如今二子长成了。”张才听了实信，径自回家复了主人。张朝相道：“我恐端英非是路布之女，或已受某家聘定过的。今根脚已清，便浼本宗长兄为媒。”径选十二月廿七日黄道良辰娶为填房，完成大事，端英已觉欢喜。至期双双燕尔，合卺于飞①。有诗赞曰：

秦女新添五夜香，宫花光映领巾长。
胸前带得宜男草②，莫误卿卿学太常。

又曰：

夙缘有喜晤今期，鸾凤喈喈戏彩帏。
唯愿绸缪山海固，双飞双宿共还啼。

至次年十月，端英分娩，生下一个儿子，朝相十分大喜。弥月之时，诸亲欢庆，置酒相待。又过二年，又生一子，夫妻好生快活。

---

① 于飞：语出《诗经》“凤凰于飞”，形容夫妻和谐。

② 宜男草：萱草的别名，相传怀孕的妇人佩戴了宜男草的花即能生男孩。

后来端英到了三十岁，同了丈夫带二个儿子，往松江娘家而来。晚母还未晓得，二个兄弟竟不认得，及至说起前因，方知是女儿女婿。端英下拜后，甚是惭愧，又着二个外甥拜了外婆、娘舅。一时间骨肉团圆，大排筵宴，一众亲邻庆贺。席上说出一枝梅之事，俱道此人乃昆仑手段①。一人说："还可比着许虞侯的伎俩。"又说："就是《紫钗记》黄衫豪这般爽快。"又说："还像古押衙死里求生的计较。"有人说："他的女儿又不是死的。"内中口快的说："若那夜不挟得去，少不得要打杀了。"大家欢笑而散。张家夫妻住了十日辞别归家，二边往来不绝。

这回小说，特意翻案做的，一部全无。正有二十四家，前边二十二回。俱是欢喜冤家，独此一回乃圆满之事，罢了冤家欢喜。比如一枝梅盗了冤枉官的金银，府县官把捕人打了二十，限三日内定要，如没有还重责。这些应捕为他打了，又寻不着，恨他家七世冤家。他三日复立在府前，等着捕人解官，众人一见如得珍宝，好生欢喜。后来解到道衙，副使失了千金心中恨他如醋，恨不得食肉寝皮，岂不是个恶冤家？反被一枝梅把利害一言，道尊害怕，反不追究赃物，把贼放了，岂不欢喜？比如继母，前边凌辱，岂非冤家？今日重逢，好生欢喜。比如一枝梅带端英一节，原为蓄意劫掠，岂非冤家？至末后竟致冰释，反为退盗，好生欢喜。如有世人两相仇恨，做了一世冤家，到后来或因小事解冤释结，亦是欢喜。今特借此一回小说，如幽谷生春之意，看传者当作如是观，处世者亦当作如是观。

---

① 昆仑手段：指手段高强。

图书在版编目（CIP）数据

欢喜冤家/（明）西湖渔隐主人著.—北京:华夏出版社，2015.6

（中国古典文学名著丛书）

ISBN 978-7-5080-8466-4

Ⅰ.①欢… Ⅱ.①西… Ⅲ.①短篇小说－小说集－中国－明代 Ⅳ.①I242.7

中国版本图书馆 CIP 数据核字(2015)第 083203 号

欢喜冤家

作　　者　（明）西湖渔隐主人
责任编辑　高　苏　韩　平
责任印制　顾瑞清

出版发行　华夏出版社
经　　销　新华书店
印　　刷　三河市万龙印装有限公司
装　　订　三河市万龙印装有限公司
版　　次　2015 年 6 月北京第 1 版
　　　　　2015 年 6 月北京第 1 次印刷
开　　本　880×1230　1/32
印　　张　9.5
字　　数　320 千字
定　　价　18.00 元

华夏出版社　地址:北京市东直门外香河园北里 4 号　邮编:100028
网址:www.hxph.com.cn　电话:(010)64663331(转)

若发现本版图书有印装质量问题，请与我社营销中心联系调换。